1884
C^on 26 févr.
la Vie Populaire   26 fevr 84

Monsieur,

Je ne demande pas
mieux que de voir mes
droits réclamés à la Vie
populaire, si, comme je
le pense, c'est la Société
des Gens de Lettres qui
se charge de tout ce
qui concerne cette réclamation
Il y a quelque temps
j'ai déjà envoyé une

autorisation pour poursuivre
un journal qui reproduisait
gratuitement des articles de
mon mari ; mais j'ignore
complètement ce qu'il est
advenu de cette réclamation.

En tous cas, je remercie
le Comité de me prévenir
et de vouloir bien veiller
à ce qu'on ne pille pas
constamment les œuvres de
Monsieur Villemot ; car
je serais fort en peine
d'exercer cette surveillance

Recevez, je vous prie
Monsieur, avec tous mes
remercîments l'assurance
de ma considération la
plus distinguée

M. Villemot

Miate

Approuvé comme dessus
Miate

Fait le 27 Juin. 84. C

LA

VIE A PARIS

BRUXELLES. — TYP. DE VEUVE J. VAN BUGGENHOUDT,
Rue de Schaerbeek, 12.

LA
VIE A PARIS

CHRONIQUES DU FIGARO

PAR

AUGUSTE VILLEMOT

PRÉCÉDÉES D'UNE ÉTUDE SUR L'ESPRIT EN FRANCE A NOTRE ÉPOQUE

PAR P.-J. STAHL

(1re série)

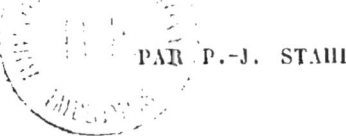

PARIS
ÉDITION HETZEL

MICHEL LÉVY FRÈRES, LIBRAIRES-ÉDITEURS

Rue Vivienne, 2 *bis.*

—

1858

DE

L'ESPRIT EN FRANCE

A PROPOS

DE LA PUBLICATION DES CHRONIQUES DE PARIS

DE M. AUGUSTE VILLEMOT.

———————

PREMIÈRE PARTIE.

DE L'ESPRIT EN FRANCE.

C'est une chose digne de remarque, que la France soit en même temps le pays du monde où l'on aime le plus l'esprit, et celui où l'on semble estimer davantage la bêtise. Un homme d'esprit qui n'a pas de rentes au soleil, qui a sa fortune à faire ou tout bonnement sa vie à gagner, doit tout d'abord, chez nous, se faire pardonner de n'être point un sot comme le premier venu, comme la plupart de ceux dont il aura besoin.

Si à son esprit il ne joint pas un peu de malice, s'il ne sait pas à

a

l'occasion faire un peu la bête, s'il ne s'arrange pas, tout au moins, pour bien cacher l'esprit qu'il a, il est perdu. Il aura plus de mal, pour arriver au plus mince emploi, qu'un niais quelconque à rouler carrosse. Ceci n'est point un paradoxe, c'est la plus palpable des vérités.

Il semble que cette rare faculté, cette faculté essentielle, L'ESPRIT, soit considérée par nous comme un objet de luxe dont il est impossible de tirer parti au point de vue pratique, et qu'il y ait de la suffisance, de la part d'un homme d'esprit, de prétendre à accomplir la besogne d'un sot.

D'où vient donc que l'esprit soit une si pauvre recommandation dans cette France qu'on appelle le pays de l'esprit? d'où vient cette défiance qui, d'un bout à l'autre de nos quatre-vingt-six départements, accueille l'homme d'esprit à son entrée dans la vie, pour peu qu'il ait faim, et d'où aussi l'inexplicable confiance qu'y rencontrent généralement les imbéciles?

Bien que je n'ignore pas que la querelle des sots et des gens d'esprit doive être éternelle et qu'elle ne puisse jamais se plaider qu'aux dépens de l'esprit et au profit de la sottise, on me permettra ici d'en dire quelques mots et d'essayer de jeter un peu de jour sur la double question que je viens de poser.

Quand on fait tant que d'être sot, j'imagine qu'il doit faire bon de l'être tout à son aise, de n'être gêné par rien ni par personne dans sa sottise, et de pouvoir se plonger dans ses petites ténèbres sans jamais que la lumière y pénètre.

Or, qu'est-ce qu'un homme d'esprit au milieu des sots, si ce n'est la lumière importune? On comprend dès lors qu'à l'approche de l'homme d'esprit les rangs des sots se resserrent.

« Soit, direz-vous, que l'homme d'esprit cherche fortune ailleurs. Ce n'est pas un malheur pour un garçon de mérite que de n'avoir point à vivre avec des gens qui ne sauraient le comprendre. »

Je serais de votre avis, lecteur spirituel, si à côté du régiment, que dis-je! de l'innombrable armée des sots, se trouvait seulement un bataillon de gens d'esprit tout prêts à recevoir les nouvelles recrues et à leur donner un ordinaire supportable. Mais, ce bataillon, où est-il?

Avec tout leur esprit, les gens d'esprit ne sont pas jusqu'ici parvenus à le former. La majorité a toujours détesté les corps d'élite et la grande armée dont je parlais tout à l'heure a toujours pris soin de faire avorter dans leur germe les tentatives faites pour constituer parmi nous ce qu'on eût pu appeler le corps ou la corporation des gens d'esprit. En voulez-vous une preuve? Voyez notre Académie : comptez-y les gens d'esprit et comptez-y les fauteuils.

L'homme d'esprit, dans notre société française, n'est donc par le fait qu'un tirailleur réduit souvent à la maraude et dont le sort est d'être tué presque toujours, sans que personne y prenne garde, dans quelque combat d'avant-poste.

Je n'exagère point, et, si l'on me montre, dans quelque situation très en vue, un petit nombre d'hommes d'esprit exceptionnellement arrivés, je dirai que ce n'est certes point à cause de leur esprit, mais malgré leur esprit, que ceux qu'on prétend m'opposer ont obtenu de s'égaler au commun de nos grands hommes politiques, par exemple. J'en appelle sur ce point aux cinq ou six hommes vraiment spirituels, — je dis spirituels dans le sens français, dans le sens gaulois de ce mot, — qui, depuis trente ans, ont occupé accidentellement quelques places sur les banquettes du char de l'État. Est-ce en faisant briller ou en assourdissant le feu de leur lanterne qu'ils sont venus à bout d'y monter?

De ce que c'est un obstacle à la fortune, dans notre société française, d'être un homme d'esprit, il s'ensuit tout naturellement que n'avoir pas d'esprit est un joli capital pour un débutant.

Ces deux phénomènes s'expliquent l'un par l'autre et chacun par ses contraires.

Les gens que l'homme d'esprit effraye, ceux qui resserrent leurs

rangs à sa vue : le commerçant un peu encroûté, le banquier sans
génie, le père de famille inintelligent, le mari qui a sur la fidélité des
femmes l'opinion de M. Paul de Kock, la majorité des commerçants,
des banquiers, des pères de famille par conséquent, tous ces braves
gens-là, l'homme médiocre, leur semblable, les rassure. Il leur va
comme un gant, et la logique veut que les portes qui se ferment pour
le premier s'ouvrent toutes grandes pour le second. Et, d'ailleurs, qui
est-ce qui, dans une société où l'intérêt personnel domine, ne fait
pas de préférence une petite place à ses côtés à l'homme qui ne peut
pas l'éclipser, à l'imbécile dont le voisinage, encore qu'il puisse être
fâcheux, ne saurait du moins être inquiétant? Un homme sans valeur
occupe une place, mais il ne la remplit pas, et, tandis que la place
d'un homme nul n'est que la place de quelque chose, celle d'un
homme d'esprit est tout de suite la place de quelqu'un. Quand on
s'expose à coudoyer un homme supérieur, c'est avec lui qu'il faut
compter et non avec sa fonction seulement.

Convenons aussi qu'il se dit journellement autour d'un comptoir,
dans le bureau d'un négociant, dans l'étude d'un tabellion, autour
de la toque de quelques avoués, derrière la grille d'un agent de
change, dans le sein d'un certain nombre de familles, partout enfin
où l'intérêt est en jeu, une foule de sottises accréditées par l'usage,
tolérées par la loi, nécessitées par le besoin, exigées par la niaiserie,
la vulgarité ou la duplicité du public avec lequel on est en rapport,
et que toutes ces choses-là, il n'y aurait aucune sûreté à charger un
homme d'esprit de les dire. Elles sortiraient moins ingénument d'une
conscience et d'une bouche qui sauraient ce qu'agir et parler veulent
dire, que de la conscience et de la bouche d'un pauvre diable qui met
candidement toutes les obéissances passives au nombre des vertus et
qui a trouvé sans réplique qu'il n'y eût de défendu que ce qui n'est
pas profitable.

Qui n'a pas entendu dix fois dans le monde des dialogues comme
celui-ci :

« Vous connaissez Francis?

— Un garçon d'esprit, ma foi.

— Eh bien, il est notaire!

— Notaire! pas possible? Qui est-ce qui lui a confié une étude?

— Que voulez-vous, mon cher! on ose tout aujourd'hui! »

Ou cet autre :

« Y a-t-il longtemps que vous n'avez vu Paul de C...? Vous savez, celui qui a publié, l'an passé, une relation de son voyage en Chine, un garçon qui n'avait rien, qu'un peu d'esprit; eh bien, M. Z. vient de lui donner son usine à conduire, plus la main de sa fille!!

— M. Z...? son usine? Ah çà! mais monsieur Z... est devenu fou, je suppose.

— Ne m'en parlez pas... »

Ou celui-ci :

« Vous savez bien le petit M..., qui faisait mes affaires à la Bourse?

— Oui — celui qui vous a donné de si bons conseils? D'après ce que vous m'avez dit, mon gaillard, vous avez gagné deux cents bons mille francs, grâce à lui, l'an passé?

— Précisément. Eh bien, savez-vous ce qu'il a fait, l'imbécile? Il a fait une pièce au Théâtre-Français, une pièce qui a un succès fou. C'est un garçon perdu! Je l'ai rencontré huit jours après son équipée, et, ma foi, je ne lui ai pas mâché mon opinion. « Vous » avez eu mes derniers ordres, » lui ai-je dit. « Si vous croyez que » j'aurai confiance dans un auteur, vous vous trompez du tout au tout. » Tant pis pour vous! vous m'alliez avant d'avoir perdu la tête; mais, » aujourd'hui, vous m'offririez un empire, que je ne vous donnerais

a.

» pas la commission de m'acheter seulement pour cent francs de rente. »

— C'était dur ; mais il ne l'avait pas volé. Et qu'est-ce qu'il vous a répondu le pauvre garçon ?

— Le pauvre garçon ? Vous le plaignez à présent ? Vous avez de la bonté de reste, par exemple ! Il m'a ri au nez, m'a frappé sur le ventre et m'a dit qu'il avait parié, avant que sa pièce fût jouée, qu'il perdrait ma clientèle dès que son nom serait sur l'affiche ; que ce que je lui disais ne l'étonnait donc pas et que c'était nature... »

Un dernier exemple, tiré d'un peu plus haut.

On conseillait à un président du conseil, que je ne veux pas nommer, de prendre pour collègue, dans un moment de crise, M. X...

« Non, répondit-il tout net, X... a trop d'esprit, il est trop fort, il nous gênerait. »

Etc., etc., etc.

Hélas ! hélas ! il faut le confesser, l'esprit a tort, la société et la sottise ont raison. Il est une foule d'emplois incompatibles avec l'esprit, il est une foule de places où un homme d'esprit ferait tache par son éclat même et se trouverait fourvoyé, comme un diamant au doigt d'un pauvre homme. Si donc, au lieu de classer un homme, son esprit ne sert qu'à le déclasser, rien n'est plus normal que l'ostracisme qui pèse sur l'esprit.

Sur ce, vous tous qui avez de l'esprit, humiliez-vous et tenez-vous pour avertis qu'à moins d'un miracle ou, tout au moins, d'une abjuration dans les règles, votre royaume n'est pas de ce monde. Où diable vous nicherait-on, dans un pays où sa médiocrité est un préjugé en faveur du jugement d'un homme, où il suffit presque d'être un peu bête pour avoir une notoriété de bon sens ?

Ce n'est pas avec de l'esprit, en effet, je parle de l'esprit d'honnête homme, le seul qui soit de l'esprit, c'est-à-dire avec de la raison sans empois, c'est-à-dire avec cette irrésistible soudaineté, avec cette brusque et franche gaieté du bon sens qui est la marque du véritable esprit, que vous saurez faire illusion et à vous-même et aux autres sur le sérieux d'une entreprise peu morale, sur la valeur d'une doctrine absurde, sur l'importance d'une découverte qui n'a de prix pour personne, sur le mérite d'un système politique que votre cœur condamne. Et, si ce talent essentiel de vous tromper vous-même et de tromper les autres vous manque, vous n'êtes qu'une superfétation sociale.

Est-ce là, oui ou non, la condition faite à l'esprit de nos jours? L'esprit uni à la conscience, dont il doit être inséparable pour avoir qualité d'esprit, est-il, oui ou non, un empêchement plutôt qu'un aide dans la vie moderne?

Qui pourrait le nier?

A ce compte, dira-t-on, le mot de l'Évangile : « Bienheureux les pauvres d'esprit, » serait donc vrai sur la terre comme au ciel, et la condition d'homme d'esprit serait, même ici-bas, une des pires de notre triste humanité?

Oui et non.

Oui, dans l'ordre matériel.

Non, dans l'ordre moral.

Tout homme d'esprit digne de ce nom doit contenir un philosophe et être armé contre les disgrâces de la vie, de façon à ne perdre l'esprit ni dans le succès, ni dans la défaite. Or, ne plaignez pas celui à qui reste l'esprit. Le plus riche est pauvre, assis sur ses millions, à côté de ce déshérité dont la besace ferait envie à la caisse de M. de Rothschild, si, par impossible, M. de Rothschild, n'était pas un homme de génie.

L'esprit porte ses consolations en lui-même; sa fortune, c'est-à-dire la joie de sa raison satisfaite, est tout intérieur. Quoi qu'il lui arrive, il ne saurait la perdre. « L'esprit, a dit M. de Rémusat, est peut-être le seul bien de ce monde qui soit sans mélange. Seul, avec la vertu, il ne laisse aucun regret après lui. » Disons encore, avec La Romiguière, « qu'il ne vieillit pas, » et ajoutons, pour notre compte, qu'il empêche la raison de vieillir.

Beaucoup de gens s'inscrivent contre ces vérités; qu'importe? Ceux-là n'ont pas réfléchi au sens exact qu'il faut donner à ce mot ESPRIT, qui ne signifierait rien s'il méritait les étranges et très-variées significations que tous les jours on lui donne.

Pour un grand nombre de bonnes gens, pour tous ceux qui font, d'instinct, obstacle à l'esprit, il semble qu'*esprit* et *légèreté* soient synonymes et qu'aujourd'hui comme au moyen âge l'homme d'esprit ne puisse prétendre qu'à l'emploi des comiques, qu'à être, non le bouffon de quelqu'un, — de nos jours, les rois, dit-on, n'ont plus de fous à leur cour, — mais le bouffon de tous.

Il a dû arriver à quelques hommes d'esprit, dans nos temps agités, de se dévouer à quelque noble cause, de s'y consacrer entièrement et de mourir en la servant. Savez-vous ce qu'ils auront gagné à ce généreux sacrifice ? « Tous les gens d'esprit ont décidément la tête à l'envers, dira-t-on. De quoi diable se mêlent-ils, je vous prie ? » Et ce sera là toute l'oraison funèbre que leur feront les gens bienveillants. Les malveillants ne s'en tiendront pas là. « Hum ! diront-ils, à qui fera-t-on croire que, sous ce prétendu héroïsme, il n'y eût pas quelque intérêt caché. Ils ont manqué leur but; ils sont punis par où ils ont péché; c'est bien fait. »

Le malheur de l'esprit, dans nos sociétés modernes, c'est qu'il ne pose pas; c'est que les périodes qui charment les niais, c'est que les phrases et les cols empesés l'agacent; c'est qu'il parle, en un mot, et ne déclame jamais; c'est enfin que, pour les gens d'esprit, le sérieux est au fond, tandis que, pour les sots, il est à la surface.

De là ce grand, cet inextricable malentendu qui ne finira que quand la majorité des Français saura qu'on peut être plus frivole en faisant un sermon qu'en regardant voler une mouche.

On me passera de ne pas appeler gens d'esprit ceux qui n'ont d'esprit que ce qu'il en faut pour émerveiller les bavards et pour amuser et abuser les sots. Ce ne sont là que joueurs de gobelets et instrumentistes de place publique ; leurs variations et leurs tours de force ne sont qu'affaires de saltimbanques. L'esprit et la raison ne sauraient avoir ni deux bureaux, ni deux plumes. Ce qui n'est pas tous les deux n'est ni l'un ni l'autre.

J'en dis autant de l'esprit et de la conscience ! Un coquin, si spirituel qu'on le suppose, ne sera jamais qu'un homme d'esprit manqué. « Eh quoi ! me dira-t-on, ce fripon célèbre, ce fripon merveilleux, ce fripon illustre qui a tenu la France en éveil pendant vingt ans, il n'a pas d'esprit, celui-là ? »

A quoi on me permettra de répondre que l'homme qui n'a pas eu l'esprit de n'être pas un fripon n'est qu'un sot.

L'esprit qui n'a pas le consentement des honnêtes gens et l'approbation des esprits élevés n'est pas l'esprit. L'esprit ne commence que là où il fait rêver les sots et pâlir les méchants. Hors de là, tout ce que l'on appelle esprit n'est que mirage et apparence. Le plus beau feu d'artifice ne fera jamais l'ouvrage du soleil.

Il est un moyen, toutefois, pour l'homme d'esprit de reprendre le rang qui lui est dû dans notre société française, s'il a le cœur ferme aussi bien qu'il a l'œil pénétrant. Ce moyen, le voici : il faut qu'acceptant la situation d'isolement qui lui est faite au milieu des intérêts de tous, il se fasse résolûment le spectateur et le juge de cette société qui le trouve inutile. Il faut que, s'armant d'une plume comme d'un fouet, il entre à la suite de Rabelais, de Montaigne, de Charron, de Voltaire, de Labruyère, de la Rochefoucauld ou de Chamfort au service de la moralité publique.

Pour peu que cette détermination soit servie par le talent, les mains jusque-là fermées pour lui ne tarderont pas à se rouvrir. Cela s'explique : mieux vaut encore tendre les bras que le dos à un homme dont la tâche est désormais de frapper.

Aussitôt donc que les sots s'aperçoivent que, dans cette main qu'on croyait si futile, une plume a le piquant d'une épée et qu'un mot tombé de cette bouche rieuse est capable de faire, comme la balle d'une arme à feu, un trou aux peaux les plus dures, le respect fait place au dédain et c'est à qui saluera le plus bas cette force hier méconnue.

Les arts et les lettres, voilà le refuge, voilà le port obligé de l'homme d'esprit qui ne sait pas transiger et qui ne veut pas mettre son esprit dans sa poche. Port étroit, fécond en naufrages, mais en naufrages glorieux. Bien mourir ne vaut-il pas mieux que mal vivre?

Non, il n'est pas d'alternative, non, il n'est pas deux professions pour l'homme d'esprit. Il faut qu'il écrive. Celui qui n'écrit pas est une sentinelle sans fusil. Celui qui écrit, au contraire, si humble que soit là table qui porte sa plume et son papier, a une part de souveraineté ici-bas. Mais, qu'il ne l'oublie pas, pour lui, désormais, plus de repos. Quand l'homme d'esprit a paru dans la lice, il ne peut plus désarmer; quand il ne règne pas, on l'opprime.

On vient de faire un livre sur un mot, sur ce titre : « *le Roi Voltaire.* » Sans faire tort à ce livre, je suis bien sûr que son titre n'est pas ce qu'il contient de pire.

Voltaire a eu cet honneur de prouver que l'esprit était le maître du monde, à une époque où le monde tout entier était à refaire. La besogne était immense, mais immense était son courage, et pas un jour son vaillant esprit ne faillit à la tâche.

La tâche aujourd'hui est moins grande; est-ce pour cela que les ouvriers semblent manquer, ou bien, au lieu d'être excités par les nobles exemples du passé, craignent-ils, après de tels devanciers, d'entrer dans la carrière?

Hélas! tous n'ont pas l'esprit de Voltaire, sans doute! Tous n'ont pas non plus sa conscience et son âme indomptable, ni sa foi dans la toute-puissance de l'esprit. Mais qu'importe! Ne fût-on qu'un soldat sous la bannière des grands esprits qui ont illuminé le monde, il faut servir. C'est le privilége de l'esprit, qu'alors même qu'il ne peut rien pour lui-même, il peut beaucoup pour les autres. L'esprit est le seul patron que sa clientèle n'abandonne pas; car, la plupart du temps, il plaide gratis. Le jour n'est-il pas venu de rappeler à tous que l'esprit n'est point un simple talent d'agrément et que le plus mince apport de l'homme d'esprit dans le monde sert autant ce monde que le plus admirable mouvement des machines dont s'enorgueillit, à bon droit d'ailleurs, l'industrie.

DEUXIÈME PARTIE.

M. AUGUSTE VILLEMOT.

Ces réflexions n'ont pas toutes, à coup sûr, leur application possible à l'œuvre de M. Villemot, ni à M. Villemot lui-même; mais on comprendra pourtant qu'elles me soient venues en pensant à la singulière fortune de ce charmant esprit, à ses qualités, et même à ses défauts.

Auguste Villemot a été longtemps, je ne dirai pas cette âme, mais cet esprit en peine de sa route dont je parlais plus haut.

Bien que dans ses tendances il n'y eût rien qui pût choquer le milieu bourgeois dans lequel il semblait appelé à vivre, puisque toutes les forces de son esprit étaient naturellement tournées vers la glorification des idées de la bourgeoisie, il ne parvint pas, tant c'est décidément un bagage embarrassant que l'esprit, à se caser dans la vie d'une façon bourgeoise, je veux dire tout à fait régulière.

La classe de la société qui eût dû n'avoir pour lui que des sourires, qui eut dû être fière de compter dans son sein, ne fût-ce qu'à l'état d'unité, un membre tel que lui, c'est-à-dire un bourgeois foncièrement bourgeois et néanmoins foncièrement spirituel, un bourgeois assez riche en saillies pour tenir en échec l'armée des bohémiens railleurs qui, depuis vingt-cinq ans, la prenaient pour point de mire de tous leurs traits, — cette classe de la société le força, par l'inertie de ses résistances ordinaires, à vivre en dehors d'elle. Elle ne sut lui donner ni le superflu, ni même le nécessaire. Il semble qu'elle ne pût se décider à reconnaître pour sien un enfant si libre en ses allures, bien que si semblable à elle-même en ses principes, et qu'elle eût l'ingénuité de se dire : « C'est un homme d'esprit; donc, il n'est pas à nous. »

Et voilà comment il se fit que le bourgeois, que le modéré, que le conservateur Villemot fut contraint d'aller chercher sa vie dans des carrières extra-bourgeoises, et passa la meilleure partie de sa jeunesse comme employé dans l'administration d'un théâtre de Paris.

Pendant de longues années, ce champion désintéressé et néanmoins satisfait de la société ultra-modérée des derniers temps du règne de Louis-Philippe, vécut donc au milieu de ses adversaires, affilant sa langue (en attendant qu'il aiguisât sa plume) dans des escarmouches journalières avec les esprits aventureux qui peuplent d'ordinaire le monde des coulisses, et usant très-probablement dans les entr'actes de ses modestes fonctions une somme considérable d'esprit dont l'emploi public eût été fort utile à sa cause. N'était-ce point un spectacle singulier que celui de cet employé de tous les hasards de la comédie, besoigneux comme les autres, défendant gratis, avec une verve étincelante et une gaieté de conviction intarissable, en plein pays de Bohême, le droit des puissants et des riches et parfois sans doute leurs préjugés, louant enfin, et de bon cœur, un ordre de choses qui avait fourni pour toute ressource à son esprit et à son bon sens une petite place de secrétaire dans la direction d'un théâtre? Que de fois ses adversaires, stupéfaits de trouver, sur le chemin de leurs théories folles ou de leurs justes récriminations, ce conservateur qui n'avait rien à conserver, ont dû lui dire : « Quelle rage avez-vous là de parler si bien pour autrui et contre vous-même! »

Ce ne fut qu'après avoir vécu ainsi, à côté de son esprit, ce ne fut qu'à l'âge de quarante ans que M. Villemot, comme il convenait à un bon bourgeois un peu attardé, s'aperçut qu'il était un homme d'esprit et soupçonna que son esprit pourrait bien n'être pas toujours une non-valeur. Il comprenait enfin que l'homme d'esprit, même dans le meilleur des mondes possibles, ne peut attendre de secours que de son esprit, et, se décidant à abdiquer les fonctions semi-régulières par lesquelles il s'évertuait, sans grand succès, à se rattacher à la vie bourgeoise, il prit le parti de mettre la main à la plume. Ce n'était pas trop tôt; le temps n'est plus où, pour peu qu'on fût lettré et agréable, on trouvait à dîner, suivant le relevé qu'en a fait M. de Sainte-Beuve :

Le dimanche et le jeudi, chez le baron d'Holbach;

Le lundi et le mercredi, chez madame Geoffrin;

Le mardi, chez Helvétius;

Le vendredi, chez madame Necker.

Ce qui ne vous laissait que l'embarras du samedi.

Le critique que nous venons de citer tout à l'heure, le plus ingénieux, le plus attrayant des critiques sans contredit, et le plus judicieux même quand la passion politique ou la hauteur de son sujet ne rapetissent pas ses jugements, M. de Sainte-Beuve parlant de Le Sage, si je ne me trompe, établit qu'il y a deux races d'esprit : « Ceux qui préfèrent le naturel à tout, même au distingué; — ceux qui préfèrent le délicat à tout, même au naturel. » Cette formule est excellente et pleine de mérite dans la bouche d'un homme qui, pour le dire en passant, a préféré, plus d'une fois, le délicat au naturel. Elle nous aidera à caractériser le talent de M. Villemot.

Bien que le délicat ne lui répugne pas et qu'il le rencontre à l'occasion, M. Villemot préfère à tout le naturel. C'est un esprit gaulois qui ne recule devant rien de ce que peut supporter une conversation entre bons bourgeois qui respectent les oreilles des dames, mais qui ne sont peut-être pas fâchés de les inquiéter un peu.

Cet esprit franc, net et clair se détacha, dès son premier mot, comme une lumière sur l'esprit généralement plus cherché que trouvé de la petite presse parisienne, qui, elle me pardonnera de le lui dire, semble s'éclairer trop volontiers de bouts de chandelles mal mouchées et préférer trop souvent les travaux malsains de la nuit à ceux qui demandent le grand jour.

La simplicité, la rondeur des procédés de ce nouveau venu délassa le public des repas de faux esprit que les enfants terribles de l'esprit essayent, dans tous les temps, de lui faire prendre pour l'esprit lui-même. On ne fut pas fâché de voir qu'on pouvait n'être point un sot en parlant la langue de tout le monde sans mélange d'argot ou de jargon.

M. Villemot ne fait pas d'esprit. Il en a. Son esprit est de ceux dont il faut dire qu'ils sont essentiellement faciles, et qui coûtent si peu à leur auteur, qu'on croit les avoir payés rien qu'en en jouissant Esprits heureux, bien qu'aucuns ne fassent plus d'ingrats.

Dans M. Villemot, l'écrivain ne s'est pas formé peu à peu. Il a su, avant d'écrire sa première ligne, qu'il ne fallait pas tout écrire, qu'il serait inconvenant de prendre le dos de son lecteur pour pupitre et de faire son apprentissage à ses dépens. Il s'est montré tout d'abord armé de toutes pièces, et, bien qu'il soit du petit nombre de ceux chez qui tout est imprévu, qui parlent la plume à la main, qui ne raturent pas, il reste maître de ses propos; on sent que, si son esprit le suit partout, il est bien rare qu'il soit mené par lui où il ne veut point aller.

Il a une sorte de grande manière de raconter les petites choses, et même les choses vulgaires, qui les fait accepter. Grâce à sa forme, elles méritent qu'il les ait dites, et on se pardonne de les avoir écoutées. Il excelle à raconter une naïveté, à mettre en relief une bêtise, à marquer un mot spirituel, à relever le trait, à arrêter une phrase, une période, un récit au point qui doit faire son succès, à détacher d'une situation piteuse ce qu'elle a de comique et d'un fait burlesque ce qu'il cache de touchant. Il vous laisse ainsi le double bénéfice du cœur et de l'esprit.

Sa gaieté est intarissable; il faut la partager, quoi qu'on en ait. Son journal, c'est le coin de son feu. Il y installe son lecteur tout d'abord; il y prend place en face de lui. A moitié assis et à moitié couchés, comme dans des fauteuils trop commodes, chacun, l'un à droite, l'autre à gauche, y prend ses aises. Son lecteur est pour lui un partenaire familier, un ami en visite, voire un bon camarade. Quand il remarque que l'ennui va le prendre, il lui fait une farce, il le pique au jeu, il le mystifie; il se fait, il est gamin pour lui plaire; il ne lui tape ni sur l'épaule ni sur le ventre, mais il lui en fait la peur, et, quand il le voit bien préparé, il lui demande un sourire et l'obtient. Que si, dans un moment de distraction, il l'a laissé s'endormir, il lui place les barbes de sa plume sous les narines et lui fait voir, pour son réveil, une figure si épanouie, un nez si gai, une bouche si bien ouverte, qu'il lui ôte jusqu'à la pensée de regretter son sommeil.

C'est mieux qu'un talent, une telle gaieté. C'est un don, c'est une sorte de génie. Tant pis pour qui ne comprendra pas que je me plaise à la louer.

Où Villemot brille, c'est quand il a la bonne fortune de n'avoir rien à dire, quand, au moment d'écrire, il découvre, en face de son papier blanc, que son sac est vide, qu'il est au dépourvu, que le hanneton qui vole incessamment dans son esprit lui a fait oublier la semaine écoulée, qu'il ne sait pas le premier mot de ce qui s'est passé depuis huit jours, et qu'en bon badaud il a tout regardé sans rien voir. Il tire alors une merveille de son embarras, un festin de sa disette, un chef-d'œuvre de ce néant. Il n'a été ni à l'Ambigu, ni au Cirque, ni au *Te Deum*, ni à l'enterrement qui ont fait courir tout Paris, ni ailleurs, ni partout où il aurait dû être, qu'importe! Il va vous charmer en déplorant comiquement avec vous sa disgrâce ou en vous faisant part, sans vergogne, du bonheur qu'il éprouve à n'avoir rien qui vaille à vous raconter. Il faut le voir alors, pour faire oublier son méfait, suppléant à tout, remplaçant tout; c'est l'homme orchestre, c'est l'homme spectacle à lui tout seul. Le premier prétexte venu, la

sortie d'un bal, une mêlée de paletots, l'encombrement d'un vestiaire, le récit d'un relâche, c'est plus qu'il ne lui en faut pour faire
un tableau de genre achevé, et son meilleur feuilleton sera, presque
à coup sûr, celui où le sujet lui aura manqué.

Ajoutez à cela qu'au milieu de sa jovialité, vous rencontrez plus
d'une page éloquente, qu'il sait défendre le juste aussi bien qu'attaquer le méchant, que nul n'a mieux parlé d'un illustre poëte miséra-
blement fourvoyé, et nul mieux fustigé certain pamphlétaire à qui les
plus braves accordaient trop prudemment le bénéfice de leur silence,
et qu'enfin, si, pour dérider son auditoire, il ne recule ni devant la
charge ni devant le coq-à-l'âne lui-même, il a, à l'occasion, des pous-
sées de style noble et excellent, et ne touche ni aux grandes choses,
ni aux grandes figures, ni aux grands sentiments que de façon à
montrer qu'il les comprend et à vous pénétrer de son émotion.

« C'est dans le *Journal des Débats* que j'ai appris à lire couramment, » dit-il, dans un de ses premiers feuilletons. L'aisance et la
solidité de sa phrase trahissent cette excellente école. On sent dans
Villemot l'élève du Conservatoire qu'un peu trop de bonne humeur
a poussé à jouer de préférence le répertoire du Palais-Royal et qui
porte dans la farce la supériorité que donnent seules des études
sérieuses.

C'est cette qualité singulière de la forme recouvrant et rehaussant
le lazzi lui-même qui assure une place à Villemot dans toute galerie
un peu complète de l'esprit français et fera de lui, un jour, quelque
chose comme un classique de la facétie.

La réussite de Villemot fut rapide; elle fut incontestable, sinon
incontestée. L'impressario passablement fantasque qui dirigeait la
troupe turbulente du journal où il fit ses premières armes, eut le
mérite de le reconnaître, et, certes, dans l'intérêt de son entreprise
comme dans celui de ses lecteurs, il eut raison. Les *Chroniques
parisiennes* de M. Villemot et les critiques souvent remarquables
de M. Jouvin peuvent seules expliquer aux yeux des gens sensés la

vogue singulière du journal qui avait repris pour enseigne le nom de
Figaro, et elles ont été l'élément le plus sain de ce succès. Villemot
fut proclamé du premier coup chef d'emploi sur son théâtre. Les
suffrages du public furent un facile contre-poids aux résistances de
quelques esprits plus pointus que raffinés, pour qui l'excentricité
seule est un talent et qui s'imaginèrent avoir tout dit contre Villemot
en s'écriant : « C'est un bourgeois. »

L'envie n'a pas toujours la main heureuse, elle trouve souvent un
éloge en cherchant une critique. Cela s'était déjà vu à propos de
MM. Ponsard et Augier, dont les adversaires aidèrent la fortune en
leur rendant le service de les désigner au public sous le titre de chefs
de l'école du bon sens, titre dont le public fit pour eux, et non sans
raison, un titre d'honneur; cela se revit pour Villemot. En criant aux
échos qu'il était un bourgeois, l'envie avait trouvé le mot qui devait
faire en même temps la clientèle et la popularité de son esprit.

Un autre bourgeois que le flair de certaines réussites avait abusé
sur sa valeur intrinsèque et qui avait cru découvrir en lui-même le talent qu'il avait en réalité trouvé et qui lui avait si souvent servi dans
les autres, un autre bourgeois avait pressenti qu'il y avait un succès
à se faire dans le domaine inexploité de l'esprit bourgeois; mais il
lui avait manqué, pour atteindre au but qu'il convoitait, d'une part
d'être un bourgeois, de l'autre d'être un homme d'esprit.

On doit gratis la vérité à qui s'est payé beaucoup de flatteries.
Nous n'avons jamais bien su ce qui avait pu faire naître ni justifier
la prétention de personnifier l'honnête bourgeoisie de Paris qu'af-
ficha opiniâtrément, dans ces dernières années, l'écrivain inattendu
des prétendus *Mémoires d'un bourgeois de Paris*.

Célibataire très-caractérisé, — industriel enrichi dans des spéculations notoirement antibourgeoises, — convive infatué et glorieux
des cabinets particuliers les moins bourgeois du monde, — hôte déjà
suranné des coulisses de l'Opéra et autres coulisses que les bons
bourgeois de France n'ont jamais considérées comme l'asile des mœurs

b.

de famille, ce faux bourgeois, avait fait des efforts multipliés, bruyants et superflus pour prendre cette position de bourgeois de lettres, de bourgeois spirituel; Villemot, sans y avoir jamais prétendu, y fut porté tout d'un coup.

La mode passera, si elle n'a passé déjà, aux deux extrémités de l'échelle sociale, de rire des bourgeois et de la bourgeoisie de France. Le moment est peut-être venu de reconnaître que cette bourgeoisie, quelque grief qu'on ait contre elle, des deux côtés, est loin d'être seule coupable des fautes de tout le pays et qu'aux deux bouts les innocents sont aussi clair-semés qu'au milieu. Cet aveu, que la logique de ce travail purement littéraire amène sous notre plume, nous ne le retirerons pas. Non, la bourgeoisie, dans l'état actuel, dans l'état possible des sociétés modernes, tant que ces sociétés seront classées ou divisées par catégories, non, la bourgeoisie n'est pas la poche seulement, elle est les trois quarts de la raison, elle est presque tout le cœur de la France, elle est le centre, elle est le foyer de la maison. Ce qui lui manque parfois en audace et en prévoyance, elle le rachète à toutes les époques en zèle sincère et en probité, et, quand nous jetons un regard sur son histoire, nous trouvons que le plus grand vice de cette histoire, c'est qu'elle ait été incomplète, c'est qu'elle soit demeurée inachevée et que les temps n'aient permis ni que ses lacunes fussent comblées, ni qu'elle se déroulât tout entière.

Le bourgeois de lettres Villemot n'appartenait pas en politique à ce qui fut, selon nous, la meilleure et la plus généreuse bourgeoisie de son temps. Son défaut, à nos yeux, c'est d'avoir été de cette fraction de son parti qui avait pris trop au sérieux la dangereuse doctrine de l'insouciance en matière politique, que des hommes d'État sans vue d'avenir prêchaient à leur clientèle pour la commodité du présent qu'ils croyaient tout à eux. C'est d'avoir été de ceux qui,—persuadés que chacun est incompétent à se mêler des affaires de tous et que toute la politique d'un homme ami du repos consiste à détester les révolutions, — devaient être d'autant plus responsables des changements quelconques qui viendraient à se produire : l'indifférence des uns en politique étant le laisser passer naturel de toutes les entreprises des autres.

Ce défaut de Villemot se trouva, chose bizarre, être, grâce aux circonstances dans lesquelles il débuta, une qualité, et c'est dans ce défaut même que, sans faire tort aux mérites que nous venons de lui reconnaître, nous trouvons le complément des raisons qui ont fait son succès.

Le moment n'était pas aux discussions politiques. Les directeurs de journaux, voyant que l'intérêt public s'était déplacé et que, du haut du journal, il avait dû descendre au rez-de-chaussée, les directeurs de journaux, dis-je, pour suppléer à cette éclipse d'un de leurs moyens de succès, avaient inventé de donner à leurs lecteurs ce qu'on appelait des histoires, des revues, des chroniques de la semaine. Ces chroniques avaient pour raison d'être le besoin évident, pour ces directeurs surtout, de faire passer tous les huit jours, sous les yeux de leurs abonnés, le récit spirituel de ceux des événements de la semaine qui sont de nature à intéresser des lecteurs tant soit peu curieux dans le domaine varié des lettres, de la science, des arts et du monde. L'invention, qui, comme beaucoup d'autres, n'était pas nouvelle, parut telle, tant on la généralisa, et la grande vogue s'établit des chroniques de toutes sortes : chroniques des salons, chroniques de la musique, de la danse, de la peinture, de la mode, chroniques de la ville et de la campagne, chroniques des lieux publics et chroniques mêmes de l'intimité. Chaque journal eut sa part de tant de chroniques.

On put espérer un instant que, grâce à toutes ces chroniques, dont chaque auteur devait être nécessairement un homme d'esprit, on avait enfin trouvé en France l'emploi de l'esprit et que l'esprit n'y serait plus désormais à l'état de sinécure. Point! l'esprit est un être de raison essentiellement indépendant qui ne s'arrange pas d'ordinaire des cadres tout faits. Les chroniqueurs abondèrent, il est vrai ; mais le public constata avec déconvenue que les hommes d'esprit n'étaient encore que médiocrement utilisés dans les chroniques.

A quoi cela pouvait-il tenir? A un détail infime, à une susceptibilité, à un vice particulier à l'esprit français, que rien, si ce n'est tout, ne peut jamais satisfaire.

Quand le paradis terrestre fut ouvert à l'homme et à la femme, quand la liberté fut donnée à l'un et à l'autre d'user à volonté de tout ce qui s'y trouvait, fruits et fleurs, à l'exception pourtant des pommes d'un certain pommier qui se dressait au milieu du verger, chacun sait que la seule vue de ce fruit défendu suffit à empoisonner le bonheur de nos grands-parents, qu'ils eurent le caractère assez mal fait pour se trouver pauvres dans ce lieu de délices et que, la légère restriction qu'on imposait à leur droit de jouissance ayant donné à la première femme ses premières attaques de nerfs, Ève se décida un beau jour, en dépit du danger qu'il y avait à le faire, à mordre dans la pomme.

Tels les chroniqueurs, pouvant tout dire, hormis ce qui leur était défendu. Les plus réputés, ceux que le cri public désignait pour cette place enviée dans les journaux, ou s'abstinrent, ou, après quelques tentatives peu heureuses, rentrèrent dans le silence. Les plus malins, parmi ceux qui persistèrent, perdirent dans la contemplation obstinée et stérile de cette malheureuse pomme dans laquelle les directeurs de journaux refusaient obstinément de leur laisser mettre la dent, perdirent, dis-je, dans cette préoccupation malencontreuse les facultés les plus précieuses de leur esprit. Villemot seul se sentit à son aise dans le cercle qui lui était assigné. Il ne parut point souffrir d'avoir à se taire sur des sujets qu'il n'avait jamais songé à traiter et qu'il avait toujours considérés comme un domaine réservé. Il se trouva, dans les quatre murs du journal exclusivement littéraire où il avait à écrire, aussi à son aise qu'un poisson rouge qui serait né dans son globe de verre. Il ne perdit pas un coup de nageoire, et chacun des tours qu'il fit autour de son univers restreint eut, pour lui et, par un entraînement qui fait son éloge, pour ses lecteurs, les agréments d'un voyage de circumnavigation autour du monde. Son tempérament ne s'y trouva pas gêné ; les limites tracées aux investigations de sa plume n'affectaient nullement son humeur.

Il chanta enfin, dès le premier jour, sa chanson, derrière les barreaux de sa cage, en oiseau qui n'aurait jamais connu qu'elle et se trouva au large sur ce terrain que d'autres trouvaient étroit.

Ce fut grâce à cette facilité de respiration qu'il put se garder des malencontreuses inventions auxquelles eurent recours quelques-uns de ses peu avisés confrères pour se donner plus d'air. Il n'essaya pas, comme la plupart, d'introduire ses lecteurs dans des salons qui n'existent pas, chez des grandes dames qui ne vécurent jamais, auprès de duchesses dont on ne vit jamais le blason. Il ne souffrit pas que sous sa plume sincère vinssent se placer les histoires à dormir debout dont la lettre X est toujours le héros. Il n'eut point l'ambition de faire croire à ses lecteurs des provinces lointaines ou de l'étranger qu'il était dans le secret des dieux et des déesses. Il ne traîna pas son public dans les antichambres des grands, comme certains domestiques de lettres à qui il ne manque que la livrée pour être complets dans leur rôle ; il ne lui dévoila pas le mystère des boudoirs comme un coiffeur indiscret ; il ne s'en prit jamais, les faits lui eussent-ils manqué, à la vie privée des demoiselles trop connues ; il ne chercha, en un mot, aucun scandale et laissa tranquilles derrière leur paravent les gens qui ne briguaient pas les honneurs de la publicité.

Il trouva, ainsi, grâce à sa richesse personnelle d'une part, et, de l'autre, grâce à l'éclectisme de sa nature, qui lui permettait d'être, sans effort, bienveillant pour tous les partis, le privilége de se faire lire de toutes les opinions sans en outrager aucune, et d'être proclamé tout d'abord, par les amateurs de chroniques, le chroniqueur type, le chroniqueur possible, le causeur le mieux écouté de France. Toute la jeunesse bourgeoise, à laquelle se rallia cette part de la jeunesse artiste qui ne vit ni dans les nuages, ni dans les souterrains, avait rencontré son ténor, son bouffe favori ; le roi de la chronique familière existait.

Pour les esprits plus difficiles, il ne manqua à M. Villemot que ce qui manquait à son cadre. — C'était beaucoup sans doute, mais il ne serait pas juste de lui en faire un trop grave reproche aujourd'hui.

Son rôle, dans cette conversation écrite qui s'établit de nos jours entre l'écrivain de la presse non politique et le public, sous prétexte de chronique, et dont le sujet semble pouvoir varier de la pluie au beau temps, à l'infini, sans pouvoir s'élever ni s'animer jusqu'à la passion, son rôle de causeur se trouve défini par lui-même avec un rare bonheur, et bien à son insu, dans une page sur la causerie française que j'emprunterai, pour me venir en aide et comme preuve, à l'un des volumes où l'on a rassemblé les chroniques publiées par M. Villemot dans le *Figaro*, et qui ont été pour moi l'occasion de cette étude, qu'on me pardonnera d'avoir faite si longue.

« L'art de la causerie a ses lois difficiles à déterminer et à définir,
» instinctives plutôt que formulées. — Aborder un sujet, le traiter sur
» le ton qui lui appartient, être concis sans sécheresse, léger sans mau-
» vais goût, savoir se dérober quand le terrain devient perfide, tirer
» au vol le gibier qui passe, résumer dans un mot à la fois ingénieux
» et profond un fait ou une situation, parler cette langue à demi voi-
» lée que nous ont léguée les beaux esprits des deux derniers siècles,
» glisser sur les surfaces, sans effort et sans bruit, comme le cygne
» sur son lac, ne heurter personne dans ces mille évolutions d'une
» course au clocher, franchir avec grâce les obstacles, sauter leste-
» ment les fossés, où chacun croit que vous allez culbuter : — voilà
» un aperçu des qualités variées, de quiconque aspire à la réputation
» de causeur. — Je ferais mieux de dire de quiconque la mérite, car
» celui qui y aspire y atteindra rarement. — Il faut que ce soit un
» art révélé, jamais un art travaillé. »

Plus loin, entrant dans le détail, il ajoute : « L'art de causer est in-

» dépendant du talent et même du génie. — J'ai connu des hommes
» très-supérieurs, les uns incolores, les autres intolérables dans la
» conversation. — Chez les uns, le travail du cabinet absorbe le cer-
» veau, — les grâces de l'improvisation leur manquent. — Chez les
» autres, une excessive préoccupation de soi-même, une prétention
» constante à occuper dans un salon la place qu'ils occupent dans
» l'État ou dans les lettres, donnent à la causerie tout l'appareil
» d'une représentation théâtrale. — On ne peut pas siffler, — on
» bâille.

» Mais, enfin, j'ai connu aussi des hommes distingués dans toutes
» les carrières, inspirés dans des œuvres qui les immortaliseront
» peut-être, mais s'ignorant ou s'oubliant, esprits souples et char-
» mants, accessibles aux plus humbles fantaisies, parcourant tous
» les claviers, et broyant volontiers leur génie pour le répandre
» dans un salon en poussière de diamant. — J'ai rencontré aussi
» des hommes sans notoriété aucune, ayant beaucoup lu, n'ayant
» jamais rien écrit, ayant condensé toutes leurs appréciations dans
» cette littérature parlée, qui en fait des *artistes en conversation*.

» Rien ne reste de ces esprits aimables qui charment toute une
» génération, rien que leur portrait, appendu à la muraille de quel-
» que salon dont ils furent les familiers. — Ils disparaissent; d'au-
» tres viennent qui voient le portrait et demandent : *Quel est ce*
» *monsieur?* On ne sait que dire. Ce monsieur, ce n'est plus rien ;
» c'était un *causeur*. »

M. Villemot se trompe. Un causeur, quand il cause comme lui, la
plume à la main, est quelque chose. Le causeur qui a écrit l'excellente et charmante page que je viens de citer est un écrivain ; il y a
des romans en dix volumes qui ont fait courir tout Paris, que je donnerais pour cette modeste petite page.

Cette citation suffirait à prouver que ce rôle de chroniqueur, quelle
que soit l'idée qu'on s'en fasse, n'est pas aussi facile à remplir que
beaucoup se l'imaginent, même parmi ceux qui le jouent, et que le

travail de l'artiste qui en comprend les exigences et en formule le
programme avec tant de grâce et de raison, mérite l'examen sérieux
de la critique.

P.-J. STAHL.

Spa, 15 août 1858.

Paris, 2 avril 1854.

Figaro aura, pour commencer, le bon esprit de ne point faire de profession de foi. — Je ne sais rien, en effet, de plus nauséabond que cette préface des hommes politiques et littéraires, pleine d'une fausse modestie où la vanité doit toujours retrouver son compte. — S'engager à être de plus en plus spirituel, c'est s'exposer à faire faillite au public idolâtre. — Reconnaître qu'on n'a ni l'esprit ni la verve nécessaires pour desservir une chronique parisienne, c'est déposer son bilan avant d'avoir ouvert boutique ; il est toujours temps d'en venir à cette extrémité. La vérité est que, dans cette moisson hebdomadaire, on prend un peu le temps comme il vient : — il y a à Paris des semaines spirituelles, il y en a d'autres éminemment sottes. — Une chronique étant l'expression de la société, vous voyez d'ici les conséquences. Dans ce métier, ce qui est plus essentiel que l'initiative de l'esprit, c'est son aptitude à saisir les travers et les ridicules de son temps, une certaine intuition de ce qui est plaisant de sa nature, une probité de caractère qui permet d'effleurer les choses sans blesser les hommes (*ludere, non lædere*), et par-dessus tout, l'art de dépouiller le mouvement contemporain de ses *détritus*, pour en donner l'expression en un mot. — Il n'est pas défendu à ce mot d'être piquant et ingénieux ; — mais il est interdit au lecteur de trouver que ce mot est fade et sans saveur. — Ces conventions une fois bien arrêtées et fidèlement observées entre chroniqueurs et lecteurs, rien ne s'oppose plus à une entente cordiale entre les parties contractantes.

C'est, du reste, je ne me le dissimule pas, un métier très-périlleux au point de vue de la délicatesse et du ménagement qui sont dus à la vie privée, conciliés avec les droits de la publicité la plus scrupuleuse. Les justiciables d'une chronique parisienne, qui admettent très-volontiers le droit de publicité en tout ce qui flatte leur vanité ou leurs intérêts, voudraient tout de suite le limiter dès qu'ils ne reçoivent pas la plus entière satisfaction sous ces deux rapports. — Le mieux est de déclarer qu'on veut faire son métier avec bienveillance et loyauté, puis de ne plus se soucier du reste.

Pour aujourd'hui, je veux vivre en paix avec les gens du monde. — Nous pénétrerons un autre jour dans les coulisses de la société. Tenons-nous aujourd'hui dans les coulisses du théâtre, où je vais peut-être rencontrer aussi bien des susceptibilités. — Ma condition est d'autant plus mauvaise, que, depuis quinze ans, je suis en relations d'une parfaite cordialité avec tout ce qui vit au théâtre et par le théâtre. — Ce que je puis dire, c'est que, spectateur désintéressé, ou feuilletoniste chargé d'une publicité, il ne m'est jamais arrivé de laisser corrompre l'impartialité de mes appréciations par l'influence des petites passions qui fermentent en ces lieux. — Ma tâche est, d'ailleurs, plus facile que celle de nos grands seigneurs du feuilleton dramatique, tenus, en vertu d'une tradition que je ne comprends pas, de rendre compte doctement du moindre vaudeville échappé de la fosse aux ours. Les feuilletonistes s'épargneraient bien des embarras et bien des récriminations, s'ils se bornaient à signaler au public les bonnes pièces et les bons acteurs, en faisant justice du reste par un silence obstiné et systématique. — Je sais que, pour les mauvaises pièces comme pour les jolies femmes, le silence peut être pris aussi en mauvaise part. Mais je ne sache pas qu'on puisse entamer cette liberté de s'abstenir.

La situation des théâtres est prospère si on ne consulte que le chiffre des recettes, qui a dépassé, l'année dernière, de deux millions la plus forte recette réalisée dans la même période sous le règne de Louis-Philippe.— Mais, si on examine la position de chaque théâtre en particulier, on trouve partout le malaise et le provisoire.

C'est que l'exploitation des théâtres a aujourd'hui quelque chose de fébrile et d'insensé, c'est qu'une concurrence effrénée a engagé l'industrie dramatique dans des voies périlleuses, où un succès ne peut plus donner la fortune, tandis qu'un échec doit amener une ruine infaillible. Ces vérités se dégageront mieux d'un inventaire de la situation de chaque théâtre.

L'Opéra a encaissé, dans ces derniers temps, des recettes fabuleuses, inconnues des prédécesseurs de M. Roqueplan.— Mais cette scène, engagée, plus qu'aucune autre, par des traditions de splendeur, poussée par les efforts des théâtres du boulevard, qui dépensent cent cinquante mille francs pour une féerie, s'est vue amenée à des déploiements de forces qui, même en maintenant les recettes au maximum, accusent l'insuffisance des subsides de l'État. Le temps n'est plus où, en vue d'une pension garantie, des chanteurs comme Nourrit père, Laïs, Dérivis, etc., donnaient leur vie et leur talent pour des appointements qui variaient de six à douze mille francs. — Nous sommes loin aussi de l'époque où l'Opéra conviait Paris et la province au spectacle des superbes décorations dont il avait le monopole. Des décorations! on en voit maintenant partout; à la Porte-Saint-Martin et au Cirque. Ce n'est plus, à l'Opéra, qu'un accessoire, et, quant aux chanteurs, c'est par centaines de mille francs qu'il faut compter avec eux. — Il y a deux ans, l'Alboni recevait deux mille francs par représentation. Aujourd'hui, la Cruvelli est engagée à raison de cent mille francs par an. Ainsi le veut la marche du temps. « J'aurais bien pu ne donner que cinquante mille francs à la Cruvelli, a dit M. Roqueplan; mais cela eût été d'un effet médiocre : je lui donne cent mille francs, et toute l'Europe est forcée de venir l'entendre. » Il y a du vrai dans ce point de vue.— Ces procédés sont familiers à M. Roqueplan, qui, il y a dix ans, dégagea Bouffé du Gymnase pour le faire entrer aux Variétés, moyennant un dédit de cent mille francs. Le public est assez enclin à mesurer son estime pour les artistes au prix qu'on y met. — Quoi qu'il en soit, la spéculation a réussi en ce qui concerne la Cruvelli. — Les *Huguenots* et la *Vestale* font des recettes énormes; mais la situation du théâtre demeure très-engagée. Pour la dégager, on a songé à tout, même à un changement de direction. Au bout de l'enquête, on a reconnu qu'un autre administrateur que M. Roqueplan ne pourrait rien pour modérer la dépense, et risquerait d'énerver l'élément des recettes par de petits calculs bourgeois qui ne sont pas de mise à l'Opéra. — La solution est dans les coffres du Trésor ou dans la cassette de la liste civile, et pas ailleurs.

Au Théâtre-Français, la vieille société est virtuellement dépossédée par l'initiative du ministère d'État. M. Fould se montre très-préoccupé de la situation de cette scène nationale. — Il avise à y infuser du sang jeune et généreux, en renversant les barrières qui en interdisaient l'accès aux profanes. L'engagement, par ordre, de Bressant est une mesure dans ce sens. Le chiffre des recettes a donné pleinement raison au ministre. Bressant fait de l'argent dans le répertoire classique; ce qui n'avait été donné à personne depuis mademoiselle Rachel. — En vérité, je trouve qu'il est bien oiseux de discuter la valeur intrinsèque d'un comédien servi par une fortune si miraculeuse. — Le grand, l'immense talent de Bressant réside surtout dans cette captation indéfinissable qu'il exerce sur le public. — On est mal venu à discuter aigrement ce qui réussit d'une manière si éclatante. Que Bressant n'ait pas encore tout à fait le grand style de la comédie, c'est possible; que sa composition manque un peu d'ampleur, je l'ai entendu dire; — mais ce que j'ai entendu dire par-dessus tout, c'est ceci : « Il est charmant! » Trouvez-moi un feuilleton qui vaille, pour un comédien, ces trois mots qui s'échappent des jolies bouches des duchesses et des archiduchesses.— D'ailleurs, les successeurs de Fleury ne sont pas si communs, qu'il soit opportun de décourager ceux qui se présentent.

Le Théâtre-Italien a fourni une saison plus brillante que les précédentes. J'aurais beaucoup aimé à entendre le *Barbier de Séville*, que l'on a repris, à la grande joie des hommes de ma génération. — Mais je suis toujours un peu intimidé quand je me présente à ce théâtre : — le contrôle a des façons militaires qui rappellent les allures d'un conseil de guerre. — Ajoutez que, dès qu'un malentendu s'élève sur la validité de votre droit d'entrée, on parle d'en référer *au colonel;* naturéllement, je crains que le colonel ne me fasse fusiller.

L'Opéra-Comique a un grand succès qui me réjouit en raison de la sympathie que je professe pour son directeur, et qui m'afflige en proportion de mon fanatisme invétéré pour les mélodies simples et faciles, auxquelles ce théâtre était revenu, et non sans bonheur, depuis quelques années. L'*Étoile du Nord*, de M. Meyerbeer, est évidemment ce qu'on appelle un grand coup de direction. — Sera-ce un coup de fortune? C'est ce que le caissier nous dira plus tard, tout compte fait. — Les recettes sont immenses, c'est incontestable; mais je crois savoir que les dépenses spéciales à cet opéra ne sont guère modestes, et, en définitive, les trois mille francs des *Noces de Jeannette* valaient peut-être mieux, pour la caisse, que les six mille francs de l'*Étoile du Nord*. Mais, dans cette tentative de M. Perrin, alors même qu'elle ne serait pas profitable à sa fortune, il faut reconnaître un grand zèle pour l'art, et un louable entraînement vers les combinaisons qui peuvent maintenir la seconde scène lyrique à son rang, avec le danger toutefois d'usurper un peu sur le premier, ce qu n'est pas toujours un avantage.

Le théâtre de l'Opéra-Comique est, à la vérité, menacé d'une concurrence sérieuse par le Théâtre-Lyrique, depuis l'avénement de madame Cabel; — il y a lieu de craindre que les compositeurs et les librettistes de valeur n'apprennent le chemin du boulevard du Temple. — Toutefois, le public aristocratique s'acclimate difficilement à ce théâtre, qui a aussi un peu de peine à faire prendre sa musique au sérieux par les critiques compétents; — bien entendu qu'il ne s'agit pas de moi.

L'Odéon n'a rien à démêler avec les critiques; — il joue *l'Honneur et l'Argent*, la comédie de M. Ponsard, et, recette aidant, il la jouera, peut-être encore l'année prochaine.

1.

Le Gymnase est un exemple de ce qu'on peut faire avec du tact, du goût, du zèle et ce scrupule littéraire qui ne laisse jamais rien passer de blessant pour les délicatesses de l'esprit; — c'est peut-être aujourd'hui le seul théâtre de Paris dirigé dans des voies rationnelles ayant un genre et une physionomie distincts. — La troupe, plus encore que les pièces, assure la fortune de cette scène; mais il est vrai de dire que cette troupe est l'œuvre de M. Montigny.

Je ne sais pas trop où en est le Vaudeville; mais je n'ai aucune raison de croire qu'il périclite. — Dimanche dernier, pas plus tard, ce théâtre annonçait *Un Spectacle à recette*. Il me reste à deviner pourquoi le directeur, qui a trouvé cette pierre philosophale, *Un Spectacle à recette*, ne le donne qu'une fois par semaine; — probablement par suite du sentiment qui faisait que Vestris ne restait pas en l'air, pour ne pas humilier ses camarades.

Le théâtre des Variétés n'a pas encore tout à fait trouvé son *Spectacle à recette*, — mais il le cherche avec intelligence et il finira par le rencontrer. — M. Laurencin, le directeur intérimaire, me paraît comprendre le terrain sur lequel il opère; — déjà il a rendu à Arnal sa valeur, un peu compromise par l'oubli où l'avait laissé tomber M. Carpier. Le reste viendra avec le temps. — Il y a là beaucoup à faire et à refaire; — je me permettrai seulement de soumettre à M. Laurencin un conseil d'un sens très-profond que j'ai trouvé dans un journal de province, le voici : « Les directeurs ne se doutent pas combien de jolies pièces, jouées par d'excellents artistes, contribueraient à la prospérité de leurs entreprises... » Que voulez-vous ! on ne s'avise jamais de tout.

Le théâtre du Palais-Royal a quelque peine à soutenir sa gageure de faire rire son public tous les jours de sept heures à minuit; — il semble que le goût incline maintenant à un genre plus sérieux. — Le pire est que la farce ne comporte guère la médiocrité, et que, à ce théâtre, quand on ne rit pas aux éclats, on bâille. — Il n'y a de la faute de personne : — on ne pouvait soupçonner qu'Alcide Tousez et Sainville fussent des êtres assez sérieux pour se laisser mourir.

Au boulevard, de la Porte-Saint-Martin jusqu'à la Gaieté, je ne vois partout que des salles pleines. A la Porte-Saint-Martin,

M. Marc Fournier exploite un procédé qui en vaut un autre : il fait succéder sur son affiche des *étoiles* filantes. — Ligier, Melingue, madame Hébert-Massy, ont fourni leur carrière; — c'est aujourd'hui le tour de madame Guyon, en attendant que ce soit le tour d'un autre. M. Charles Desnoyers a résolu le problème de tenir l'Ambigu ouvert, sans arriéré et sans créanciers; — je le crois un peu sorcier. — Quant à M. Hostein, le directeur de la Gaieté, qui rosse aujourd'hui les Cosaques pour la cent vingtième fois, je n'ai qu'un conseil à lui donner : c'est, quand il aura fait sa fortune, ce qui ne peut tarder et ce que je lui souhaite, de ne pas se retirer à Saint-Pétersbourg.

Le Cirque a épuisé les représentations d'une très-amusante féerie de MM. Cogniard, et se dispose à jouer *Constantinople*, où nous retrouverons en présence Français et Cosaques. — Ces derniers sont si imprévoyants, qu'ils sont bien encore capables de se laisser massacrer.

II

9 avril.

Paris est un pays privilégié; — les guerres, les pestes et les famines s'y noient dans un vaudeville nouveau, et c'est bien ici que l'on voit *la vie en rose.* Paris a bien consenti à se préoccuper quelque temps de la guerre d'Orient; — il avait été séduit par les aspects

pittoresques de cette lutte qui mettait aux prises les vieilles féeries
de l'Orient avec la fougue des envahisseurs tartares ; — mais Paris
commence à trouver qu'on ne lui en donne pas pour son argent.

Heureusement, voici du renfort.

On sait maintenant, par mademoiselle Rachel et les artistes revenus à sa suite, que les officiers russes ont une attitude pleine de
crânerie et de fanfaronnade, et qu'ils donnaient sans façon rendez-
vous à Hermione à Paris l'automne prochain. Ces fatuités sont à
l'usage de tous les peuples, et il ne faut ni s'en étonner, ni s'en
plaindre. N'avons-nous pas notre Cirque, où les Français débitent
leurs ennemis à la tranche sans jamais être entamés ? — N'avons-
nous pas nos bourgeois qui parlent de *brûler le golfe de Finlande?*

Toutefois, l'attitude des Russes commandait un mot qui les remît
à leur place ; — le mot a été fait ou refait, car, selon mes souvenirs,
il date de la bataille de Fontenoy. — Donc, c'était à Saint-Pétersbourg, dans un fin souper. « Colonel, dit la maîtresse de la maison
à un officier russe, un verre de champagne. — Oh! du champagne,
madame, nous en boirons à discrétion en France, à l'époque des
vendanges ! — Mais, monsieur, répliqua avec vivacité une Française,
vous vous trompez : nous ne donnons pas de champagne à nos prisonniers. »

Les Russes sont restés aplatis sous cette réplique. L'empereur
Nicolas, très-vexé, a aussitôt commandé un mot pour sauver l'honneur de l'improvisation russe. — Depuis six mois, tous les beaux
esprits de Saint-Pétersbourg travaillent à ce mot. On n'a encore rien
trouvé. Avis a été envoyé en Sibérie que tout condamné qui trouverait le mot serait gracié. — Rien de la Sibérie. On a songé à faire
venir le mot de Paris ; mais l'esprit français refuse de travailler pour
l'ennemi. — Si vous voulez savoir jusqu'où va à cet égard le scrupule
et combien il est général dans toutes les classes, voici ce que j'ai à
vous raconter.

En 1849, un théâtre du boulevard donna une des premières pièces
réactionnaires. On remarqua que l'enthousiasme du parterre était
tiède. Un jour même, l'enthousiasme manqua absolument. — Le
directeur manda le chef du service, qui, confus et honteux, avoua
que ses hommes refusaient de *travailler* contre leur opinion. —

Que ne peut-on pas attendre d'un peuple où de pareilles délicatesses vont se nicher en de pareils endroits !

Donc, en ce moment, la France a la corde sur la Russie. — La France a eu son mot, et la Russie cherche le sien. De plus, il paraît bien positif que, sous prétexte de tragédie, mademoiselle Rachel avait une mission secrète qui consistait à affaiblir l'ennemi en le dépouillant de tous ses roubles disponibles. — Hermione s'est acquittée consciencieusement de sa mission. Dans une campagne de trois mois, elle a enlevé à l'ennemi 700,000 francs. — En outre, pressentant que l'ennemi pourrait bien quelque jour déposer sur l'autel de la patrie ses diamants et son argenterie, elle a ramassé tout ce qu'elle a trouvé sur sa route de bracelets, d'épingles, de bagues et de petites cuillers en vermeil. Le jeune Raphaël, son frère, s'est aussi très-vaillamment conduit, et, pour sa part, il a mis 400,000 francs dans sa poche. — Rare exemple de dévouement patriotique dans un âge aussi tendre !

Les Parisiens, en attendant mieux, sont tous occupés à fêter le printemps précoce qui s'épanouit dans le ciel bleu. Il y a bien des prophètes moroses qui s'alarment de la sécheresse. — Les blés soupirent, les foins gémissent ; on demande de l'eau. « De l'eau ! s'écrient les belles dames ; voilà une invention ! pour nous empêcher de découvrir nos calèches et de faire admirer nos grâces ! » Les gens du monde parisien sont très-indifférents à ces nécessités des *biens de la terre*. On aura toujours du pain viennois ; le reste importe peu ! — N'avons-nous pas le syndicat de la boulangerie ? — Allons donc à la Marche ! — Et, de fait, tout Paris y était dimanche dernier, en voiture armoriée, en voiture à l'heure, voire même en tapissière. — Les entrepreneurs de ce singulier spectacle, qu'on appelle un *steeple-chase*, ont fait 40,000 francs de recette. — La poussière était de la fête ; et elle était venue en si grande abondance, que les gentlemen, au retour, semblaient avoir été roulés dans la farine, en attendant la friture. — En l'honneur de cette poussière anormale, MM. les jockey-club se sont signalés par une importation anglaise, en attachant à leur chapeau des voiles d'amazone. L'utilité de cette mode ne la préservera pas de la critique. On admet difficilement en France que des gaillards rubiconds et barbus protégent les lis et les roses de leur teint. — Dans les premières années de la Restauration, les hommes s'ingénièrent de porter des éventails. Ils furent raillés et chansonnés.

Quant au steeple-chase en lui-même, je n'ai rien à vous apprendre de nouveau sur ce casse-cou d'invention moderne. Tout l'intérêt de ce spectacle repose sur un sentiment de férocité. — Quand un gentleman roule dans le fossé avec son cheval, on gémit ; mais, au moins, on a quelque chose à raconter ; quand la course se passe sans accident, on s'est ennuyé ; car on a eu pour toute perspective le triomphe d'une casaque bleue sur une casaque jaune. — Le cœur humain a dans ses cavernes des sentiments qu'on n'oserait trop analyser. — Un jour, à une représentation de l'Hippodrome, où on parlait de la banalité des ascensions aérostatiques, j'ai entendu un monsieur dire avec naïveté : « Je ne comprends pas que les Parisiens soient toujours pris à ce spectacle : on se figure toujours que les aéronautes vont tomber, et ils ne tombent jamais. » — Au dompteur Van Amburg, qui lui disait qu'il manœuvrait les bêtes féroces de manière à inspirer toute sécurité au public, Harel, le directeur de la Porte-Saint-Martin, répliquait : « N'abusez pas de la sécurité, et laissez l'espoir que vous pourrez être mangé un jour ; autrement, nous n'aurons personne. »

Mais, après tout, les plaisirs en plein vent sont à peu près les seuls que l'on puisse se donner en ce moment à Paris, où le carême a suspendu les bals et les réunions tumultueuses. — Je ne vois même pas apparaître, cette année, quelqu'un de ces grands noms de la chaire qui servent de prétexte à faire de l'élégance religieuse à Notre-Dame ou à Saint-Roch. — Tout l'intérêt de la situation est donc concentré dans une multitude de réunions intimes, où l'on parle de tout pour ne rien dire. — Il y a bien encore quelques salons possédés de la manie des tables parlantes ; mais la passion publique manque à ce phénomène. — Les croyants en sont réduits à se chercher et à se deviner à certains signes de franc-maçonnerie. — Molière n'a pas reparu depuis qu'il a donné deux vers à M. Thibeaudeau, le directeur du Vaudeville, qui lui avait *commandé* une pièce ; encore y a-t-il des sceptiques qui pensent que ces deux vers sont de M. Thibeaudeau lui-même, ou du portier de M. Thibeaudeau.

— On n'entend plus parler, non plus, de lord Byron et de Shakspeare, qui travaillaient tous les soirs sous l'invocation des sorciers et des sorcières de la Chaussée-d'Antin.

Quand il n'est pas au coin de son feu, Paris est le soir dans les théâtres. — Il était, il y a une huitaine de jours, à la Porte-Saint-Martin, à la première représentation de *la Vie d'une comédienne*. On était venu avec quelque empressement; la collaboration de M. Anicet Bourgeois avec M. Barrière semblait promettre du talent et de l'esprit : — M. Anicet est un des vétérans de la *carcasse* savante; M. Barrière, lui, a pris le premier rang parmi les improvisateurs de la comédie de chaque jour.

On le rencontre partout, au Gymnase, avec *le Piano de Berthe*, fantaisie très-spirituelle; au Vaudeville, avec *les Filles de marbre*, un des succès les plus retentissants de l'année dernière; à la Gaieté, avec *la Boisière*, un drame qui nous a paru bien supérieur à sa fortune; au Palais-Royal, avec des vaudevilles agaçants et galamment troussés. — Mais, l'autre soir, à la Porte-Saint-Martin, il a paru à tout le monde que M. Anicet Bourgeois et M. Barrière s'étaient fait réciproquement faillite. — Il s'agit, au fond, d'une comédienne épousée par un grand seigneur; — repoussée par la noble famille de son mari, la comédienne se venge par le dévouement, en marchant à l'échafaud révolutionnaire au lieu et place de sa belle-mère, dont elle porte le nom. — Je crois que j'en passe; du moins, à la Porte-Saint-Martin, cela a paru plus long. On dit que c'est une pièce médiocre pour la gloire des auteurs, et une bonne affaire pour la direction. Si c'est une bonne affaire, il n'y a plus rien à dire : la littérature du boulevard n'a guère, à nos yeux, d'autre responsabilité, et, du moment qu'elle fait des recettes, la critique y perd ses droits. — Un épisode de la représentation a fait et fait encore plus de bruit que la pièce elle-même. — Dans ce drame, M. Barrière (quelle constance!) a encore trouvé moyen d'introduire une apostrophe véhémente à l'adresse des *filles de marbre.*

Le public, qui s'associe volontiers à toute agression, quelle qu'en soit l'intention, a applaudi et on s'est tourné avec affectation vers quelques loges habitées par des réprouvées; deux ou trois sifflets

ont protesté, et on a crié assez plaisamment: «A la porte les Arthurs!»
Quant aux claqueurs, ils ont mis un zèle fanatique au service de la
morale vengée. — De là me vient cette révélation que les claqueurs,
dont l'origine m'avait toujours paru très-nébuleuse, sont d'anciens
Arthurs ruinés par les actrices. — Je raconte l'incident sans le
commenter; il y aurait trop à dire si je voulais reprocher aux
uns leur manque de courtoisie, aux autres l'immodestie de leur luxe
intempestif et provoquant; je me bornerai à faire remarquer que ces
malheureuses femmes sont absolument sans défense et qu'elles sont
de celles à qui il sera beaucoup pardonné. Filles de marbre, soyez
donc consolées en vos amertumes; vous êtes sous la protection de
la parole divine. — Un jour, le souverain juge vous pardonnera tout,
tout, excepté peut-être d'avoir ruiné les claqueurs. — Soudainement
il me vient une réflexion très-atténuante en faveur des filles de
marbre; c'est que ces malheureuses femmes ne peuvent pécher sans
y être un peu aidées. — Pour consommer ses forfaits, une fille de
marbre a ordinairement un complice dans son boudoir, un complice
dans son salon, un complice dans son antichambre et un complice
en réforme qui gratte à la porte et se lamente sur le paillasson. —
C'est donc, pour le moins, quatre complices groupés autour de
chaque fille de marbre, et ces complices appartiennent au sexe
austère et vertueux qui, l'autre soir, applaudissait à leur exécution.

Alors je n'y comprends plus rien, sinon que ces dames font bien
des ingrats. — Filles de marbre, vous me paraîtriez presque intéressantes, si vous n'aviez pas ruiné les claqueurs.

Le même M. Barrière nous paraît tenir un succès plus sérieux,
au Vaudeville, avec *la Vie en rose;* il y a là trois actes un peu
vides, enfermés dans une excellente parenthèse, un premier acte
très-spirituel et un dernier acte très-intéressant. Le public n'en demande pas davantage, et il était même inutile de lui servir les trois
autres actes.

L'Ambigu a donné un *Pendu* en cinq actes, que l'on dit très-gai,
ce qui n'est guère la coutume des pendus. — Je me complais à avouer
loyalement que je n'ai pas encore vu cette pièce, ce qui est bien plus
difficile que d'en rendre compte sans l'avoir vue; il est quelquefois bon

que la critique se laisse entraîner par le public au lieu de le pousser. Il sera toujours temps de faire tort d'une stalle à M. Desnoyers, et je souhaite bien sincèrement de ne pas en trouver une de sitôt pour y asseoir ma magistrature.

La société est en ce moment très-ravagée par le suicide. C'est à la Bourse que se chargent tous les pistolets qui abrégent ces existences emportées par le courant impétueux de la baisse. Un officier supérieur de la marine s'est brûlé la cervelle ces jours derniers dans un cabinet de lecture de la rue de Tivoli et non de Rivoli comme on l'a imprimé, et, pas plus tard qu'hier, on a trouvé dans le canal le cadavre d'un des plus anciens comédiens de Paris, Lepeintre aîné, que des chagrins domestiques ont conduit à cette fatale résolution. Avant de se jeter à l'eau, Lepeintre avait passé la dernière soirée de sa vie à la Porte Saint-Martin, et je ne veux pas croire que le drame nouveau de ce théâtre soit assez mauvais pour qu'on ne puisse y survivre. Je connais du moins des gens qui en sont revenus. Lepeintre avait soixante-treize ans ; — il eut de grands succès aux Variétés et au Vaudeville ; — il était resté type dans *le Soldat laboureur* et *les Hussards de Felsheim*. Dans ces derniers temps, il avait perdu sa petite fortune péniblement édifiée, et il n'a pu supporter la perspective de la misère, mauvaise compagne de la vieillesse impuissante. J'aurais voulu finir par quelque chose de plus gai ; mais on finit comme on peut, et je suis même bien étonné de finir ce compte rendu d'une semaine si vide et si inutile. C'est donc qu'il y a vraiment une providence pour les journalistes, et cela me rappelle le mot d'un de nos aînés. Il y a dix ans de cela, trois rédacteurs de *l'Époque* étaient attablés autour des débris d'un souper. Les bouteilles étant vides, l'un d'eux proposa de lever la séance bachique pour passer au bureau de rédaction.

« Mais qui vous presse ? dit Anténor Joly.

— C'est que, répliqua l'impatient, le journal ne paraîtra pas.

— Enfant, reprit Anténor, est-ce qu'un journal peut ne pas paraître ? »

III

25 avril.

Le Parisien est un être impressionnable qui devient dangereux
quand il concentre ses sensations sur une seule idée. — Il faut donc
le traiter par les dérivatifs. — En fait de dérivatifs à l'usage des
Parisiens, les plus innocents sont les meilleurs. — Alcibiade coupait
la queue de son chien pour occuper les Athéniens, ces ancêtres des
Parisiens. — Aujourd'hui, on donne pour aliment à l'imagination
des Parisiens, une rivière, — mais, par exemple, une rivière artificielle en plein bois de Boulogne. — La vraie rivière coule à quelques
mètres de là, et personne n'y prend garde. — La rivière détournée
est un peu indigente ; elle est menacée de manquer d'eau, ce qui est
bien un inconvénient pour une rivière. — Mais, après tout, c'est un
grand progrès sur la mare d'Auteuil. — D'ailleurs, la nouvelle
rivière est dédiée aux Parisiens. — Les Parisiens ont parfaitement
accueilli la dédicace, et, toute la journée, ce sont de longues proces-

sions de populations empressées qui vont en pèlerinage à la rivière. — On voit la rivière à une distance respectueuse. — Une barrière, provisoirement figurée par des cordes et interprétée par un gardien en habit vert, la sépare des intrigants qui ne se gêneraient peut-être pas pour voler de l'eau à la rivière. — C'est par de pareilles dilapidations qu'on a ruiné le Jourdain et réduit l'Arno à l'état de ce filet de cristal qui serpente dans les tableaux-horloges. — Au moins ai-je la conscience pure à l'endroit de l'Arno. — Dieu m'est témoin que, dans le séjour de deux semaines que j'ai fait sur ses rives, je n'ai jamais manqué un seul jour de lui restituer pieusement la rosée qu'on lui empruntait pour mon tarabo. — Si donc l'Arno tombe jamais en faillite, je m'en lave les mains.

La quinzaine qui vient de s'écouler a emporté bien des anniversaires solennels, la semaine sainte, Lonchamps, les fêtes de Pâques.

Lonchamps, faut-il en parler? Il y avait les vendredi et samedi saints beaucoup de voitures aux Champs-Élysées; mais quand n'y en a-t-il pas, pourvu qu'il fasse un peu de soleil et beaucoup de poussière? — Lonchamps a bien décidément perdu sa signification au point de vue des tailleurs et des couturières. — Personne ne va plus à Lonchamps dans l'espoir de *faire prendre* un gilet. — Le temps n'est plus où on se serait fait un scrupule de commander un pantalon avant d'avoir reçu les révélations de la mode de Lonchamps. — Il n'y a plus que les industriels intéressés qui, dans leurs réclames, feignent encore de croire à cette fiction. — J'apprends par un journal ordinairement bien informé, le *Journal des Débats*, qu'on a remarqué à Lonchamps deux toilettes : l'une composée d'une robe *Écossais Stuart sur moire antique*, dont un mantelet *Graziella* rehaussait encore le merveilleux effet ; — l'autre, d'une robe *parure de reine sur taffetas pur*, qui a reçu le doux nom de *Coquette Marie*. Est-ce clair ?

Mais j'en apprends bien d'autres. — Il paraît que les seuls bijoux que l'on puisse porter décemment cette année sont les bijoux en cheveux. — (Ça me va. — Cette mode ne peut désespérer que les chauves et met le bijou à la portée de toutes les bourses.) — Donc, les bijoux en cheveux brillent dans *toutes les promenades* et dans *toutes les fêtes*. — Avec *un peu d'or* et une boucle de cheveux,

Lemonnier établit un *bijou* qui a la valeur d'un objet d'art et tout le charme d'un souvenir. — Mais ce qui a *éveillé au plus haut degré* l'attention de la fashion, c'est une *cravache en cheveux* rehaussée d'une pomme d'or que portait à Lonchamps *un de nos élégants* les plus à la mode. — Je veux voir l'élégant, — passez-moi l'élégant avec sa cravache en cheveux. A propos, on ne dit pas si c'est une cravache brune ou blonde.

Puisque je tiens le *Journal des Débats*, il faut bien que je constate que la mort de M. Armand Bertin a fait à ce grave journal une brèche par laquelle s'est introduite la réclame dramatique. — Autrefois, *les Débats* étaient pleins de scrupules à cet endroit. — Quelques lignes tempérées du côté de l'éloge et réservant la critique, voilà tout ce qu'on pouvait y faire admettre par le bénéfice de quelques relations puissantes. Aujourd'hui, *les Débats* n'y mettent pas plus de façon que *l'Entr'acte*. — Ils déclarent, sans se faire prier, que le *ravissant* succès que vient d'obtenir le Cirque-National fait *salle comble* tous les soirs. — *Les Débats* n'ont pas encore annoncé que le caissier du Vaudeville *se frotte les mains ;* mais ils l'annonceront, pourvu que la chose paraisse vraisemblable à M. Thibeaudeau, et qu'il plaise à ce directeur d'informer l'Europe de cette disposition joyeuse de son caissier.

Je suis très-fâché (voyez de quoi je me mêle) que le *Journal des Débats* soit tombé dans cette vulgarité signée Camus. — C'est dans le *Journal des Débats* que j'ai appris à lire et à écrire à peu près couramment. — Cette feuille me représentait quelque chose d'antérieur et de supérieur à la banalité, à la camaraderie, disons tout, à l'asservissement honteux de la presse à l'égard du théâtre. — C'était bien le moins de réserver cet asile sacré à une critique bienveillante, sans faiblesse, désintéressée, honnête jusqu'en ses malices, et dégagée de cette responsabilité qu'encourent tous les journaux envers le public ! M. Jules Janin, le maître en ces sortes de choses qui demandent de l'esprit et de la probité, doit être maintenant médiocrement flatté de voir que les petites turpitudes qu'il a fustigées au rez-de-chaussée du journal passent à l'état d'œuvre sublime à l'endroit signé Camus.

Le nom de M. Jules Janin vient bien plus à propos que celui

de M. Camus, à l'occasion ces deux fauteuils vacants à l'Académie; il est, dit-on, sur les rangs en concurrence avec M. Ponsard pour le fauteuil littéraire; — mais on croit que tous deux s'effaceront volontairement devant M. de Sacy, une des gloires les plus élevées et les plus sereines de la presse. M. de Sacy est peu connu dans la rue des Bourdonnais. Mais les Cousin, les Thiers, les Villemain, les Guizot, veulent rallier à l'Académie ce foyer de lumières, de style et d'érudition. Le second fauteuil serait, dit-on, réservé à la théologie et on parle d'y appeler monseigneur Sibour ou monseigneur Dupanloup.

La chronique secrète du Palais retentit d'affaires à huis clos, affaires si délicates, que les magistrats ne savent de quel côté les prendre. Demain, on juge en appel une de ces affaires, énorme par la quantité des prévenus et la qualité du délit. On parle aussi beaucoup d'une affaire d'attentat à la pudeur d'un mari sur sa femme. — Comment un mari peut-il attenter à la pudeur de sa femme? C'est ce que j'ignore, moi innocent célibataire.

Il y a une quinzaine d'années qu'une cause tout à fait identique s'est produite en cour de cassation. — L'avocat de la partie lésée, voulant arriver à la démonstration du délit commis par le mari, s'arrête court et déclare que sa pudeur ne lui permet pas d'aller plus loin. « Maître un tel, lui dit alors M. le premier président Séguier, en pareil cas, à l'ancien parlement, on parlait latin. »

Maître un tel s'embarque alors dans une phrase d'une construction équivoque et d'une latinité suspecte : *Maxima uxori reverentia debetur ; et si conjux, per tortuosas...* Ici, l'avocat s'arrête de nouveau et déclare que, même en latin, il ne peut continuer. « Allons, allons, maître un tel, reprit M. le président, vous ne savez pas le latin. »

Dans ma dernière chronique, je vous parlais avec terreur de la sécheresse. Aujourd'hui, je puis vous parler de la pluie, qui, depuis trois jours, répand ses bienfaisantes rosées sur les foins, et malheureusement aussi sur le macadam. Il était temps! Le parapluie tombait en faillite, à ce point que, tous les soirs, sur le pont des Saints-Pères, un négociant aux abois m'offrait un magnifique parapluie au prix encourageant de cinquante sous. Cet homme n'abordait

les passants qu'avec timidité, à voix basse, et comme s'il leur faisait
une proposition honteuse. Il avait bien conscience que le parapluie
était un objet disgracié, bon tout au plus pour faire des cravates à
l'usage des élégants qui n'ont pas de cravaches en cheveux. Hier,
j'ai revu mon homme; il avait le verbe haut et insolent, et vendait
le parapluie trois francs cinquante centimes. Il est vrai qu'on ne
l'achetait pas.

La guerre n'occupe vraiment les Parisiens qu'au point de vue du
théâtre. Les affiches de théâtre sont curieuses à lire. Depuis Bobino
jusqu'au Théâtre-Lyrique, il n'y est question que de *Russes*, de *Cosaques*, de *Rencontre dans le Danube* et de *Russes peints par eux-
mêmes*. L'autre jour, je me suis un peu attendri à l'endroit des
Cosaques rossés outre mesure. Je reviens sur ce sentiment de com-
misération depuis que je m'aperçois que les Russes prennent leur
revanche. Je viens de lire le bulletin du général Gortschakoff (si
j'ose m'exprimer ainsi), et je demeure confondu de la chance des
Russes. Le général rend compte à son empereur du passage du
Danube. « Les Turcs, dit le général, ont ouvert un feu *terrible*,
qui ne nous a fait *aucun mal*. Quant aux Turcs, ils ont été passés
à la baïonnette. » Voilà les prodiges de la foi orthodoxe! Un peu
plus loin, le général sent le besoin de faire une concession, et il
avoue qu'il a eu *un Cosaque blessé* devant Galatz (textuel). J'espère
bien qu'on fera empailler ce Cosaque, qui a consenti à être blessé
pour la plus grande vraisemblance des bulletins russes.

Le Cirque-National a donné une grande machine en vingt tableaux,
qui fera moins de tort à l'empereur Nicolas qu'à M. Billon, le directeur de ce théâtre. — Cette pièce est due *à la plume* des auteurs
des *Cosaques*. Ces auteurs, enivrés du succès de l'épopée burlesque
de la Gaieté, ont cru très-franchement qu'ils avaient découvert la
littérature cosaque; mais leur nouveau poëme a échoué pour n'avoir
pas été suffisamment médité dans le silence du cabinet. C'est une
pièce géographique à costumes et à décors, qui ne manque que
de costumes, de décors et de géographie. Les armées belligé-
rantes, réduites à de maigres pelotons, ressemblent à des patrouilles
qui se disputent. — Cela ne fera pas le sou, quoi qu'en dise
M. Camus.

La Porte-Saint-Martin a tenté autre chose. Le directeur de ce théâtre, qui sait lire et écrire, s'est avisé de pratiquer une fouille dans la littérature russe. — Il y a donc une littérature russe? — Il paraît; du moins, il est certain que Puschkin, Gogol et un troisième dont je ne sais pas le nom, voyant la Russie envahie par M. Scribe, et plus récemment encore par Alfred de Musset, ont tenté une réaction en faveur de l'idiome slave. Gogol a fait quelques nouvelles qui se signalent par une saveur âpre et sauvage; il a fait aussi quelques comédies, et l'une d'elles, *l'Inspecteur général*, a eu en Russie un succès de scandale, d'émoi et de récrimination qu'on pourrait comparer à celui qui a signalé en France l'apparition du *Mariage de Figaro*. L'auteur avait tout simplement traduit sur la scène la vénalité des fonctionnaires russes, cette plaie qui dévore l'empire et désole l'empereur lui-même. Mais, dégagée de sa portée politique et locale, cette pièce se réduit au scénario du plus médiocre vaudeville.

Il s'agit d'un inspecteur général qu'on attend dans une des provinces de l'empire. — Tous les fonctionnaires gorgés de rapines se prennent de peur. — Arrive, avec son coquin de valet, un aventurier qu'on prend pour l'inspecteur général. — Les deux intrigants exploitent la situation, se font héberger, et poussent l'audace jusqu'à la galanterie envers des demoiselles de fonctionnaires. — Ce serait peut-être très-joli au Palais-Royal, joué par Grassot, quand il ne sera plus enroué, et par Sainville, quand il ne sera plus mort. — A la Porte-Saint-Martin, *les Russes peints par eux-mêmes*, et arrangés pour la scène française par M. Moreau, ont fait l'effet d'un goujon mort dans l'Océan. — Je n'ai pas vu la pièce; mais j'étais bien tranquille : le jour de la première représentation, il était sept heures du soir, le rideau n'était pas encore levé sur la pièce nouvelle, et je lisais dans la *Patrie :* « Demain la deuxième représentation des *Russes peints par eux-mêmes*, qui ont obtenu hier un succès *étourdissant* à la Porte-Saint-Martin. » — Bien, me disais-je, voilà un succès qui avance de deux heures; mais c'est bon signe. Voilà que, le lendemain, la pièce avait disparu par une de ces trappes qui demeurent ouvertes après les féeries. Depuis, il n'en a plus été question. — J'ai interrogé les marchands de contre-marques les mieux informés; ils ne savaient pas ce qu'étaient devenus *les Russes peints par eux-mêmes*. Pour remplacer les Russes, la Porte-Saint-Martin annonce des Chinois. — Espérons que ce ne sont pas des Chinois peints par eux-mêmes.

J'ai confessé ma faiblesse pour le Gymnase; ce n'est certes pas la comédie de MM. Augier et Sandeau qui m'en corrigera. *Le Gendre de M. Poirier* est une comédie de mœurs pleine de goût, d'observation et d'esprit. C'est quelque chose comme une réminiscence des *Trois Quartiers*, de Picard, avec plus de science du monde et plus de gentilhommerie dans l'appréciation des travers et des ambitions des deux castes qui occupent depuis soixante ans la scène politique, la noblesse et la bourgeoisie.

« Vous prenez du ventre, disait-on à Arnal, dans une vieille pièce de l'année dernière. — Mais, pourvu que je ne prenne pas le vôtre, répliquait aigrement Arnal, que vous importe? »

A l'abri de ce sophisme, Arnal s'est mis à prendre du ventre, et il en a tant pris, qu'on en a fait une pièce, *le Mari qui prend du ventre*. Arnal est marié, et il lui vient cette révélation que, parvenu à une importance de 90 kilogrammes, un mari est *toisé*. A dater de ce moment, Arnal passe sa vie à se peser et à se reposer. Ce n'est pas plus compliqué que cela, et c'est infiniment amusant.

L'Odéon a donné trois pièces. La première, *la Taverne des étudiants*, a été égayée par des cris d'animaux féroces. La seconde, *la Conquête de ma femme*, est une comédie agréable. — La troisième, *Au printemps*, est le début de M. Laluyé, un poëte qui commence comme je voudrais finir, au bruit des applaudissements et couronné de fleurs et de lauriers; — mais pour les lauriers, impossible : — les jambons ont tout consommé cette semaine, et il est bien douteux que les charcutiers en aient conservé pour les journalistes.

IV

Paris et la guerre. — Défilé de troupes et revues. — La reine Victoria à Paris. — L'alliance anglaise. — Le retour de l'opinion. — Les Anglais en 1815. — La question d'opportunité. — Dufavel et les mineurs d'Écully. — Odéon : *la Servante du roi*. — Palais-Royal : 55,555 *fr*. 33 *c*. — Porte-Saint-Martin. — Hippodrome : concurrence de Chinois. — Ma théorie sur les Chinois. — Les bêtes empaillées et les bêtes intelligentes. — Histoire d'un caniche. — L'Orient et les gens de lettres. — Le directeur et les ténors.

30 avril.

Paris vit dans l'attente des grands événements de la guerre ; — bien entendu qu'il se demande quels spectacles et quels divertissements lui rapportera la guerre. — D'abord, il voit défiler beaucoup de troupes ; — cela l'amuse, le vieil enfant, encore belliqueux comme un Gaulois. — De toutes ses origines, il ne lui est resté que l'esprit et la passion des armes ; c'est par là que tour à tour il se perd et se sauve. — Puis nous avons eu quelques revues et quelques uniformes anglais. — Enfin, on dit — c'est merveilleux ! — mais on dit que, le 10 mai, arrive en personne Sa Très-Gracieuse Majesté Victoria, accompagnée de tout un état-major de princes, de lords et de duchesses. — Pour le coup, en voilà une perspective de fêtes, de revues, de spectacles et de carrousels !

L'accueil cordial qui a été fait au duc de Cambridge est une garantie des manifestations sympathiques qui se produiront autour de la reine, celle-ci ayant sur son cousin l'avantage du rang et du sexe. Mais comme tout tourne et retourne en ce monde, et que nous sommes loin des passions de 1815 ! — En ce temps-là, sur le théâtre et dans les caricatures, un Anglais était une sorte de homard informe

et difforme. La caricature lui prêtait les inclinations les plus glou-
tonnes et les plus galantes; il n'apparaissait qu'au milieu des débris
de l'orgie ou lorgnant, à travers une loupe large comme la lune, ce
que, dans le style du temps, on appelait *les nymphes du Palais-
Royal*. Et puis, voyez la malice, l'Anglais s'appelait *lord Tolan,
lord Gueil, lord Viétan;* — l'Anglaise, *lady Gestion, lady
Spute, lady Scrétion.* — Dans les extrêmes faubourgs, on trouve
encore à la porte des vitriers quelques traces de cette revanche de
Waterloo. — Tout cela est bien loin de nous. Même chez le peuple,
infiniment plus persistant dans ses instincts que la flottante et mobile
bourgeoisie, l'alliance anglaise est acceptée, au moins, comme un
mariage de raison. — Dans les classes supérieures, cette adhésion
est plus vive et prend le caractère d'un mariage d'inclination. — Cette
alliance, consacrée aujourd'hui par la politique, était, il faut le dire,
déjà passée dans les mœurs. — Depuis quarante ans, elle avait eu
pour inspiration et pour aliment des relations incessantes, une estime
réciproque, et la communauté de principes qui subsiste sous les
formes changeantes de notre gouvernement.

La reine viendra en temps utile, au moment où la passion publique se déclare bien décidément contre le Russe. Dans ce pays-ci,
tout est soumis à une question d'opportunité, depuis les plus grandes
choses jusqu'aux plus infimes, depuis les révolutions jusqu'aux vaudevilles. — Telle tragédie, *Sylla,* par exemple, qui a eu cent représentations sous la Restauration, n'en aurait pas trois aujourd'hui;
— tel scélérat qui a occupé la France pendant trois mois n'obtiendrait même pas, de nos jours, un succès d'estime. — Voyez aussi
quel rôle joue l'opportunité dans le chapitre des accidents. Vous
rappelez-vous qu'il y a une vingtaine d'années un ouvrier lyonnais,
nommé Dufavel, fut enseveli dans un éboulement de terre? — Dufavel était un roué : il avait bien pris son temps, et, pendant huit jours
entiers, la France n'eut pas d'autre préoccupation. « Avez-vous des
nouvelles de Dufavel? comment va Dufavel? — Mais pas mal; on
vient de lui faire passer un bouillon. — Ah! vraiment : il peut
donc prendre des bouillons? — Mais oui; de dix minutes en dix
minutes, on lui envoie un bouillon par un tuyau en cuir. — Ah!
pauvre homme! son bouillon doit avoir une mauvaise odeur. — Il

ne s'en plaint pas. — Ah ! tant mieux ; sa position est si intéressante ! »

On causa sur ce ton pendant huit jours. — Au bout de huit jours, le génie militaire délivra Dufavel. — Alors ce furent des transports de joie universels : on s'embrassait dans les rues ; — on ouvrit des souscriptions pour Dufavel ; — l'or y pleuvait. — On mit Dufavel en mélodrame à l'Ambigu, — succès d'enthousiasme ! comme dirait aujourd'hui M. Camus, dans *les Débats*. Rentré dans ses foyers, enrichi par le produit des souscriptions, harangué et félicité par toutes les autorités municipales, Dufavel fut encore pendant quelques semaines la girafe, l'hippopotame de son temps.

Vous croyez peut-être que je blâme ces démonstrations, cet intérêt qui s'attachent à une destinée humaine? Pas le moins du monde ; — tout ce que j'en dis, c'est pour avoir l'honneur de vous apprendre que, depuis dix jours, il y a dans un coin de la France cinq ouvriers dans la position où se trouvait Dufavel, moins les bouillons. — Vous ne vous en doutiez pas? Eh bien, voilà où je voulais en venir pour la démonstration de ce que j'appelle la question d'opportunité. Et maintenant allez proposer à M. Desnoyers de lui faire un drame sur les mineurs d'Écully, et vous verrez avec quelle grâce M. Salvador démanchera en votre faveur le balai de l'établissement.

La semaine a été, du reste, éminemment dramatique, et comme je suis résolu à vous étonner par mes révélations, apprenez que l'Odéon a donné un drame en cinq actes en vers emprunté aux temps mérovingiens, et qui n'est pas un drame ennuyeux. Écoutez donc ! — Savez-vous bien que ce drame, *la Servante du roi*, était reçu aux Français, que mademoiselle Rachel devait jouer le rôle de Frédégonde, et que la Comédie a donné 5,000 francs aux auteurs pour se dégager ? Évidemment, la Comédie et mademoiselle Rachel avaient été entraînées par quelque chose, et je trouve très-bien l'explication de cette captation, non, si vous voulez, dans les qualités éminentes de l'œuvre, mais dans l'absence des défauts inhérents à ce genre de littérature difficile.

Le Palais-Royal a donné une pièce en trois actes sous le titre cabalistique de 33,333 *fr. 33 c. par jour*. — Je désire que ce soit le chiffre de la recette par semaine. — Mais, cette pièce n'étant pas en vers et passant pour être fort amusante, je me propose d'aller la voir et d'en parler après avoir ri.

Il y a dans le passage Choiseul un marchand de jouets, à la porte duquel on lit :

Ne pas confondre avec le magasin en face.

Instinctivement, on se retourne vers le magasin en face, et, là aussi, on lit :

Ne pas confondre avec le magasin en face.

Quelque chose d'analogue se passe en ce moment entre la Porte-Saint-Martin et l'Hippodrome. La Porte-Saint-Martin, par une affiche spéciale, invite le public à ne pas confondre ses Chinois avec ceux de l'Hippodrome. M. Arnault ne pouvait se dispenser de riposter en recommandant à ce même public de ne pas confondre les Chinois de l'Hippodrome avec ceux de la Porte-Saint-Martin. Les esprits superficiels ne comprennent pas bien l'importance de ces avis salutaires. — Mais où en serions-nous, grand Dieu ! si le peuple français, toujours léger, allait se tromper de Chinois ! — Donc, la Porte-Saint-Martin a une chinoiserie et des Chinois. La chinoiserie est de MM. Clairville et Bourget; elle est assez amusante; — quant aux Chinois, ils mangent de l'étoupe enflammée et se font encadrer dans des lames de poignard. Vous savez ma théorie sur ce genre de spectacle. Les Chinois n'ont pas de responsabilité littéraire, mais ils ont une responsabilité d'argent; s'ils font des recettes, il faut les mettre au rang des dieux; s'ils n'en font pas, c'est de la canaille, et il faut les tuer. — Je crois que voilà de la saine critique en matière de Chinois.

Je n'oserais aborder les Chinois de l'Hippodrome qu'avec beaucoup de circonspection. Depuis l'histoire d'un certain lion de l'année dernière, je me figure que tout est empaillé à ce théâtre, les acteurs, les bêtes, le directeur et le public. — Naturellement, je ne me soucie pas de partager le sort commun, et j'attends pour me risquer des nouvelles plus rassurantes. — Celles qui m'arrivent des faucons et des sangliers qui ont ouvert la saison me donnent à penser que ces animaux sortent encore du Muséum d'histoire naturelle, ou que, tout au moins, leur intelligence leur permettrait d'y occuper un rang honorable. — Pourquoi M. Arnault n'a-t-il pas engagé le caniche dont on me racontait ainsi l'histoire?—Ce caniche avait appartenu à un aveugle; l'aveugle étant mort, le caniche avait continué à venir occuper la place favorite de son maître sur le boulevard des Capucines; la sébile dans la gueule, il recevait les aumônes des passants, et a vécu ainsi de longues années dans la mendicité et la fainéantise : à sa mort, on a trouvé douze mille francs en or dans sa paillasse. — Je tiens ce dernier détail d'un héritier, mais il parait mériter confirmation.

A l'Opéra, il est question, pour subvenir aux besoins de la situation, de créer 200 obligations de 4,500 fr. chacune, qui réaliseraient un capital de 900,000 fr. remboursable en neuf ans par séries; le capital avancé prendrait son gage sur la subvention, et indépendamment d'un intérêt de 3 p. c., certaines jouissances somptuaires, les entrées personnelles, par exemple, seraient attachées aux obligations.—Ce plan n'a rien de chimérique, surtout si le ministre d'État veut bien prendre quelques actions pour encourager le monde. — Au surplus, sous cette forme ou sous une autre, il faudra bien soutenir une scène qui supporte des charges si exceptionnelles.

L'Orient se peuple de gens de lettres : M. Tanski des *Débats*, a remplacé à Constantinople M. Xavier Raymond. — M. Taxile Delord va y représenter, dit-on, *le Charivari*, et probablement aussi quelque libraire parisien qui lui aura commandé des *Lettres persanes*. — M. Hartmann, un proscrit allemand, un poëte, y représente la *Gazette de Cologne*. — Il n'est pas un journal un peu soigneux de l'abonnement qui n'ait en Orient un ambassadeur à trois sous la ligne. L'avantage pour le correspondant consiste à se rapprocher du théâtre de la guerre; — l'inconvénient, c'est qu'une fois à Constantinople on ne sait plus rien, mais absolument rien de ce qui se passe sur le théâtre de la guerre. — Il faudrait donc résolûment se transporter sur le Danube. Mais ici encore autre inconvénient. — Il y a quelques semaines, on proposait à un homme de lettres de partir pour le Danube en qualité de correspondant du *Times*. — Les offres étaient séduisantes et l'écrivain se laissait tenter, lorsque d'inspiration il se mit à dire : « Mais je croyais que le

Times avait un correspondant en cet endroit? — Mon Dieu, oui,
répliqua le racoleur; nous avions un correspondant merveilleux de
style et de géographie, mais il vient de se laisser prendre par les
Russes, qui l'ont fusillé... Rassurez-vous, il sera vengé. Mais, à cette
occasion, mon ami, je ne saurais trop vous recommander de ne pas
vous laisser prendre par les Russes. Si vous étiez cerné par quelques
bataillons cosaques, défendez-vous avec une rare intrépidité jusqu'à
ce qu'on vienne vous dégager. » Ici, l'homme de lettres se rappela
soudainement qu'il avait des affaires urgentes qui le retenaient en
Occident.

Une histoire en rappelle toujours une autre. — Voyez plutôt les
Mille et une Nuits.

Il y a quelques années, un superbe bâtiment sorti du Havre faisait
voile pour l'Amérique du Sud. — Ce bâtiment portait une troupe
d'opéra destinée à la Nouvelle-Orléans. — Un jour, dans une relâche
du mal de mer, cinq chanteurs se trouvèrent réunis sur le pont et se
mirent à filer des sons en manière d'essai.

> O Mathilde, idole de mon âme!...

dit le premier chanteur ;

> Rachel, quand du Seigneur...

répliqua le second chanteur ;

> Amis, la matinée est belle...
> Il est à toi, ce prix de ton courage!...
> Asile héréditaire...

exclamèrent les trois autres chanteurs.

Qu'est-ce à dire? cinq ténors dans la troupe! Furieux, les chanteurs apostrophent avec véhémence l'impressario : « C'est une infamie! c'est une trahison! Vous m'aviez solennellement promis que je
serais le seul ténor de la troupe!—Messieurs, répliqua l'entrepreneur,
calmez-vous, comptez sur ma loyauté, et sachez bien une chose :
dans les huit premiers jours de votre installation à la Nouvelle-
Orléans, deux d'entre vous seront morts de la fièvre jaune, deux

autres mourront dans le cours des répétitions ; celui qui survivra sera mon ténor en chef et sans partage. Je lui en donne ma parole d'honneur. »

Il y avait aussi dans la troupe une botte de barytons, un fagot de basses-tailles, et un buisson de prima donna assoluta. — Tout ce monde était déjà en grande fermentation, lorsque la théorie enchanteresse de M. le directeur vint apaiser ces fièvres de concurrence. — On s'embrassa ; — d'où je conclus que, pour un véritable artiste, la meilleure chance de vivre en parfaite cordialité avec ses camarades, est dans l'espoir de les perdre.

V

Rien qu'un mot. — Probité des cochers. — Les objets trouvés. — Comment ils se perdent. — Histoire d'un fauteuil à la Voltaire et d'un gilet de flanelle. — L'âge d'or du désintéressement. — Les femmes égarées. — Le faubourg Saint-Germain à la recherche d'une princesse. — Le printemps et le mariage. — Théâtres de société. — Assemblée des auteurs. — Compte rendu de la séance. — Ordre du jour de la prochaine assemblée. — Rumeurs autour de l'Opéra. — Théâtre-Français : Nouvelles littéraires. — M. Gozlan , M. Eugène Bourgeois. — *Aïssé*. — Madame Allan. — *La Joie fait peur* et la tragédie. — Madame de Girardin. — Gymnase. — Le bonheur de sa caisse et le malheur de son caissier. — Porte-Saint-Martin. — Hippodrome. — Le duel aux Chinois. — Vrais et faux Chinois. — Les deux boniments. — Avantage des directeurs littéraires.

7 mai.

Vous connaissez le procédé de ces gens qui n'avaient qu'*un mot* à vous dire, et qui ne vous lâchent qu'après vous avoir fatigué pendant une heure d'un verbiage inutile. Je crains fort d'être aujourd'hui de ces gens-là, et il faut bien vous résigner de temps en temps à être de ceux qu'on ennuie. Il me semble que, depuis quelque temps, les cochers deviennent d'une probité inquiétante. — Je frémis de la masse de parapluies que les cochers rapportent tous les jours à la préfecture! Disons, pour être juste et sérieux en pareille matière, qu'ils ont rapporté aussi cette année des sommes considérables en argent et billets de banque.

Je suis aussi un peu étonné de la quantité et de la nature des objets trouvés sur la voie publique depuis que la préfecture se charge de les recéler avec publicité. — Dans un des derniers bulletins, je vois qu'on a trouvé dans la rue *un fauteuil à la Voltaire.* — Je me demande dans quelle circonstance on peut perdre dans la rue son fauteuil à la Voltaire. — Ce n'est pas en allant chercher son lait. — Ce n'est pas en revenant du spectacle. Mystère profond!—Je m'explique ces choses-là comme les expliquait ce mari qui, un soir, donnait à sa femme le spectacle galant de sa toilette de nuit. « Mais, monsieur, dit la femme, ce matin, quand vous êtes sorti, vous aviez un gilet de flanelle. — C'est vrai, répliqua le mari un peu troublé, je l'aurai oublié chez mon notaire. »

Quoi qu'il en soit, et je m'en félicite, la probité et le désintéressement sont à l'ordre du jour. — L'autorité vient de faire afficher les numéros de deux lots de 25,000 francs gagnés à la loterie toulousaine et non réclamés. — On ne connaît pas encore les gagnants contumaces, mais on est sur leurs traces. — Leur signalement a été envoyé à toutes les brigades de gendarmerie, et il est douteux qu'ils puissent échapper aux recherches actives dont ils sont l'objet.

Il n'a jamais été dit si on devait rapporter à la préfecture les femmes trouvées sur la voie publique. — Il s'en rencontre et des plus illustres. — Tenez, en ce moment, le faubourg Saint-Germain est à la recherche de la fille d'un financier qui avait épousé un des grands noms de l'ancienne monarchie. — La dame vient de disparaître. — Sa haute piété exclut toute conjecture galante. — On croit plutôt que la princesse (car c'était une princesse, puisqu'elle avait épousé un prince) s'est retirée devant des systèmes d'explications conjugales où le mari apportait plus de cravache que de modération.

Cela n'en corrigera pas les autres. — Je ne parle pas de la cravache, mais du mariage. — Il est même question du mariage prochain, souvent annoncé et souvent démenti, de l'un des hommes les plus considérables de ce temps-ci, au quadruple point de vue de la naissance, de l'importance politique, de l'élégance et des millions.

Le printemps est le complice annuel et l'inspirateur de ces rages matrimoniales. Les mairies sont encombrées. — On ne sait pas tout ce qui pousse ces malheureux à leur perte; mais quelquefois on le devine. — Un ancien artiste épouse en ce moment une femme quelconque, et je demandais à un sien parent à quel entraînement cédait le conjoint, à la raison ou à l'inclination. « Mais, me fut-il répondu, c'est un mariage de raison du côté de la figure, et un mariage d'inclination du côté de l'argent. »

Aussi bien les mariages sont en ce moment les seuls prétextes de réunion. — Les salons sont en pleine dissolution ; il n'y a plus guère que la comédie de société qui autorise encore quelques personnages haut placés à donner des fêtes. — Un jour prochain, nous ferons une excursion spéciale dans les théâtres de société ; aujourd'hui, j'ai trop à vous parler des théâtres de la mauvaise société, où on paye en entrant et où on ne rend pas l'argent.

Et, d'abord, l'Association des auteurs dramatiques a tenu sa séance annuelle le dimanche 1er mai. — L'Association était arrivée au terme du contrat de vingt-cinq ans qui liait ses membres, et il paraît que les troubadours et les joueurs d'orgue de la Société Henrichs avaient rêvé la dissolution de cette institution. — Non-seulement l'Association ne s'est pas dissoute, mais encore elle a justifié sa raison d'être par un rapport plein de subsides pour la veuve et l'orphelin.

La séance est ouverte à deux heures, sous la présidence de M. Scribe.

M. Ferdinand Langlé lit le rapport de la sous-commission des finances, dont les chiffres paraissent consolants.

Un membre naïf demande qu'une pièce ne puisse être retirée de l'affiche par le directeur, avant d'avoir produit 1,200 francs à l'auteur. (*Hilarité générale*)

La proposition n'est pas adoptée.

5.

- Le membre naïf demande que l'auteur dont la pièce aura été retirée de l'affiche, avant d'avoir produit 1,200 francs, reçoive au moins, à titre d'indemnité, un coupon de rente de 6,000 francs sur le grand-livre.

La proposition amendée du membre naïf n'est pas adoptée.

M. Trissotin *fils* réclame contre les pièces à succès, qui causent le plus grand préjudice aux jeunes auteurs, et signale surtout les pièces du Gymnase, écrites avec une élégance perfide, et jouées avec une perfection machiavélique, en vue d'accaparer l'affiche pendant trois mois. — L'orateur termine en demandant la tête de M. Montigny.

M. le président rappelle à l'ordre M. Trissotin.

M. Trissotin. J'ai été entraîné un peu loin. Eh bien, accordez-moi la tête de M. Thibeaudeau.

M. le président, *avec dignité.* Ce serait avec le plus grand plaisir; mais la tête de M. Thibeaudeau est le gage des fournisseurs du théâtre. (*Vive émotion.* — *Chuchotements.*)

M. Trissotin. Je constate qu'on me refuse toutes les têtes que je demande.

Le membre naïf demande que l'auteur dont la pièce aura été retirée de l'affiche avant d'avoir produit 1,200 francs, soit exempté du service militaire et logé à l'Élysée.

Quelques voix. Appuyé!

L'assemblée, consultée, ordonne le dépôt au bureau des renseignements.

La parole est à M. Raymond Deslandes.

M. Raymond Deslandes. Messieurs, il y a parmi nous des millionnaires... (*Étonnement général.—Tous les yeux se portent sur M. Delacour, qui a une montre.*)

Voix diverses. Nommez-les; on en fera justice...

Une voix. Parlez pour vous...

M. Deslandes. Messieurs, on ne m'a pas laissé achever ma pensée. Je viens vous dire qu'il y a parmi nous des millionnaires qui achètent des pièces pour se donner une consistance littéraire auprès des femmes.

De toutes parts. C'est vrai, c'est très-vrai! Continuez...

M. Deslandes. Personne n'ignore que Rothschild fait représenter des vaudevilles clandestins sous le nom d'Auguste Flan. (*Dénégations au banc de la commission.*)

Voix nombreuses. Très-bien ! C'est une initiative courageuse.

M. Deslandes. Je demande qu'à l'avenir tout individu qui voudra entrer dans l'Association subisse un examen de capacité. Dans aucun cas, les gens qui ne savent ni lire ni écrire ne pourraient être admis parmi les auteurs dramatiques... (*Vive agitation sur les bancs où siégent les membres de la Jeune Orthographe.—Interpellations en sens divers.*)

Voix diverses. C'est de la terreur !—Rétablissez la guillotine ! — Sommes-nous à Venise ? Voilà le conseil des Dix.

L'orateur descend de la tribune au milieu des acclamations de l'assemblée, et reçoit les félicitations de ses nombreux amis.

On procède ensuite à l'élection des membres de la commission.

Tous ceux des membres de l'assemblée qui ne sont pas millionnaires votent pour l'auteur de la motion contre les millionnaires. M. Deslandes est élu à l'unanimité. Les membres de la *Jeune Orthographe* paraissent très-abattus. — L'assemblée se sépare dans une agitation impossible à décrire.

Ordre du jour de la séance du 1er mai 1855 :

Lecture des rapports annuels.

Développement de la proposition de M. Trissotin fils, tendante à accorder une médaille d'encouragement à l'auteur le moins représenté dans le courant de l'exercice.

Troisième lecture du projet de loi édictant la déportation hors de la salle contre les spectateurs qui éternuent dans les endroits attendrissants.

Vote de la pension proposée en faveur de M. Duchesne, dentiste, inventeur d'une pommade pour la destruction des journalistes, des directeurs et autres animaux malfaisants.

Rapport de la sous-commission de capacité sur les candidats qui auront passé leur examen en vertu de la proposition Deslandes.

Autour du Théâtre-Français il y a des nouvelles très-littéraires :
M. Gozlan a fait recevoir cinq actes; M. Eugène Bourgeois, une
comédie en trois actes que l'on dit charmante. — *Aïssé* est tout à
fait adoptée : mais, en humiliant mes faibles lumières devant celles
de mes confrères, je dois dire que je trouve la pièce bien médiocrement jouée, excepté par madame Allan. — Ce nom me rappelle
la Joie fait peur, où madame Allan est foudroyante de douleur et d'émotion. — Voilà la tragédie. — Il est bien inutile de se
mettre sur le corps des peaux de bête et d'élever vers le ciel des bras
nus et maigres en *attestant les dieux*. — Cela ne touche plus personne, pas même les dieux, qui en haussent les épaules. — A la
bonne heure, les angoisses de cette mère qui pleure son fils et à qui
on cache son fils pour ne pas la tuer. — Cela est profondément humain et cela nous trouble jusqu'au fond de l'âme. Je ne sais pourquoi
je suis très-heureux de ce succès de madame de Girardin, que je n'ai
jamais eu l'honneur d'approcher, même à la distance qui sépare un
homme très-mal mis d'une femme très-élégante. — Madame de
Girardin est une des physionomies de notre époque. — Jeune fille,
elle fut un poëte; — femme, elle fut un soldat. — Liée à une destinée
orageuse, elle a pris sa part des luttes de ce temps-ci; elle a eu le
courage, si rare en ce pays, de braver l'opinion dans ce qu'elle a
d'inique et d'étroit. — Et voilà que Dieu donne à son automne les
beaux fruits que vous voyez, le sourire des lettres, le talent paré de
toutes les grâces de l'esprit, ennobli de toutes les inspirations du
cœur, le succès et l'estime publique, qui, à certains jours, consent
bien à se prostituer à des faquins, mais qui ne s'attache définitivement qu'aux nobles natures.

A en juger par ma prédilection pour le Gymnase, on pourrait
croire que j'aime les théâtres comme Potier aimait les pantalons, à
la condition de n'y pouvoir entrer. Après plusieurs tentatives vaines
pour revoir la pièce de MM. Sandeau et Augier, j'ai enfin réussi,
un de ces jours derniers, à obtenir une stalle de couloir. Même dans
cette position sacrifiée, et indigne d'un critique influent, *le Gendre
de M. Poirier* m'a encore paru quelque chose de tout à fait supérieur. Je craindrais même, si je pouvais craindre quelque chose
à cet endroit, que le succès de cette comédie ne pût descendre

dans les couches bourgeoises, peu initiées à ces analyses savantes de la vie sociale et peu accoutumées à ce dialogue chaste et délicat qui s'adresse à tous les sourires de l'esprit et dédaigne de provoquer le gros rire de la foule. En attendant, on fait 3,500 francs tous les soirs. — Le caissier du Gymnase voudrait bien se *frotter les mains*, mais il est manchot; — dérision du sort qui a donné deux mains, et deux mains un peu oisives, au caissier du Vaudeville! Attendons *la Foire de l'Orient*, actualité de MM. Cogniard frères, et le drame de M. Dumas père, *le Marbrier*.—Si le diable est dans la maison, la grande épée du mousquetaire saura bien l'en chasser.

J'ai beau essayer de fixer votre attention sur ces futilités, je ne puis me dissimuler que tout l'intérêt de la situation est dans le *duel aux Chinois*, toujours engagé entre la Porte-Saint-Martin et l'Hippodrome. — Il y a des gens qui trouvent que le duel aux Chinois manque de grandeur et de noblesse; — mais ces gens-là ne s'y connaissent pas.

Tout l'avantage est, jusqu'ici, pour la Porte-Saint-Martin, — d'abord, sous le rapport de la loyauté. — Voyez la probité et le scrupule de l'affiche :

« *Faux Chinois :* — Ambroise, Vannoy, Colbrun, mademoiselle Alphonsine.

» *Vrais Chinois :* —Yan-Ban, Yan-Gyn, An-Sing-Chong-Mong, le jeune Ar-Hée et le nain Chitzans. »

Au sujet de ce nain, la Porte-Saint-Martin publie des choses orientales que les heureux Parisiens peuvent lire sur l'affiche et dont nous voulons gratifier les provinciaux. — Écoutez :

« Cet individu, âgé de vingt-neuf ans, a 80 centimètres de hauteur et paraît être pourvu d'articulations doubles. Les parents de ce nain, s'apercevant de la disposition particulière de ses membres et de la petitesse de sa taille, l'enfermèrent dans *une potiche*, où il resta jusqu'à l'âge de douze ans, et dont il ne sortit que par une espèce d'éclosion, c'est-à-dire lorsque la potiche se brisa d'elle-même sous l'effort de la croissance du petit être qu'elle renfermait. Les parents, grâce à ce supplice, qui donne une idée assez juste de l'avidité cruelle des Chinois, obtinrent la permission de présenter cet enfant à l'empereur Tao-Kwang. »

Autre :

LA CIBLE VIVANTE.

Exercice à la réalité duquel la pensée se refuserait de croire si l'œil n'était frappé de l'intrépidité à la fois fière et charmante qui préside à ce jeu, d'où le péril disparaît à force de grâce et de dextérité.

Je ne suis pas encore bien revenu de l'espèce d'abrutissement où m'a jeté ce double *boniment*. — Qu'admirer le plus, de ce Chinois enfermé douze ans dans une potiche comme un Chinois de la mère Moreau, ou de *cette intrépidité fière et charmante* qui préside à la charcuterie chinoise? — Je songe seulement que le privilége de la Porte-Saint-Martin pouvait échoir à un directeur privé de toute lit-térature, et alors ces deux *boniments* d'un si haut style auraient probablement été confiés à la rédaction vulgaire de quelque paillasse chargé de provoquer la foule idolâtre. Nous l'avons échappé belle.

Je crois que c'est tout. — Si la mesure n'y est pas, je vous pré-viens que je ne suis pas homme, pour deux lignes de moins, à me jeter par la fenêtre comme certain jockey pour deux kilos de trop.

VI

Discours de rentrée. — Les progrès de la langue française. — Ce qu'il en coûte pour lire les feuilletons. — Curiosités littéraires. — Fondation d'un musée. — Canards russes. — Grassot agent de la Russie. — Fatuité de ce comique. — Danger d'être Israélite et de voyager sans passe-port. — Les joueurs de Paris. — La Société du poignard. — Le trente-et-quarante. — Une théorie sur les engagements au théâtre. — Théâtres. — Permanence des affiches. — Variétés : le massacre des ours. — *La question d'Orient.* — Les acteurs. — Histoire d'une tabatière.

18 juin.

Je viens de dormir pendant quelques semaines. Cette sieste m'a paru suffisante. Je n'ai pas voulu pousser la chose aussi loin qu'Épiménède, qui dormit cinquante ans, suivant Plutarque, et cinquante-sept, au dire de Diogène Laërte.

Or, je suis quelque peu intimidé, car j'ai découvert que, pendant mon sommeil, la langue française avait fait des progrès surprenants. Je lis dans un feuilleton *de littérature* la phrase suivante :

« THÉÂTRE-LYRIQUE. — Nous n'entendrons plus ces voix harmonieuses qui nous ont fait passer de ces moments d'extase où, entraîné par la mélodie suave qui frappait si agréablement nos oreilles, nous identifiait si bien avec le sujet du personnage que représentait le chanteur, et transportait les spectateurs, de leur place, dans les régions où l'auteur de la musique veut se faire suivre de son auditoire, interprété qu'il soit par des sujets comme ceux qui composent le personnel musical de ce théâtre. »

Je sens que je n'aurais jamais le souffle de cette phrase étonnante.

Un compte rendu du ballet de l'Opéra, par le même écrivain, m'a aussi beaucoup découragé; et puis, enfin, je crois que, pendant que je sommeillais, les verbes ont changé de régime; témoin cette interpellation foudroyante du feuilletoniste au directeur du Gymnase :

« Quand le directeur voudra bien se rappeler *de* nous, nous nous rappellerons *de* lui. »

Comment M. Montigny a-t-il pu ne pas se rappeler *d*'un journal qui écrit une pareille langue? Moi, je ne l'ai lu qu'une fois, et je me *le* rappellerai toute ma vie.

Il est vrai qu'il m'en a coûté cher ! J'avais été ramassé sur le boulevard par un ami qui m'avait offert un grog, en vue de me raconter la mort de son grand-père. Mon ami en était à l'agonie de son aïeul lorsque mes yeux tombèrent machinalement sur le précieux feuilleton. Je me suis mis à rire comme un insensé, et mon ami, scandalisé de l'effet que produisait sur moi la mort de son grand-père, sortit du café sans payer la consommation.

Il serait bien utile de fonder un musée pour les curiosités littéraires de ce temps-ci ; — on laisse périr et retourner à la hotte du chiffonnier des choses que les contemporains eux-mêmes mettent en doute quand on les signale. Je signale donc aux hommes de lettres qui veulent écrire suivant le goût du jour, et aux amis de la vieille gaieté française, le numéro du *Moniteur parisien* d'où j'ai extrait les citations qui précèdent.

Aussi bien, ce n'est pas le français qu'il faudrait apprendre en ce moment, c'est le russe. Mémoires, pièces diplomatiques, pièces de théâtre, tout aujourd'hui porte l'uniforme moscovite. C'est, il faut en convenir, un spectacle imposant et grandiose de voir cette volonté obstinée et persistante d'un seul homme, bloqué sur un coin glacé du globe et tenant en échec toute l'Europe, après lui avoir créé une situation qui réagit même au delà de l'Atlantique. — Il me semble que, quand on dispose d'une pareille puissance, on pourrait se dispenser des gasconnades et des bulletins facétieux, démentis par les événements, et qui entachent la politique russe de cet esprit de dol et de fraude qu'on retrouve un peu partout dans ce gracieux empire.

Je tiens de source sûre qu'en ce moment, à Saint-Pétersbourg, on représente les Français comme frappés de terreur ; — il me semble qu'il y a beaucoup d'exagération dans cette appréciation. — J'ai assisté hier à la sixième représentation de *Espagnolas et Boyardinos*, au théâtre du Palais-Royal, et le peuple français ne m'a paru aucunement mélancolique. Un Français nommé Grassot, presque aussi enroué que le père Ducantal était enrhumé, faisait pouffer de rire ses concitoyens. Deux ou trois jolies femmes, mesdames Azimont et Désirée, provoquaient des démonstrations auxquelles ne se liait aucune idée de massacre et de désolation ; — au contraire. — Voilà bien les Français ! ils n'ont plus qu'une heure à vivre, et ils vont voir Grassot ! Il me répugnerait de penser que Grassot est un agent de la Russie, stipendié pour entretenir le peuple français dans une sécurité trompeuse. Non : Grassot est un fat, mais c'est un honnête homme. Je dis que Grassot est un honnête homme, et je le prouverai un autre jour ; je dis que c'est un fat, et je le prouve tout de suite. — Ces jours-ci, Grassot rencontre Bressant et lui dit : « Mon cher, cela ne peut pas durer : toutes les femmes te prennent pour moi, et tu abuses d'une ressemblance que tu dois à un jeu coquin de la nature. Fais-toi un signe sur le nez, ou je serai obligé de me pourvoir auprès du garde des sceaux. »

La confusion dont se plaint Grassot n'existe que dans son imagi-

nation délirante. Grassot a ses agréments; Bressant en a d'autres.
— Les femmes fougueuses préfèrent Grassot; les femmes sentimen-
tales se contentent de Bressant. — Je supplie ces deux artistes, au
moment où l'Europe a les yeux sur nous, de ne pas lui donner le
spectacle déplorable de deux Français s'égorgeant pour de pareilles
frivolités.

Je ne veux pas quitter la Russie sans vous faire part d'une invention adorable qui nous est révélée par les journaux de cet aimable
pays. Suivez bien le raisonnement. — En Russie, les Israélites ne
peuvent pas voyager sans passe-port; un Israélite sans passe-port
est immédiatement incorporé dans l'armée, et celui qui l'a livré est
exempté du service militaire. Il en résulte cette combinaison, à la
portée d'un enfant de huit ans : un Russe orthodoxe attend un
Israélite au passage, lui administre une forte raclée, le dépouille de
ses papiers, et le livre sans passe-port à l'autorité. « Comme les
Israélites sont généralement de bons soldats, ajoute le journal, le
gouvernement ferme les yeux sur cet abus. »

Il me semble qu'on pourrait perfectionner ce mode de recrute-
ment. Étant donnés un Israélite qui n'a plus de passe-port et un Russe
orthodoxe qui a le passe-port de l'Israélite, on pourrait les incor-
porer tous les deux. On n'y a pas songé, — ou on craint que le
Russe ne clabaude dans les journaux de l'opposition.

Il y a eu de fortes émotions depuis une quinzaine de jours dans le
monde des joueurs. — Une réunion dite la Société du poignard, et
composée, d'ailleurs, des hommes les plus honorables, s'est dissoute
après un grand tremblement de terre qui a mis dans la poche d'un
seul des participants un bénéfice de onze cent mille francs. — Notez
qu'il est payé, et qu'un Polonais s'est exécuté de six cent mille francs
sans que cela ait paru le gêner. Voilà qui relève la Pologne.

C'est aussi onze cent mille francs qu'a perdus M. H., un
banquier qui a le moyen, contre un médecin, M. A., qui porte
le nom d'un autre banquier non moins célèbre, sans être aucunement son parent ni son allié. — M. A. a visité les Amériques
espagnoles, où le jeu passionné et acharné est, pour ainsi dire, en
permanence. Je ne sais pas si le jeu le conduira infailliblement au
suicide, comme disent tous les pères de famille (qui ont, du reste,

raison de le dire); mais ce qu'il y a de certain, c'est qu'il gagne en ce moment quelque chose comme cinq ou six millions. Une originalité de ce célèbre joueur, c'est qu'il a en quelque sorte restauré les jeux publics en taillant lui-même en société le trente-et-quarante.— Il se constitue banquier et joue aux mêmes conditions que les banques. Du reste, il est, pour ainsi dire, à la disposition du public. Récemment, un lion très-connu à l'Opéra et ailleurs, ayant perdu dix mille francs au club, se transporte chez M. A. à deux heures du matin. « Je perds dix mille francs, taillez-moi une banque. — Soit, répliqua M. A., mais sur mon lit. »

Au bout de deux tailles, le visiteur nocturne avait regagné ses dix mille francs et regagna son lit.

La commission ministérielle instituée pour la distribution des prix dramatiques, fondés par M. Léon Faucher, a rendu son verdict, et, comme il apparaît par le rapport de M. Sainte-Beuve, ne s'est pas dissimulé tout ce que la fondation de M. Faucher, excellente dans ses intentions, a d'équivoque dans ses définitions et d'illusoire dans ses résultats.

Ce qu'il faudrait encourager, c'est moins une pièce prise isolément que la tendance générale d'un théâtre, l'ensemble de son répertoire et le succès soutenu sans charlatanisme et sans mauvais goût. Imaginez une subvention mobile attribuée au théâtre qui se serait maintenu le mieux dans les conditions de ce programme, et vous arrivez tout de suite à ce résultat que le directeur qui aura conquis cette subvention s'appliquera à la conserver ; l'émulation se mettra chez ses concurrents, et le bien général de ces efforts tournera au profit d'une littérature saine qui devra être en même temps une littérature attrayante. — Sinon, non.

Les théâtres vivent ou vivotent sur des affiches dont la permanence n'est pas partout une garantie de leur attraction ; — je ne vois guère que le théâtre des Variétés qui donne d'heure en heure ce qu'on est convenu d'appeler des pièces *nouvelles*. — C'est que ce théâtre des Variétés est toujours dans la situation que lui a faite le dernier directeur. M. Carpier était un homme excellent et animé des meilleures intentions ; — mais les bonnes intentions, vous savez, l'enfer en est pavé, — et voilà comment le théâtre des Variétés est devenu un petit enfer. — Aigri par les déceptions que lui apportaient les pièces sur lesquelles il avait le plus compté, M. Carpier avait fini par s'arrêter à cette résolution de ne plus recevoir que des pièces sur lesquelles il ne fonderait aucune espérance.

C'était une initiative très-hardie. Mais le courage a manqué à M. Carpier, et les pièces qu'il recevait ainsi, il ne les jouait pas. — Il en est résulté cette scène que je supplie M. Clairville, M. Thiboust ou M. Guenée de me représenter dans leur revue de fin d'année : M. Bowes, à sa rentrée aux Variétés, est assailli par soixante et douze ours qui lui demandent des dommages-intérêts. — M. Zaccaroni offre 3 fr. à ceux-ci, 6 fr. à ceux-là. — Mais les ours sont en règle, ils ont un traité, et ils demandent 1,200 fr. par tête. — M. Bowes, effrayé, est obligé de recourir à l'expérience d'un Lagingeole connaissant le tempérament de ces animaux. — Et, en effet, arrive M. Laurencin, qui prend le parti de faire fusiller les ours les uns après les autres, à six heures, quand tout le monde dîne, afin de ne pas faire de scandale dans la ville. L'exécution des ours serait d'un grand effet dans la revue de M. Guenée, surtout si M. Laurencin, pour ses débuts, consentait à commander le feu. Le public n'y comprendrait rien, c'est vrai; — mais cela nous amuserait beaucoup, Siraudin et moi.

Note pour la province. En littérature dramatique, on appelle *ours* une pièce injouable, comme, en librairie, on appelle *rossignol* un livre invendu (les provinciaux sont insupportables, il faut leur expliquer toutes les beautés de la langue).

Donc, M. Laurencin exécute ainsi un à un les ours de M. Carpier, en leur donnant trois jours pour se préparer à la mort. Quand le public trouve des circonstances atténuantes, l'ours vit huit jours, mais pour cela il faut que l'ours soit très-joli et chante un peu l'agréable musique de M. Nargeot.

La seule diversion à ce massacre a été, il y a un mois, l'apparition de la *Question d'Orient.* — Quoique cette farce ne fût pas d'un goût suprême, elle a assez amusé pour qu'on ait cru devoir lui donner un développement en forme de suite sous ce titre de *Dromadard et Panadier en Orient.* On pensera de moi ce qu'on voudra, mais je déclare que je préfère cette bamboche infestée de calembours, de

lazzi et de cocasseries à cet éternel vaudeville sentimental qui abou-
tit à marier mademoiselle Clairemont à M. Devaux malgré l'opposition de M. Henri Alix. — Lassagne est un acteur sur la portée
duquel je ne suis pas bien fixé. Cependant je constate qu'il ressuscite
avec succès ces types populaires qui ont fait la gloire et la fortune
du théâtre des Variétés; — il est vraiment d'un abrutissement
magnifique dans son rôle de maçon. Charles Pércy, dont le talent
incline plutôt à la comédie, n'entre pas aussi carrément dans sa
peau d'âne. — Il est toutefois bien majestueux, bien stupide et
bien hébété dans sa fourrure de pacha.

Il est arrivé cette semaine toutes sortes d'aventures à ces deux
artistes. D'abord la *Gazette des Tribunaux* s'est avisée de les
prendre pour victimes de ses récits navrants. — C'est de très-bon
augure : quand la *Gazette des Tribunaux* en est réduite *à faire de
la copie* sur les artistes des Variétés, c'est un signe infaillible que
l'assassinat manque sur la place. — Ce qui est beaucoup plus vrai,
quoique la chose ait été également annoncée par les journaux, c'est
qu'à la suite de là représentation de dimanche, à laquelle le prince
Jérôme assistait, Charles Pércy et Lassagne ont reçu chacun une
épingle du genre de celles qu'on ne vend pas à la douzaine chez les
mercières. — Et ceci me rappelle qu'il y a une dizaine d'années, le
duc de Nemours avait voulu faire un cadeau de ce genre à un artiste
du boulevard. — Mais, avant de lui donner une tabatière, il avait
voulu au moins savoir si l'artiste prenait du tabac, et lui avait, à
cet effet, envoyé un intendant. — La tabatière proposée fut acceptée
avec enthousiasme. « Eh bien, dit l'intendant, où demeurez-vous?
je vous l'enverrai demain. — Oh! répliqua l'artiste, si c'était un effet
de votre bonté de la mettre au mont-de-piété et de m'envoyer la
reconnaissance... »

VII

Encouragements et conseils hardis à la chronique. — Les empêchements du chroniqueur. — Le silence criminel et la révélation coupable. — Une réclame insolite. — Un directeur qui a fait des études. — Un homme de lettres qui a sauté des classes. — Physiologie de l'homme qui a sauté des classes. — Le provincial à Paris. — Béotisme des Parisiens. — Perspective d'une population aquatique. — Projet d'hôtel monstre. — Mademoiselle Rebecca. — Mademoiselle Rachel. — Opéra : remaniements administratifs. — Les pensions. — Vaudeville. — La faillite. — Un vilain détour. — Variétés. — Théâtre restaurant. — Une plaisanterie qui s'use. — Un ours populaire. — Une gageure que personne ne voudra tenir.

2 juillet.

Cette chronique reçoit toutes sortes d'encouragements. Un anonyme, qui s'en déclare un lecteur assidu, m'invite expressément à préférer aux dissertations ennuyeuses les narrations piquantes et spirituelles. — Le conseil, quoique hardi, vaut la peine d'être médité ; mais l'anonyme en parle bien à son aise, — il ne paraît pas se douter des difficultés de ce métier, qui touche à toutes les vanités et effleure toutes les susceptibilités.

Il y a deux ans, un de nos amis très-intimes, alors rédacteur d'une chronique belge, fut averti qu'une dame très-distinguée se plaignait avec amertume de la manie des conteurs parisiens de mettre en scène les femmes d'un monde qui n'appartient pas à la publicité. — Au bout de son enquête, le chroniqueur reconnut qu'à l'occasion d'une représentation solennelle à l'Opéra, il avait trahi l'incognito de toutes les jolies femmes qui assistaient à ce gala. — C'était une indiscrétion, sans doute, car on sait avec quel soin les jolies femmes se dérobent,

4.

à l'Opéra surtout, à la curiosité du public. — Mais ce que notre ami
ne comprit pas bien, c'est que la femme indignée s'indignait pour le
compte d'autrui et pour le principe, son nom n'étant pas cité dans ce
recensement des jolies femmes de Paris. — Irrité des récriminations
de cette dame, le feuilletoniste résolut de s'en venger, et, l'ayant
rencontrée dans un grand bal officiel, il ne craignit pas de la dénoncer
en plein feuilleton, et en toutes lettres, comme la plus jolie femme
de cette nuit d'enchantement. — Mais, à dater de ce moment, notre
ami n'osait plus sortir le soir : il craignait toujours de recevoir dans
la figure cette fameuse fiole de vitriol qui est l'arme favorite de la
beauté offensée. — Bizarrerie du cœur des femmes! non-seulement
la jolie femme ne se fâcha pas, mais encore elle s'abonna au journal.

Malgré cela, vous voyez d'ici, chers lecteurs, combien il est peu
commode pour une chronique parisienne de vous parler des Parisiens. — Je vais tourner la difficulté en vous parlant un peu des provinciaux — qui commencent à nous envahir à Paris. — Dans les
hôtels et les restaurants, on signale l'apparition des provinciaux
comme, à Nantes et à Lorient, on s'écrie : « La sardine est arrivée. »

Le provincial ne se révèle plus guère à l'œil exercé du Parisien
par les étrangetés de costumes qui le signalaient autrefois ; — des
communications plus faciles et des relations incessantes permettent
au provincial de se mettre *au goût du jour*. — Ce n'est plus que
dans les chefs-lieux de canton où l'indigène est demeuré sédentaire
qu'on retrouve le type du provincial de 1820 avec son pantalon *pis-
tache*, son gilet *aurore* et son habit *caca dauphin*.

Mais le provincial se trahit toujours par ses mœurs et une inter-
version de toutes les habitudes parisiennes. — D'abord, à neuf
heures du matin, on le voit entrer chez Véfour : — il vient déjeuner ;
— les garçons, à peine éveillés, sont en train d'épousseter les banquettes. — Le provincial demande du melon, un filet Chateaubriand,
une sole normande, des haricots verts, des fraises et du champagne.
— Le provincial *déjeune* comme vous voyez. — Le Parisien, lui,
mange quelquefois deux œufs en lisant un journal, mais il ne déjeune
pas. Puis, de onze heures à midi, le provincial loue un *landau*, et
va se promener aux Champs-Élysées, où il ne rencontre, en fait
d'équipages, que des tonneaux habités par des naïades qui versent

une onde abondante sur leur passage. Le provincial est très-étonné ; il croyait cette promenade plus fréquentée. Rentré à son hôtel, le provincial fait son courrier, puis il demande *où on voit Bouffé et Déjazet*. Le garçon prend des renseignements et vient lui dire que ces gens-là sont morts et qu'ils sont remplacés par le petit Bousquet. Il faut cependant que le provincial aille au spectacle ; — il prend son journal, et son embarras augmente : il voit que, la veille, tous les théâtres, sans en excepter un seul, *ont refusé du monde*. — Il se décide alors à louer une place d'avance. Mais il est furieux qu'on veuille la lui faire payer un franc de plus que sur le tarif de la porte, et il demande à parler au directeur. — Sur le refus du directeur de s'entretenir avec le provincial, celui-ci sort exaspéré, et déclare qu'il viendra siffler le soir. — Mais, le soir, il se trouve tout seul contre trente claqueurs et n'ose donner suite à son projet scélérat. Il s'en dédommage dans ses conversations particulières, où il déclare qu'à part Bouffé, qu'il n'a pas vu, tous les acteurs de Paris sont des saltimbanques, et tous les directeurs des voleurs.

Du reste, si les provinciaux ont leurs travers, les Parisiens ont leurs ridicules, et le provincial, à son tour, rit du Parisien badaud et béotien, naïf comme un enfant devant les choses qu'il ne connaît pas. Il y a en ce moment, en aval du pont des Saints-Pères, un petit brick de commerce qui fait l'étonnement et l'admiration des Parisiens ; — et il faut entendre les commentaires de la foule toujours amassée devant ce trois-mâts. — Les explications que donnent ceux qui ont vu le Havre à ceux qui n'ont vu qu'Asnières, valent les fameux démêlés de Ravel et de Sainville sur la trompe de l'éléphant du Jardin des Plantes.

Il paraît, au surplus, qu'en fait de bâtiments nous en verrons bien d'autres. — Les centres manufacturiers d'Angleterre se disposent à envoyer à Paris, à l'époque de l'Exposition de 1855, des ouvriers et des chefs d'atelier qui, en présence des produits de toutes les nations, feront d'utiles comparaisons sur les procédés et les méthodes de fabrication. Comme on prévoit pour cette solennité des problèmes de logement qui ne sont pas encore bien élucidés, même pour les gens riches, on construit à Londres un bâtiment aménagé en forme d'hôtel garni qui, après avoir remonté la Seine, viendra stationner dans le bassin le plus voisin du centre de Paris. — Il n'est pas impossible que cette idée éveille des spéculations de même nature à l'usage des touristes des quatre parties du monde ; et nous aurions alors en 1855, comme la Chine en tout temps, une population fluviale ayant fait élection de domicile en pleine Seine. — J'ajouterai que l'Exposition appelant les étrangers à Paris du mois de mai au mois d'octobre, le domicile aquatique sera infiniment plus agréable pour eux que la séquestration entre quatre murailles dans les hôtels de terre ferme.

Outre cette innovation, il est toujours question de la construction, dans le faubourg Saint-Honoré, d'un vaste caravansérail sur le plan du fameux hôtel Saint-Nicolas de New-York. Le propriétaire de l'hôtel Saint-Nicolas, en personne, est à Paris en ce moment et donne plusieurs consultations par semaine aux architectes, capitalistes et administrateurs de cette immense entreprise.

L'événement de la semaine, ç'a été l'enterrement de mademoiselle Rebecca, disparue si jeune de ce monde après y avoir occupé une place enviée et honorée. — J'ai très-peu vu cette artiste sur la scène, et je ne saurais dire si son talent justifiait bien sa fortune rapide et son avénement au sociétariat de la Comédie-Française. — Ce que je puis mieux affirmer, c'est qu'elle apportait dans les relations du monde une sorte de douceur et de réserve qui, en contraste avec les bruyantes ambitions de toute sa famille, expliquent les sympathies qu'elle a rencontrées à cette heure suprême. — Il faut dire aussi que mademoiselle Rachel a manifesté dans cette crise un grand cœur, une douleur vraie et touchante : — au milieu de leurs dissipations et de leurs erreurs, les âmes d'élite se reconnaissent à ces épreuves.

Les remaniements administratifs qu'on prépare à l'Opéra occupent beaucoup les foyers du théâtre et les clubs du boulevard. On sait qu'après bien des revirements qui ne sont peut-être pas à leur terme, on paraît s'arrêter à l'idée de mettre l'Opéra en régie avec une subvention augmentée qui, sortant de la caisse du Trésor, serait délivrée par les mains du ministre de la maison de l'empereur. — Le passif de l'administration actuelle, reconnu par l'État, serait liquidé par annuités, et M. Roqueplan conserverait sa position, modifiée naturellement par ce nouvel état de choses.

Dans une précédente combinaison, il avait été question de la restauration de la caisse des pensions. — Il serait regrettable qu'on ne donnât pas suite à ce projet : la pension ouvre aux artistes des perspectives d'avenir et de sécurité ; — elle en fait des artistes sédentaires attachés à leur théâtre comme à leur famille. Quelques premiers sujets, attirés par les gros appointements de l'étranger, se tiendraient en dehors de la loi commune, cela est vrai ; — mais, à part deux ou trois exceptions, on pourrait former des groupes d'artistes sédentaires dont le service permanent permettrait à l'Opéra d'avoir un répertoire. C'est en vue de la pension que les chanteurs de l'Empire et des premiers temps de la Restauration donnaient leur talent pour une somme qui, en ces temps-là, n'a jamais, je crois, dépassé 12,000 fr. par an ; — et, au Théâtre-Français, il y a encore aujourd'hui des comédiens d'élite qui, à un jour donné, auraient pu gagner deux fois leurs appointements de sociétaires dans les théâtres concurrents. — La pension les a attachés au devoir.

Le théâtre du Vaudeville est arrivé au terme d'une de ses crises périodiques : — il a fait faillite. — Un brave curé de campagne signalait en chaire la prévoyance de Dieu, qui avait placé un grand fleuve à proximité de toutes les grandes villes. — Moi, je suis toujours tenté d'admirer la bonté de cette Providence qui a mis le tribunal de commerce en face du Vaudeville. — Vous ne vous imaginez pas combien c'est commode. — Le tribunal, en sa qualité de voisin, connaît, à 3 francs près, l'actif et le passif de l'enfant malin. — Celui-ci, de son côté, vit, comme on dit, dans la poche du tribunal, il est de la maison, et va en pantoufles déposer son bilan.

M. Thibaudeau en est là. — Ses amis disent que sa faillite n'a été prononcée que par défaut. — Malheureusement, il paraît que c'est par défaut d'argent, et le ministre, qui veut des directeurs sans défauts, a prononcé sa révocation. — Je n'aurai pas la simplicité de chercher à consoler M. Thibaudeau ; je suis bien sûr qu'il est tout consolé, qu'il ne pense plus à cette bamboche et qu'il cherche une autre opération.

Je n'ai pas besoin de vous dire qu'il y a *des combinaisons* en masse pour succéder à M. Thibaudeau, et peut-être à son sort ; car, après avoir ri plus qu'il ne convenait peut-être de ce directeur,

dont les travers, après tout, ne font tort qu'à lui-même, il est juste
de faire remarquer qu'il ne s'est pas signalé par les actes d'ineptie
qu'on se croyait en droit d'attendre de lui. — En neuf mois de direction, il a joué deux grandes pièces en cinq actes, une de M. Gozlan
et une de M. Barrière. — Il était dans la voie, — la fortune pouvait
tourner pour lui et il devenait un aussi grand homme que feu
M. Bouffé; —seulement, M. Bouffé détestait trop les huissiers pour
leur donner des bas de soie et des chaînes d'argent. — M. Thibaudeau périt par le luxe des huissiers.

Le théâtre des Variétés est badigeonné à neuf, et on lit sur son
affiche :

On dîne, entre deux tisons, sous un bec de gaz.

De là quelques plaisants ont pris prétexte pour répandre le bruit
que ce théâtre allait détailler ses ours en biftecks. Ce n'est pas notre
faute si les ours des Variétés ont succédé aux chameaux de l'Odéon
dans les menus propos de la gaieté française. — A Paris, nos gens
d'esprit sont ainsi faits : — quand ils tiennent une plaisanterie, ils ne
l'abandonnent qu'après en avoir fait un ennui. Ne vous fâchez pas,
je ne vous en parlerai plus; — d'ailleurs, ils s'écoulent, ces ours.
En voici encore un qui n'est pas trop mal léché; — c'est un ours
populaire de la ménagerie de M. Deslandes. Je vous assure que
cet ours est gai et amusant toutes les fois qu'il ne s'essuie pas les
yeux avec un mouchoir brodé en pensant à ses amours. — Je n'aime
pas qu'un ours ait de ces façons-là et feigne des sentiments de tendresse qu'il est incapable d'éprouver. Ce théâtre fait, du reste, des
recettes très-avouables avec ses deux farces orientales et prépare des
pièces *d'une coupe plus avantageuse,* comme disent les tailleurs et
les auteurs.

VIII

L'orage. — La foudre et le déluge. — Inondation *intrà-muros*. — Sauvetages mémorables. — Démêlés entre la foudre, les journalistes, les arbres et les paysans. — Le choléra. — La vérité sur le susdit. — Chacun s'en tire comme il peut. — Un mot d'Odry. — Remarque d'un fossoyeur. — Jolis mots de croque-mort. — Les deuils de la semaine. — La maréchale Ney. — Madame de Cussy. — M. Seveste. — Deux conversions religieuses. — Opéra. — Le rapport de la commission. — La musique des anciens maîtres. — Proposition. — Bulletin théâtral. — Palais-Royal : *le Mauvais Coucheur*. — Lugnet. — Gymnase : la session littéraire et la saison des vaudevilles. — *Le Moyen dangereux*. — Mademoiselle Figeac. — *Les Amoureux de ma femme*. — M. Landrol. — M. Geoffroy. — Variétés : *les Noces de Merluchet*. — Aveu pénible.

9 juillet.

Paris a eu, à la fin de la semaine dernière, l'émotion d'un orage; — il a failli avoir l'émotion d'un déluge. — Les gens prévoyants songeaient déjà à reconstruire l'arche de Noé, afin d'y conserver un exemplaire de toutes les bêtes qui peuplent la planète; — il s'agit évidemment des bêtes proprement dites. — Quant aux imbéciles, que l'on comprend souvent, par extension, sous cette dénomination, il est inutile de pourvoir à leur préservation, on est toujours sûr de les retrouver après tous les déluges.

Paris en a été quitte pour la peur; — le déluge a seulement transformé en lac le bassin situé au confluent du faubourg Montmartre, de la rue de Provence et de la rue Cadet. — Là, les chevaux avaient de l'eau jusqu'au poitrail et le fléau a provoqué en cet endroit les actes de dévouement les plus attendrissants. Vers six heures, un bourgeois vénérable se désolait, retenu par Neptune loin de sa chère Ithaque. — Un jeune marchand de contre-marques le prit sur ses épaules, et, moyennant cinquante centimes, exécuta le sauvetage du bourgeois. — A Paris, une industrie est bien vite créée. — A dater de ce moment, tous les *voyous* du quartier furent transformés en chiens de Terre-Neuve : mais cette navigation ne fut pas toujours heureuse. Soit malice, soit faiblesse de l'épine dorsale, soit insuffisance de la prime, un des sauveurs se laissa choir dans le torrent avec son précieux fardeau ; — heureusement, le fardeau savait nager.

Quant au tonnerre, qui a fait de nombreuses victimes, il a donné lieu aux observations les plus intéressantes ; les journaux s'en trouveront un peu déroutés : les journaux ont un thème tout fait sur le tonnerre. — Au premier éclair, le rédacteur en chef dit, au *fait-divers :*

« Théophile, voici de l'orage ; — n'oubliez pas qu'un berger qui avait cherché un refuge sous un peuplier a été foudroyé. — Ici, détails piquants : on n'a retrouvé ni les chaussettes ni les gants du berger ; — l'or qu'il avait dans sa poche a été fondu, et il n'en est resté aucune trace. Du reste, à part une forte odeur de roussi, le berger lui-même n'était pas endommagé : il était demeuré debout appuyé contre l'arbre, et des passants qui l'ont vu dans cette attitude ont cru qu'il comptait ses moutons. — La foudre s'est introduite dans le berger en faisant deux petits trous à sa culotte ; — chose extraordinaire ! le berger était réduit en cendres et la culotte n'est pas brûlée ; elle pourra servir à un autre berger. — Insistez sur le danger de se mettre à l'abri sous les arbres en temps d'orage. »

Jusqu'ici, les arbres étaient responsables de tous les cas de foudre ; mais, l'autre jour, le tonnerre a un peu dérangé cette théorie. D'abord, deux hommes qui rentraient du vin dans une cave sur le quai Saint-Bernard ont été foudroyés ; — notez qu'il y a des arbres sur le quai Saint-Bernard, et qu'on serait fondé à dire : « Exemple de l'imprudence de rentrer du vin dans une cave en temps d'orage, au lieu de se mettre à l'abri sous les arbres. » — Rue de Ponthieu, un homme de lettres qui dînait a été visité par la foudre : la cheminée est venue s'épater dans un plat d'épinards (exemple de l'imprudence de se mettre à l'abri sous un plat d'épinards).

Enfin, la foudre a frappé des gens qui travaillaient, des gens qui dormaient, et même un homme qui faisait sa barbe; — exemples sur exemples qui prouvent bien que la posture et l'occupation préservatrices du tonnerre sont encore à trouver. Voici seulement une dernière objection : — les gens de la campagne, qui ont la funeste habitude de se mettre à l'abri sous les arbres, sont bien loin d'être aussi forts que les journaux en météorologie; j'ai même connu des paysans qui ne savaient pas ce que signifiait ce mot *météorologie;* — mais ces enfants de la nature ne sont dépourvus ni d'instinct, ni d'observation, et, toutes les fois que je leur ai demandé pourquoi ils ne se conformaient pas au conseil du journal qui interdit de s'approcher des arbres en temps d'orage, ils m'ont toujours répondu, en se grattant la tête : « Dame! notre bourgeois, je voudrions ben ne pas aller sous les arbres, puisque ça fait de la peine à ces messieurs du journal; mais c'est que, depuis vingt ans, il y a eu dans le pays douze personnes tuées par la foudre, et toutes ont été frappées en plein champ, c'est donc pas déjà si sain de ne pas aller sous les arbres. »

Interrogez les gens qui ont habité la campagne : il n'en est pas un qui n'ait entendu le même langage. — Personnellement, je n'ai pas d'opinion sur la question, et j'abandonne le débat aux parties intéressées, les bergers et les journalistes du grand format. — Mais l'orage est passé, et nous sommes tous comme les marins, oublieux après la tempête. — Il y a en ce moment un autre fléau, dont on ne parle qu'à voix basse, et dont l'intimidation s'accroît de tout le soin qu'on prend de ne pas le reconnaître officiellement : c'est — mon Dieu! les paroles ne tuent pas! — c'est le choléra. — Puisque les journaux sérieux ne s'avisent pas de rassurer un peu les populations par une explication franche qui, en faisant la part du diable, amortirait des terreurs absurdes, notre chronique va s'en charger, d'après des renseignements puisés aux meilleures sources. — Oui, il y a du choléra, mais il y en a toujours eu, et, depuis 1832, le choléra est passé à l'état endémique. — Ce qui est vrai, c'est que le choléra, s'attachant en ce moment à toutes les natures débilitées, apporte son appoint aux causes morbides; mais il n'est pas vrai que sa puissance foudroyante s'attaque aux constitutions saines pour les briser en quelques heures. — Cela dit, je ne suis pas bien sûr d'avoir complétement rassuré les natures débilitées. — Maintenant, je n'interdis pas aux natures débilitées de se persuader que rien ne préserve mieux du choléra qu'une santé frêle et chancelante. — Odry, dans les deux dernières années de sa vie, avait eu deux atteintes terribles de fièvre typhoïde. — Je le rencontrai un jour au printemps, frais, rose et épanoui comme le printemps lui-même.

« Eh bien, lui dis-je, père *Bilboquet*, comment ça va-t-il ?

— Mais très-bien, me répondit-il ; — j'ai trouvé *le truc :* — je fais chaque année une maladie mortelle, — c'est très-sain... »

Chacun s'en tire comme il peut ; et vous savez la remarque terrible et profonde du fossoyeur qui enterrait les morts après la bataille.

« Mais, malheureux, lui dit un des officiers qui surveillaient cette sinistre besogne, tu viens de pousser dans la fosse un homme qui respirait encore !

— Ah ! monsieur, répliqua le fossoyeur, on voit bien que vous n'avez pas, comme moi, l'habitude... — Si on les écoutait, il n'y en aurait jamais un de mort. »

Hélas ! on a beau se défendre, aspirer à la vie, sinon la respirer encore, le lugubre valet de la mort n'accomplit pas moins sa fonction ; — on pourrait même dire qu'il y met du zèle. — Un jour, deux vauriens de vaudevillistes avisent aux Champs-Élysées un croque-mort qui revenait à vide.

« Cocher, avez-vous de la place ? dit l'un d'eux en faisant le signe usité pour les omnibus.

— C'est bon, c'est bon, répliqua le croque-mort, votre tour viendra ; et ne faites pas tant les malins, j'en ai enterré de *mieux portants que vous.* »

Une autre fois, c'était à la Martinique, en temps de fléau ; — d'immenses voitures parcouraient la ville portant des centaines de victimes au cimetière. — Un nègre, compris un peu légèrement dans une hécatombe, parvint à se dégager de ses camarades, et se mit à sauter lestement à terre.

« Arrêtez ! se mit à crier le croque-mort, arrêtez *mon mort*, qui se sauve !... »

Décidément, ces messieurs sont de vilaines gens, et j'approuve l'arrêt d'une société littéraire qui refusa, il y a quelques années, de recevoir dans son sein un croque-mort de lettres qui avait cependant produit des chansons d'une gaieté folle.

Si vous me demandez d'où me vient cette préoccupation de pompes funèbres, je vous dirai que cette chronique porte tous les deuils de la semaine. — En huit jours, n'avons-nous pas vu disparaître madame la maréchale Ney, dont le nom appartient à l'histoire; madame de Cussy, sortie d'une famille d'artistes et mère de deux enfants qu'elle a mariés à des artistes, puis M. Jules Seveste, directeur du troisième théâtre lyrique.

Un homme qui meurt, c'est peu de chose; — mais, quand cet homme laisse un privilège, l'émotion se met parmi les plus indifférents, et on s'intéresse très-généralement à sa succession. Lundi dernier, en quittant le cimetière, beaucoup de gens, se trouvant en cravate blanche et en habit noir, ont poussé jusqu'au ministère d'État : ils venaient dénoncer leur intention d'honorer le défunt en continuant son œuvre lyrique. — On dit qu'ils sont au moins trente qui se rencontrent dans cette pieuse pensée.

La haute société a été très-occupée cette semaine de deux conversions religieuses très-imprévues. Un des principaux commis de M. de Rothschild, et son représentant auprès de quelques cours de l'Europe, M. B., après avoir abjuré le judaïsme pour le catholicisme, vient de se consacrer à la vie monastique. Il est entré au couvent de la Trappe.

On s'est étonné d'une autre conversion en sens inverse, et beaucoup plus rare, qui aurait fait une juive de madame la duchesse de Plaisance. On n'ose affirmer que la monomanie religieuse de cette dame ait été poussée jusqu'à une apostasie, mais ses libéralités testamentaires envers les Israélites ont paru bien étranges.

L'affaire de l'Opéra est réglée. Le *Moniteur* y a passé, et il n'y a plus à y revenir. La commission chargée du rapport a prouvé qu'elle avait étudié la question. Elle avait, d'ailleurs, dans son sein deux ou trois hommes très-initiés à ces matières, entre autres et surtout M. de Morny. Je suis seulement très-effrayé pour la cassette de l'empereur d'une tendance manifestée par ce rapport, et qui consisterait à remettre en scène les œuvres musicales des anciens maîtres. Je ne conteste pas la valeur de cette idée au point de vue de l'art; mais, au point de vue de la recette, j'en suis épouvanté. Et toutefois, comme il y a moyen de tirer parti de tout, voici ce que j'indiquerai : Remontez l'*Armide* ou l'*Iphigénie* de Gluck avec l'élite de vos chanteurs; annoncez que la reprise n'aura qu'*une* représentation; pour cette représentation *unique*, triplez le prix des places, vous ferez trente mille francs, et vous aurez tout Paris (le Paris de la fortune et de la vanité). En dehors de cette combinaison, rien n'est possible, je crois, avec la musique de nos pères.

Ma tournée hebdomadaire dans les théâtres ne me donne qu'un bien maigre butin. J'ai vu au Palais-Royal *le Mauvais Coucheur* de M. Lefranc. Quel animal (le mauvais coucheur)! Il lui sera beaucoup pardonné parce qu'il a beaucoup d'esprit, et que son compère Luguet est très-amusant. Luguet ne tardera pas à avoir le premier rang dans la troupe de M. Dormeuil. Il est jeune, plein de fantaisie, et parfaitement insensé, comme il convient aux pièces qu'il a l'honneur de représenter devant nous.

Le Gymnase a clos par *le Gendre de M. Poirier* ce qu'on peut appeler sa session littéraire. L'été venu, il laisse passer quelques jeunes vaudevilles qui faisaient antichambre pendant que la comédie, cette grande dame, tenait le salon.

Nous avons vu ainsi *le Moyen dangereux*, pièce posthume de Bayard, pièce un peu inutile et un peu terne, qui ne brille guère que par les beaux yeux de mademoiselle Figeac. Elle ne se corrige pas d'être jolie, mademoiselle Figeac; si bien qu'à force de vanter sa beauté, on oublie le plus souvent de faire remarquer qu'elle a fait des progrès surprenants, que d'actrice elle est devenue comédienne, et qu'elle tient son rang dans la troupe du Gymnase, ce qui n'est pas un médiocre honneur.

Mais voici quelque chose de mieux : *les Amoureux de ma femme*. Ceci est gai et ingénieux; M. Dutreillis a une jolie femme, il passe la saison à Ostende, où les adorateurs ne manquent pas à madame Dutreillis. Le mari se pose alors cette question : « Si les femmes mariées que l'on adore étaient des jeunes filles à marier *sans dot*, combien resterait-il de poursuivants? » Alors, par une ruse épistolaire, M. Dutreillis accrédite le bruit parmi la jeunesse mâle d'Ostende que madame Dutreillis n'est qu'une orpheline que son prétendu mari veut pourvoir, en prenant au piége le premier oison qui se compromettra. Mais le mari a compté sans un forban italien trempé dans la lave du Vésuve, qui persiste d'autant plus dans son amour volcanique, que madame Dutreillis est désormais libre et sans dot. Ce rôle de Napolitain toujours en éruption a été à la fois la fortune de la pièce et celle d'un jeune acteur, distingué jusqu'à ce jour seulement par beaucoup de zèle et de bonne volonté, et qui a prouvé ce soir-là qu'il avait encore autre chose. Le public qui, à certains jours, a la passion de l'équité, s'est mis à applaudir M. Landrol comme jamais de mémoire de claque on n'avait applaudi. M. Geoffroy est un excellent comédien, c'est connu de tous et reconnu de moi ; mais il me semble qu'il joue toujours le même rôle.

Reste *les Noces de Merluchet* aux Variétés. Ici, je vous dois un aveu pénible : J'ai manqué à tous mes devoirs. C'était lundi dernier, il faisait un temps magnifique : au lieu d'aller voir *les Noces de Merluchet*, je suis allé voir coucher le soleil au bois de Boulogne. Je dois dire à ma décharge qu'il y avait là pas mal d'individus très-bien mis qui n'assistaient pas aux *Noces de Merluchet*. On m'a dit que ces trois actes avaient parfaitement réussi, et que M. Lassagne y était très, mais très-amusant.

IX

La guerre et les oisifs. — Critiques stratégiques. — Proposition en faveur de M. Billion. — Usurpation de la Russie sur le privilége du Cirque. — Les armées d'autrefois et les armées d'aujourd'hui. — Le cousin de l'empereur de Chine. — Un rhume inopportun. — Encore le choléra. — Les intrépides et les peureux. — Théories diverses sur ce monstre. — Émile Souvestre. — M. de Las Cases. — Le général Daumesnil. — Henri Alix. — Madame Sontag. — M. Raoul Rochette. — Odoacre et les ouvriers sacriléges. — Langueur des théâtres et des feuilletons. — Vaudeville. — Perspectives. — La troupe. — Le genre. — La pièce d'ouverture. — Variétés. — M. Bowes. — Un cheval qui gagne bien son avoine. — Conseil à un prix modéré. —

16 juillet.

La guerre n'occupe pas seulement le gouvernement, elle occupe beaucoup aussi les oisifs. La révolution qui s'est faite depuis trois ans dans la constitution de la France n'a pu corriger les stratégistes d'estaminet et les marins de boudoir de cette manie de contrôler les opérations du gouvernement. J'ai vu hier un peintre qui ne peint pas, très-mécontent de l'amiral Napier. — Il ne comprend pas que l'amiral Napier n'ait pas déjà réduit Cronstadt en marmelade et occupé Saint-Pétersbourg. — Un étudiant qui n'étudie guère, et dont j'ai également reçu les confidences, n'est pas moins mécontent de l'amiral Hamelin. « Il *dort*, cet amiral Hamelin ! Pourquoi n'a-t-il pas déjà fait un feu de paille de la flotte russe de Sébastopol ? » A quoi songent-ils, ces amiraux somnolents ? Sous le prétexte qu'ils ont passé quarante ans de leur vie en mer, auraient-ils la prétention d'en savoir plus sur Cronstadt et Sébastopol que le peintre qui ne peint pas et l'étudiant qui n'étudie guère ? — Toujours est-il que voilà déjà deux classes de la société très-mécontentes. Les Français sont vifs, impétueux et impatients. — Le Cirque les a habitués à une stratégie plus expéditive : le gouvernement, qui laisse *languir l'action*, est bien coupable. — A la place du gouvernement, il y a bien longtemps que MM. Albert, Labrousse, Arnault et Jaime fils auraient pris Sébastopol et Cronstadt. — Je propose de donner la direction de la guerre à M. Billion.

Ce ne serait, du reste, que justice ; car je vois que, de son côté, la Russie usurpe sur le privilége de M. Billion. — Je lis dans les feuilles prussiennes que la grande et fameuse armée russe des frontières de Pologne est figurée par quelques bataillons que l'empereur Nicolas fait incessamment passer et repasser sur la frontière. — Il ne nous reste plus qu'à apprendre que, pour compléter l'illusion, la grande armée russe, à chaque évolution, change, comme au Cirque, de shako et d'uniforme. — Je suis sûr que tout cela se fait très-mal sur les frontières de Pologne. — Le général Guédéonoff, qui a probablement *réglé* la marche de la grande armée russe, s'entend mieux à monter les proverbes d'Alfred de Musset. — L'empereur Nicolas ne s'en tirera qu'en faisant venir de Paris un homme spécial. — Si Ferdinand Laloue n'était pas mort, je le lui recommanderais. — Personne ne s'est mieux entendu que Ferdinand Laloue à faire foisonner soixante figurants. — Laloue mort, je ne sais vraiment qui désigner à l'empereur Nicolas. — Les armées modernes du Cirque sont loin de valoir les anciennes. — D'abord, M. Billion ne veut plus donner que six hommes pour figurer les armées, et ce n'est vraiment pas assez pour produire quelque illusion, même sur les frontières de Pologne ; et puis, ces six hommes, encore faut-il savoir s'en servir ; et au Cirque, comme en Pologne, l'art de faire un régiment d'un portier a singulièrement baissé.

Il ne faut pas croire, du reste, que l'empereur Nicolas soit le seul empereur malheureux de l'univers. — Je vois qu'en Chine, l'empereur régnant a dégradé son cousin Chian-Li (*sic*), — parce que celui-ci, au moment de livrer bataille aux rebelles, a quitté ses troupes pour aller se faire soigner d'un fort rhume (textuel). — Il faut plaindre un empereur qui a un cousin si enrhumé.

Et voilà comment nous nous tirons de la guerre, — comme nous nous tirons de tout, — en riant. — Il n'y a que le choléra qui ait le privilége de tenir les Parisiens sérieux et attentifs. — Je ne reviendrai pas sur ce que j'ai dit dans ma précédente chronique au sujet de cet animal (le choléra). — L'esprit humain est ainsi fait, que rien ne peut intimider les intrépides, comme rien ne peut rassurer les peureux. — Une chose assez singulière, c'est qu'on se préoccupe assez peu des morts anonymes, — les morts des hôpitaux. — Ce sont des gens en casquettes ; — ils se nourrissaient mal ; — ils étaient mal vêtus ; — ils exerçaient des professions malsaines et ne se lavaient que le dimanche : — Il n'y a pas à s'étonner que le choléra morde sur ces pauvres diables. — Mais, dès qu'*un monsieur* vient à être enlevé à sa famille et à ses nombreux amis, l'émotion se met dans la société, et on ne veut même plus lui permettre de mourir d'une maladie à lui. — Émile Souvestre succombe à une maladie du cœur : c'est un sournois qui cache son jeu ; il ne veut pas l'avouer, mais il est mort du choléra. — Même jeu pour un artiste des Variétés, Henri Alix, frappé d'apoplexie. — J'avoue que le cas est plus suspect pour M. de Las Cases, enlevé en quelques heures par une maladie mal définie.

Ainsi procède la mort, emportant dans le même linceul l'homme de lettres, le sénateur et le comédien.

Celui des trois que nous avons le plus connu, c'est naturellement l'homme de lettres. C'était une physionomie bien étrange dans notre monde que celle de cet homme aux mœurs patriarcales, qui a traversé la littérature de ce temps-ci sans rien soupçonner de ses passions et de ses luttes ; — c'était chose curieuse de voir l'ermite de Montmorency descendre sa montagne pour venir sur un théâtre, parmi les vivants, se mêler à des comédiens, faire répéter des pièces, parlant une langue chaste et austère au milieu du babil de celles-ci et de l'argot de ceux-là.

Le talent de Souvestre avait, d'ailleurs, quelque chose de sévère et de philosophique qui se pliait mal au métier de la scène. — Il a conquis l'estime de tous les lettrés ; — il n'a jamais entraîné la foule. — Quoique ses romans aient eu plus de succès que ses pièces de théâtre, je n'incline pas moins à penser que Souvestre, jeté dans la littérature, était un homme déclassé. — Le haut enseignement, par exemple, eût convenu bien mieux à sa parole grave, nourrie des plus fortes méditations, et attrayante cependant, parce que, avant tout, ce qui l'animait, c'était la bienveillance universelle. — Peut-être Souvestre reconnut-il trop tard cette vocation de sa nature. — Dans les trois dernières années de sa vie, il avait ouvert, à Genève, un cours de littérature dont le succès a eu un grand retentissement : sa fortune ne se trouvait pas moins bien traitée que sa gloire dans cette nouvelle application de son talent. — La mort l'a surpris au moment où il se révélait à lui-même des facultés inconnues.

M. de Las Cases, qui vient de disparaître jeune encore, avait passé les premières années de sa vie sur le rocher de Sainte-Hélène, en présence du grand martyr de la coalition européenne. Il avait puisé là des impressions ineffaçables. — L'empereur mort, il alla à Londres, la cravache à la main, demander compte à Hudson Lowe des insultes faites à Napoléon et à son père. — Peu de temps après, M. de Las Cases fut frappé, à Passy, par des assassins demeurés inconnus. — Depuis le 2 décembre, M. de Las Cases faisait partie du sénat; et, s'il était un nom désigné aux honneurs du nouvel empire, c'était assurément celui-là. — Nous les voyons revenir, ces noms célèbres d'une époque qu'on a si bien appelée *les temps héroïques de la démocratie.* — En ce moment même, une souscription est organisée pour élever un monument à la mémoire du général Daumesnil, commandant du fort de Vincennes, si connu dans le peuple sous le nom de *la Jambe de Bois,* et qui se recommande à l'histoire par cette réponse spartiate aux alliés qui le sommaient de rendre le fort : « Quand vous me rendrez ma jambe, je vous rendrai le fort. »

Du comédien mort, M. Henri Alix, je n'ai rien à dire : je connaissais peu l'homme, et l'artiste ne peut laisser des regrets bien vifs. — Il en sera autrement de cette divine Sontag, qui vient de mourir aussi, elle, bien loin de nous, dans l'Amérique du Sud. Il y a deux parts à faire dans la biographie de cette femme célèbre : l'une à la chanteuse, l'autre à la comtesse Rossi, tour à tour l'idole du public ou le charme des sociétés aristocratiques de l'Europe; une physionomie si complexe et si radieuse déborderait dans notre cadre étroit. — C'est assez de l'avoir indiquée : à Paris et à Berlin surtout, où elle vécut de longues années, les biographes ne lui manqueront pas.

J'allais oublier M. Raoul Rochette, un savant antiquaire, mort trop tôt pour prendre sa part d'une découverte intéressante qui nous est révélée par les journaux italiens. — On s'aperçut récemment que des ouvriers qui travaillaient dans la campagne de Ravenne vendaient dans le pays des parcelles d'or. — Enquête faite, on reconnut que les ouvriers avaient découvert le tombeau d'Odoacre, roi des Hérules, enterré en 495. — Les débris d'or provenaient de l'armure de ce prince.

Les journaux voués au culte des antiquités s'indignent de voir des ouvriers assez sacriléges pour *détailler* l'armure d'Odoacre. — Mais il faut convenir que ces ouvriers ont en même temps rendu à beaucoup de gens, et peut-être aux journaux indignés, le service de leur avoir révélé l'existence d'Odoacre.

Au théâtre et dans le feuilleton, tout languit, tout aspire au repos et à la trêve d'été. Trois théâtres sont fermés : l'Opéra, le Théâtre-Lyrique et le Vaudeville. — Ils rouvriront : l'Opéra, le 1er août ; le Théâtre-Lyrique, quand il aura un directeur, et le Vaudeville, le 1er septembre. — Un grand événement lyrique sera évidemment, à l'Opéra, la rentrée de madame Stoltz, qui, à vrai dire, n'a pas été remplacée dans le grand emploi. — On a voulu engager madame Cabel, disputée aussi, dit-on, par l'Opéra-Comique. — Mais madame Cabel aurait déclaré qu'elle demeurait attachée, par reconnaissance, au théâtre qui a fait sa réputation. — Telle est, du moins, la version des amis de cette artiste. — D'après une autre version, datée de Londres, madame Cabel aurait demandé 80,000 francs pour s'affranchir de la reconnaissance qu'elle doit au Théâtre-Lyrique. On les lui aurait refusés, et on aurait bien fait ; car, quelle que soit la valeur de cette chanteuse, cette valeur, déplacée à l'Opéra, ne représentera jamais en profits ce qu'elle coûterait en sacrifices. — Madame Cabel resterait donc au Théâtre-Lyrique, et on parle même de lui adjoindre madame Ugalde. — C'est très-beau en théorie ; — dans la pratique, le plus difficile sera d'abord de faire chanter ces deux artistes et ensuite de les payer. — Heureusement, ce n'est pas notre affaire ; — ce n'est même, provisoirement, l'affaire de personne, puisque le Théâtre-Lyrique n'a pas encore de directeur désigné par le ministre.—Ce ne sont cependant pas les candidats qui lui manquent.

Le Vaudeville recrute une troupe dont la signification ne permet plus de douter de l'intention de M. Boyer de tenter la fortune dans les voies littéraires. — A ce point de vue, la concurrence du Gymnase est formidable, sans doute ; mais, puisque le Gymnase refuse bien positivement du monde, le Vaudeville peut bien lui en prendre. — D'ailleurs, de toutes les entreprises, la plus impossible est de restaurer le flonflon sur la place de la Bourse ; il faut donc forcément aviser à autre chose. On cite parmi les engagements que négocie M. Boyer ceux de Lafont et de Brindeau. — On ouvrira par une pièce en trois actes de MM. Scribe et Mélesville.

M. Bowes, le directeur propriétaire des Variétés, est en appel devant la cour impériale pour faire réformer le jugement de première instance qui le constitue responsable de la gestion du théâtre, quel que soit l'administrateur délégué par lui. Il y a des gens qui s'imaginent que M. Bowes est ruiné du coup. — Rassurons-les. — M. Bowes, l'un des propriétaires des mines de New-Castle, en Angleterre, a quelque chose comme cinq cent mille francs de revenu. Le théâtre des Variétés n'est entre ses mains qu'une manie un peu dispendieuse, comme les chevaux ou le jeu pour d'autres, — et même, comme M. Bowes cumule, vous allez voir qu'il n'est pas si malheureux. — M. Bowes possédait, il y a trois ans, un cheval très-célèbre dans les courses d'Angleterre, sous le nom de *Western-Australian*. — Cet ingénieux quadrupède a gagné aux courses d'Epsom *un million* en 1852, — et *six cent mille francs* en 1853. — Au commencement de cette année, M. Bowes a vendu *Australian*, moyennant 125,000 francs, en se réservant 15,000 fr. sur chacun des paris gagnés par ce cheval, — et déjà, pour la campagne de 1854, M. Bowes en est à 30,000 fr. de bénéfices. Vous voyez que cet insulaire peut continuer à payer les appointements de M. Charrier, et même à embellir le château de madame Dubarry, à Luciennes, où il a déjà dépensé 400,000 fr.

Reste pour le théâtre des Variétés l'intérêt du théâtre, des auteurs et des artistes (remarquez que je ne dis pas l'intérêt de l'art, comme

on le dit trop souvent, l'art n'ayant rien à voir en pareille affaire).
— Il nous paraît que, dans l'intérêt même de ses plaisirs, et pour passer de temps en temps une soirée agréable dans sa loge tendue en satin rose, M. Bowes devait prendre un parti; — le provisoire ne peut que le ruiner (relativement), sans lui procurer de bien vives jouissances. — A sa place, je sais bien ce que je ferais; — mais je lui demande trois cent mille francs pour lui communiquer mon secret.

X

L'été. — Les touristes. — Une révolution en Espagne. — Ses causes philosophiques. — Le tromblon et le pronunciamento. — Les théâtres devant et derrière la toile. — Français. — Les ordres de début. — Fusion de l'Opéra-Comique et du Théâtre-Lyrique. — Appréciation de cette combinaison. — Les jeunes et les vieux auteurs. — M. Seveste. — M. Perrin. — Les chanteurs. — Gymnase : *les Cœurs d'or*. — MM. Lafontaine, Geoffroy, Dupuis. — Mademoiselle Teisseire. — Palais-Royal: *la Mort de Pompée*.

25 juillet.

L'été vient de se prononcer enfin avec quelque énergie, et, comme toutes les malles étaient faites depuis deux mois, les touristes n'ont eu qu'à courir au chemin de fer pour se mettre en campagne. La désertion commençait à jeter quelque langueur dans la causerie parisienne, lorsque, fort à propos, il nous arriva d'Espagne une révolution pour charmer la conversation.

Les causes secondaires et accidentelles du mouvement qui se manifeste en Espagne sont bien connues et elles ne sont pas de notre domaine. Il y a d'autres causes plus générales qui tiennent à la nature des choses et que nous devons signaler aux esprits superficiels.

On a voulu faire des Espagnols un peuple constitutionnel et boutiquier, habile à la harangue, lisant des journaux, écoutant des vaudevilles, construisant des chemins de fer, et appliqué aux prosaïques spéculations de l'industrie. — On y a réussi dans une certaine mesure; mais, comme la nature ne perd jamais ses droits, le peuple espagnol éprouve tous les dix ans le besoin violent de fermer boutique et d'aller se promener dans la montagne un tromblon sur l'épaule et un chapeau pointu sur la tête. Le tromblon, en Espagne, est la base du caractère national, comme l'ognon cru est la base de la cuisine. — Vous aurez beau frotter, le tromblon reparaît toujours à la surface des mœurs espagnoles comme la tache de sang sur la clef de Barbe-Bleue. Quand un peuple voisin fait aux Espagnols la galanterie de les attaquer, ils sont naturellement enchantés de faire une partie de tromblon avec l'étranger; mais, quand on leur fait la mauvaise farce de les laisser tranquilles, les Espagnols sont bien obligés de flatter leur manie en famille. De là les insurrections et les révolutions.

Les voyageurs ont amplement décrit les cérémonies usitées en Espagne lorsque vient la saison du tromblon. D'abord, on accorde les guitares et on va sous les fenêtres des alcades chanter les délices du *pronunciamento*. — Le *pronunciamento* est une façon d'invitation au tromblon que l'on adresse de ville en ville. Les alcades et les autorités civiles et militaires se montrent généralement très-empressés à s'associer aux fêtes du *pronunciamento*. Quelques fonctionnaires feignent de résister afin d'ajouter aux chances du tromblon.

Il n'y a pas pour les *pronunciamentos* d'époque fixe et périodique. Ces fêtes s'improvisent en raison de certains prétextes qui tiennent à la situation du pays, et les prétextes ne manquent jamais. — On a d'abord les *fueros*, inépuisable mine de *pronunciamentos*. Les *fueros*, c'est la richesse du pays au point de vue du tromblon. C'est ce qu'on peut appeler *du pain sur la planche*.

Pour ménager les *fueros*, on s'en prend quand on peut à des prétextes transitoires, — la Constitution, — l'embonpoint de la

reine mère, — la laideur du premier ministre, — la jolie tournure
du roi de Portugal, — la maladie des cigarettes, etc.

Une fois les *pronunciamentos* terminés, on brise les guitares,
on suspend toute relation de société, de commerce et d'industrie. —
Toute la population virile se rend dans la montagne — avec le tromblon. — Chaque province a des bannières et des devises différentes
dont la variété produit un ravissant coup d'œil. — Les uns tiennent
pour la reine mère, les autres pour la reine fille, — ceux-ci pour un
caporal de leur régiment, — ceux-là pour le roi de Portugal. —
Cette année, quelques fantaisistes ont pris le tromblon pour la république. — Ceci est un vilain jeu qui devrait être défendu, il est
permis de s'amuser, mais on ne doit pas s'exterminer. Je crains,
d'ailleurs, que, dans les circonstances présentes, la république ne
nuise aux finances espagnoles.

Les théâtres ont beaucoup occupé Paris, cette semaine, par devant et par derrière la toile. — On parle de restaurer les *ordres de
débuts* en faveur de la Comédie-Française, et d'insérer dans tous les
nouveaux priviléges une servitude qui obligerait les privilégiés à
livrer leurs comédiens à la première sommation. — Dans la pratique, il est bien sous-entendu qu'une pareille mesure ne pourra
s'appliquer qu'avec certains ménagements pour les intérêts des
théâtres purement industriels. — Mais la grande affaire du jour,
c'est la réunion du Théâtre-Lyrique à l'Opéra-Comique.

En présence des récriminations dont cette mesure est déjà l'objet,
j'éprouve une certaine confusion à avouer que cette combinaison me
paraît tout simplement la meilleure possible. — Il est vrai que je ne
suis pas de ceux que le *monopole* scandalise, et que le *cumul* ne
me déplaît pas, du moment qu'il est exercé par un homme d'une
intelligence supérieure et éprouvée; — en d'autres termes, j'aimerais mieux voir trois ou quatre théâtres de Paris entre les mains
d'un homme capable, que chacun de ces théâtres entre les mains
d'un imbécile.

Il semble, à entendre certaines gens, que les théâtres aient été
inventés pour une classe spéciale, celle qui monte par l'escalier des
artistes. — C'est une erreur. — Les théâtres sont faits avant tout
pour le public, et, en ce qui concerne la musique, je ne vois rien de

mieux que de pouvoir transporter, un beau jour, l'*Étoile du Nord*, par exemple, sur le boulevard du Temple, tandis que le *Bijou perdu* viendrait faire ses prouesses de vocalises sur le boulevard des Italiens.

Mais les *jeunes* auteurs et les *jeunes* compositeurs, que vont-ils devenir?

On n'imagine pas combien de sottises se débitent à l'endroit des *jeunes* auteurs et des *jeunes* compositeurs.

Combien de fois faudra-t-il le répéter? Il n'y a ni *jeunes* ni *vieux* auteurs; — il y a des auteurs qui ont du talent et des auteurs qui n'en ont pas.

Il y a de vieux auteurs comme MM. Scribe et Auber, à qui chaque printemps apporte une nouvelle moisson dans leur cerveau, fertilisé par cette inspiration qui est le secret de Dieu. Il y a de jeunes auteurs qui, n'étant auteurs que par l'ambition de l'être, suivent les maîtres à la trace, cherchant l'empreinte de leurs pas, dérobant à chacun un épi dans l'espoir de s'en faire une couronne, — couronne de fleurs, dans leurs rêves, — couronne d'épines au réveil.

Restreignons la question à la mesure qui l'a soulevée. En composition musicale, deux noms sont sortis de la foule depuis cinq ou six ans, M. Massé et M. Duprato, né d'hier; — qui les a reçus? — L'Opéra-Comique. — Maintenant, qu'a produit le Théâtre-Lyrique, ce théâtre créé spécialement pour les *révélations?*

Je ne veux pas troubler la tombe fraîche de M. Seveste, un mort d'hier qui n'a pas encore pris sa posture pour l'éternité; mais je ne puis lui dissimuler qu'on a singulièrement abusé à son profit des licences laudatives de l'oraison funèbre. — Tant que M. Seveste a vécu, j'entendais sur tous les tons la complainte que vous connaissez : « Il ne joue que les vieux; son théâtre est le théâtre de M. Adam, etc. »

M. Seveste mort, il semblerait qu'il laisse derrière lui une pépinière de Rossinis. Il n'en est rien. M. Seveste a fait strictement ce qu'il devait faire dans l'intérêt bien combiné de sa fortune et de son devoir.

Dans l'intérêt de sa fortune, il a recherché les noms déjà consacrés par le succès; — pour satisfaire aux exigences de son privilége, il a fait *exécuter*, à l'heure du potage, par deux ou trois chanteurs des Champs-Élysées, avec accompagnement de clarinettes, quelques jeunes compositeurs dont le nom m'a été révélé sur la tombe de M. Sevesté. — Décomposez les affiches de M. Seveste, et vous verrez, sur trois cent soixante-cinq jours, combien de représentations reviennent aux *jeunes* compositeurs et combien aux anciens.

Maintenant, le Théâtre-Lyrique est toujours sur le boulevard du Temple, à sa place; — M. Perrin ne va pas l'amortir, il va au contraire l'exploiter; — à défaut de M. Auber, qui ne travaille plus, de M. Halévy, qui travaille lentement et qui, d'ailleurs, sera absorbé par sa pièce de l'Opéra-Comique, il faudra bien à M. Perrin des compositeurs; or, il y a ceci de remarquable qu'en présence de sa double responsabilité, M. Perrin est le seul directeur qui, au Théâtre-Lyrique, ait intérêt à découvrir des vocations et des acteurs nouveaux. — Tout autre que lui dirigeant ce théâtre serait traître à sa propre fortune s'il ne cherchait à y attirer les vieux compositeurs. — Seul, M. Perrin est forcément amené à réserver les grands noms pour l'Opéra-Comique, en ouvrant sa seconde scène aux débutants.

Je me doute bien qu'en dehors des auteurs il y a encore les chanteurs qui doivent s'effrayer de voir les deux théâtres lyriques dans les mains du même directeur. Cette fusion ne permettra plus aux artistes de *faire chanter* le directeur au lieu de chanter eux-mêmes. — Ici, je me borne à exprimer un vœu, c'est que M. Perrin puisse élever et maintenir à un chiffre honorable la moyenne des appointements. — Quant aux artistes qui gagnent quarante mille francs par an et veulent gagner le double, j'avoue que je suis peu ému de leur déconvenue; — d'ailleurs, il leur reste l'étranger, qui est généreux.

Au Gymnase, MM. Laya et Prémaray nous ont donné *les Cœurs d'or*. A l'encontre de la fameuse pièce du Vaudeville, les cœurs d'or sont ici des cœurs de femmes. — Les cœurs de marbre sont des cœurs d'hommes. Dans la donnée de M. Barrière, une courtisane, une fille du hasard, passe de toute la vitesse de son coupé sur le corps de son amant. — Marco déserte les amours chastes et sincères pour un peu d'or, un peu de dentelles et quelques diamants.

Honte à Marco, n'est-ce pas? — Attendez; voici des hommes bien nés et bien élevés qui répudient la foi de leur jeunesse, qui immolent la femme qui leur a donné sa vie, au devoir, — à l'opinion, — à la considération du monde, — à leur position sociale. — Les mots sont plus pompeux, les prétextes plus avouables et surtout bien mieux acceptés par la société ; — mais, devant la conscience et devant Dieu, le crime n'est-il pas le même?

Telle est l'idée philosophique que les deux, peut-être les trois auteurs, ont dégagée de leur scénario. — Sans doute, les éléments qu'ils ont mis en œuvre ne sont pas inédits. On y retrouve des aspects de *Une Chaîne*, de *Diane de Lys*, de *Qu'en dira le monde?* Mais la pièce est traitée très-littérairement quoiqu'un peu écourtée à certains endroits qui comporteraient des développements; elle est, d'ailleurs, très-spirituelle dans les détails et elle a obtenu un véritable succès d'émotion, surtout parmi les personnes du sexe vengé.

M. Lafontaine a mis au service de la pièce les qualités un peu étranges qu'on lui connaît : une distinction qui n'est pas due uniquement au tailleur, une certaine ampleur dans la simplicité, et je ne sais quoi de profond et d'âcre qui donne un accent particulier à sa composition; — aux prises avec un rôle qui devient dur et implacable, je lui sais gré d'avoir compris qu'il portait *l'idée* de la pièce, de n'avoir cherché aucune atténuation, à l'imitation de cet acteur dont parlait un journal de théâtres, « qui, à force de talent, avait su rendre intéressant un personnage que l'auteur avait voulu rendre odieux. »

M. Geoffroy a donné, à mon sens, la physionomie un peu vulgaire d'un commis marchand à un peintre qui n'est pas un rapin; il a joué, du reste, le rôle avec cette habileté irréprochable qui, malheureusement, devient un procédé; — je n'oublie pas que M. Geoffroy s'est montré une fois en sa vie un artiste tout à fait supérieur dans *Mercadet*. — C'est que Balzac, en taillant la figure de son agioteur en pleine comédie humaine, ne s'était pas préoccupé de tel ou tel interprète; — l'artiste à son tour, aux prises avec cette phy-

sionomie si complexe et si originale, a dû s'écarter de ses pratiques
ordinaires, dépouiller sa nature propre, se décomposer, pour ainsi
dire, dans le moule que lui présentait le grand écrivain pour en
sortir transfiguré. — Mais un artiste ne rencontre pas tous les jours
une pareille fortune. — La plupart des auteurs qui écrivent en vue
d'un acteur ont soin de distribuer dans son rôle certains *effets* correspondant à certains *tics* de sa nature; — tout est prévu et calculé,
les évolutions de son corps, comme les intentions de sa voix; — il
en résulte pour l'acteur un succès facile, mais aussi un succès perfide, car il ne s'aperçoit pas qu'on l'use en reproduisant devant le
public une figure déjà tirée à plusieurs centaines d'exemplaires. —
C'est par ce procédé qu'on a tué Bouffé et qu'on en tuera bien d'autres, si on n'y prend garde.

M. Dupuis a un rôle très-court; mais, au Gymnase, on ne compte
pas les lignes, on les pèse; deux ou trois scènes importantes, d'ailleurs, parce qu'elles entraînent à des péripéties, ont suffi à M. Dupuis
pour composer une physionomie chevaleresque qui sauve un peu
l'honneur du sexe masculin dans cette terrible pièce.

Mademoiselle Tesseire est une comédienne qui a eu bien de la
peine à se décider à jouer la comédie: au Vaudeville, elle trouvait les
maillots trop clairs; au Palais-Royal, il lui a paru que le dialogue
manquait de feuilles de vigne; on se rappelle les procès et l'intervention de M. Veuillot prenant parti pour cette *vierge chrétienne*
aux prises avec les tendances couleur de chair de M. Thibeaudeau.

D'après ces antécédents, je me figurais voir une actrice sortant du
couvent des Oiseaux, rougissant à une déclaration d'amour et refusant d'achever la pièce au premier baiser. C'est, tout au contraire,
une gaillarde qui galope en chantant sa chanson dans les sentiers
de mademoiselle Déjazet. Elle a très-bien réussi, cette demoiselle
Tesseire; mais je crains que ses qualités non moins que ses défauts
ne puissent s'acclimater au Gymnase.

Il me reste à vous parler de la *Mort de Pompée*, au Palais-Royal.
A ma place, un critique du grand format ne manquerait pas de vous
raconter à cette occasion une forte partie de l'histoire romaine. Rassurez-vous, — et même, tenez, je veux faire une galanterie aux au-

teurs et à l'administration et je ne vous raconterai même pas la pièce du Palais-Royal.

XI

Le feuilleton et la chaleur. — Un grand projet échoué. — Les journaux de province. — Les jolis mots de la semaine. — Costumes d'été. — L'enlèvement des Sabines. — Le Parisien du dimanche. — Mœurs des Romains. — Mœurs des Sabines. — Le chant du départ. — Les Pyrénées. — Le Rhin. — La mer. — Égards et prévenances. — Deux fléaux de moins. — Le choléra. — Une centenaire. — La disette. — Les blés. — Théâtres. — L'été d'autrefois et l'été d'aujourd'hui. — Le musée des curiosités littéraires.

50 juillet.

Je manque peut-être une occasion unique de m'immortaliser par un trait de génie. — J'étais tenté de fonder aujourd'hui le feuilleton qui ne paraît pas, vu la grande chaleur. — J'ai tant admiré autrefois le *Journal des Beaux-Arts*, journal paraissant *de temps en temps!* le journal ne parut qu'une fois, — ce fut pour annoncer qu'il ne paraîtrait pas.

Dans le fond des naïves provinces, le journal n'est pas une institution permanente et implacable comme l'établissement des pompes funèbres; on laisse respirer l'abonné, qui, de son côté, admet très-volontiers des considérations dans le goût de celles-ci :

« Vu la maladie de notre imprimeur, le journal ne paraîtra pas cette semaine. »

« Notre rédacteur en chef ayant perdu une petite fille qu'il adorait, nous avons suspendu notre publication pour quelques jours, etc. »

Voilà des raisons et des meilleures; — je n'étais pas embarrassé pour en trouver d'aussi valables. Mais le cœur me manque au moment d'accomplir un des plus vastes desseins qu'ait enfantés le cerveau d'un journaliste, et, au lieu de ce feuilleton si original et si spirituel, le feuilleton qui ne paraît pas, je vous donne le feuilleton hebdomadaire chauffé à 35 degrés à l'ombre.

Donc, je feuilletonise par préjugé, par habitude, par lâcheté, mais je n'ai absolument rien à vous dire.

Les seuls mots spirituels de la semaine sont ceux-ci :

« Quelle chaleur !

— Je cuis dans mon jus !

— Dormez-vous avec votre chemise?

— Voulez-vous un billet *de faveur* pour aller voir *Schamyl?*

— Si j'avais une douzaine de mille livres de rentes, j'irais vivre à la campagne; mais je n'ai pas le sou.

— Quel temps absurde! je préfère l'hiver, — sauf le froid, que je déteste. »

Voilà à peu près les choses galantes que les Parisiens se récitent les uns aux autres sous les costumes les plus variés et quelquefois les plus insuffisants ; et, à ce propos, j'ai fait une observation : le Parisien de tous les jours, quelle que soit la chaleur, porte son habit sur son dos et son chapeau sur la tête : le Parisien du dimanche porte son habit sous son bras et son chapeau au bout de sa canne. — Il paraît que rien ne rafraîchit comme un chapeau au bout d'une canne.

Je n'ai pas besoin de vous dire que les écoles de natation ont donné toute la semaine, en façon de tableaux vivants, des représentations de l'enlèvement des Sabines,—moins les Sabines, le casque, le javelot et le bouclier. — Ces accessoires tiennent trop chaud, — surtout les Sabines. — Quelques jeunes Romains essayent de maintenir une mode qui consiste à s'attacher des vessies sous les aisselles. — D'autres remplacent le casque par un serre-tête de toile cirée. Ces ornements sont généralement réprouvés par l'école de David. Ils ont, d'ailleurs, l'inconvénient de n'être pas inodores.

Les Sabines, toujours originales, procèdent autrement.—L'hiver, pour aller au bal, elles découvrent leurs épaules jusqu'à la ceinture. L'été, pour aller à l'eau, elles s'enferment hermétiquement dans un sac de laine.—Il est vrai qu'au bain les Sabines ne pourraient montrer leurs épaules qu'à des Sabines,—et que, n'ayant aucune chance d'être enlevées, elles sont naturellement plus accessibles au sentiment de l'austère pudeur.

Paris est arrivé à son heure critique. — De tous les points de l'horizon, la réclame appelle le Parisien. — Les Pyrénées vantent leur tremblement de terre. — Le Rhin fait sonner l'or de ses banques. — La mer — une mer revue et corrigée — convie les partisans aux émotions d'un naufrage dans un ver d'eau salée. — Les bateaux du Rhône, pour soutenir la concurrence du chemin de fer, promettent aux voyageurs des *prévenances et des égards inusités*. S'il s'agit des bateaux sur lesquels j'ai navigué, il y a sept ou huit ans, je puis affirmer que les égards et les prévenances inventés pour cette année n'existaient pas en ce temps-là, même à l'état de projet. J'ai souvenance d'avoir mangé, sur l'*Aigle*, un bifteck qui manquait d'égards et un artichaut étranger à tout sentiment de prévenances. — Comme tout se perfectionne!

Le beau temps a détourné de nous deux fléaux : d'abord le choléra, qui est arrivé ici à des proportions ridicules pour un fléau qui a la prétention d'être l'épouvante des populations. — Tout ce que peut faire à Paris maintenant ce monstre poussif et éreinté, c'est d'emporter deux ou trois poitrinaires sans défense; — si bien que la mort, abandonnée par ce vaillant auxiliaire, retourne sur ses pas et fauche des existences qu'elle semblait avoir oubliées. Une femme d'un très-grand nom, qui avait ajouté à tous les honneurs de sa vie ce respect particulier que les générations nouvelles portent aux représentants des vieux âges, est morte cette semaine. — Je dis qu'elle est morte, parce que j'écris pour des Français, les plus positifs de tous les êtres. — En Allemagne ou en Écosse, on dirait que madame de Saint-Aulaire, le jour où elle accomplissait sa centième année, a assemblé au château d'Étioles les enfants de sa sixième génération; puis qu'après les avoir bénis, elle s'est rendue dans la salle des ancêtres, et a disparu. — Cette forme légendaire conviendrait admirablement à cette vie et à cette mort d'une femme qui, née le 25 juillet 1754, a quitté le monde le 25 juillet 1854. — Madame de Saint-Aulaire, par sa naissance et ses alliances, touchait à toutes les illustrations de deux siècles. Elle était la fille de la Chalotais, et la mère de M. le marquis de Saint-Aulaire, ambassadeur et académicien.

La chaleur a aussi transformé en une abondance certaine une disette probable. — Les blés relèvent, sous l'influence du soleil, leurs têtes chargées d'épis.

Je ne vous parle pas des théâtres, on a chaud rien que d'y penser ! — Leur situation est telle, que, l'un de ces jours derniers, il a été constaté une recette de trente francs dans un théâtre qui occupe un rang honorable.—Vous voyez que le Vaudeville, qui est fermé, n'est pas le plus malavisé.

Il faut bien dire que la permanence obligatoire des théâtres est pour eux une cause de ruine inévitable. Comprenez-vous cette obligation imposée à un directeur par son privilége de tenir la salle ouverte pour douze claqueurs qui lisent des romans de Paul de Kock. — Pourquoi le théâtre ne serait-il pas, à cet égard, une industrie libre comme une autre?

Il faudra bien qu'on y vienne tôt ou tard; car la transformation produite par les chemins de fer aggrave tous les jours le mal. — Il y a trente ans, l'été était pour les théâtres une saison comme une autre; — il commandait un peu plus d'efforts, mais le *succès d'été* se remportait aussi facilement que le succès d'hiver; — la liste serait longue des pièces qui ont bravé victorieusement le thermomètre à cette époque. — Le théâtre de la Porte-Saint-Martin semblait en avoir la spécialité : *Mandrin, le Joueur*, presque tous les ballets de Mazurier, *Marino Faliero*, ont été représentés de juin à août, devant des recettes moyennes de 3,000 fr. — Le Gymnase, en ce temps-là, ne faisait guère la différence de l'été à l'hiver; un acteur exceptionnel, Perlet par exemple, une pièce un peu excentrique, *Avant, Pendant et Après*, amenaient la foule en août comme en novembre. — En remontant un peu plus haut, on se rappelle la vogue soutenue des Variétés, où un petit acte joué par Potier, Tiercelin, Bosquier-Gavaudan, mesdames Cuisot et Aldegonde, emplissait la salle en toute saison.

Que les temps sont changés! comme dit Racine; — le goût des excursions favorisé par la vapeur, l'avénement de la petite bourgeoisie à la petite propriété suburbaine dépeuplent Paris, l'été, à l'heure où les théâtres ouvrent leurs salles chaudes et fétides ; — il n'y a plus de possible en cette saison qu'un théâtre à bon marché, exclusivement consacré à ce pauvre peuple des faubourgs qui, après sa laborieuse journée, trouve encore sa plus grande récréation au spectacle.

Dans le principe, on avait rêvé des compensations que l'expérience n'a pas réalisées; — on avait compté que la province et l'étranger fourniraient aux théâtres des spectateurs en plus grand nombre que les chemins de fer n'en emporteraient. — Illusion!!! — Les étrangers qui s'arrêtent à Paris pendant l'été visitent à titre de curiosité un grand théâtre, comme l'Opéra, — et puis c'est tout; — ils se mettent bien vite au pas de la vie parisienne, prennent la file des voitures, vont au bois et à Tortoni. — Qu'iraient-ils faire dans ces théâtres où les acteurs, jouant devant les banquettes des pièces apoplectiques, deviennent eux-mêmes fous de chaleur?

J'ai proposé il y a quelques semaines de fonder un musée de curiosités critiques et littéraires. — J'enrichis aujourd'hui ce précieux dépôt d'un exemplaire de la *Bourgogne*, du 22 juillet, journal imprimé à Dijon, où tous les amateurs pourront lire l'annonce suivante :

« On a laissé dans les bureaux de la *Bourgogne* un parapluie rouge. — Il sera rendu à la personne qui pourra en indiquer la couleur. »

XII

Une semaine vide. — Les débarcadères de chemins de fer. — La scène des
adieux. — Influence des émigrations. — Motifs de partir. — Raisons de
rester. — Le petit monde doublant le grand. — Les sédentaires. — La
chronique en Égypte. — Abbas et Saïd-Pacha. — Fantaisies orientales.
— Une exécution capitale de main de maître. — Correspondance amoureuse entre deux directeurs. — Ambigu : *Suzanne* — Les acteurs.
— M. Chilly. — Gaieté : *le Sanglier des Ardennes.* — Porte-Saint-Martin.
— Une machine infernale réduite à sa plus simple expression.

6 août.

Le proverbe dit que les plus courtes folies sont les meilleures : je
vous souhaite de pouvoir en dire autant des chroniques. Jamais je ne
vis dans ce Paris une semaine plus inutile et plus endormie. Toute
la vie semble s'être réfugiée aux embarcadères des chemins de fer.
Là, au milieu des malles et des étuis à chapeau, on assiste à des
scènes de séparation, dans lesquelles transpirent des confidences qui
nous livrent, si on le veut bien, le secret de tous les ménages, quoique la liaison des idées soit difficile à suivre.

« Allons, adieu, mon ami, dit la femme. — Écris-moi. — As-tu tes
chaussons de lisière? — Deux mois sans te voir! Comment ferai-je?
— Ménage bien ton habit noir. — Surtout préviens-moi de ton retour, tu sais que je n'aime pas l'émotion des surprises. »

Quand c'est la femme qui part, ces épanchements sont abrégés par
une préoccupation constante de la voyageuse, qui se demande à elle-
même et qui demande à son mari, à son frère et à l'univers entier,
si, pour aller passer douze jours à Étretat, c'est assez de vingt robes

et de six chapeaux. Vénus sortant de la mer était beaucoup plus simplement mise que les naïades contemporaines.

La conclusion déplorable de tout ceci, c'est que, bien décidément, on part et que nous entrons dans cette phase où il n'y a plus, à Paris, que des portiers et des gens de lettres.

On a essayé de railler cette prétention de trente mille individus oisifs et inutiles d'emporter la patrie à la semelle de leurs souliers; et, en effet, au premier aspect, il peut paraître grotesque que le mouvement d'une ville comme Paris s'arrête, parce que les habitués de l'Opéra, ces messieurs du Club et quelques merveilleuses du grand monde du faubourg Saint-Germain et du petit monde de la rue Bréda, auront passé la barrière.

Eh bien, si humiliante que soit la chose pour le million de Français que ces gens-là laissent derrière eux, cette vérité n'en est pas moins incontestable. Je ne veux pas rechercher les causes, cela me conduirait tout simplement à la recherche même de notre organisation sociale; je m'attache tout simplement aux résultats et aux révélations des parties intéressées. Il y a, à Paris, vingt ou trente mille boutiquiers qui tiennent le luxe en gros et en détail, bijoutiers, marchands de meubles et de curiosités; interrogez ces gens-là, ils vous diront : « Il n'y a rien à faire en ce moment : *il n'y a plus personne à Paris.* »

Ayez à vendre une collection de tableaux, une bibliothèque rare ou des meubles précieux, le commissaire-priseur fait une moue décourageante et ajoute : « Vous ne tirerez rien de ceci : *il n'y a personne à Paris.* ».

Couturières, marchandes de modes, tout le monde vous tiendra le même langage, et, en dépit de votre orgueil blessé, vous serez bien obligé de reconnaître que les influences sociales se pèsent et ne se comptent pas.

Donc, nous restons, à Paris, un million de parasites inutiles aux autres et à nous-mêmes. On croit que ce qu'il y aurait de mieux à faire, pour un chroniqueur parisien, ce serait de monter en croupe sur une locomotive et de suivre à la trace les émigrants, tantôt sur les galets de la côte de Normandie, tantôt sur les tapis verts du Rhin. — Mais, là encore, autre inconvénient : de votre observatoire de six

7

pieds carrés, vous voyez le monde à travers le trou d'une aiguille, au lieu de l'embrasser dans son ensemble, et vous en êtes réduit à apprendre à l'Europe que madame A... a pris hier son premier bain de mer, à Dieppe, et que M. B..., homme de lettres, poursuivi par une chance infernale, a perdu quatre francs à la roulette.

Tout bien considéré, Paris est encore provisoirement le théâtre le plus propice, sinon à l'observation des mœurs élégantes, du moins aux observations philosophiques. — D'abord, il n'est pas sans intérêt de voir, dans les grands théâtres, les premières loges occupées par des femmes de chambre parées des robes et des gants de leurs maîtresses absentes. — A Tortoni, la société d'hiver est remplacée par la société d'été, qui demande de la bière et des demi-glaces sans donner au garçon. Il faut voir les mépris superbes de ces mercenaires pour ce petit monde de calicots en goguette, qui essayent de jouer les premiers rôles de la vie parisienne, en l'absence des chefs d'emploi. — C'est à ce point que, hier, dans un restaurant de premier ordre, je demandais des nouvelles d'un garçon admirablement frisé, connu par ses attentions pour le monde aristocratique et son dédain pour le reste de l'humanité; il me fut répondu : « Félix est *à la campagne, chez lui, à Nanterre.* Il ne travaille que l'hiver, *le tronc d'été* ne vaut pas le mal qu'on se donne. »

Encore une classe qui émigre !

Dans cette situation, il faut rendre hommage à une petite secte de dissidents qui ne quittent jamais Paris. — Ce sont des raffinés dont M. Véron peut passer pour le type, qui, ayant reconnu l'abus des logis et des biftecks de la province, s'en tiennent obstinément à la cuisine du café de Paris. On les rencontre un peu isolés, un peu ennuyés, mais fermes dans leur religion sédentaire et se composant un bonheur de tous les ennuis qu'ils s'épargnent, depuis le passeport jusqu'au dîner de table d'hôte.

Le monde politique et voyageur a trouvé néanmoins cette semaine un sujet de causerie, devinez où? — En Égypte. Faute de mieux, on a donné quelque attention à la mort du vice-roi Abbas-Pacha et à son successeur. C'est que, d'abord, la mort d'Abbas-Pacha est entourée de certaines circonstances mystérieuses qui allument l'imagination. La disparition de deux mameluks qui *veillaient* sur lui et la joie indécente que les populations ont fait éclater à la nouvelle de sa mort donnent prétexte à bien des interprétations.

C'est qu'en outre Abbas-Pacha, par ses mœurs et ses excentricités, était bien digne d'occuper les chroniques secrètes. On sait que toute la politique d'Abbas fut une réaction perpétuelle contre l'œuvre de son aïeul Méhémet-Ali. Ce qu'on n'a pas dit, c'est que, poursuivi par des passions insatiables, Abbas avait dépassé dans ses déportements tout ce qu'on raconte des satrapes d'Asie. Abbas n'avait voulu habiter ni le Caire ni Alexandrie; il s'était fait construire en plein désert un palais où un canal apportait l'eau du Nil. Son isolement commençait à l'ennuyer, et, dans les derniers temps de sa vie, il avait donné l'ordre aux grands du royaume de construire des habitations autour de ce palais. Abbas avait là des sérails de femmes avec toutes les additions que comportent les goûts orientaux. Ses lévriers étaient des grands seigneurs, et, quand le lévrier favori allait aux bains publics, avec son collier de diamants estimé deux cent mille francs, il était interdit à tout baigneur de l'espèce humaine de s'y présenter. Les tourterelles du prince avaient également au cou plus de diamants que n'en possédait mademoiselle Georges dans ces fameuses représentations où elle paraissait *avec tous ses diamants*.

Le successeur d'Abbas, Saïd-Pacha, semble l'antidote de ce prince. C'est un Oriental *occidentalisé*, élevé par un Français, parlant le français aussi bien que vous, et mieux que moi, jouant le whist avec passion, et ayant éclairé au gaz son palais d'Alexandrie.

Il ne faudrait pas croire néanmoins que cette forte inclination vers la civilisation de l'Occident a tout à fait éteint chez Saïd-Pacha les instincts particuliers aux races orientales. Un seul trait de sa vie donnera une idée de ce qui lui en reste.

Tout récemment, on décapitait trois malfaiteurs en place publique, à Alexandrie ou au Caire, — je ne sais au juste; — Saïd assistait en amateur à cette exécution, et on sait qu'en Orient la décollation est un art. Très-mécontent de la façon dont l'opération avait été faite sur le premier condamné, Saïd allonge à l'exécuteur un de ces coups de pied qu'Odry donnait si bien à son paillasse, saisit le glaive et, de sa propre main, exécute les deux autres patients, confus de tant d'honneur.

Voulez-vous une idée de la correspondance amoureuse de MM. les directeurs de Paris? En voici un échantillon :

Il y a quelques jours, M. Roqueplan, de l'Opéra, écrit à M. Perrin, de l'Opéra-Comique :

« Envoyez-moi une loge; — je ne vous en voudrai pas. »

Prompt à la riposte, M. Perrin réplique :

« Au lieu d'une loge, en voici deux; ne m'en veuillez pas davantage. »

On ne peut néanmoins se dissimuler que le procédé de M. Perrin ne soit un peu vif. — Deux loges pour un seul homme, en ce temps-ci, c'est une plaisanterie qui ne peut s'excuser qu'en raison d'une longue familiarité.

Moi qui vous parle, j'ai reçu une loge de M. Desnoyers, le directeur de l'Ambigu, pour voir *Suzanne*, un drame en six actes, et je ne lui en veux pas; — bien mieux, je lui en sais gré; car M. Desnoyers avait eu l'attention de commander pour ce jour-là une pluie rafraîchissante et sa pièce est intéressante comme en hiver. — Cette pièce, c'est encore *Misanthropie et Repentir*, un drame que l'on refait tous les cinq ans et qu'on refera éternellement, parce qu'il porte dans ses flancs un des aspects les plus vrais et les plus douloureux de notre vie sociale. — Vous savez cette histoire : après les belles amours frémissantes au clair de la lune, vient le mariage, et, avec le mariage, cette déception, cette poursuite de l'*idéal* qui ouvrent la porte à l'adultère. — Mais ici, autre déception pour la femme. — L'*idéal* est une canaille, et bientôt la pauvre femme s'en va par tous les chemins de la vie, traînant le boulet du remords, ne trouvant même plus sous sa main, dans cette nouvelle désillusion, la famille, l'estime du monde, les caresses de ses enfants. — Il ne faut pas moins de six actes d'expiation à une pareille faute. Voilà l'histoire de *Suzanne*. — Il y a de grandes qualités dans ce drame : il ne crie pas, il ne déclame pas, il est rapide et court au dénoûment à travers des péripéties émouvantes. — Il est, de plus, honorablement joué, quoique j'aie rencontré parfois une exécution supérieure à l'Ambigu. Chilly est un acteur précieux dans les rôles épisodiques; il en a toutes les souplesses et toutes les ruses; mais il ne pouvait trouver dans sa nature, un peu grêle, la gravité biblique qui conviendrait à cette figure de l'époux trahi et du père abandonné. — En d'autres termes, Chilly est un acteur maigre, et la majesté de l'embonpoint sied bien au malheur. — C'est là, du reste, un rôle terrible et écrasant par ses traditions.—Talma l'a joué et Frédérick le jouait, il y a quelques années, dans *la Mère et la Fille,* on sait avec quelle autorité et quelle puissance.

La Gaîté a donné *le Sanglier des Ardennes ;* mais je n'ai pas encore chassé cette grosse bête.

On parle tout bas, depuis quelques semaines, d'une machine infernale découverte sur le théâtre de la Porte-Saint-Martin. Le moment est venu d'en parler à haute et intelligible voix. Donc, il s'agit de fusils que des figurants devaient tirer dans le drame de *Schamyl* et qui se sont trouvés chargés à balles. Le premier jour, les balles étaient grosses comme des boulets de canon et les commentaires énormes. Les figurants avaient conspiré de massacrer M. Mélingue pour jouer le rôle de Schamyl, chacun son tour. Il faut dire, à titre de circonstance atténuante, qu'un figurant a, dans le cours de sa carrière, si peu d'occasions de jouer Schamyl, qu'on doit pardonner beaucoup à cette ambition, généreuse dans son principe, mais violente dans les moyens. Peu à peu, cependant, les boulets de canon diminuèrent de volume et arrivèrent bientôt à la dimension de simples chevrotines. Enfin, aujourd'hui, les chevrotines ne sont plus que du menu plomb à rincer les bouteilles. Vous voyez que l'aventure perd de ses proportions fantastiques, et qu'on peut en causer librement. Au bout de toute enquête, on n'a plus à accuser que le zèle d'un employé subalterne qui aura voulu rincer les fusils de l'administration. Il en est presque toujours de ces histoires comme du monstre en baudruche que l'on voyait à l'Ambigu, dans les contes de la *Mère l'Oie.* Au premier aspect, le monstre est effrayant ; mais le prince Charmant finit par en faire une cocotte qu'il met dans son portefeuille.

XIII

Paroxysme de l'émigration. — Le Rhin. — La mer. — Munich. — Le
théâtre allemand. — Un drame à Hombourg. — Amphion. — Aix en
Savoie. — Le casino. — La société. — Le jeu. — Le lion de la roulette.
— L'établissement thermal. — Inauguration des travaux du chemin de
fer de Savoie. — Le railway et le passage des Alpes. — Un malentendu. —
Nouvelles de l'univers et du boulevard des Italiens. — Les chemins de
fer et la statistique. — Retour aux coucous. — Les théâtres et la chaleur. — Conflit à propos d'odeurs.

11 août.

Paris continue à présenter le spectacle désolant et désolé d'une
famille dispersée. — L'émigration est arrivée à son paroxysme; —
vous rencontrez un ami, le soir, à minuit; le lendemain, vous apprenez qu'il est au Rhin, à la mer, à Munich; — car Munich, sous prétexte d'une exposition de produits de l'industrie allemande, a eu
l'honneur de recevoir des ambassadeurs littéraires de Paris. — Des
produits de l'industrie, ces messieurs ne disent rien; — en revanche, ils parlent longuement du théâtre allemand, qui, à ce qu'il
paraît, a rassemblé tous ses poëtes et tous ses comédiens illustres,
cette année, dans la capitale de la Bavière. M. Théophile Gautier,
M. Paul de Saint-Victor, et quelques autres, ont vu représenter du
Gœthe et du Schiller; — c'est de la chance : j'ai fait, moi, trois sai-
sons sur les bords du Rhin sans voir autre chose que *Mademoiselle
de la Seiglière, Bataille de Dames* et autres productions françaises
traduites en allemand; — il est vrai que, par compensation, j'ai vu
l'année dernière, à Hombourg, un drame fort curieux intitulé : *la
Nuit du meurtre ou l'Hôtel Sébastiani;* — tous les personnages de

la célèbre tragédie de 1847 y figuraient, depuis M. de Praslin jusqu'à mademoiselle de Luzy; — aucun *détail* n'avait été omis et je vous laisse à penser s'il y avait de quoi rire.

Donc, en ce moment, on s'appelle d'un bout à l'autre de l'horizon :

« Siraudin, où es-tu ?

— A Amphion.

— Qu'est-ce que cela, Amphion ?

— Amphion, c'est un casino créé de cette année, sur le lac de Genève, et offrant aux touristes les mêmes *amusements* que Hombourg et Baden-Baden. »

Amusements est un euphémisme de la réclame qui, en style de banque, signifie roulette, trente-et-quarante et tout ce qui s'ensuit.

« Eh bien, Siraudin, mon ami, dis-moi les merveilles de ton casino.

— Impossible, mon cher ; — j'étudie *une marche ;* — je viens de découvrir une *martingale ;* — je suis en train de faire sauter la banque. »

Heureusement que, d'Aix en Savoie, il me vient un peu plus de détails.

La saison est brillante cette année à Aix ; — les émigrations marseillaise et génoise ont ajouté des contingents nombreux au flot annuel des touristes.

Tout le monde paraît fort heureux dans cet Éden alpestre ; — on joue ; — on gagne ; — on perd ; — la littérature, aux prises avec la roulette, a eu de grands succès, compensés par de grands revers. — Mais le lion du jeu, cette année, c'est un restaurateur d'Aix, orné d'une barbe phénoménale, qui, un jour d'inspiration, a quitté ses fourneaux allumés pour venir tenter le diable accroupi dans le cylindre de la roulette ; — le fricoteur a gagné le premier jour deux ou trois mille francs, autant le lendemain ; si bien, qu'aux reproches des consommateurs qui se plaignaient de rencontrer des cartes piquées dans la friture, cet enfant gâté de la fortune a fini par répliquer qu'il désertait définitivement les casseroles pour le tapis vert. On disait, au départ de notre courrier, que l'ex-restaurateur gagnait une soixantaine de mille francs. — Le difficile n'est pas de les gagner, mais de les garder; — car, comme dit M. Blanc, de Hombourg, les banques ne craignent que les joueurs qui meurent; — l'argent gagné par tous les autres n'est qu'un dépôt entre leurs mains; — tôt ou tard il doit revenir, avec usure, sous le râteau.

On sait que la banque d'Aix est tenue par M. Bias, le fils de Fanny Bias, cette danseuse de l'Opéra dont la mort prématurée excita de vifs regrets, vers le milieu de la Restauration.

Le casino d'Aix s'applique à réunir toutes les séductions des établissements concurrents. — Le régiment des chevau-légers de Montferrat y envoie tous les jours son excellente musique. — Mais, à Aix, la partie thermale n'est pas une fiction comme en d'autres endroits; — aussi songe-t-on à l'améliorer. M. Bias a appelé, dans cette vue, M. François, ingénieur en chef des établissements thermaux de France, tandis que M. Pellegrini, un architecte du pays, serait chargé de reconstruire les bains sur des plans plus larges. — Il est question d'établir une vaste piscine à eau courante, ce qui n'a rien d'extravagant puisque, même dans les conditions actuelles, c'est-à-dire avec les pertes et les infiltrations auxquelles on se propose d'obvier, la source sulfureuse produit encore mille litres d'eau à la minute. Voilà, j'espère, une fameuse nouvelle pour les maladies de peau. Quant à la maladie du double zéro, je n'y vois pas de remède.

Lundi, il y a eu une fête solennelle pour l'inauguration des travaux du chemin de fer de la Savoie, qui, relié à celui de Lyon à Genève, permettra d'entrer en Italie par Turin, le lendemain du départ de Paris.

L'opération emblématique de cette inauguration consistait à faire sauter un rocher sur les bords du charmant lac du Bourget. — La mine chargée, c'est lady Villiers, fille de Robert Peel, qui y a bravement mis le feu. — Honneur à notre alliée, — et puissent ses compatriotes opérer avec le même succès à Sébastopol et à Cronstadt!

A propos de ce chemin de fer, il convient d'ajouter qu'un petit homme parfaitement inconnu, après avoir vécu en chasseur de chamois dans les Alpes, propose des solutions très-vraisemblables pour le passage du railway. D'après ses données, on ne s'obstinerait plus à traverser le mont Cenis, et on irait déboucher sur Suze par des tunnels dont le plus long serait de deux mille mètres.

J'ai aussi des nouvelles de Spa, — de Wiesbaden, — de Hombourg, — d'Ispahan et de Tombouctou ; — mais il convient de mettre, pour aujourd'hui, un frein à cette chronique nomade et de parler un peu du boulevard des Italiens.

Là, on est fort désorienté par la température variable de notre climat d'août 1854. Un jour, c'était samedi, on gelait ; — on décroche les paletots et on fait du feu ; — le lendemain, on étouffait ; on remet les paletots au clou, et les costumes nankin, — pantalon, gilet et veste, qui représentent assez bien des mottes de beurre animées, — de reprendre possession de l'asphalte.

Le choc de deux locomotives et ses suites, sur le chemin de fer de Sceaux, a un peu attristé les causeries parisiennes. Les hommes ne sont pas raisonnables et ne veulent pas s'accommoder des calculs de la statistique, qui vient de découvrir qu'il n'y a que deux tués sur un million de voyageurs en chemin de fer. — Les voyageurs groupés en million ne déploient aucun enthousiasme et ne sont aucunement émerveillés de survivre à une partie de campagne ; tandis que les deux tués se lamentent de la façon la plus ridicule, — on n'entend qu'eux. — Sérieusement, il est bien possible que les chemins de fer fassent moins de victimes que les coucous. — Mais les accidents du railway ont toujours un caractère tragique qui frappe l'imagination. — La science est en travail ; — elle aura trouvé prochainement un frein assez puissant pour arrêter un convoi instantanément ; peut-être aussi, probablement, un agent de locomotion moins terrible que le feu. — Mais, jusque-là, le chemin de fer est un champ de bataille comme un autre. — Il y a des gens qui *arrivent* et d'autres qui restent en route. — Il ne faut donc pas s'étonner si, en présence des catastrophes récentes, quelques esprits un peu intimidés retournent aux anciens moyens de locomotion. Alphonse Royer, le directeur de l'Odéon, partait ces jours-ci pour Dieppe : « J'irai en poste, disait-il, traîné par des chevaux, s'il y en a encore, — ou, à défaut de chevaux, — par des ânes, — par des bœufs, — par des rennes, comme en Laponie, ou par des chiens, comme à Bruxelles ; — mais je n'irai pas en chemin de fer. » Ce qu'il y a de plus bizarre, c'est que Royer a couru toute l'Europe sur les railways.

Pour le reste, atonie complète. Les drames du boulevard font assez bonne contenance. Mais on ne peut se dissimuler qu'il fait bien chaud dans les salles de spectacle et que les vinaigres, l'ambre et le musc des spectateurs aristocratiques, mêlés aux émanations des claqueurs, produisent dans leur ensemble une atmosphère assez malsaine. — *La claque sent toujours le hareng*, a dit une actrice du boulevard, célèbre par ses ingénuités, et, d'autre part, le musc a bien aussi ses détracteurs. — Mais des couleurs et des odeurs vous savez qu'il ne faut pas disputer. — Chacun a là-dessus son inclination et ses préjugés. — Il y a dans le passage Choiseul un établissement à 32 sous contigu à un établissement à 3 sous. — L'établissement à 32 sous est un restaurant ; — l'établissement à 3 sous n'est pas un restaurant. — Un jour, un amateur qui sortait de cette dernière maison de commerce dit à la gérante : « Madame, tout n'est pas roses dans la vie, et, chez vous particulièrement, il me semble que ça ne sent pas les mille-feuilles. — Ne m'en parlez pas, monsieur, répliqua la dame : ce restaurant qui est venu s'établir à côté de nous empoisonne notre maison ! »

Il paraît que le restaurant ne s'exprime pas en termes plus modérés sur son petit voisin, et il est bien probable que les torts sont partagés.

XIV

Les morts de la semaine. — M. Foudras. — La police — Le cabinet noir.
— La police en amateur. — M. de Vitrolles. — La prédiction du berger.
— Desmousseaux. — Les vivants. — La fête du 15 août. — La maladie
de la planète. — Les spectacles gratis. — Un gamin qui n'aime pas les
morceaux d'ensemble. — Les Champs-Élysées. — Les théâtres forains.
— La femme anthropophage. — *La Pie voleuse.* — Les vrais Chinois. —
La Tour de Nesle. — Leçon aux jeunes imprudents. — Un poisson
comme on en voit peu. — Batailles sur batailles. — Les bêtes féroces.
— Un préjugé. — Le veau et le crocodile.

20 août.

Enterrons d'abord les morts.

M. Foudras, qui vient de mourir dans un âge avancé, avait
passé sa vie dans la police. — Il avait commencé dans les grades
subalternes et était officier de paix sous l'Empire. — Distingué par
M. Decazes, sous la Restauration, il devint inspecteur général de
police et bientôt fut placé par M. de Mezy, directeur des postes, à
la tête de ce fameux cabinet noir dont les membres, sans être masqués comme le conseil des Dix à Venise, ont si bien réussi à garder
l'incognito, qu'on ignore généralement qu'il y a à l'Académie des
sciences un ancien fonctionnaire de ce laboratoire occulte.

Lorsque le cabinet noir fut supprimé sous le ministère Martignac,
M. Foudras reprit des fonctions de haute police qu'il continua après
la révolution de juillet. — M. Guizot poussa l'enthousiasme jusqu'à
l'élever au poste de conseiller d'État, ce dont il fut blâmé par tous
ses amis. — Des traitements et des pensions considérables; de riches
cadeaux des souverains étrangers avaient fait à M. Foudras une belle

fortune. Il avait toutes les aisances et même tout le luxe de la vie.
— Retiré du service officiel, M. Foudras n'en continua pas moins
jusqu'à sa mort à faire de la police en amateur. — Dès sept heures
du matin, même en hiver, il commençait dans Paris une tournée
d'enquête. Il visitait successivement M. de Rothschild, M. Pasquier,
M. Molé, M. Decazes, apportant à chacun de ces personnages son
butin de nouvelles, qui allait grossissant à chaque visite. — Vêtu
d'une manière sordide, il aimait à s'attabler dans les cabarets, écoutant les propos du peuple et se tenant ainsi au courant de l'esprit
public. — On peut dire qu'il est mort sur son champ de bataille.

M. de Vitrolles laisse un nom qui appartient à l'histoire. — Ce
nom, je ne veux l'effleurer que pour enregistrer ici une particula-
rité de la vie de M. de Vitrolles qui a tout le parfum d'une légende.

Attaché aux principes de l'ancienne monarchie, M. de Vitrolles
s'était, jeune encore, désintéressé des affaires du siècle. — Sous
l'Empire, il vivait en gentilhomme campagnard sur ses terres du
Vivarais, lorsqu'un vieux berger visionnaire et quelque peu sorcier vint lui prédire le retour des Bourbons. La fortune de Napoléon
était alors dans toute sa splendeur, et cette révélation paraissait devoir assurer à son auteur une place distinguée dans une maison
de fous. — Néanmoins, cette prédiction étrange, aidée sans doute
d'une inclination de l'esprit de M. de Vitrolles vers les choses
surnaturelles, décida de sa carrière politique. — Il alla à l'étranger
relever le moral très-affaibli des princes de la maison de Bourbon et
devint l'agent le plus actif des entreprises politiques qui, bientôt,
eurent pour théâtre l'Europe entière. — La Restauration accomplie,
M. de Vitrolles demeura fidèle à la pensée réactionnaire qui voulait placer le trône en deçà du terrain conquis depuis 89. Il dirigeait, sous l'inspiration du comte d'Artois, ce qu'on appelait le gouvernement occulte du pavillon Marsan. — On sait comment cette
politique, condamnée d'avance dans les conseils de la nation, triom-
pha un seul jour, le 25 juillet 1830, par les ordonnances de Charles X,
pour succomber sous l'effort du peuple armé. — Depuis lors,
M. de Vitrolles vécut dans la retraite, et les bergers ne lui ont plus
rien prédit.

M. de Vitrolles laisse des mémoires qui seront mis en ordre et édités par M. Forgues (Old Nick).

J'allais oublier Desmousseaux, un ex-sociétaire de la Comédie-Française, mort aussi en laissant derrière lui, sinon une grande renommée d'artiste, au moins cette estime générale qui s'attache à une vie probe et régulière. Desmousseaux avait commencé sa carrière dans une étude d'avoué, et, à vrai dire, il fut plutôt pendant trente ans un des conseils judiciaires de la Comédie-Française qu'un des successeurs de Lekain et de Molé.

Parlons un peu des vivants. Il en reste, je vous l'atteste, et, *le 15 août*, on ne se serait guère douté que nous touchons à la fin du monde ; — car je ne sais plus quel illuminé vient de découvrir que la maladie des pommes de terre, la maladie de la vigne, le choléra et ses substituts sont des prodromes d'une maladie de la planète qui, affectant le règne végétal et le règne animal, doit entraîner prochainement sa ruine. Tenons-nous bien et ne flânons pas ; car il paraît que l'heure est suprême.

Au moins, les Parisiens ont voulu *s'en donner* une dernière fois. L'occasion était propice, et depuis longtemps on ne leur avait servi autant de lampions et de spectacles, et des spectacles gratis ! La foule — une véritable marée humaine — a envahi tous les théâtres, qui avaient ouvert leurs plus précieux écrins.

Les artistes aiment beaucoup le public du gratis ; ils le trouvent enthousiaste, respectueusement reconnaissant des efforts qu'on fait pour l'amuser, et très-intelligent dans la répartition de ses suffrages. — Il arriva qu'un jour, à l'Opéra-Comique, un voyou naïf s'écria : « Ces gueux-là chantent tous à la fois, pour avoir plus tôt fini ! » A la demande du public, ce contempteur des morceaux d'ensemble fut mis à la porte.

Quant à moi, je me sens invinciblement attiré, ce jour-là, vers les théâtres où l'on paye, au moins en sortant. Le temps était superbe. Une douce brise soufflait dans l'air, et des parfums de saucisses grillées embaumaient les Champs-Élysées. Partout le peuple dru et serré était attablé aux cabarets en plein vent ; on n'avait que le choix des rafraîchissements ; la limonade *turque*, la limonade *polonaise* et la limonade *russe* se disputaient les amateurs de coliques.

Les baraques des théâtres forains avaient été groupées, cette
année, autour du palais de l'Exposition et le ceignaient de tous
côtés. Jamais je n'en avais tant vu! J'ai entendu là des *boniments*
qui font pâlir les réclames des scènes les plus littéraires.

Voici d'abord la femme anthropophage prise à 40,070 lieues de
Paris (*sic*). La terre n'ayant que 9,000 lieues de tour, je suis réduit
à supposer que la femme anthropophage vient de la lune.

« Messieurs, dit le pître, la femme anthropophage ne mange plus
d'êtres humains : la douceur de notre civilisation et les règlements
de la préfecture s'y opposent ; mais elle mange d'*autres* animaux,
des chiens, des chats, des serpents, *quand on peut s'en procurer ;*
elle mange aussi de l'étoupe enflammée aussi *lestement* que vous
mangez de la salade. »

Voici maintenant *la Pie voleuse, les vrais Chinois* de la Porte-
Saint-Martin, avec l'affiche de la Porte-Saint-Martin — et *la Tour
de Nesle*, toujours de la Porte-Saint-Martin. — Un des tableaux
explicatifs de la *Tour de Nesle* m'a paru renfermer une haute leçon
de moralité. —Ce tableau représente l'*orgie* à la Tour ; — au bas est
cette légende :

« Lorsque ces femmes *coupables* étaient fatiguées de plaisir et de
voluptés, les bourreaux égorgeaient *ces jeunes imprudents.* »

Avisez-vous donc de rassasier les femmes de plaisir et de voluptés, voilà votre récompense !

J'ai beaucoup remarqué aussi le *crea* venant d'Égypte. — « Ce
poisson, dit l'affiche, est le plus remarquable par ses jolis coquil-
lages *et son acharnement* à suivre les navires. — Vrai ! c'est trop
intéressant pour ne pas entrer, ajoute l'affiche ; d'ailleurs, *s'est* un
sou !!! »

Tout cela crie et s'agite au bruit assourdissant des batailles entre
Turcs et Russes. — Ici, le bombardement d'Odessa ; — là, le massacre de Sinope ; — Silistrie par-ci, — Oltenitza par-là, — et boum !
et boum !

Malgré tout, le lion de la foire, c'est M. Hébert, le dompteur de
bêtes féroces. — Pour cinquante centimes, on peut voir les tigres et
les ours prendre leur nourriture. — Les bourgeois y vont en foule
voir les bêtes manger des viandes cuites à l'anglaise.

J'ai toujours été un peu étonné des idées que les hommes se font des bêtes FÉROCES, coupables, après tout, de soutenir leur existence conformément aux instincts et aux appétits que la nature leur a départis.

M. de Buffon a écrit là-dessus des pages d'une éloquence bouffonne et il n'y a pas de danger que les bêtes répliquent.

Mais je serais assez curieux de lire les mémoires d'un jeune veau, brutalement interrompu dans son idylle, ficelé et transporté dans un abattoir, — égorgé, dépecé, coupé, recoupé, — et finalement englouti dans les casseroles de la bonne bourgeoisie, où il cuit à petit feu jusqu'à ce que monsieur soit revenu de son bureau.

Je sais qu'à cette heure suprême le veau est entouré d'égards et de petits oignons, parfumé de thym et de laurier, — d'autrefois enjolivé de petits lards, et couché sur un lit d'oseille ; — les hommes appellent cela une farce ; — le veau y perd même son nom et prend le sobriquet ridicule de fricandeau. Mais, de bonne foi, croyez-vous que le jeune fricandeau trouve ces farces de bien bon goût ?

Voici encore un autre aspect de la question.

J'ai eu un camarade de collége, le docteur Petit, passionné pour la zoologie, qui fut mangé par un crocodile, il y a une vingtaine d'années, en Abyssinie. — Quand cette nouvelle arriva en Europe, le crocodile fut très-malmené par la critique ; — on le traita de brigand et de canaille ; mais, même à prendre la version des journaux du temps, je n'ai jamais pu comprendre que tous les torts fussent du côté du crocodile.

« Le docteur Petit, disaient les journaux, assisté d'une troupe d'Abyssins, s'était rendu dans un marais ; — son projet était de capturer un des crocodiles qui fréquentent ces parages et de le faire empailler pour le Musée d'histoire naturelle. — Serré de trop près, un de ces animaux féroces culbuta la barque qui portait le docteur, et, le saisissant par le milieu du corps, le broya dans sa hideuse mâchoire. »

Certainement, j'ai regretté mon camarade de collége, qui faisait mes vers latins en troisième. Mais, en me mettant un instant au point de vue du crocodile, j'arrive à comprendre, sans trop d'effort, que cet animal féroce n'était pas fanatique de la zoologie et qu'il ne

se souciait pas énormément de figurer, empaillé, sur les dressoirs
du Jardin des Plantes. — C'est un préjugé qu'il faut passer au crocodile.

XV

Au secours ! — Le chroniqueur aux abois. — Les conseilleurs ne sont pas
des chroniqueurs. — Moyens divers de sortir d'embarras. — Le silence.
— Le plagiat de Charles-Quint. — L'abus de la mort. — Une idée salutaire. — *Le Sanglier des Ardennes.* — Une pensée du roi Louis XI. —
Mademoiselle Daubrun. — Le *Spahis* des Variétés. — On demande le
Misanthrope. — Une histoire ténébreuse. — Léon Paillet. — Sa vie et sa
mort. — Le choléra et les médecins. — Histoire d'un homme embroché.

27 août.

Lecteur, venez-moi en aide ! Supposez une semaine où personne
n'est mort de ceux qui ont droit à la nécrologie ; — où le *plaisant
du parterre* n'a pas dit un seul bon mot ; où le Théâtre des Variétés
lui-même n'a pas donné un seul vaudeville ; — où pas une seule lettre
ne nous est venue des pays transrhénans ; — où tout est suspendu
depuis les jeux de la scène jusqu'au jeu de loto (ce jeu si cruel en
bons mots) ; — comment vous y prendriez-vous pour faire une
chronique parisienne ?

Mes lamentations promenées d'un samedi à un autre dans tous les
établissements littéraires de Paris, m'ont attiré une foule de mémoires et de consultations gratuites comme celles du docteur
Charles Albert.

D'abord, un monsieur m'écrit :

« Imbécile que vous êtes, quand on n'a rien à dire on ne dit rien ;
— c'est très-spirituel, et vous ne craignez pas les protes. »

Ne rien dire ! j'y avais bien songé, j'y songe tous les huit jours !

— mais le lecteur trouverait cela bien subtil, — et les malveillants m'accuseraient de stérilité. — On est journaliste ou on ne l'est pas. Quand on est journaliste, on a précisément pour mission de parler pour ne rien dire.

Passons à un autre.

Un anonyme me pousse le conseil suivant :

« Faites tendre votre porte cochère de drap noir ; enfermez-vous dans un cercueil en chêne et faites-vous conduire à Montmartre ; vous passerez pour mort : ce sera une excuse pour les lecteurs superficiels. »

Je trouve le moyen héroïque. — Il a si mal réussi à Charles-Quint, qui en est mort pour tout de bon au bout de quelques semaines, que j'hésite à voir passer mes funérailles. D'ailleurs, cette excuse elle-même ne serait valable que pour un temps.

Cela me rappelle un joli mot.

Il y avait au ministère de l'intérieur, il y a une vingtaine d'années, un employé distingué par sa calligraphie. — Le ministre de ce temps-là, qui était M. d'Argout, avait attaché cet employé à son cabinet et utilisait pour des dictées sa plume miraculeuse.

Un jour, le ministre mande son employé.

Le chef du cabinet s'en vint dire au ministre : « X... n'est pas venu : son père est mort. » Le ministre s'inclina devant cette excuse funèbre.

Au bout d'un mois, le ministre fit demander X... ; le chef de cabinet reprit : « X... n'est pas venu : son père est mort. — Ah ! oui, je me rappelle, » dit le ministre, qui commençait à s'étonner d'un deuil aussi prolongé.

Trois semaines après ce mois, le ministre demanda X... ; le chef de cabinet répliqua, selon la formule : « X... n'est pas venu : son père est mort. — Ah çà ! mais, dit le ministre, est-ce qu'il ne viendra pas à son bureau tant que son père sera mort ? »

Donc, la mort elle-même ne nous dispense pas des devoirs de la vie. Cherchons encore.

Il me vient subitement une idée : — j'ai envie de rendre compte du *Sanglier des Ardennes*, dont je n'ai pas encore parlé. — Il est donc vrai que les économies profitent tôt ou tard.

8.

Mais est-il bien certain que mon public s'intéressera, à l'heure qu'il est, au *Sanglier des Ardennes ?*

Pourquoi pas ? — Cette pièce n'est pas de celles qui vieillissent ; elle nous ramène aux contes et aux émotions de notre enfance, elle est pleine de spectres, de trappes et de sournoiseries palpitantes d'actualité ; — d'ailleurs, ce mélodrame renferme une pensée du roi Louis XI, qui suffirait à l'immortaliser.

Voici la pensée du roi Louis XI :

« L'honneur est une pudeur de l'âme susceptible et farouche. »

Je crois avoir suffisamment rendu compte du *Sanglier des Ardennes.* — Cependant, je ne dois pas oublier de dire, qu'entre onze heures et minuit, les gens du Sanglier et les gens du roi se livrent, à l'arme blanche, un combat à faire frémir les nations.—Je reprocherai seulement à mon aimable amie, Marie Daubrun, de combattre un peu mollement ; je lui reprocherai même de ne pas voir avec assez d'étonnement les choses surprenantes qui se passent dans le *Sanglier des Ardennes.* Douterait-elle de la vérité historique de l'ouvrage, ou bien réserve-t-elle pour une autre littérature sa diction élégante et correcte ? C'est bien possible, — les femmes sont si rouées !

Vous est-il arrivé de retrouver une pièce de dix sous dans un vieux gilet ? Votre émotion, dans ce cas, n'a jamais été plus profonde que la mienne en retrouvant en ce moment, dans mon potage, un vaudeville des Variétés. Ce vaudeville s'appelle *le Spahis.*

Le spahis arrive dans une maison honnête, sans être connu de personne ; en vingt-cinq minutes, il marie la fille de la maison à son cousin, malgré l'opposition du père et de la mère, mais, à vrai dire, avec le consentement du public. Il en a tant vu de mariages, le public ! Voulez-vous pas qu'il revienne de la campagne tout exprès pour contrarier les inclinations de mademoiselle Marie et de M. Adolphe ?

Maintenant, j'ai beau promener sur l'horizon dramatique mon œil attristé, je ne vois plus rien. Si au moins le Théâtre-Français avait joué le *Misanthrope,* j'aurais pu rendre compte de la pièce en recherchant doctement en quoi la manière de Geffroy diffère des traditions de Fleury et de Monvel ; ce n'est pas nouveau, mais cela fournit bien encore douze bonnes colonnes.

Abandonné du ciel, des hommes et des sociétaires du Théâtre-Français, je prends le parti de vous raconter une de ces histoires *qui occupent tout Paris*, et qui ne sont connues que du seul chroniqueur qui les a inventées.

« C'était par une belle matinée de printemps. — Un homme jeune encore, quoique ses traits altérés fussent marqués de l'empreinte des passions, descendait de cabriolet devant une maison *isolée* de la rue Vivienne. Il monta quatre étages sans répondre à la portière qui l'interpellait, et frappa trois coups secs à une porte. Une jeune fille vint ouvrir ; la porte se referma, et le jeune homme et la jeune fille demeurèrent enfermés pendant deux heures. Que se passa-t-il dans cette entrevue?·Nul ne le sait. Mais, quand ils descendirent, à la nuit tombante, le jeune homme portait le costume de la jeune fille, et la jeune fille portait le costume du jeune homme. Le couple, ainsi travesti, traversa Paris, pour gagner l'embarcadère du chemin de fer de Lyon. Depuis, on ne les a plus revus, et on se perd en conjectures sur cette aventure singulière. Seulement, par une coïncidence remarquable, il a été constaté que, vers la même époque, Grassot, du Palais-Royal, et la fille d'un riche pâtissier avaient subitement disparu de Paris. »

Si vous ne trouvez pas cette histoire d'un très-haut intérêt, je déclare qu'il faut renoncer à faire de la chronique parisienne.

Hélas! quand je vous dis que les sujets sérieux, les sujets douloureux manquent à cette chronique, je vous trompe et j'essaye de me tromper moi-même. — Il y a quelques jours, n'avons-nous pas vu disparaître, presque sous nos yeux, l'un de nous, un enfant de la presse, Léon Paillet. — Certes, si quelqu'un avait le droit et l'envie de vivre, c'était celui-là ; — il avait la santé, la belle humeur, le travail facile, des passions déjà dépouillées de ce qu'elles ont d'âcre et d'aigu dans la jeunesse. — Sa vie, distribuée avec méthode, était soustraite aux tiraillements de l'imprévu. Il allait à *la Patrie*, son journal, — il en revenait, — et il cherchait Roger de Beauvoir pour dîner ; — quand il avait trouvé Roger de Beauvoir, il ne demandait plus rien aux dieux ; — et, comme Roger lui rendait amitié pour amitié, c'est en allant le chercher pour dîner qu'il a appris que Paillet était mort, ou allait mourir.

Il ne servirait à rien de le dissimuler, Paillet a succombé aux atteintes de ce mal terrible, mystérieux qui, à cette heure, règne sur le monde entier et fait encore à Paris quelques rares, mais déplorables victimes; — à Paris même, où on est oublieux, ces terribles décrets de la mort retentissent comme les notes lugubres qui traversent les valses allemandes. — Tout s'arrête subitement, la joie, les danses, le choc des verres, la chanson commencée; — chacun se sent averti dans sa condition mortelle.

Pendant quelques jours, on n'ose plus se remuer, on n'ose plus s'asseoir, on n'ose plus se coucher de peur de ne pas se relever. Surtout on ne sait plus quoi manger, car les médecins, qui mangent de tout, par grâce d'état, vous défendent de manger de quoi que ce soit. — La poltronnerie trouve son compte dans les imprudences de régime que l'on attribue aux victimes tombées. — On se dit : « Un tel est mort par sa faute, pour avoir dédaigné les prescriptions de *la science*. Que voulez-vous ! il avait mangé de la salade et du lapin ! »

Les médecins sont, de nos jours, tout aussi forts que du temps de Molière. Dans l'intimité, ils ne font aucune difficulté de confesser qu'ils n'en savent pas plus sur le choléra que le portefaix du coin. — Mais, dans la consultation officielle, ils reprennent bien vite la gravité de Sganarelle et vous expliquent de point en point *pourquoi votre fille est muette*.

L'attitude des médecins en présence du choléra rappelle à s'y méprendre une vieille plaisanterie que les médecins eux-mêmes se racontent entre eux, quand les clients n'y sont pas. — Il s'agit dans cette plaisanterie d'un *sujet* quelconque, qui avait fait un voyage en bateau à vapeur. — La chaudière fit explosion et M. X. fut transpercé d'une broche en fer de sept pieds. — La broche pénétra dans le ventre, un peu au-dessus du nombril, et sortit par le dos à égale hauteur, de telle sorte qu'il avait trois pieds de broche en avant, trois pieds de broche en arrière.

On rapporta M. X. chez lui, et sa position parut exiger les ressources de l'art.

On fit appeler un médecin. Celui-ci prit le pouls du malade et lui demanda où il avait mal.

« Au ventre, monsieur.

— Ah bien ! Comment cela vous est-il arrivé ? »

Ici, le malade raconte longuement l'accident de l'explosion. — Le médecin reprend :

« Est-on sujet à cet accident dans votre famille, monsieur ?

— Non, répondit le malade, pas que je sache. — Mon père et ma mère sont très-vieux et n'ont jamais été embrochés ; — mon frère se porte très-bien, et ma sœur non plus n'a jamais eu de broche à travers le ventre ; — il en est de même pour mes oncles et pour mes tantes.

— Très-bien, monsieur. — J'avais besoin de ces renseignements pour le pronostic. »

Le médecin, pour prouver qu'il a bien compris l'affection du malade, ajoute ensuite :

« Vous devez avoir beaucoup de peine, monsieur, à vous coucher sur le dos ?

— Oui, monsieur. C'est même impossible.

— Il ne doit vous être guère plus facile de vous coucher sur le ventre ?

— En effet, monsieur, j'éprouve à ce sujet la même difficulté.

— Il doit vous être beaucoup plus facile de vous coucher sur le côté ?

— En effet, monsieur, c'est bien cela ! c'est la seule position qu'il me soit possible de conserver.

— C'est bien, monsieur ; ces renseignements me suffisent ; il ne nous reste plus qu'à convenir du traitement. — Ici, les indications sont excessivement précises : ou nous pouvons laisser la broche, mais alors il y a à craindre des accidents inflammatoires, — ou nous pouvons l'extraire, mais il y a danger que vous ne surviviez pas à cette opération. — La science a ses limites, monsieur ; — votre sort est entre vos mains ; — décidez-vous pour l'un ou l'autre traitement. »

XVI

L'année 1854. — Elle assombrit les chroniques les plus joyeuses. — Tribut
payé aux morts. — Diversion. — Une représentation solennelle à
Rouen. — Une invitation funèbre. — Martin. — Gavaudan. — Elleviou.
— Conséquences du fléau sur la villégiature. — Le fruit défendu. —
Proscription du melon. — Les grâces d'état. — Gare de dessous ! —
Les constructions et les démolitions. — Souvenirs du vieux Paris. —
L'hôtel de Rambouillet. — Transformation de Paris. — Ambigu : *les
Rues de Paris*. — La pièce. — Laurent. — Les provinciaux dans la
salle. — La Société des artistes. — Discussions. — Les causes. —
M. Taylor ; la Société des artistes musiciens. — Le fils de Laïs. — Sou-
venir de la Révolution. — Vaudeville : ouverture. — *Le Fauconnier*.
— *Les Marquises de la Fourchette*. — Les pièces et les acteurs.

3 septembre.

Cette terrible année 1854 touche à son déclin. — Déjà les feux de
l'été s'éteignent au couchant ; un soleil plus doux, le soleil de l'automne, se lève sur nous. Hélas ! que de désastres il éclaire encore !
— Un vaste crêpe s'étend sur le monde ; un fléau mystérieux, terri-
fiant, le choléra, a passé sur nos générations. De l'orient à l'occident,
il a moissonné et les débiles témoins du passé, et les jeunes espérances de l'avenir. Que de pleurs arrosent la terre ! que d'élégies
s'écrivent au livre de la poésie ! et, comme le disait un des nôtres
sur la tombe de notre ami Léon Paillet : « Quelle comédie que la
vie ! »

Amitiés, amours, ambition, poésie, fortune et misère, voilà donc
où vous venez aboutir ! A quoi bon tant de haines, tant de hontes,
tant de calculs sordides et tant d'aspirations sublimes ? Au moins, si
la mort savait nous enseigner la paix et la bienveillance !

Mais non, il n'en est rien, sur la tombe fermée, la vie s'agite avec tous ses bruits, toutes ses illusions et toutes ses passions. — Les morts de la saison donneront une plus riche moisson à la saison prochaine. — Les orphelines d'hier deviendront des mères, et le monde, régénéré et fortifié par des générations nouvelles, ne s'apercevra pas que nous lui manquons.

Ainsi Dieu l'a voulu, et ses vues sont vraiment providentielles. S'il ne nous avait mis au cœur l'oubli, la vie serait insoutenable.

Les pleurs de l'enfant devant son jouet brisé sont, grâce au ciel, l'emblème de nos plus terribles douleurs. Je rougis en songeant que, cet hiver, je serai peut-être en polichinelle !

Va donc pour polichinelle ! — Pourquoi pas? Polichinelle n'est pas plus grotesque que tout le reste. Du moment qu'on s'attache à cette illusion qui s'appelle la vie, on a le choix du déguisement pour passer ce carnaval.

« Les hommes, a dit l'Apôtre, traitent les choses frivoles comme si elles étaient éternelles, et les choses éternelles comme si elles étaient frivoles. »

Il vous semblera peut-être, ô lecteurs ! que j'ai marché sur une oraison funèbre ; mais que voulez-vous ! une demi-page tendue de noir, ce n'est vraiment pas trop pour les temps où nous vivons. — Ne soyez pas étonnés de rencontrer quelques corbillards dans cette chronique, — on en trouve partout. — Maintenant, c'est fini, me voilà gai comme un pinson. — Si, par hasard, je retombais dans mes humeurs noires, rappelez-moi que j'ai déjà pleuré mes amis et je remettrai mon mouchoir dans ma poche.

Au fait, nous sommes bien bons de nous lamenter sur des égoïstes qui sont partis en nous laissant tous les embarras de la vie. Ils sont peut-être très-heureux quelque part et rient beaucoup de nos élégies. — Dans tous les cas, soyez sûrs que nous les rejoindrons ; — je me plais à vous en donner l'assurance, quoique toute vérité ne soit pas bonne à dire.

Ceci me rappelle qu'il y a une vingtaine d'années, on inaugurait à Rouen la statue de Boïeldieu. — Pour cette solennité, on avait improvisé au théâtre un aimable à-propos. — Quelques contemporains de l'illustre compositeur, encore survivants, Martin, Gavaudan, Elleviou, avaient été conviés à la représentation et y assistaient dans une loge d'apparat.

L'à-propos représentait Boïeldieu reçu aux Champs-Élysées par ses émules de gloire, Lulli, Grétry, Gluck ; — puis quelques chanteurs célèbres de l'Opéra-Comique, déjà arrivés aux *sombres bords*, demandaient au maître des nouvelles de l'*autre monde*. « Comment s'y comporte-t-on ? et que deviennent nos chers camarades, Martin, Gavaudan, Elleviou, etc. ? — Hélas ! mes chers enfants, répliquait Boïeldieu, le monde est toujours tel que vous l'avez quitté ; le *petit Ponchard* chante toujours la *Dame blanche* et la *petite Mars* joue toujours les ingénues. Quant à Elleviou, Martin et Gavaudan, rassurez-vous, ils ne tarderont pas à arriver. »

Ce dialogue des morts parut de très-mauvais goût aux trois vivants qu'on avait mis en loge. Gavaudan, qui était alors ce beau vieillard presque aveugle que nous avons tant rencontré dans le passage des Panoramas, demandait le poëte pour le rouer de coups. — Quant à Elleviou, il en ressentit presque une atteinte de cette apoplexie qui devait le foudroyer, quelques années plus tard, dans l'escalier qui conduit encore aux bureaux du *Siècle* et du *Charivari*.

Le fléau régnant a pour conséquence de retenir aux champs les heureux châtelains qui peuvent couler des jours paisibles dans les petits cottages semés autour de Paris. — On reçoit du monde, on fait de la musique, on oublie et même, si l'on peut, on feint d'ignorer. Par exemple, on laisse suspendus aux arbres les plus magnifiques fruits de la saison. Le fruit est défendu, et la prescription de la médecine est mieux observée de nos jours par les filles d'Ève qu'au temps du paradis terrestre. — Les melons, surtout, sont l'objet d'une proscription sévère. — On ne mange pas une tranche de melon sans faire son testament, et, comme on n'a pas toujours un notaire sous la main, on trouve encore plus commode de s'abstenir. Il en résulte une grande dépréciation dans le cours de ce cucurbitacée. — Ces jours-ci, sur le quai du Louvre, j'ai vu un groupe de maçons qui déjeunaient des plus superbes cantalous, achetés à vil prix. — Vous me demanderez si tous les maçons en meurent. —

D'abord, je l'ignore, et, ensuite, je crois qu'il y a pour ce monde d'ouvriers robustes des grâces d'état. — C'est ainsi encore que je n'ai jamais pu comprendre pourquoi un jeune garçon, armé d'une latte, se tient sous les maisons en démolition en vous avertissant du danger que vous courez d'être écrasé. — Il paraît que ça ne le regarde pas et que *ça le connaît*, comme on dit dans le bâtiment.

Du reste, les maçons sont aujourd'hui de grands personnages ; — n'en parlons pas légèrement ; — la fureur de la construction et de la reconstruction est poussée à ses dernières limites. — Voici enfin le Louvre et les Tuileries réunis, — mais au prix de bien des sacrifices ! — Avec la rue Saint-Thomas-du-Louvre, nous avons vu disparaître deux hôtels bien curieusement historiques : l'hôtel de Longueville, où s'abritèrent les intrigues de la Régence, et, séparé de celui-ci par l'hôtel de Chevreuse, l'hôtel de Rambouillet, qui fut le berceau de la langue française. — Quelques écarts de goût, quelques plaisanteries de Molière, qui usait de son droit de poëte comique, ont fait perdre de vue les services que ce centre de beaux esprits a rendus aux lettres ; — on oublie trop que Colbert et le grand Corneille, qui n'étaient pas des *précieux*, ont été les premiers hôtes de madame de Rambouillet.

Dans ce grand travail de la pioche et de la truelle, Paris se transforme sans s'en apercevoir ; mais les voyageurs intermittents, mais les exilés de retour dans la patrie ne reconnaissent pas leur ville natale. — On m'a raconté ce fait curieux, qu'il y a à la poste des centaines de lettres, consignées à destination de rues qui n'existent plus ; — naturellement, les destinataires ne se retrouvent pas quand ils ont un intérêt à laisser ignorer leur nouveau domicile.

L'Ambigu vient donc bien, en temps opportun, nous donner à sa manière l'histoire des *Rues de Paris*. — Les *Mystères de Paris*, les *Bohémiens de Paris*, *Paris la Nuit*, *le Diable à Paris*, ont déjà traversé ce sujet sans l'épuiser. — Tous les dix ans, on aime à revoir au boulevard ces types populaires pris dans le vif de la bohème. — La fable qui sert de lien à ces tableaux n'a rien d'original. — Une jeune fille perdue et retrouvée grâce à une croix d'or, je crois avoir déjà vu cela quelque part. — Ce qui est d'un comique ébouriffant, ce qui fera la fortune de la pièce, c'est Laurent-Bougival, un provincial égaré dans les rues de Paris. Laurent a si peu de chance, qu'il est dévalisé devant le Théâtre-Français, entre onze heures et minuit. — Voilà des malheurs qui n'arrivent qu'aux provinciaux. — Après les voleurs, vient la patrouille grise. — Laurent, se croyant aux prises avec de nouveaux industriels, prend héroïquement l'offensive et, profitant d'un petit cours d'argot qu'il a fait avec ses deux spoliateurs, il somme les agents *d'abouler la toquante*. — Cette méprise pouvait conduire Laurent aux galères ; — heureusement, on avait tant besoin de lui pour égayer la pièce, que les auteurs l'ont acquitté.

Les Rues de Paris rentrent dans les meilleures conditions du drame à succès au boulevard. — Dès la troisième représentation et malgré la chaleur, la salle était envahie. Partout, au contrôle et dans les couloirs, on n'entendait que ces contestations qui chatouillent si agréablement l'oreille des directeurs. — « Donnez-moi une place ou rendez-moi mon argent. » — A la galerie, j'ai observé deux types de provinciaux très-amusants. — Le premier, qui se plaignait d'être gêné par une colonne, voulait interpeller le régisseur en scène, comme cela se pratique à Carcassonne ; — le second, plus modeste, parlait tout simplement d'aller se plaindre *à la caisse*.

La Société des artistes dramatiques est en proie aux dissensions. Trois membres du comité, MM. Samson, Derval et Volnys, ont donné leur démission. Si j'ai bien compris la cause de ce conflit, les démissionnaires auraient voulu mettre un frein à cette manie de thésaurisation qui tend à assurer des rentes aux artistes qui ne sont pas encore nés, en refusant du pain aux artistes qui ne sont pas encore morts. — Nous verrons bien où conduira ce système.

La Société des artistes musiciens paraît administrée dans un meilleur esprit. — Un sceptique a dit que M. Taylor, son président, était soutenu dans ses entreprises philanthropiques par l'ambition *d'avoir un beau convoi ;* mais nous ne voyons aucun motif raisonnable de décourager cette ambition, qui a soulagé bien des misères. Tout récemment encore, M. Taylor a fait admettre à Bicêtre le fils de Laïs, tombé du haut d'un si beau nom dans une détresse profonde. — Le pauvre diable a été longtemps victime d'une prévention : — on l'accusait d'avoir été le valet du bourreau ; — il a dû expliquer que son père, l'illustre chanteur de l'Opéra, vivait dans une grande intimité avec Samson, l'exécuteur des hautes œuvres de la Révolution. Par suite de cette familiarité entre ténor et bourreau, le fils de Laïs aurait été élevé avec le fils de Samson (lui-même exécuteur en retraite) et aurait conservé avec cet ancien fonctionnaire des relations assez compromettantes. Laïs fils, par suite de cette prévention dont nous parlions tout à l'heure, s'est vu successivement évincé de deux théâtres où il avait obtenu un petit emploi dans les chœurs, et, comme nous le disions, parvenu à l'âge où les forces déclinent, il a dû recourir à la charité du comité des artistes.

Le Vaudeville a fait son ouverture jeudi, par une chaleur formidable et sous le feu d'une illumination splendide. La pièce de résistance était une comédie-drame intitulée *le Fauconnier*. Cette comédie, conduite avec cette habileté fatale qui caractérise certains faiseurs, manque essentiellement d'originalité et de jeunesse. Il faut à tout prix sortir des vulgarités, chercher et trouver des voies nouvelles. Il faut savoir risquer d'être sifflé, ce qui vaudra mieux pour la caisse que l'indulgence dédaigneuse d'un public fatigué dont on n'a pas même provoqué la colère.

A ce *Fauconnier*, nous préférons de beaucoup la bluette spirituelle qui a terminé le spectacle, *les Marquises de la Fourchette.—* Il y a là des mots et des cocasseries superbes.

Le public, un peu énervé par l'attitude majestueuse qu'il avait conservée pendant trois heures, s'est rué sur ce dessert avec des rires féroces. La troupe comique, stimulée par la belle humeur de l'orchestre et des loges, a déployé un très-beau tempérament. Félix a eu des ahurissements magnifiques. Delannoy a trouvé des intonations à la Sainville, et un débutant, Parade, a lancé des mots et reçu des coups de pied avec la conviction d'un vétéran du Palais-Royal.

La soirée a fini à minuit sur cet éclat de rire.

XVII

La vie parisienne en septembre. — La vie de château. — La pêche. — La chasse. — Le Parisien en province. — Revanche du provincial. — Naïvetés du Parisien aux prises avec la nature. — Le premier coup de fusil du Parisien. — Histoire du lapin assassin. — Fin des temps naïfs. — L'avenir. — La saison de Paris et la saison des champs. — Transitions douloureuses. — Les théâtres. — Le feuilleton pastoral. — Autres temps, autres mœurs.

10 septembre.

Dans l'organisation de la vie parisienne, chaque mois de l'année correspond à un loisir et à un luxe. Septembre a pour synonyme *pêche* et *chasse;* c'est l'heure où la province reçoit le Parisien; la vie de château s'organise, et, en France, le château commence au château proprement dit, mystérieusement enclavé dans deux lieues de parc, et finit à une bicoque à volets verts où les hôtes vivent dans une promiscuité touchante avec les poules et les dindons. — Dieu me garde néanmoins de médire des bicoques ! c'est là qu'habite le véritable sans façon de la campagne avec toutes les tolérances de costumes et toutes les licences de la vie d'artiste. — L'étiquette suit le Parisien dans les châteaux; elle lui commande trois toilettes par jour et des déférences infinies envers les voisins de campagne et les autorités de l'endroit.

On ne jouit réellement de l'aimable liberté de la nature que dans ces humbles retraites ouvertes à quelques amis intimes auxquels on ne demande qu'un bon appétit, de la belle humeur et un costume complet de la *Belle Jardinière.*

M. Dumanoir, dans un de ses vaudevilles, qui touchent parfois à la comédie, avait spirituellement crayonné la *vie de château*, il y a une quinzaine d'années, pour le théâtre des Variétés. Au lever du rideau, le théâtre représentait douze individus de tout âge et de tout sexe ronflant sur les divans et sur le parquet du salon commun. C'était la meilleure scène de la p èce et la plus vraie.

C'est qu'en effet le Parisien n'a pas été créé et mis au monde pour se lever avec l'aurore, — courir le sanglier, — s'embarrasser dans les hautes herbes, — traîner le filet dans les rivières, — s'asseoir à des banquets homériques, — et dormir d'un sommeil agité par le coassement des grenouilles. — Ces exercices sont bien violents, et ces plaisirs bien suspects pour des avocats et des notaires pliés à la vie sédentaire du cabinet. — Dès le second jour de cette vie enchanteresse, le Parisien épuisé s'endort sur le perdreau. — D'ailleurs, il est malhabile à toutes ces choses : son premier coup de fusil tue le chien favori de la maison ; — le second est presque une tentative de suicide ; — il se laisse désarmer et suit de bonne grâce la chasse en amateur, toujours quelque peu inquiet cependant de voir braquer dans la direction de son bas-ventre une douzaine de tubes qui recèlent la mort. — Au bout de huit jours, il commence à bâiller comme à la tragédie ; — il lui semble qu'un siècle s'est écoulé, car, en province, la vie est longue et l'heure lente. — Les yeux rougis par les veilles, les jambes exténuées par la marche, il commence à regretter ses dossiers, son travail, le boulevard et l'Opéra-Comique. — Il s'amuse trop et ne s'amuse pas selon sa nature.

Voilà ce que c'est : le Parisien a voulu forcer son talent, et il est bien obligé de reconnaître que les provinciaux ont aussi leur supériorité, à laquelle il ne lui sera jamais donné d'atteindre. — Tout le long de l'année, le Parisien se donne le spectacle du provincial dépaysé dans Paris. — En septembre, le provincial prend sa revanche : certes, le provincial fait une triste figure à l'Opéra avec sa cravate à pois, son gilet à fleurs et ses gants en coton. — Mais le Parisien n'a pas une meilleure tournure à la campagne, avec ses bottes vernies, sa veste de velours doublée de satin blanc, ses gants jaunes et ses jambes en pincettes dans un pantalon collant. — Les vachères s'arrêtent pour le voir passer ; les paysans le prennent pour un ténor en représentation, et, n'était la bonne opinion qu'il a de lui-même, le

9.

Parisien s'apercevrait bien vite que tout ce monde-là se moque de lui. — Il faut dire aussi que le Parisien, si roué en matière de drames et de comédies, prête énormément à rire dès qu'il a passé la barrière. — Ignorant de toutes les choses de la nature, qu'il ne connaît que par les toiles de fond du Gymnase, il prend un chêne pour un noyer, — un bœuf pour un rhinocéros, — des carottes pour des betteraves, et, quand il rencontre une grenouille, qu'il prend naturellement pour un crapaud, il se sauve pour ne pas être empoisonné par *la liqueur* du batracien. Pendant que les paysans se mirent dans ses bottes, il pousse des exclamations d'une naïveté adamique. « Tiens ! un homme qui laboure ! C'est étonnant comme il y a des cailloux dans la campagne. Vos canards sont bien sales ; vous ne les lavez donc jamais ? etc. »

Dans cette situation, il n'est pas rare que le Parisien devienne le point de mire, le plastron de la province. — Le Parisien a donné au provincial des billets pour visiter l'intérieur de l'obélisque ; — il l'a envoyé à la queue de l'Odéon à dix heures du matin ; — il l'a présenté déguisé en ours dans un bal où tout le monde portait l'habit noir ; — c'est fort bien ! — mais à ton tour, paillasse ! tu es tombé dans la trame du provincial, tire-t'en comme tu pourras !

Entre toutes les *poses* dont le Parisien a pu être victime en province, il y a une histoire dont la tradition s'est conservée dans le Berry et qui s'attache au nom d'un homme d'esprit que nous avons connu ; — seulement, vous allez voir comment l'esprit de la ville peut se rouiller dans les champs.

C'était dans l'automne de 184., à quelques lieues de Bourges ; le propriétaire d'un château avait réuni quelques gentlemen du voisinage, plus un ami de Paris, M. X., — un pur Parisien qui confessait, du reste, son innocence en matière de vénerie ; c'était la première fois, je crois, qu'il quittait la grande ville ; de sa vie, il n'avait touché un fusil et s'étonnait toujours qu'on pût tuer une caille sans tuer en même temps un ou deux amis.

Un jour que le Parisien avait été retenu au château par une violente migraine (encore une maladie parisienne), la bande joyeuse s'était rendue à la ville voisine, où il y avait fête, foire, saltimbanques et curiosités de toute espèce, — entre autres plusieurs phénomènes ;

ces messieurs virent dans une baraque un lapin savant qui tirait le pistolet ; — ce spectacle fit naître l'idée d'une *scie* à l'usage du Parisien ; on prit certains arrangements avec le propriétaire du lapin, on rentra au château, et la scie commença à fonctionner. — Pendant deux jours, la scie consista en des dialogues auxquels le Parisien assistait sans qu'on eût l'air de prendre garde à lui.

« Allons donc ! laisse-moi tranquille avec tes contes bleus !...

— Mais je ne te dis pas que je le crois, je te dis seulement que le fait est attesté par des témoignages respectables.

— Messieurs, messieurs, reprenait le premier interlocuteur en appelant tout le monde, il faut faire enfermer Lucien. Ne veut-il pas me soutenir qu'on a rencontré des lapins armés dans la campagne ! »

Et tout le monde de rire.

« Messieurs, reprenait alors gravement un des chasseurs, j'ai ri comme vous ; mais, puisque vous m'attirez sur ce sujet... je ne sais comment vous raconter... oui, vous allez me croire fou... eh bien, je n'en jure pas moins sur ma part de paradis que, samedi dernier, j'ai été attaqué par un lapin au petit carrefour de Bigny. »

On rit encore ; mais, cette fois, en se ravisant ; on parla à voix basse de l'état mental du pauvre chasseur... On proposa d'écrire à sa famille ; puis, pour ne pas le surexciter, on convint d'éviter ce sujet de conversation. — Quant au Parisien, il avait tout écouté, tout entendu ; il était ébahi et n'avait pas d'opinion.

Les choses ainsi disposées, on arrêta une partie de chasse pour le lendemain. — Cette fois, le Parisien n'avait pas la migraine et il était impatient de faire ses premières armes. — Après une heure de marche, on aperçut un lapin qui broutait sur le bord d'un fossé.

« Voilà une belle occasion pour un débutant ! » dit-on de toutes parts.

Et on mit aux mains du Parisien un joli petit fusil de dame.

« Prenez votre temps... ajustez ! C'est bien... Tirez ! »

Le coup part, et le lapin roule dans le fossé.

« Tué !... je l'ai tué ! s'écrie le Parisien.

— Eh bien, allez le ramasser. »

Le Parisien court au fossé ; mais, au moment où il croit saisir sa

proie, le lapin se redresse et tire au Parisien un coup de pistolet à
bout portant.

Le Parisien revient pâle, effaré...

« Eh bien ?... Voyons le lapin.

— Oh! messieurs, réplique le Parisien d'une voix éteinte, il n'y
a plus à plaisanter... c'est très-vrai : les lapins se défendent... J'ai
failli être assassiné. »

Ici, le Parisien s'évanouit et l'histoire est finie.

Il est grandement temps de raconter ces légendes; car si, grâce
à la vapeur et à la rapidité des communications, le provincial se
forme, le Parisien apprend aussi tous les ans quelque chose. — Les
types naïfs s'épuisent; et le monde gravite vers l'uniformité des
mœurs et des costumes. — Depuis dix ans, le Parisien a beaucoup
vu; — il a fait son voyage du Rhin, son voyage des Pyrénées; —
il est allé ou ira à Rome; il a traversé de vastes campagnes, s'est
initié aux mœurs des habitants et il y aurait bien peu de chance
aujourd'hui de lui persuader que les lapins sont armés en guerre.

J'entrevois donc des horizons nouveaux. — Il semble que Paris
comme Londres doive avoir *sa saison*, avec cette différence qu'on
ne déciderait pas les Parisiens à faire une saison de campagne en
hiver, et une saison de ville en été; — réserve faite de cette distinction dans les mœurs des deux pays, il paraît probable qu'avant
un quart de siècle, Paris sera une ville abandonnée pendant quelques
mois de l'année. — Il y restera toujours un million de portiers et de
boutiquiers; mais tout ce qui a des loisirs, tout ce qui traite la vie
en grand et sur le pied de l'indépendance, tendra de plus en plus à
s'en éloigner, dans cette période de dispersion universelle, chacun
suivant ses instincts, ceux-ci allant à la mer, — ceux-là courant
l'Europe, et le reste respirant le grand air des champs, —non plus
à Auteuil et à Passy, mais à trente et soixante lieues de Paris, en
pleine possession de cette grande et belle nature que le Parisien
appréciera mieux à mesure qu'il la connaîtra davantage.

J'entrevois cet avenir à travers des transitions douloureuses auxquelles certaines industries spéciales ne sont pas préparées. J'ai dit
déjà que la permanence des théâtres me paraissait impossible à maintenir, en présence de cette transformation des mœurs. Chaque année,

le mal ira s'aggravant jusqu'à ce qu'on trouve une combinaison pour utiliser les troupes de comédiens ailleurs qu'à Paris, en supposant que, dans l'avenir, on ne trouve pas plus simple de leur donner la volée pendant trois mois à leurs risques et périls. On peut faire une réserve pour les théâtres du peuple. Quant au reste, qu'on le veuille ou non, l'expérience dira mieux que nous ce qu'il y a à faire.

Tenez, en ce moment, n'est-il pas déjà dérisoire de voir vingt théâtres ouverts pour une population indifférente même au billet donné. La tradition, la force de l'habitude et l'espoir de la pluie font qu'on allume tous les soirs le lustre et la rampe. Les claqueurs arrivent la fleur à la bouche et sans cravate, relèvent leurs manches, s'étalent au parterre, lisent des romans et s'endorment. Le contrôleur dort, les ouvreuses ravaudent des bas, et, pendant ce temps, comédiens et comédiennes font leur ramage dans ce vide désespérant. Voilà cependant où *l'amour de l'art* a conduit le peuple le plus spirituel de la terre.

Vous vous souvenez des églogues qui s'épanouissaient, il y a une quinzaine d'années, dans le feuilleton de théâtre. « O zéphyr, disait le feuilleton, tu souffles dans le bocage, et moi, critique infortuné, rivé à la chaîne du vaudeville, je gémis sur les galères de la première représentation. J'étouffe dans une première loge de face avec salon, tandis que le plus humble berger respire le grand air de la nature. »

On s'est beaucoup moqué de cette disposition pastorale et on a eu raison. Il est si facile de s'abstenir, d'aller à la campagne et de ne pas aller au spectacle ! — Dira-t-on qu'il faut suivre *le mouvement de l'art ?* — Ce serait se moquer du public et de soi-même. — L'art, en été, est représenté par de petites polissonneries dramatiques que personne ne prend au sérieux, pas même les directeurs et les acteurs. L'Europe n'est pas si exigeante qu'on voudrait le croire ; elle pardonne très-volontiers au feuilleton de ne pas lui rendre compte de ces innocentes productions écloses à la chaleur des vers à soie. Pour notre part, nous remercions l'Europe de son indulgence et nous nous garderons bien de troubler sa sieste par le récit de deux ou trois vaudevilles frais comme le poisson de l'an passé.

XVIII

Rien ne va plus. — Langueur. — Le feuilleton aux abois. — Comment il s'en tire. — M. Janin et M. Brindeau. — Les théâtres et les journalistes. — Ladvocat. — Varner. — Ancelot. — Les spectacles en plein vent. — L'hippodrome. — L'homme qui marche sur l'eau. — L'homme prêt à périr. — Un ballon dirigeable. — Conseil à l'inventeur. — Le bal des vacances. — Théâtre Beaumarchais. — Étonnement partagé. — Un *post-scriptum* aquatique.

17 septembre.

Rien ne va plus, comme on dit au tapis vert ; — il en est de même ici : — tout est vide et languissant ; les semaines s'écoulent sans déposer sur le seuil un seul mot, un seul livre, une seule comédie qui vaillent la peine d'être commentés. — Le feuilleton jette sa langue aux chiens. — Ne sachant que dire, il dit ce qui lui passe par la tête, et ce qui lui passe par la tête n'est pas toujours heureux. — Voici, par exemple, M. Jules Janin, qui ne se possède pas d'enthousiasme en présence de la verve que déploie Brindeau, au Vaudeville, en chantant les gaies chansons des *Marquises de la Fourchette*. — J'aurais mieux aimé que M. Janin eût rendu tout simplement justice à l'ex-sociétaire du Théâtre-Français en reconnaissant qu'il s'était tiré habilement des traquenards du *Fauconnier*. Quant à la verve et à l'entrain de Brindeau dans les *Marquises de la Fourchette*, je ne saurais en tomber d'accord avec M. Janin. D'abord, Brindeau ne joue pas dans cette pièce, ce qui est déjà une raison ; — puis il me semble que Brindeau est, avant tout, un acteur de comédie et qu'il n'a pas la prétention d'être si folâtre.

M. Janin a été, du reste, beaucoup mieux inspiré dans ce même feuilleton en traitant la question des journalistes devant le théâtre. — Il a dit, et bien dit, comment les gens de lettres, qu'on semble vouloir exclure des salles de spectacle, y rendent au moins autant de services qu'ils y trouvent de plaisir. Mais il ne faudrait pas s'en tenir à la théorie : il faudrait rentrer résolûment en possession de son indépendance. — Le jour où les journalistes ne tendront plus la main pour obtenir des entrées et des billets de première représentation, on viendra peut-être les supplier d'en accepter ; — car, en définitive, et à réduire la question à des termes purement industriels, les journaux *donnent* aux théâtres une publicité d'une valeur incalculable. Une épreuve se fait en ce moment, — nous verrons bien les résultats.

Je sais gré aussi à M. Janin d'avoir consacré quelques colonnes à Ladvocat, mort oublié, ces jours-ci, après avoir traversé des jours de splendeur.

Ladvocat, qu'on persistait à appeler le libraire Ladvocat, bien que depuis longtemps il eût abandonné cette industrie, fut un épicurien aimable, un homme d'affaires et un homme de plaisirs. — Lié de sympathie et d'intérêt avec toutes les intelligences militantes et toutes les sommités du parti libéral, sous la Restauration, il joua à cette époque un rôle assez considérable et fut un des agents actifs du mouvement qui devait aboutir à la chute des Bourbons. — Sa librairie, dans la galerie de Bois au Palais-Royal, fut pendant quinze ans le centre des publications qui traitaient les questions politiques avec la passion du jour. — Toutefois, cette préoccupation spéciale n'empêcha pas Ladvocat de rendre d'éminents services à la littérature en éditant les grands écrivains du siècle. — Vers la fin de la Restauration, Ladvocat, poussé par ses besoins personnels vers les entreprises purement industrielles, fonda, dans sa librairie, une sorte de fabrique de mémoires plus ou moins historiques. — On se rappelle les *Mémoires de la Contemporaine* et le succès fébrile et insensé qu'obtinrent les souvenirs impudiques de cette intrigante, surnommée la *Veuve de la grande armée*. Ladvocat réalisa avec cette publication des sommes considérables. — Celles qui suivirent furent infiniment moins heureuses. — Le public se blasa bien vite sur ces révélations frelatées. — Peu à peu la fortune de Ladvocat déclina et il rentra dans la foule après avoir été un libraire grand seigneur.

De ses prospérités, Ladvocat n'avait rien conservé que le goût de la magnificence ; — c'était un Diogène superbe, logé dans le tonneau des Danaïdes ; — il avait vieilli à la façon des Anglais en laissant blanchir ses cheveux, mais sans renoncer aux allures du dandysme le plus jeune et le plus pimpant : — un fond de frivolité le soutenait contre les déceptions les plus aiguës de la vie.—Lié dans sa jeunesse avec Talma, mademoiselle Mars, et tous les princes de l'art, il avait conservé jusqu'à son dernier jour un goût très-vif pour le théâtre ; une première représentation était pour lui une affaire qui primait toutes les autres, et, en ne le voyant pas à la réouverture du Vaudeville, quelqu'un se prit à dire : « Il faut que Ladvocat soit mort ! » — Hélas ! il s'en fallait de peu. — Depuis un an, il s'affaiblissait visiblement et il lui arriva deux ou trois fois de ne pas faire sa toilette du soir ; — ces négligences étaient de bien sinistre augure pour l'œil de l'observateur.—Les avertissements répétés que la mort donnait autour de lui paraissaient l'affecter vivement. — Il a disparu à son tour sans que ceux mêmes qui vivaient dans sa familiarité de chaque jour aient été avertis ; Ladvocat, dans ces dernières années, s'industriait comme il pouvait, et dans ses inventions on retrouvait la trace de ses goûts. — On se rappellera qu'il y a deux ou trois ans, il avait imaginé un meuble qu'on appela *divan-lustre-jardinière.* Deux exemplaires de ce meuble fastueux ont été livrés par lui au prix de 35,000 fr. chaque, l'un au palais de Saint-Cloud, l'autre au palais de la reine d'Espagne, à Madrid.

Un autre mort de la semaine, c'est M. Varner, le vaudevilliste ; — mais on ne dira pas au moins que celui-là a succombé au choléra foudroyant. — M. Barrière, dans sa notice nécrologique du *Journal des Débats,* nous apprend que M. Varner a succombé à une maladie dont il avait puisé le germe à la retraite de Moscou. — Je reconnais bien là les gens d'esprit ; un imbécile n'est pas plus tôt atteint d'une maladie mortelle, qu'il se fait enterrer. — M. Varner, mieux avisé, a survécu quarante-deux ans au germe qui le dévorait, et nous ne nous en plaignons pas.

Nous devons à ce sursis que M. Varner s'était accordé une vingtaine de pièces, les unes agréables, les autres charmantes qu'il a signées en collaboration le plus souvent avec Scribe et Bayard, ses contemporains et ses condisciples de Sainte-Barbe ; — toutefois, en attachant son nom à de grands succès comme le *Mariage de raison*, M. Varner n'a jamais réussi à dégager sa personnalité en première ligne.

Suivons le monde.

Voici maintenant Ancelot, encore un homme de notre monde, mort aussi d'une maladie qui, depuis un an, avait autorisé dix fois le bruit de sa mort.

Ancelot, dans sa jeunesse, avait été un des *amants de Melpomène*, comme on disait en ce temps-là. — Perverti par une éducation perfide et de mauvais instincts, le malheureux fit des tragédies ! — Ce n'est qu'après 1830 qu'il aborda la littérature industrielle. Il est le fondateur du *vaudeville-régence*, et, quoiqu'il ait rencontré dans ce genre de grands succès, on ne peut guère lui dissimuler, à cette heure suprême, qu'il a inventé, ce jour-là, une littérature plus prétentieuse qu'amusante ; — vaudeville pour vaudeville, j'aime infiniment mieux la *Faridondaine*, de l'école de Désaugiers, et je n'ai jamais pu prendre un plaisir bien vif à entendre un personnage historique chanter l'amour sur l'air de la *Famille de l'apothicaire*. Le pire est que M. Ancelot a fait école et qu'il a des disciples.

En 1841, Ancelot avait été élu de l'Académie ; — il y avait quinze ans qu'il frappait à la porte de cet aréopage. — A l'Académie comme auprès des femmes, il y a des succès d'importunité, et je croirais volontiers que l'élection d'Ancelot en fut un exemple. — De 1842 à 1845, Ancelot dirigea le théâtre du Vaudeville ; il eut quelques succès ; mais sa tendresse excessive pour les œuvres de madame Ancelot lui aliéna les auteurs sans lui attirer le public. Il dut céder son privilège pour échapper à une catastrophe imminente. — Ancelot, malgré tout, était un homme d'esprit et de talent ; mais une certaine infatuation de son propre mérite lui causait des éblouissements à travers lesquels il n'entrevoyait, dans la critique la plus bienveillante et la mieux motivée, que des hostilités préméditées à son égard. — Dans les dernières années de sa vie, son aigreur contre la critique avait pris un caractère d'exaltation qui lui faisait fuir tous les centres de réunion où il aurait pu rencontrer les représentants de la presse.

Je crois que je suis au bout des morts.

Je ne vous ai pas encore parlé des spectacles en plein vent : c'est qu'en vérité, et malgré l'opportunité, ils ne m'ont pas paru avoir meilleure fortune que les théâtres clos et couverts. Où donc va la foule, qu'on ne la rencontre nulle part ? — A l'Hippodrome, le *Siége de Silistrie* ne paraît pas devoir tenir aussi longtemps que sur les bords du Danube. Les femmes aimeraient bien à voir ces simulacres de la guerre ; mais elles voudraient que les canons ne fissent pas plus de bruit qu'à l'Opéra-Comique quand le timbalier tire le canon sur la peau d'âne ; puis il y a la fumée ; puis il y a, je crois surtout, que l'Hippodrome n'est plus le caprice du public.

Dimanche dernier, à Asnières, on annonçait que M. Filleul se promènerait sur l'eau, *la canne à la main* comme sur terre.

M. Filleul devait, en outre, sauver un homme *prêt à périr* et le déposer sur la berge. — Je n'ai pas assisté à toutes ces merveilles. J'aurais cependant été assez curieux de voir l'artiste chargé du rôle sacrifié de *l'homme prêt à périr*. — Si je me rends bien compte de la chose, un homme *prêt à périr* dans l'eau est un homme qui a déjà énormément bu ; — une pinte de plus, et l'homme *prêt à périr* est un noyé.—Espérons que le sauveur, de son côté, aura bien joué son rôle, infiniment plus agréable du reste. Vous verrez qu'il aura recueilli toute la gloire de cette expérience, et que personne n'aura fait attention au compère qui se noyait. Il en est toujours ainsi sur la *Seine* et sur la *scène*.

Enfin, on montre au Jardin-d'Hiver un nouvel appareil aérostatique. Ce qui distingue cet aérostat de tous ses prédécesseurs, c'est qu'il se dirige dans l'air, au lieu d'y être ballotté au gré des vents, — du moins l'inventeur l'annonce et jusqu'à nouvel ordre je dois le croire, — et je le croirai aussi longtemps que l'inventeur ne commettra pas la faute de tenter une expérience. Les ballons dirigeables réussissent toujours sur terre : je ne sais pourquoi on a la rage de les exposer à la fureur des vents. C'est ce qui gâte tout.

Parmi les divertissements d'été, je vois que le Jardin-d'Hiver donnait dimanche le *Bal des vacances*, dédié aux élèves de l'Université.

« Les enfants qui ont obtenus (*sic*) un premier prix avaient droit à une entrée gratuite. »

J'aime cette bienveillance et cette orthographe qui se met à la portée de la jeunesse.

Je lis sur l'affiche du théâtre Beaumarchais :

INCESSAMMENT L'OUVERTURE.

Troisième année. — Sous la même direction !

Il paraît que ce théâtre ne peut revenir de son étonnement d'avoir vécu trois ans sous la même direction. — Qu'il se rassure, — j'en suis pour le moins aussi étonné que lui.

P. S. J'apprends que M. Filleul, l'homme qui marche sur l'eau, a été retiré de l'eau par trois pompiers ; — dans cette modification du programme, je ne sais pas ce qu'est devenu l'homme *prêt à périr ;* — j'imagine qu'il boit toujours.

XIX

Une première nuit de noces. — Enlèvement d'une ingénue de théâtre. — Attente. — Perspectives pour 1855. — Dîners gigantesques. — Villas au bois de Boulogne. — Mœurs nouvelles. — Amortissement de la cour d'assises. — Les récidivistes. — Les néophytes. — Un début éclatant. — Plagiat de scélératesse. — Les voleurs deviennent bêtes. — Assassinat d'un homme de lettres. — Détails mystérieux. — M. de Fiennes et les gens de lettres. — Mademoiselle Rachel. — Les inconvénients du triomphe. — Odéon : *le Vicaire de Wakefield.* — Tisserant. — Mademoiselle Brindeau. — Mademoiselle Périgat. — Amour et caprice. — Guichard. — Mademoiselle Saint-Hilaire. — Mademoiselle Arène. — Porte-Saint-Martin : Bouffé. — Ambigu : *Anglais et Français.*

24 septembre.

Un jeune homme a épousé assez récemment une actrice des extrêmes boulevards.

La première nuit des noces, la mariée découcha. Le lendemain matin, le mari fit observer qu'on aurait dû, au moins, réserver à son époux la première nuit nuptiale. « Que voulez-vous, mon ami! répondit la dame, on ne renonce pas ainsi, en un jour et une nuit aux habitudes de toute sa vie. Je suis votre femme, et cette position a ses devoirs. J'ai besoin de m'y faire. »

Comme tout le monde n'épouse pas, il paraît qu'un autre jeune homme qui porte un nom célèbre dans la poésie dramatique est accusé d'avoir *enlevé* une actrice du même terroir que celle dont nous venons de parler. Je ne serais pas étonné qu'il y eût plainte reconventionnelle, et que l'*ingénue* fût à son tour accusée d'avoir enlevé le jeune homme. — Après quoi, le tribunal les renverrait dos à dos : ce qui serait triste.

Paris, comme l'Europe entière, a les yeux tournés vers l'Orient. On attend avec une impatience fébrile des nouvelles de Crimée. Aussitôt qu'un succès de nos armes aura été signalé, la saison des plaisirs et les affaires prendront un essor immense. Toutes les spéculations préméditées à l'occasion de l'Exposition de 1855 semblent suspendues à cet événement militaire. Vous verrez alors sortir de terre des constructions gigantesques et des entreprises ayant pour la plupart en vue de nourrir et d'héberger les populations exotiques qui viendront, à dater du mois de mai prochain, tiercer la population parisienne. — On parle de fonder sur l'emplacement du passage d'Artois un vaste établissement gastronomique, d'après les combinaisons du dîner à prix fixe, déjà exploité sur le boulevard Montmartre et au Palais-Royal. — Il est aussi question de construire dans le bois de Boulogne de jolies villas sur un plan uniforme. Ces constructions seraient le point de départ de mœurs nouvelles qu'on entrevoit dans un avenir prochain. Il est certain que Paris étouffe dans son enceinte de pierre : nous nous acheminons aux pratiques de la vie anglaise. Avant vingt-cinq ans d'ici, tout homme de quelque importance dans le commerce et l'industrie aura son comptoir dans la cité et sa *case* dans un petit bouquet d'arbres à une lieue de Paris.

Il a été constaté que les rôles de la cour d'assises de la Seine ne pourraient fournir, à la rentrée des tribunaux, les éléments d'une session criminelle. C'est là un résultat d'une grande valeur sociale attribué, non sans raison, à la mesure salutaire qui a interdit le séjour de Paris aux repris de justice. — Les récidivistes une fois éloignés, on n'a plus à s'inquiéter que des néophytes. — On a signalé cette semaine deux *commençants* qui ont débuté avec éclat dans la carrière du crime en emballant un horloger, après l'avoir préalablement découpé dans une caisse à marchandises. — J'admire combien peu les scélérats progressent. — Cet horloger est le cinquième bourgeois dont les assassins aient eu, depuis vingt ans, l'idée de faire un colis. Les assassins de l'horloger ne sont pas seulement des scélérats, ce sont encore des plagiaires. — Il me semble que les voleurs deviennent aussi d'une bêtise inqualifiable. Il y a quinze jours, ils ont attaqué Privat d'Anglemont, un homme de lettres de l'espèce la plus inoffensive au point de vue des voleurs. — Privat a été un peu assassiné, et il porte dans la région de la tempe gauche la trace d'un joli petit coup de couteau. — Ce qui est mythologique, c'est que Privat prétend qu'on lui a volé 7 francs 50 c. Une enquête est ouverte sur les motifs qui ont pu déterminer Privat à posséder 7 francs 50 c. Cette dernière partie de l'affaire est très-mystérieuse et donne beaucoup de souci à la magistrature.

Je n'ai rien remarqué dans le feuilleton de lundi dernier qui vaille la peine d'être commenté, si ce n'est un point de vue de M. Matharel de Fiennes sur lequel il semble urgent de s'expliquer. M. de Fiennes, à propos d'un drame joué au théâtre Beaumarchais, fait observer, avec amertume, que les auteurs du *Paradis perdu* gagneront probablement plus avec cette pièce que Milton avec son poëme, qui fut vendu à un éditeur 30 livres sterling, ou 750 francs de France. — D'abord, il conviendrait d'établir un rapport entre la valeur de cette somme au XVIIe siècle et au nôtre; — puis il n'est pas indifférent de faire remarquer que, dans les temps contemporains, le niveau de la rémunération des œuvres de l'intelligence s'est élevé pour tout le monde, pour les poëtes comme pour les feuilletonistes. — A l'occasion d'une féerie qui devait produire à ses auteurs une cinquantaine de mille francs, M. de Fiennes a déjà fait observer que Corneille n'avait qu'une paire de souliers, et que, quand il faisait réparer cette chaussure unique, il attendait à la porte de l'échoppe que le savetier eût terminé son travail. — Aujourd'hui, beaucoup d'auteurs qui ne sont pas de la force de Corneille possèdent deux paires de chaussures, cela est vrai ; — il est même bien probable que M. Scribe en a quatre paires ; — mais où est le mal ? — Pour notre part, nous y voyons un grand bien. — Beaucoup plus près de nous, le nommé Jean-Jacques Rousseau ne parvenait pas à vivre de sa plume, et nous connaissons de notre temps beaucoup de romanciers, de publicistes et de feuilletonistes qui vivent, et quelques-uns qui font fortune ; — cela ne prouve pas que tous les feuilletonistes aient plus de talent que le nommé Jean-Jacques Rousseau ; cela prouve tout simplement que, si celui-ci revenait en ce monde, il vendrait cent mille francs, en 1854, ce qu'il vendait quelques louis en 1760.

Mademoiselle Rachel a joué deux fois *Adrienne Lecouvreur*, avec un grand succès de recettes. Un journal de théâtre nous apprend, et je l'ai constaté de mes propres yeux, qu'à la fin du spectacle une foule idolâtre attend la tragédienne pour la porter en triomphe ; — j'en suis très-fâché pour mademoiselle Rachel ; — ces ovations ont été épuisées pour tous les sociétaires de l'ancien Ambigu. — Saint-Ernest a passé sa vie à être *porté en triomphe*, et mademoiselle Rachel mérite mieux que cet hommage carnavalesque. — Mademoiselle Rachel est, d'ailleurs, d'un sexe pour lequel le triomphe a des inconvénients.

L'Odéon a fait son ouverture par le *Vicaire de Wakefield*. — Je n'abordais cette représentation qu'avec une sorte de pudeur effarouchée : il me semblait que j'allais assister à un sacrilége et qu'on allait profaner sous mes yeux une des plus délicates et des plus suaves créations de l'esprit humain. — Comment traduire sur la scène, sans la trop matérialiser, cette physionomie si idéale du Vicaire, cette ironie douce et charmante, cette bonhomie dans la pratique des plus hautes vertus, cette philosophie chrétienne, éclairée de haut par la foi, cette résignation touchante qui n'est que la fermeté d'un homme de bien ? Je vous assure que les auteurs ne s'en sont pas trop mal tirés ; — ils ont apporté une certaine délicatesse et comme un louable respect dans ce remaniement du livre immortel de Goldsmidt. — Ils ont rencontré le succès là peut-être où ils l'espéraient le moins, dans la sereine élévation des caractères, bien plus que dans l'élément dramatique que leur fournissait le roman ; car cette histoire de fille séduite a bien vieilli, et, dans le drame de l'Odéon, elle ne présente aucun aspect nouveau. Tisserant, l'un des auteurs de la pièce, était évidemment pénétré de son sujet. — Il a dessiné la physionomie du pasteur avec beaucoup de largeur et d'élévation, un accent très-mâle et très-profond. — Mademoiselle Brindeau est très-jolie, et elle dit bien, surtout les scènes qui ne demandent que de la grâce et de l'ingénuité. — Mademoiselle Périga a le rôle commun et dur de la pièce et elle y apporte des traditions un peu mélodramatiques, de sorte que le rôle et l'actrice se nuisent réciproquement.

On a joué, avant le *Vicaire*, un petit acte en vers, d'une facture très-littéraire. Cela s'appelle *Amour et Caprice;* — c'est la fable de la marquise de George Sand, amoureuse d'un comédien. — Le comédien, lui-même aux prises avec sa passion et les devoirs de sa profession, rappelle le *Kean* de Dumas dans le fameux acte de la loge. — Le jeune Gu chard s'est inspiré de cette analogie, et, tout en se préoccupant un peu de la manière de Frédérick, il a révélé une puissance et une ampleur d'expression que je ne lui aurais pas soupçonnée. — Mademoiselle Saint-Hilaire est charmante de mutinerie dans le rôle de Colombe, et mademoiselle Arène, d'une beauté insolente dans les scènes de la marquise.

La série de representations que Bouffé devait donner au théâtre de la Porte-Saint-Martin est entravée. Le ministre, en limitant les théâtres de vaudevilles dans l'exploitation de leur genre, a pensé qu'il était logique d'interdire aux scènes du boulevard de faire des incursions sur le répertoire du Gymnase et des Variétés. — L'administration de la Porte-Saint-Martin a dû se borner à user de la tolérance de l'autorité pour les représentations à bénéfice, et, lundi dernier, Bouffé a pu reparaître au bénéfice de M. Alfred Baron, un des beaux-frères de l'administration. — Les beaux-frères ne manquent pas à la Porte-Saint-Martin et ce prétexte peut donner longue vie aux représentations de l'artiste. — Bouffé a donc joué dans le *Gamin de Paris* et *Pauvre Jacques.*

Le succès des *Cosaques* de la Gaieté empêchait l'Ambigu de dormir. — M. Desnoyers a pris un grand parti: — il a assemblé tous les vieux auteurs du boulevard et leur a posé cette question :

« Quelqu'un de vous se sent-il de force à faire quelque chose de plus absurde que les *Cosaques?* »

Tous les vétérans du drame ont baissé la tête.

« Ces gens-là sont finis et épuisés, s'est dit M. Desnoyers. — Il me faudrait un jeune homme. »

Là-dessus, on vint annoncer à M. Desnoyers que le fils de son bottier se présentait pour lui prendre mesure.

« Est-il jeune? demanda M. Desnoyers frappé d'une inspiration soudaine.

— Mais, dit Salvador, il peut avoir de onze à vingt-huit ans.

— Voilà mon affaire, pensa M. Desnoyers; je tiens mon jeune homme. — Faites monter. »

Le jeune bottier se prosterna aux pieds du directeur pour lui prendre mesure.

« Relevez-vous, jeune homme, lui dit M. Desnoyers et prenez une posture plus conforme à la dignité des lettres. — Je décommande les bottes et je vous commande une pièce.

— Mais, répliqua le bottier, je n'ai jamais travaillé dans cette partie.

— N'importe, dit le directeur; vous savez vaguement qu'il existe des Turcs, des Russes, des Français et des Anglais, — des mers et des continents; — partez de là et ne vous gênez pas. — Surtout soyez absurde et n'oubliez pas que les Cosaques doivent être roués de coups.

— Alors, dit le bottier, on fera de son mieux. — D'ailleurs, je ferai corriger cela par mon frère, qui est répétiteur au collège Charlemagne.

— Gardez-vous-en bien ! répliqua M. Desnoyers. — Le misérable y mettrait de l'orthographe. — Comprenez bien ce qu'il me faut : — j'entends que vous fassiez parler les ambassadeurs russes comme vous parleriez vous-même, si vous étiez ambassadeur. »

Ceci convenu, le jeune auteur s'enferma dans le silence du cabinet. — Il en est sorti avec un chef-d'œuvre.

Vous ne pouvez vous faire une idée de cette épopée burlesque; — c'est bête, — c'est insensé, — c'est sublime. — Je suis allé hier à l'Ambigu sur mes pieds; j'y retournerais demain sur la tête. — Figurez-vous des boyards, des hospodars, des Valaques, des Russes,

des Turcs, des Français, des Anglais, des sœurs de charité, des bohémiens, des costumes, des décors, des fusillades, des dialogues, des
chansons, des hymnes, des morts qui ressuscitent ; — un ambassadeur russe qui propose à un peintre français de lui donner la Belgique, — et à un voyageur anglais de lui donner l'Égypte, etc. Le
poëme des *Cosaques* est distancé et le succès aussi sera dépassé. —
Il faut désespérer de la gaieté et du patriotisme des Français si cette
pièce n'a pas deux cents représentations. — Dans six mois, elle sera
à peine éculée et avec un ressemelage de décors, elle pourra finir
l'année.

Notez que les succès de ce genre sont à double détente : — le public en blouse prend la chose au sérieux ; — les loges et l'orchestre
en font une débauche.

Les acteurs ont joué avec un sang-froid magnifique. — La soirée
a fini après minuit, par la prise de Bomarsund. — Les Cosaques
n'étaient vraiment pas de force. — Imaginez qu'ils se défendaient
contre des canons Paixhans avec des lances et des sabres de cavalerie. — Il faut que M. de Fiennes en prenne son parti ; — l'auteur va
gagner trente mille francs avec cet *ouvrage*.

XX

Approche de l'hiver. — Retour des touristes. — L'automne à la campagne. — La potichomanie. — Le faux luxe. — Un bibliophile. — Le
bourgeois retiré. — Ses opinions politiques et littéraires. — Les gar-
diens de nuit. — L'éclairage électrique. — Les entrées au théâtre Bobino. — Les entrées à l'Hippodrome. — Catastrophe.

1er octobre.

C'en est fait de l'été ! — Le temps est beau ; mais déjà l'atmosphère rafraîchie nous pousse au coin du foyer. — La ville, déserte

il y a quelques mois, se repeuple. Encore deux ou trois semaines et les plus intrépides touristes seront rentrés à Paris; — je parle, bien entendu, des touristes *externes*, ceux qui passent la frontière. — Quant aux châtelains de la province, ils entrent précisément en possession de leur plus belle saison. — C'est en ce moment que la campagne est charmante. — Le jour, il est doux et facile de courir les champs sans fatigue; — le soir, de magnifiques feux de sarment pétillent dans les vastes cheminées. — On cause, on joue. Les hommes font leur petite campagne de Crimée; les femmes font de la *potichomanie*. — La potichomanie! une fameuse invention qui a détrôné le crochet, la tapisserie et autres occupations des Pénelopes et des Lucrèces du xixe siècle.

La potichomanie est, après le plaqué, l'argenture Christophle, le ruolz et le vin de Champagne à deux francs la bouteille, une de ces inventions qui caractérisent une époque de faux luxe mis à la portée de toutes les bourses. — Vous prenez deux amphores de verre; vous collez à l'intérieur un papier barbouillé de diablotins et de poussahs, et vous avez pour cent sous une superbe paire de vases de Chine ou du Japon, qui encadreront admirablement sur votre cheminée une pendule en sapin, imitant le marbre. — Vous pouvez y joindre deux coupes en cuir *florentin* ciselées au repoussoir, — et votre portière, en faisant votre chambre, soupçonne que vous pourriez bien être un riche honteux. J'ai connu un homme qui avait perfectionné ce splendide ameublement. — Dans une bibliothèque toujours soigneusement fermée, s'étalaient trois mille volumes, les chefs-d'œuvre de l'esprit humain, depuis Homère jusqu'à Lamartine, dénoncés en lettres d'or. C'était donc une magnifique collection vue de dos; — mais, à l'intérieur, c'était tout carton. — Le bibliophile était un ancien marchand de nouveautés retiré à la campagne, avec une vingtaine de mille livres de rente. — Un jour que j'avais découvert la ruse, il me dit avec assez de sens : « Pour moi comme pour tous les marchands en retraite, une bibliothèque est un *meuble*. Plus une bibliothèque cache la muraille, plus c'est une belle bibliothèque. — Quelques-uns de mes confrères sont assez niais pour y mettre des livres qu'ils ne lisent jamais. — J'ai mis dans la mienne pour deux cents francs de carton et j'ai fait une économie de dix mille francs. — Du reste, si vous désirez lire quelque chose, j'ai dans ma chambre le *Cocu* de Paul de Kock. »

Ce bourgeois dans sa naïveté avait, au fond, plus de sens que la plupart de ses confrères. — Une des prétentions du bourgeois qui a auné du calicot pendant trente ans, c'est de *s'instruire* quand il sera retiré. — Ces braves gens sont de bonne foi ; mais ils ne se doutent pas que, pour *s'instruire*, il faut s'y prendre en temps utile. On n'apprend pas à *lire* à soixante ans : es lectures prises au hasard, sans guide et sans méthode, n'apportent à l'esprit qu'un ennui profond sans résultat instructif. — Ce qu'il faut au bourgeois retiré, c'est un billard, deux arrosoirs, le goût des tulipes, la passion de la pêche à la ligne, et, pour les scirées d'hiver, le fanatisme du piquet. Quant aux livres qu'il est en état de lire, ils tiendraient à l'aise dans sa table de nuit. — J'allais oublier qu'on a inventé pour le bourgeois en retraite deux ou trois journaux d'une politique attrayante et d'une littérature facile.

Voilà la vraie lecture. — Le bourgeois retiré aime à suivre *les progrès de son siècle*, tout en les contestant. — La vogue de mademoiselle Rachel ne lui impose pas, et, quand on aborde ce sujet, il se contente de dire en secouant la tête d'un air capable : « Quand on a vu Talma... » — Le bourgeois est même un peu piqué contre M. Scribe, qui lui a gâté les ga s refrains de Désaugiers. — La tragédie et le mélodrame du premier empire, aussi bien que le petit tambourin de M. Sewrin, ont laissé dans son esprit l'idéal d'une littérature aussi grande que Marengo et Austerlitz. — Dans son fanatisme rétrospectif, le bourgeois débite à ses voisins de campagne quelques tirades de Lafon, dans *Tancrède*. Il imite aussi avec une certaine grâce mademoiselle Duchesnois dans *Phèdre*; mais son triomphe consiste surtout dans des reproductions de Marty et de Fresnois, ces demi-dieux du mélodrame en bottes jaunes et en chapeau à plumes. « On ne fait plus de pièce comme ça, on ne trouvera jamais d'acteurs pareils, » répète incessamment le bourgeois. — Victor Hugo et son école lui apparaissent comme un 93 littéraire. — Ce sont des dévastateurs qui ont promené la torche incendiaire dans les incomparables beautés du répertoire *français*. — Le bourgeois a des opinions très-particulières sur madame Sand. Il pense que cette femme célèbre se livre systématiquement au détournement des mineures, et que, dans sa campagne du Berry, elle dresse les moissonneurs à faucher des têtes et les moissonneuses à empoisonner leurs maris. — Au temps où *il était dans les affaires*, le bourgeois a renvoyé une caissière qui lisait *Valentine*. Le bourgeois n'a pas d'opinion bien arrêtée sur Balzac; il incline à croire que c'était un *gredin*. — Il n'en veut pas aux autres, il ne les connaît pas. — On lui a dit qu'Alfred de Musset aimait l'absinthe et il n'en est pas étonné. — Généralement, le bourgeois considère *les romantiques* comme une *bande de soulards*.

Voilà pour l'art. — Pour la politique, le bourgeois a beaucoup varié : il a aimé les Grecs et les Polonais; il a souscrit pour le général Foy, et il a fait deux jours de violon pour avoir crié : « Vive la Charte! à bas les jésuites! » — L'âge a modéré ces emportements chevaleresques. — Déjà, Louis-Philippe régnant, le bourgeois a cru remarquer que les Français *n'étaient jamais contents*. Vers 1831, à l'époque où il venait de s'établir, où il avait besoin d'ordre et de tranquillité, il a commencé à trouver que les Polonais étaient bien turbulents. — En 48, il a crié : « Vive la Réforme! » mais sans enthousiasme, par entraînement et parce que son journal l'en conjurait *au nom de la dignité du pays*. — Sous la République, quand ses commis lui ont déclaré qu'il avait suffisamment fait la traite des blancs, et qu'ils entendaient partager ses bénéfices, cela lui a paru dur.

Aujourd'hui, le bourgeois est complétement amorti. Il est enchanté qu'on *embellisse Paris* et fait des vœux pour le succès de nos armes. Nicolas lui paraît mériter une leçon, et il sera ravi d'apprendre que nous avons pris Sébastopol. — Le bourgeois ne sait pas bien où gît Sébastopol; mais il sait que c'est en Crimée. Il ne sait pas où est la Crimée; mais il sait que c'est un pays qui produit du blé. Depuis six mois, le bourgeois déclame contre *le testament de Pierre le Grand*, et je crois qu'il est temps de lui donner une satisfaction.

Un décret vient de doter la ville de Paris de l'institution des *watchmayens* de Londres (elle ne garantit pas l'orthographe). Le gouvernement, voyant qu'on volait même Privat d'Anglemont, a compris la convenance d'assurer la sécurité des rues. — Ajoutez aux watchmans quelques appareils de lumière électrique comme ceux qui fonctionnent en ce moment aux abords du Louvre, et on pourra se promener la nuit dans Paris comme en plein midi. Du moins, si la lumière électrique ne remplace pas tout à fait le soleil, il est certain qu'elle fera le plus grand tort à la lune. — Si j'avais des actions de la lune, je les vendrais.

Un auteur du boulevard, nommé Tournemine, avait pris, il y a une quinzaine d'années, la direction de Bobino. — Le nouveau directeur se piquait d'être lettré, et, en consultant son livret d'entrées, il constata avec douleur une lacune ; ni Janin, ni Rolle, ni Guinot, ni personne de ce monde n'y figurait. « Écrivez à ces messieurs que je leur donne leurs entrées, » dit le directeur à son contrôleur.

Deux ans se passèrent.

« J'espère, dit alors M. Tournemine, que, quand ces messieurs viennent, on a pour eux tous les égards imaginables.

— Mais, monsieur, il n'en est pas venu un seul, répliqua le contrôleur, et j'en suis bien mortifié, car j'aurais bien voulu voir ces grands hommes.

— Ah ! c'est ainsi, reprit M. Tournemine avec une fierté blessée. Ces messieurs ne profitent pas des entrées que je leur ai données... eh bien, écrivez-leur que je les leur ôte...»

Le croiriez-vous ? il m'arrive pareille aventure, à moi, un des gringalets de la critique. — M. Arnault, le directeur de l'Hippodrome, me fait signifier qu'il m'a ôté mes entrées. — Le plus merveilleux, c'est qu'en m'apprenant qu'il me les ôte, M. Arnault m'apprend qu'il me les avait données ; car je n'ai jamais abordé le théâtre de M. Arnault que l'argent à la main. Quoi qu'il en soit, M. Arnault m'ôtant mes entrées, c'est un procédé de gentleman de m'en prévenir. — Ce que je trouve infiniment plus leste, c'est de me les avoir données, — sans me consulter. Je n'ai pas l'honneur de connaître M. Arnault, et son procédé me paraît d'une familiarité qu'on ne se permet qu'entre chevaux ; — entre hommes, on y regarde de plus près.

Toujours est-il que me voilà dans une jolie situation : — obligé par mon état de critique de suivre les travaux de l'Hippodrome, je ne puis guère me dispenser, vu la variété du répertoire, d'y aller

11

une fois tous les deux ans. — C'est donc vingt-cinq sous par an qu'il va m'en coûter pour avoir perdu mes entrées; — mais, au moins, je pourrai continuer à dire, ce qui me paraît avoir blessé M. Arnault, que, généralement, la poudre enflammée produit de la fumée. — Il était convenable, en effet, qu'une pareille hardiesse fût châtiée.

XXI

Une chronique empêchée. — M. Arnault. — Les Arènes. — *Le Dessous des cartes.*

8 octobre.

La victoire de l'Alma et la prise de Sébastopol, nous ont fait une semaine exceptionnelle; toute causerie frivole semble interdite en présence des événements accomplis et des événements qui se préparent. — Je ne me sens pas le courage de vous donner aujourd'hui la menue monnaie du cancan parisien, et je profite des loisirs de cette semaine belliqueuse pour régler mes comptes avec M. Arnault, vainqueur de Silistrie. Voici ce dont il s'agit : M. Arnault m'a retiré mes entrées à l'Hippodrome; mais a-t-il songé à me les retirer aux Arènes? Ceci m'inquiète et je n'en dors pas depuis huit jours. J'aime à penser que M. Arnault n'aura pas été à moitié galant et qu'il ne m'exposerait pas à l'affront de me voir refuser mon argent aux Arènes.

J'ai fait dans ma vie une seule et vaine tentative pour voir le spectacle de M. Arnault aux environs de la colonne de Juillet. — Je m'étais trompé de jour et je tombai sur un jour de relâche; ce qui est d'autant moins invraisemblable que le relâche est aux Arènes comme cinq est à deux. J'errais autour du monument en planches, une porte se trouva ouverte; je plongeai un œil indiscret dans l'enceinte et je vis un cirque qui me rappela le Colysée à peu près comme la mare d'Auteuil rappelle le lac de Genève. Un gardien vint à moi. — C'était un homme poudreux et fruste, dévasté par le temps . et la solitude. — L'herbe lui poussait aux pieds et aux mains, et une mousse épaisse ombrageait son menton. — Je remarquai aussi sur un bureau quelques contre-marques pétrifiées et au fond quelques tombes tournées vers l'Orient, qui me parurent être la sépulture des actionnaires enterrés avec prime. Le gardien était très-ému en voyant une figure humaine ; — il me demanda des nouvelles du monde et m'interrogea avec anxiété sur l'expédition de Lapérouse. — Je lui appris la mort de Louis XVI, la révolution française, et autres détails. — Il prit des notes, me remercia beaucoup et rentra dans sa tombe circulaire.

Pourquoi M. Arnault retient-il ce malheureux en captivité au lieu de le rendre à la société ? — C'est un mystère que je n'ai pu éclaircir. — M. Arnault possède l'Hippodrome ; c'est là , quoi que j'aie pu dire, un théâtre vivant, plein des bruits de la guerre et des rumeurs de la foule. A quoi lui sert cette succursale, attristée à l'intérieur par le silence des morts et déshonorée à l'extérieur par toutes les fantaisies des voyous du quartier ? — Si M. Arnault veut me faire la politesse de démolir les Arènes, je prends l'engagement de lui donner le grade de jeune et intelligent directeur.

A propos de théâtre, laissez-moi signaler aux auteurs un petit livre où ils trouveront du drame et de la comédie en germe.—Aussi bien, le livre est de M. Édouard Lemoine, et ce n'est peut-être pas sans intention que le frère du directeur du Gymnase publie ces scénarios qui n'attendent qu'un développement pour devenir des pièces. — Ce terrain a été, à la vérité, un peu défriché. — Dans la nouvelle intitulée *Une Lâcheté*, nous retrouvons deux des péripéties capitales de la *Duchesse de Lavaubalière* ; — et nous serions bien étonné si le proverbe qui a pour titre *l'Épreuve indiscrète*, n'avait donné à M. Octave Feuillet les éléments de la *Crise*, un de ses deux ou trois chefs-d'œuvre.

Dans le cas contraire, la rencontre des idées serait curieuse, car les scènes, un peu plus écourtées seulement dans le scénario de M. Lemoine, cheminent dans le même sentier et exhalent les mêmes parfums de bel esprit.

Il me reste à souhaiter très-sincèrement que M. Lemoine, au lieu de se borner à être un ingénieux préparateur des travaux d'autrui, prenne assez de confiance en lui pour traduire sur la scène les charmantes histoires qu'il a *déportées* dans son titre. — A propos, j'oublie de vous dire que ce recueil de nouvelles et proverbes s'appelle *le Dessous des cartes*.

XXII

Une quinzaine belliqueuse. — Espérances déçues. — Espérances renaissantes. — Une victoire. — Le Tartare et le pompier du 15 mai. — Canard à la tartare. — Victoire ajournée. — Un dénoûment à une pièce militaire. — Préoccupation publique. — Ses conséquences. — Une harpe oubliée dans la rue. — Une chanteuse distraite. — Mademoiselle Cruvelli. — Les artistes et le public. — Réformes à faire. — *Le Dîner de table d'hôte*, nouvelle édition. — Famine. — Un garçon chevaleresque. — Un dîner qui ne nuit pas au souper. — Le restaurant Michel. — Leçon de politesse et de comptabilité. — Théâtres. — Les opinions en littérature. — *Le Conte de fées*.

15 octobre.

Quelle semaine ou plutôt quelle quinzaine! — Que d'espérances déçues et ravivées! — Des victoires annoncées,—des victoires contestées, et, en définitive, une belle et bonne victoire célébrée par le canon, voilà le bilan de ces derniers jours. — Un Tartare s'était amusé à *faire poser* l'Europe;—il avait pris sous son bonnet fourré la conquête de Sébastopol. — Quel est ce Tartare et d'où vient-il? Nul ne le sait; quelques physionomistes ont prétendu avoir reconnu en lui le fameux pompier du 15 mai. — La découverte serait précieuse; car elle fixerait l'histoire sur l'individualité du célèbre pompier, dont la nature a échappé depuis six ans à toutes les recherches de la chimie. — Si le Tartare est le pompier, le pompier serait donc le Tartare ? — Comme tout se découvre avec le temps !

L'opinion s'est remise bien vite de la déception produite par le récit du Tartare et comme, en France, on a de l'esprit depuis le salon jusqu'à la cuisine, un restaurateur du boulevard a affiché un *canard à la tartare*. — On a ri, — on était consolé.—En examinant de plus près la situation des armées, on a reconnu qu'elle était solide et riche des plus glorieuses perspectives. — On n'a pas pris Sébastopol par un prodige de féerie, — on le prendra par les efforts patients du courage de nos soldats et des talents militaires de leurs chefs.—Les fortifications de Sébastopol n'étaient pas de la simple croûte de pâté : — il y a çà et là un peu de granit sous la croûte ; — soit ! — on y mettra le temps et on mangera le tout à la fois ; —les zouaves ont de bonnes dents ; une fois en appétit, ils avaleront les fortifications, la garnison, les canons et les flottes, — et, au jour le plus prochain, peut-être au moment où on lira ces lignes, tout le monde en a la sérieuse conviction, le canon des Invalides annoncera au monde que c'en est fait de la puissance russe dans la mer Noire. — Ce sera un beau jour pour les Français, en général, et pour le Cirque-National en particulier, — car le Cirque-National monte une pièce militaire, qui se termine par la prise de Sébastopol. — La première représentation est suspendue à cet événement. — M. Billion, le directeur, s'agite dans une impatience légitime,—et, si on le laissait faire, il enverrait volontiers ses figurants en manière de renfort à l'armée d'Orient.

Donc, Paris tout entier est attentif à ce grand événement, lisant les journaux du soir, relisant les journaux le matin, préparant des lampions et des lanternes, et se communiquant les mille récits qui arrivent par les correspondances particulières. — Vous comprenez qu'en ce moment on serait très-mal venu à parler d'autre chose. Quand on ne peut pas parler de l'Alma, de Pérécop et du fort Constantin, ce qu'on a de mieux à faire, c'est de se taire. — La potichomanie elle-même n'a plus, dans les circonstances présentes, qu'un intérêt secondaire. Et, enfin, telle est la préoccupation du public, que le théâtre Beaumarchais a donné une pièce nouvelle et que la pièce a passé inaperçue !

Il faut excuser le trouble dans lequel ces grandes affaires ont jeté

11.

la société française. — Ce trouble explique beaucoup de choses qui, en temps normal, sembleraient inexplicables. — J'ai déjà eu occasion de signaler la nature étrange des objets qu'on oublie dans la rue. — Le dernier bulletin de la préfecture fait connaître qu'on a trouvé sur la voie publique *une harpe !* — Évidemment, la personne qui a oublié sa harpe dans la rue était en proie à une très-vive préoccupation ; — il est même probable que c'est par suite de la même distraction que cette personne avait emporté sa harpe en allant dîner en ville. Il y a bien longtemps qu'on ne *pince* plus de cette chose, et peut-être faut-il attribuer cette merveilleuse trouvaille au découragement d'un artiste qui aura abandonné son instrument à la charité publique, ne pouvant plus l'entretenir.

C'est sans doute aussi une distraction orientale qui aura fait oublier à mademoiselle Cruvelli qu'elle chantait, lundi dernier, à l'Opéra, Valentine des *Huguenots*. Mademoiselle Cruvelli était habituée aux exagérations de la *vedette*, supprimée par la nouvelle administration de l'Opéra, et elle a prétendu n'avoir pas son nom confondu avec tous les autres sur l'affiche.

Le tour est peut-être piquant ; mais il a eu des conséquences graves. — Il a fallu rendre une recette, et renvoyer des femmes en toilette de gala, les épaules nues, les bras nus, et le reste peu vêtu. Évidemment, ces dames ne pouvaient, en cet équipage, aller achever la soirée aux Délassements-Comiques. — On est rentré chez soi, et la Cruvelli a été deux mille fois maudite.

Je vois, à cette occasion, beaucoup de gens qui s'exaspèrent et demandent le For-l'Évêque, pour mettre un frein à l'impertinence de certains artistes. — Il n'est pas utile, selon nous, d'en venir à cette extrémité. Il y a mieux à faire : il faudrait changer, à l'égard des artistes, les mœurs d'une société un peu folle et un peu emportée dans ses enthousiasmes. — Vos chanteuses et vos danseuses sont accueillies chaque soir sur les théâtres par des ovations qu'on ne décerne plus à aucune reine. — Vous venez de les voir pendant cinq heures, et, comme si vous ne les aviez pas assez vues, vous les rappelez pour les applaudir encore. Vous les ensevelissez sous les fleurs.

Ces manifestations, inventées dans le principe pour quelques génies exceptionnels, ont même atteint les dernières limites du ridicule.

A l'heure qu'il est, il n'est pas une farceuse des derniers théâtres du boulevard qui n'ait ses bouquets et son rappel *à sa grande scène.* — Et vous vous étonnez que la tête tourne un peu à ces pauvres filles passées divinités, de blanchisseuses ou de brunisseuses qu'elles étaient dans leur jeunesse. « Je sens que je deviens dieu, » disait un César enivré de l'encens des poëtes. Pourquoi une chanteuse de la force et des appointements de mademoiselle Cruvelli ne croirait-elle pas qu'elle devient déesse? — Une fois déesse, on n'a plus besoin de se gêner. — Les contrats qui lient les simples mortels, les engagements envers le public, le respect de soi-même et des autres, le directeur, le tribunal de commerce, le ministre, tous les devoirs et toutes les responsabilités s'éclipsent dans les splendeurs d'une apothéose. Bien d'autres que mademoiselle Cruvelli ont donné ce triste exemple d'une conscience affranchie, à ce qu'il paraît, par le talent, des lois de la plus vulgaire probité.

Ces abus ont révolté tout le monde, et ils ont été encouragés par l'incroyable tolérance de l'autorité et la mollesse du public. — Si le premier ou la première qui s'est permis de tels écarts avait été, à sa rentrée, repoussé de la scène par une tempête de sifflets indignés, personne n'eût songé à l'imiter.

Remarquez bien que ces débauches de conscience sont tout à fait contemporaines : elles datent du jour où on a substitué, à l'estime sérieuse qu'on avait pour le talent, des démonstrations insensées, des hyperboles grotesques, des triomphes d'heure en heure et des triomphes encore à la porte, sur les épaules des *amants de Melpomène.*

Finissons-en avec ces banalités! Ne dressons pas des autels à la pirouette et à l'*ut* de poitrine; n'élevons pas au-dessus de ceux qui sauvent les empires ceux qui récitent proprement leur tirade; ne nous faisons pas une idole sur chaque scène, souvent au préjudice de talents aussi remarquables, quoique plus modestes dans leurs prétentions; — honorons les artistes dans la juste mesure de leur valeur; honorons-les sans bruit, sans scandale, par des appréciations motivées, et ceux qui chantent, dansent ou déclament ne se croiront pas dégagés des obligations qui sont le devoir de tous. — Talma, mademoiselle Mars et beaucoup d'autres ont très-bien vécu et ont été célèbres sans jamais avoir été portés en triomphe. C'étaient des cœurs simples et des caractères probes. Ils ont été la gloire du théâtre et l'honneur de leur profession, et il me semble que leur destinée n'a rien à envier à aucune autre.

Donc, la causerie a été très-languissante en dehors des flottes et de Balaklava. — C'est tout au plus si j'ai eu moi-même le loisir de me laisser raconter que, mardi dernier, Frédérick Lemaître a marié sa fille à un caissier de la rue du Sentier. — Tout ce que je sais, c'est qu'il y a eu noce chez Véry.

Véry! ce nom me rappelle une des douleurs les plus actuelles de la vie parisienne. — Il y a quelques mois, on ne pouvait pas se loger; aujourd'hui, on ne peut plus manger. Vienne l'Exposition, les provinciaux et les étrangers et on disputera un bifteck à la pointe du couteau.

Ces jours-ci, j'ai eu la fantaisie de pénétrer dans un de ces établissements nouveaux qui font concurrence au dîner de Paris et qui réunissent l'indépendance du dîner solitaire à l'abondance de la table d'hôte (ainsi parlent les prospectus). Jusqu'ici, ma vieille expérience m'avait préservé de ces piéges à calicots; — mais, le diable me tentant, je me suis laissé séduire par une ardoise chargée de truites, de poulardes et de sorbets au marasquin.

On m'a servi, d'assez bonne grâce, une soupe chaste qui avait vu le bœuf, mais sans le recevoir dans sa marmite. — A dater de ce pudique potage, une effroyable famine se déclara dans les régions extrêmes du restaurant.

Des messieurs très-bien mis promenaient dans la salle des plats parés comme des châsses en criant : *Hors-d'œuvre,* — *entrées,* — *rôtis,* — *salades, etc.* — Mais les dieux ne descendaient pas de l'autel pour nourrir les humains.

Au bout de quelques quarts d'heure, voyant que mes cris de détresse n'étaient pas entendus, je commençai à agiter mon mouchoir comme les naufragés de la Méduse, espérant être secouru. Un garçon qui, depuis dix minutes, me contemplait d'un air attendri s'approcha de moi, me glissa mystérieusement un rond de saucisson en me disant tout bas : « Cachez-le, on vous le reprendrait. » Je voulus savoir le nom de mon bienfaiteur : « Vous m'avez sauvé la vie sur les barricades, me dit-il; nous sommes quittes. »

A force de bassesses, j'obtins d'un autre garçon un microscopique morceau de fromage et je rêvai le reste.

Cette plaisanterie coûte trois francs ; — je la recommande comme une excellente préparation au dîner.

Autre restaurant, — autre aventure.

C'était dimanche, et le dimanche, je le sais, est un jour terrible.

Je descendais le boulevard, tournant le dos à la Madeleine, faisant mon enquête à tous les fourneaux, et partout effrayé de la masse compacte des consommateurs.

J'arrivai sur le seuil de Désiré Beaurain, le restaurant des artistes ; — tout y était dans l'anarchie. — Pierre Ier réclamait à la cuisine trente biftecks ; — Pierre II criait dans le porte-voix : *Enlevez ma sole, — pressez mes pieds poulette et mon filet mirabeau.* — Le filet mirabeau est une spécialité de la maison, et c'est quelque chose d'excellent quand on a le loisir de le soigner. — Enfin, Jules, l'intrépide Jules, s'exerçait comme un jongleur à porter soixante potages en pyramide sans mouiller les bords. — Je compris que ma meilleure chance était d'obtenir un potage sur mon pantalon, et, comme j'en ambitionnais un pour mon estomac, je poussai plus loin.

Au coin de la rue Rougemont, j'avisai un restaurant et des tables oisives ; — j'entrai. — J'aperçus un ami, et mon instinct m'attira vers lui.

« Est-ce que monsieur veut dîner ? me demanda un garçon.

— Mais apparemment ! répondis-je. Je ne viens pas ici pour me faire couper les cheveux.

— C'est que..., reprit le garçon avec hésitation, il faudrait que monsieur se plaçât là-bas, — à cette petite table, — dans le courant d'air ; — quant à la table qu'occupe monsieur, je ne puis la donner qu'à *une société* de quatre personnes. »

Il y avait plusieurs partis à prendre :

Ou me faire couper en quatre pour représenter *une société ;*

Ou aller ailleurs ;

Ou m'installer résolûment, en déclarant que je ne sortirais que par la force des baïonnettes. — Que pourrait-il m'arriver ? on ne m'aurait pas servi ? — Mais je n'avais pas faim, je n'étais pas pressé, et c'est pour le coup que la fameuse table aurait été longuement occupée.—On aurait mandé le commissaire? Mais c'était mon triomphe; — car gargote oblige, et, du moment que vous vendez à boire et à manger, vous êtes tenu de servir le consommateur. — Le contrat tacite passé entre vous et le public ne dit rien de ces distinctions de grande et petite table; — tout au plus pouviez-vous m'imposer des étrangers à ma table. — Mais il me parut puéril de dépenser tant de courage autour d'une douzaine d'huîtres. — Je pris le parti de la retraite, et, au coin du faubourg Poissonnière, on me servit, sans commentaire, un dîner sans reproche.

Notez que je ne garde pas rancune au garçon; — il avait sa consigne; — il n'a peut-être pas fait ses classes, et aucune duchesse ne lui aura enseigné le savoir-vivre.

Je m'en prends résolûment à M. Michel, son patron; et, puisqu'il faut que je lui apprenne son métier, moi qui ne saurais pas faire cuire un œuf à la coque, voici ce que j'ai à dire à M. Michel. (Je ne crois pas commettre une indiscrétion en révélant son nom, — il est écrit sur la porte.)

Écoutez cette leçon, qui vaut bien un potage:

Il n'y a pour le restaurateur qu'une espèce de consommateur à ménager: c'est le consommateur solitaire, c'est-à-dire le célibataire. — La *société*, objet de votre culte, représente un passementier qui viendra en famille, une fois l'an, manger une omelette soufflée. — Le célibataire est plus modeste, c'est vrai, — mais il est quotidien; — une fois qu'il est sur la pente d'une habitude, vous le tenez en pension au mois et à l'année. — Supposez qu'il ne dépense chez vous que 4 ou 5 francs par jour. Faites votre compte et voyez s'il n'est pas d'un meilleur rendement que la *société* du passementier.

Un célibataire! un habitué (j'allais peut-être le devenir)! mais, monsieur Michel, c'est la seule fortune du restaurant. Tout ce qui a une famille ne fait que traverser le restaurant; — le célibataire y prend racine; — c'est le familier, le chat de la maison.

Voilà comment, par sa faute, M. Michel a perdu son chat.

Deux mots des théâtres.

Il y a toutes sortes de façons de se former une opinion sur une pièce. — Un jour, un poëte refusé à l'unanimité par le comité du Théâtre-Français, aborda M. Samson après l'arrêt rendu : « Monsieur, lui dit-il, j'ai lieu de me plaindre de vous. Vous avez déposé une boule noire dans l'urne, et vous aviez dormi tout le long de la lecture. — Mais, monsieur, répliqua l'homme d'esprit, — en littérature, le sommeil est une opinion. »

Maintenant, autre cas de conscience :

A-t-on le droit de rendre compte d'une pièce, en deux actes, quand on n'a pas vu le second acte? Mais, d'autre part, ce second acte qu'on ne voit pas, n'est-il pas une critique assez motivée du premier acte qu'on vient de voir? Telle est ma situation à propos du *Conte de Fées*, vaudeville en deux actes pour tout le monde, et en un acte pour moi. — Je me sentais rajeunir de vingt-cinq ans en entendant les vieux airs, les petits jeux d'esprit et les pointes innocentes du théâtre de Madame. — J'ai eu peur de tomber en enfance si je voyais le reste, et je ne l'ai pas vu.

On a encore donné ailleurs, cette semaine, un autre vaudeville en deux actes; — mais deux des trois auteurs m'ont fait jurer, sur ma part de paradis, de n'en pas souffler mot. — Je pourrais bien cependant m'appliquer pour ce petit ouvrage le bénéfice de la théorie de M. Samson; — qui dort critique, — et souvent qui se tait, a parlé.

XXIII

La mi-octobre. — Les beaux jours éclipsés. — Le spectacle à Paris. — Le
spectacle en province. — Pourquoi il n'y a pas de public en province.
— Drames et vaudevilles. — Les petits revenus de la critique. — Qu'al-
lais-je faire dans cette galère? — La leçon du critique. — Gaieté : *les
Oiseaux de proie.* — L'héritage en perspective. — Théorie sur les
domestiques. — Ambigu : *les Amours maudits.* — M. Dugué. — Vau-
deville : *le Vieux Bodin.* — Les lettrés et le théâtre. — M. Brindeau. —
Gymnase : reprise de *Diane de Lys.* — La pièce.— Les acteurs ; madame
Rose-Chéri. — Lafontaine. — M. Dupuis. — Mademoiselle Figeac. —
M. Lesueur.

                                                          22 octobre.

Nous voici à la mi-octobre. — C'est une des crises sociales et cli-
matériques de la vie parisienne. — Les beaux jours sont passés, le
soleil s'éclipse ; — sur le seuil des maisons, on ne rencontre que des
enfants de l'Auvergne et de la Savoie, sciant en menus morceaux
les forêts du Morvan ; les paletots fripés sont décrochés du porte-
manteau ; les socques commencent à poindre à l'horizon. — C'est
l'hiver, heure sinistre pour le pauvre, qui songe aux longues nuits
sans feu, aux journées sans travail. Saison de féeries et d'enchantement pour le riche doucement accroupi devant son foyer, en attendant le bal, l'Opéra, les raouts, les Italiens et le reste.

Le bal, il n'y faut pas songer encore. — Mais nous avons les Italiens ouverts, et, à leur suite, vingt théâtres qui crient, s'agitent,
chantent, déclament ; le tout en vue de charmer un public idolâtre.

Le spectacle est un plaisir tout parisien ; — au delà des barrières,
il n'y a plus que des imitations bâtardes, des salles vides et sombres,
des acteurs gelés, qui semblent dire à leurs rares spectateurs : « Je
voudrais bien aller à Paris. » — Le *brave Castor*, le *joyeux Poly-*

dore et l'*intrépide Galuchet* font de louables efforts pour justifier la subvention municipale; ils ont parfois du talent, ces artistes. Mais il leur manque ce grand stimulant sans lequel la même comédie, récitée chaque soir, n'est plus qu'un exercice digne de Charenton. — Il leur manque un public. — A l'encontre de Paris, qui aime à se répandre sur la voie publique, la province aime à vivre à huis clos; — le café, le cercle, les longs dîners de famille, le couvre-feu à dix heures; voilà les joies de la province. — Quant à ces histoires en prose et en vers, en chansons et en pirouettes que nous débitons sur nos théâtres, que voulez-vous qu'en fasse la province? D'abord, elle ne les comprend pas. — Toutes ces aventures et toutes ces fantaisies se rattachent par mille fils imperceptibles aux coulisses de la vie parisienne. Vous jouez, par exemple la *Dame aux Camellias*, devant l'élite de Troyes ou de Carcassonne. — « Qu'est-ce? disent ces messieurs et ces dames. Il y aurait donc, au compte de M. l'auteur, des femmes sans nom, sans titre et sans qualification possible, qui seraient les reines d'une société chimérique? — C'est pour elles que les fleurs les plus rares poussent l'hiver sous un soleil artificiel. — C'est pour elles que le lapidaire taille les plus beaux diamants; — elles vivent dans le luxe et elles attendent au pied des autels de Vénus qu'un marquis ou un actionnaire vienne les épouser? — Mais nous ne sommes pas aveugles et nous savons bien comment les choses se passent. — Une femme qui a des diamants, c'est la femme du préfet. — Une femme qui roule carrosse, c'est la femme du receveur général. — Nos fils s'oublient quelquefois avec des couturières, mais sous aucun prétexte ils ne les épousent. — Allez conter cela à d'autres. »

C'est bien pis encore quand on montre au provincial Marco, *la fille de marbre*. D'abord, il ne comprend pas que Raphaël, qui est le plus fort, ne donne pas, de quart d'heure en quart d'heure, une forte raclée à mademoiselle Marco; — ce qu'il comprend encore moins, ce sont les mœurs de ce M. Raphaël, lestement installé dans les pantoufles et la robe de chambre du protecteur de Marco. « Si de pareilles mœurs existaient, se dit le provincial, il faudrait mettre ce M. Raphaël sur le gril, comme on fait tous les jours pour des jeunes gens qui l'ont moins mérité. — Mais ces mœurs n'existent

12

pas. — C'est une invention de l'auteur; — l'auteur est bête; — l'auteur m'ennuie. »

Voilà pourquoi le public est rare en province; — c'est qu'il ne peut prendre qu'un très-médiocre intérêt à vos aventures de boudoir et de coulisses, lui qui vit en famille, à ces peintures sataniques d'un monde exceptionnel et souterrain qui creuse son lit fangeux sous la société légale. — Ce monde que nous montrait hier le théâtre de la Gaieté, le provincial ne le soupçonne pas; — le provincial fait tous les soirs un piquet à deux sous avec le premier commis de l'octroi, et il ne s'est jamais aperçu que son adversaire eût biseauté les cartes.

Dors donc, naïve province, dors du sommeil de l'innocence, et laisse les Parisiens s'amuser à leur façon et se contempler trois ou quatre fois par semaine dans le miroir de la comédie.

Le Parisien, lui, est passionné pour ces reproductions parfois idéalisées, d'autres fois d'un réalisme terrible, des existences ténébreuses et des crimes fashionables qu'il coudoie à chaque pas. — Aussi, novembre venant, on se prépare à lui en servir de toutes les couleurs et de toutes les saveurs; des essaims de vaudevilles gazouillent dans les foyers de répétitions, comme des oiseaux sortant du nid; — des drames énormes se détachent comme des rochers de la cime des boulevards et roulent avec fracas sur les spectateurs, qui en sont quelquefois écrasés. — Cette semaine a été bien dure au sacerdoce de la critique, et MM. les directeurs, comme vous verrez, n'y vont pas de main morte : drame à la Gaieté, — drame à l'Ambigu, — vaudeville à la place de la Bourse, et vaudeville aux Variétés, dont la muse féconde ne se repose jamais.

Dans quelle galère me suis-je fourré !

« Après tout, m'étais-je dit : la critique n'est pas un métier si difficile : avec de l'indépendance sans brutalité et de la bienveillance sans banalité, on doit s'en tirer. » J'avais compté sans les vanités qui veulent être encensées quand même. — Six mois de ce commerce m'ont amassé plus d'ennemis qu'une vie facile et inoffensive de quarante années ne m'avait fait d'amis. — Les ennemis qu'on recrute dans le journalisme sont de l'espèce sournoise et majestueuse; — ce sont des ennemis qui ne vous saluent plus. — Me voilà déjà avec quelques hommes de lettres et quelques comédiens dans la position où

était le propriétaire de Bibolquet ; — si encore j'étais propriétaire !
— Mais aussi quelle joie de laisser passer avec sérénité ces rancunes
puériles et d'attendre tous ces gens-là à leur premier succès pour les
accabler de son équité.

C'est bien ma faute aussi si je me suis laissé tenter, car il y a bien
longtemps qu'un des vétérans de la critique parisienne m'avait
éclairé de sa vieille expérience.

C'était — il y a bien dix ans — à l'Odéon ; — on donnait une tragédie. — Je n'avais pas ce soir-là l'humeur à la tragédie, — j'avais
une pente à la mélancolie ; — je contemplais d'un œil attristé cette
foule idiote et parfumée, qui avait quitté son foyer et ses pantoufles
pour venir s'enfermer dans une boîte et entendre la chose la plus
ennuyeuse du monde de l'aveu de tous les peuples civilisés. — Parmi
toutes ces victimes de la mode et de la routine, un seul homme me
parut avoir compris le parti qu'on pouvait honnêtement tirer d'une
tragédie. Cet homme, c'était mon voisin de droite à l'orchestre, Darthenay, l'implacable critique de *l'Entr'acte*. Accoutumé à de pareils
présents, Darthenay dormait tout le long du dialogue, — se réveillait
aux entr'actes, — sortait, — fumait un bout de cigare, — avalait un
petit verre, — rentrait, — puisait une prise dans la tabatière d'un
musicien, — disposait les basques de son habit en édredons latéraux
et reprenait son sommeil.

Vu ainsi au repos, Darthenay n'avait vraiment pas l'air méchant.

Le rideau baissé sur le cinquième acte, je fus obligé de le secouer
violemment en lui annonçant que la tragédie était finie. — Il me remercia affectueusement de cette bonne nouvelle, et nous entrâmes
au café Voltaire.

Darthenay demanda un petit verre et *tout ce qu'il faut pour
écrire,* — comme dans les comédies ; — puis, d'une plume courante,
il écrivit ceci :

« Une nouvelle étoile vient de luire au firmament de la poésie ; —
nous venons d'assister à un de ces succès qui sont l'honneur d'une
littérature, l'immortalité d'un poëte et la fortune d'un théâtre ; —
pendant quatre heures, une poésie élégante, variée, sublime, nous a
tenu captif et charmé sur notre fauteuil. Il est trop tard pour rendre
compte autrement que sommairement de ces ravissements et de ces

extases; — d'ailleurs, de pareils triomphes ne se racontent pas, on ne peut que les constater; et puis à quoi bon les raconter? — Paris, la province et l'étranger n'en seront-ils pas les témoins obligés? — La tragédie de l'Odéon n'est-elle pas appelée à avoir trois cents représentations?... »

Ici, Darthenay ratura le chiffre trois cents et y substitua le chiffre cent cinquante.

« Pourquoi ce scrupule? demandai-je.

— Mais, répondit-il, ce n'est pas un scrupule, c'est une rancune. — Je suis mal avec le théâtre et je l'*échine*, — tout simplement. »

Pour la première fois de ma vie, j'étudiai avec quelque attention la physionomie de Darthenay, et je reconnus qu'il avait le profil d'un chacal.

Cependant, il s'adoucit, et, d'une voix émue par le trouble de sa conscience, il me demanda :

« Est-ce que vous trouvez l'article trop violent?

— Dame, mon cher, dis-je franchement, c'est un jeu à vous faire casser les reins.

— Ah! que voulez-vous! reprit l'implacable, ce n'est pas pour rien que les directeurs m'appellent *cette petite hyène* de Darthenay; on ne se refait pas; — j'ai du fiel, — il faut absolument que je mange de l'auteur et du comédien; — seulement, ce qui m'étonne, c'est, qu'après tout, il y en a d'aussi malveillants que moi, et c'est toujours à moi qu'on s'en prend. — L'hiver dernier, c'était un poëte qui me cherchait dans tout Paris, pour m'ouvrir le ventre.

— Bon! un poëte que vous aviez *échiné*, selon votre détestable habitude?

— Oui; mais vous allez voir! — Ce poëte avait fait un prologue *d'ouverture* pour le théâtre Beaumarchais! En ai-je vu des prologues *d'ouverture* à Beaumarchais! — si on se mettait sur le pied d'y faire des épilogues pour les clôtures, je crois, ma parole d'honneur, que je briserais ma plume. — Donc, le poëte avait fait un prologue en vers; — oh! mais des vers qui auraient fait rougir un mirliton d'un sou; — j'étais très-mal monté, je fus impitoyable : je déclarai nettement que l'auteur était un barde indécis qui flottait entre Lamartine et lord Byron. — Le poëte, qui s'attendait à des compliments, devint furieux, et, comme j'ai eu l'honneur de vous le dire, il voulait m'ouvrir le ventre! — Heureusement pour moi, — et je crois pour lui, — il est mort à l'hôpital. J'ai rendu compte de ses obsèques, et, à ce moment suprême, abdiquant la sévérité du critique, j'ai eu la politesse de dire que c'était une étoile qui tombait du ciel de la poésie. — Ah ! mon cher, ajouta en terminant le Zoïle, nous faisons un triste métier où on n'est pas sûr de mourir dans son lit. J'ai toujours eu le pressentiment que je mourrais de mort violente ; — on me trouvera quelque jour baigné dans mon sang. — Ce jour-là, rappelez-vous que j'aurai été égorgé par un directeur, un auteur ou un comédien. »

Si on court de pareils dangers à faire de la critique dans *l'Entr'acte*, ce journal que M. Lireux a spirituellement appelé le *dernier asile de la bienveillance*, jugez combien il est difficile de sauver sa peau quand on fait une chronique avec la prétention d'y exposer naïvement ses impressions dramatiques!

Essayons cependant d'écrire ; — nous aviserons plus tard à sauver notre peau. — Procédons d'une main ferme à l'autopsie des drames et des vaudevilles que cette terrible et féconde semaine a enfantés.

Entrons d'abord dans la salle de la Gaieté. Aussi bien elle est fort agréablement peuplée, cette salle : les jolies femmes sont partout, dans les loges, à l'avant-scène, aux stalles d'orchestre.

Après une ouverture diabolique, le rideau s'est levé sur le drame de M. Dennery.

Les Oiseaux de proie vous représentent une association d'hommes pervers, ligués contre la société comme les Treize de Balzac. Le bonheur au jeu, l'adresse aux armes, les secrets de famille, la cupidité des dupes; ces hommes exploitent tout. — La pièce présente donc des aspects très-variés. Il y a un peu de tout, excepté de l'ennui. — Une fantaisie très-amusante est celle d'un imbécile qui s'est fait le garde-malade des vieillards cossus pour en hériter. Il tombe sur un *oiseau de proie*, réfugié italien, taillé dans le type du baron de Wormspire, qui lui mange ses petites rentes, en lui présentant le mirage flatteur de ses châteaux de Bohême et de ses mines de Hongrie. — Il y a aussi une théorie très-réjouissante sur les domestiques. « Les maîtres, dit un domestique, sont les parias de la société

12.

c'est nous qui sommes les privilégiés. Voyez plutôt : un maître se
tue au travail. Quelle est sa grande ambition? De nourrir un domestique! Il se remet au travail pour nourrir un second domestique.
Quand un maître peut arriver à nourrir six domestiques, il est au
comble de ses vœux ! »

Le lendemain, l'Ambigu a donné un drame d'un genre beaucoup
trop sévère, — les *Amours maudits.* — Je donnerais mes châteaux
de Bohême et mes mines de Hongrie pour que le public de M. Desnoyers y prît autant de plaisir que j'y ai pris d'ennui, — mais je ne
l'espère pas. — La presse est impuissante à soutenir des succès fac-
tices qui s'étiolent dans la solitude. — Quand on est l'ami d'un
homme, cet homme fût-il un directeur, le meilleur service à lui
rendre, c'est de mettre résolûment un tampion sur l'abîme. — Il
n'est pas possible que l'Ambigu n'ait pas en réserve quelque chose
de plus récréatif qu'on pourrait monter en quinze jours ; — cela vau-
drait mieux que de faire une halte dans les illusions de la réclame.

M. Dugué, l'auteur des *Amours maudits*, n'est certes pas un
homme dépourvu de littérature. — Sa pièce est plus écrite que celle
de la Gaieté ; — mais une fois de plus cela démontre combien le style
est une qualité secondaire au théâtre. Qu'importe ce rhythme de la
langue, et ces périodes cadencées ! — faites des cuirs, et intéressez le
public, — voilà la loi élémentaire du théâtre. — Malheureusement,
M. Dugué poursuit sa campagne de don Quichotte contre tous les
moulins à vent de la société. — C'est lui qui, dans *la Misère*, un
drame socialiste joué à la Porte-Saint-Martin, avait posé cet axiome,
« que, quand on ne peut pas payer son terme, il faut assassiner son
propriétaire. » — M. Vautour, plus naïf, avait dit tout simplement :
« Quand on ne peut pas payer son terme, on a une maison à soi. »
J'avoue que cette dernière combinaison me sourit davantage.

Autre exécution : — *le Vieux Bodin*, au Vaudeville. L'auteur est
M. Lurine et M. Lurine est un homme d'esprit ; — il en est d'autant
plus coupable d'avoir fait une pièce, mal faite d'ailleurs, où une idée,
très-jolie assurément, va se perdre dans les eaux mortes du théâtre
de Madame. — « On reprend *Michel et Christine*, disait M. Dupin au
foyer ; — donc, je suis un jeune auteur ; pourvu qu'on ne me fasse
pas tirer à la conscription ! »

Le conscrit, en cette affaire, c'est M. Lurine, qui n'a pas encore assez vu le feu de la rampe pour bien supporter les vertiges qu'elle donne aux plus vaillants. — Certes, j'appelle de tous mes vœux le jour où les lettrés pourront prendre au théâtre la position qu'ils ont dans les livres et dans la presse; mais il faut d'abord apprendre le métier. — L'autre soir, sur le boulevard, Théophile Gautier demandait à Dennery, des leçons de *charpente*, à 3 fr. le cachet. Si Dennery se décide à ouvrir son cours, je conseille à M. Lurine de s'y abonner; — il apprendra là les rudiments de la scène; et, le jour où il aura dérobé à Dennery tous ses secrets, il pourra nous conter fleurette. — C'est alors que l'esprit, le tour ingénieux de la pensée, le style et les mille grâces de langage ne seront plus du bien perdu, *margaritas ante porcos*.

Un des axiomes les plus faux, c'est celui-ci : *Qui peut plus peut moins*. Chateaubriand n'aurait jamais fait un vaudeville. — Rossini se serait peut-être très-mal tiré d'un pont-neuf, et Brindeau, artiste distingué à la Comédie-Française, par quelques compositions sérieuses, se trouve très-médocre au Vaudeville, dans un genre mesquin et étriqué; — il n'en a plus les roueries et ses qualités supérieures y sont perdues tout comme l'esprit de M. Lurine.

Le Gymnase a repris *Diane de Lys*. — La pièce est vivante, attrayante; donc, elle est nouvelle, plus nouvelle assurément que le *Conte de fées*. Rien n'est donc changé, ni le public, qui est charmé, ni les artistes, qui sont charmants. Je n'ai jamais été très-fanatique de madame Rose-Chéri dans le premier acte de *Diane de Lys*. Il m'a toujours paru que madame Rose-Chéri, l'artiste la plus honnête et la plus chaste de Paris, avait donné des couleurs un peu vives à la démarche, déjà très-risquée, de Diane. Mais, à partir de ce premier acte, quel goût, quelle intelligence, quels accents vrais, quelle sobriété d'artifices! Personne n'occupe la scène comme madame Rose-Chéri. Sa vue courte borne son horizon à la rampe; elle est le personnage, elle est la grâce ou la passion de la situation, elle ne sait pas s'il y a un public. Voyez cette scène du quatrième acte, quand Diane, absorbée dans une préoccupation profonde, fait de sa main fébrile ses préparatifs de voyage, en répondant quelques mots vagues et distraits au duc de Riva. C'est bien là, je crois, la dernière limite de l'art. J'ai vu beaucoup d'artistes, depuis vingt ans, traverser le théâtre et conquérir de grandes réputations par des procédés très-divers. Mais, tout bien considéré, je n'ai jamais vu *jouer la comédie* que par trois femmes, mademoiselle Mars, madame Allan et madame Rose-Chéri.

Lafontaine a fait du rôle du comte de Lys une composition très-ferme et très-arrêtée qui n'a pas varié; — il a bien compris cet homme du monde, plus fanatique encore de sa réputation que de son honneur, craignant avant tout les bruits, les scandales, les taches qui éclaboussent un blason; un peu froid, — un peu dédaigneux, — plus gentilhomme encore par la forme que par le fond, et mettant des gants frais pour tuer l'amant de sa femme.

Mademoiselle Figeac... — ici, un souvenir : — j'assistais à la répétition générale de *Diane de Lys;* — tout le monde était plein d'émotion et d'espérance. — Mademoiselle Figeac seule, se lamentait et pleurait; — elle se croyait méconnue et sacrifiée. — Le lendemain, elle obtenait dans le rôle de madame Delaunay un succès qui devenait son titre dans l'art sérieux; — elle avait trouvé du cœur, des larmes sincères, tout un foyer de sympathies miséricordieuses pour son amie tombée. — A la reprise, mademoiselle Figeac a retrouvé tout cela; — elle n'a pas même oublié d'être jolie et elle avait, au troisième acte, une toilette de bal qui a fait frissonner toutes les petites avant-scènes.

Le rôle du jeune diplomate demeurera un des meilleurs de Dupuis. — Il y apporte beaucoup de grâce, d'esprit et de légèreté et comme une gaminerie charmante, ainsi que dit la comtesse Diane.

Enfin, nous avons revu Lesueur dans ce type navrant de l'artiste découragé, amer, impuissant, épris d'une passion fauve pour ces marbres qu'il pétrit sans espoir, que nul ne comprend, que nul ne lui demande; être inutile, objet de luxe dans une société où il n'est ni celui qui vend ni celui qui achète, naufragé de la vie, cloué sur son rocher stérile et si dédaigneux de sa personnalité, qu'il la laisse dériver au courant de la fantaisie d'autrui. — On sait que ce rôle, très-indiqué par l'auteur, a été rendu par l'acteur avec une grande science de composition. C'est très-beau; — c'est quelquefois

un peu triste; mais la société doit savoir supporter le spectacle des
misères qu'elle a faites.

XXIV

La causerie parisienne. — L'esprit et le bon sens. — Programme du
causeur. — Une bonne fortune. — Les priviléges de M. de Voltaire. —
L'Académie. — MM. Dupanloup, Berryer, de Sacy. — M. de Salvandy.
— M. J. Janin. — Candidatures. — MM. Ponsard, Augier, Mazères,
P. Chasles, E. Deschamps, Casimir Bonjour, Brizeux, Legouvé. — Les
parrains et les chances de chacun. — Un mot à propos d'une tragédienne. — Menu dramatique. — Odéon : *la Ligne droite*. — *La Dame
aux Camellias*. — Réclame implacable. — Mademoiselle Dubois. — Variétés : *le Système conjugal*. — Palais-Royal : *le Sabot de Marguerite*.
— Porte-Saint-Martin : *la Chambre ardente*. — M. Marc Fournier. —
Une branche d'olivier.

29 octobre.

Paris n'est pas mort, car il cause. Depuis quelques semaines, il
était un peu somnolent; — la langue lui est revenue au coin du feu.
— Je crois, à vrai dire, qu'une des joies les plus innocentes et les
plus douces de la vie est de se trouver réunis, devant une cheminée,
quatre au moins, huit au plus, et, là, sans préméditation, sans parti
pris, de se laisser dériver au courant d'une causerie facile sans fa-
deur, rieuse sans bruit, railleuse sans méchanceté, alerte, actuelle,
spirituelle avec bonhomie. — Il est vrai que ce programme est
tout simplement l'idéal de l'esprit français, cet esprit que l'on vante
partout et qu'on rencontre si rarement. — Ce n'est pas que l'esprit
manque en France; — il court les rues; — mais il court pour se
faire voir, — pour se faire admirer. — Il cherche un public, — il
pose, et, sur la corde où il exécute ses évolutions, il a parfois des
attitudes si tendues, que le public fatigué se retire en disant : « Ma

foi! je préfère les épiciers, qui rasent la terre et n'ont d'autre esprit
que de vendre quatre sous ce qu'ils ont payé un sou. » — C'est dans
ces heures de découragement qu'on a inventé que le bon sens était
plus rare que l'esprit et lui était supérieur. Autre erreur : — le bon
sens est partout ; — vous le coudoyez dans toutes les boutiques ; —
il vous asphyxie de ses épaisses émanations et de ses lieux communs.
— Disons donc que le bon sens sans l'esprit, ce n'est rien, et que
l'esprit sans le bon sens, c'est peu de chose. — La force, la puissance,
le talent et peut-être le génie, sont dans la combinaison et la mesure
de ces deux éléments. — L'esprit, c'est le ballon qui s'élève dans la
nue. — Le bon sens, c'est le lest qui lui donne de la consistance,
du poids et une direction. — Ce qui est infiniment rare, c'est de rencontrer ces deux éléments combinés dans des proportions exactes.
— Trop grossier, le bon sens charge l'esprit et le ramène à terre. —
Trop subtil, l'esprit se volatilise et retombe en une rosée qui n'a jamais rien fécondé.

Mais, en fin de compte, Paris est le pays du monde où ce merveilleux accouplement se rencontre le plus souvent. — De là est née la
causerie française, qui est tout à la fois une puissance, un charme
et une littérature. — Partout sur le globe, il y a des gens qui parlent. — Ce n'est qu'à Paris qu'on trouve des gens qui causent. —
Mais cet art a ses lois difficiles à déterminer et à définir, instinctives
plutôt que formulées. — Aborder un sujet, le traiter sur le ton qui
lui appartient, être concis sans sécheresse, léger sans mauvais goût,
savoir se dérober quand le terrain devient perfide, tirer au vol le
gibier qui passe, résumer dans un mot à la fois ingénieux et profond
un fait ou une situation, parler cette langue à demi voilée que nous
ont léguée les beaux esprits des deux derniers siècles, glisser sur les
surfaces, sans effort et sans bruit, comme le cygne sur son lac, ne
heurter personne dans ces mille évolutions d'une course au clocher,
franchir avec grâce les obstacles, sauter lestement les fossés, où
chacun croit que vous allez culbuter : — voilà un aperçu des qualités
variées, infinies, de quiconque aspire à la réputation de causeur. —
Je ferais mieux de dire de quiconque la mérite, — car celui qui y
aspire y atteindra rarement. — Il faut que ce soit un art révélé,
jamais un art travaillé. — C'est aussi un art à part, indépendant du

talent et même du génie. — J'ai connu des hommes très-supérieurs, les uns incolores, les autres intolérables dans la conversation. — Chez les uns, le travail du cabinet absorbe le cerveau, — les grâces de l'improvisation leur manquent. — Chez les autres, une excessive préoccupation de soi-même, une prétention constante à occuper dans un salon la place qu'ils occupent dans l'État ou dans les lettres, donnent à la causerie tout l'appareil d'une représentation théâtrale. — On ne peut pas siffler, — on bâille.

Mais, enfin, j'ai connu aussi des hommes distingués dans toutes les carrières, inspirés dans des œuvres qui les immortaliseront peut-être, mais s'ignorant ou s'oubliant, esprits souples et charmants, accessibles aux plus humbles fantaisies, parcourant tous les claviers, et broyant volontiers leur génie pour le répandre dans un salon en poussière de diamant. — J'ai rencontré aussi des hommes sans notoriété aucune, ayant beaucoup lu, n'ayant jamais rien écrit, ayant condensé toutes leurs appréciations dans cette littérature parlée, qui en fait des *artistes en conversation*.

Rien ne reste de ces esprits aimables qui charment toute une génération, rien que leur portrait, appendu à la muraille de quelque salon dont ils furent les familiers. — Ils disparaissent; d'autres viennent qui voient le portrait et demandent : « Quel est ce monsieur? » On ne sait que dire. Ce monsieur, ce n'est plus rien; c'était un *causeur*.

Je suis donc tombé, ces jours-ci, dans un de ces cercles privilégiés où tout est harmonieux et doux, où aucune note discordante et criarde ne vient vous blesser, et d'où l'esprit s'épanche comme de ces urnes intarissables que les vieux fleuves mythologiques versent sur un lit de roseaux. Ils étaient là six, les uns célèbres, les autres inconnus, tous égaux devant le feu et le cigare. — On riait, on fumait, on lançait des mots acérés comme des flèches et des fusées qui retombaient en gerbes éblouissantes.

On venait d'*échiner* l'Encyclopédie. Voltaire râlait sur le parquet — Une réaction se manifesta en faveur de ce bel esprit qui, de sa main osseuse, a manipulé toutes les *matières premières* de la révolution française.

Sur cette pente, on arriva bien vite à l'Académie. — Les trois

élus, M. Berryer, l'abbé Dupanloup et M. de Sacy passèrent sous un feu
croisé. Seul, le dernier s'en tira sans blessure mortelle.—On annonça
que leur réception était prochaine et que M. de Salvandy répondrait
à tous les trois. Encore un mauvais quart d'heure que va passer
M. de Voltaire. — Heureux privilége de l'immortalité! ce Voltaire,
on le tue tous les jours, et il ressuscite le dimanche, et quelquefois le
lundi dans le feuilleton de M. Jules Janin. Il y a même cela de particulier, que M. Janin aime à panser les blessures qu'il a faites; ce
n'est pas un reproche, c'est une remarque : dans ce conflit d'idées
où la France est engagée depuis plus d'un demi-siècle, il n'y a guère
que les plumes vierges qui n'aient pas écrit un peu pour Dieu, un
peu pour le diable.

Mais les académiciens élus sont des académiciens oubliés. Ils sont
bons tout au plus à mourir, pour céder un fauteuil. Ils se défendent
bien, il faut en convenir; car l'Académie est pleine de septuagénaires
et d'octogénaires. Si l'Académie n'est pas tout à fait l'immortalité,
c'en est au moins le commencement.

Parlons des académiciens encore détenus dans les limbes du pur-
gatoire.

Les candidats pour le fauteuil vacant sont MM. Ponsard, Augier,
Sandeau, Mazères, P. Chasles, Émile Deschamps, Casimir Bonjour,
Brizeux, Legouvé.

Les chances les plus sérieuses se débattent évidemment entre les
trois premiers. Ce sont, à des titres divers, les candidats de tout le
monde. M. Ponsard a pour lui *Lucrèce, Ulysse, l'Honneur et l'Argent;* il a contre lui la roue de la fortune. — MM. Augier et Sandeau
se présentent devant l'opinion *ex æquo.* Des sympathies et des
antipathies politiques et philosophiques pourront faire pencher
l'urne d'un côté ou de l'autre. — M. Chasles est un esprit très-
distingué; je ne sais pas quelle objection il y a contre lui; ma raison
de croire qu'il ne sera pas de l'Académie, c'est qu'il n'en est pas
encore. — M. Casimir Bonjour est un candidat de 1828; c'est un
candidat en souffrance : reste à savoir si l'Académie a l'âme tendre.
— M. Mazères est le candidat de M. Empis. M. Mazères, collaborateur de M. Empis dans les œuvres qui ont fondé ses titres, estime
que, si son collègue ne peut lui procurer un fauteuil, il doit au moins

l'asseoir sur ses genoux. Naturellement, M. Empis, qui aime ses aises, préférerait pourvoir son collaborateur. L'inconvénient est que, si on admet les auteurs d'œuvres collectives, ce n'est plus un fauteuil, c'est un canapé qu'il faut donner à ces messieurs. — M. Brizeux, auteur du poëme de *Marie*, est très-poussé par M. Alfred de Vigny. — M. Émile Deschamps est le candidat du *Mousquetaire*, et M. Legouvé n'est pas le moins du monde le candidat de mademoiselle Rachel.

A propos du Théâtre-Français, on a fait circuler un mot. — Un très-haut personnage reprochait à M. Houssaye de mal habiller une de ses tragédiennes. — (Ce n'est pas mademoiselle Rachel, qui, elle, porte le costume tragique avec ce sentiment de la statuaire antique qui est sa vraie gloire.) — « En effet, répliqua M. Houssaye, cette demoiselle est plus facile à déshabiller qu'à habiller. »

Le menu de la semaine dramatique présente l'image d'une table chargée de hors-d'œuvre, où manque le rôti. — Il se compose de vaudevillicules invisibles à l'œil nu, plus une petite comédie en un acte à l'Odéon, *la Ligne droite*. — Mais, si la ligne droite est le plus court chemin d'un point à un autre, l'Odéon continue à être le chemin le plus long pour rentrer chez soi ; — ce qui n'empêche pas ce théâtre de faire parler de lui et d'emplir sa salle quand il veut frapper de grands coups. — Quant aux pièces en un acte, M. Royer sait cela mieux que moi, il sera toujours très-difficile de déterminer d'honnêtes gens à passer les ponts pour venir les voir. — Mais, par exemple, *la Dame aux camellias* qu'on donnait hier au bénéfice d'un père de famille a dû attirer à l'Odéon deux mille petits coupés. Outre *la Dame aux camellias*, on devait donner la *Joie fait peur*, et mon ami Narrey ou mon ami Vaez, à moins que ce ne soit mon ami Royer, avaient trouvé pour les artistes qui jouent dans cette pièce des épithètes et des métaphores bien encourageantes. — Il était parlé dans la réclame, de madame Allan, *si pathétique de douleur maternelle* (accordé); de Régnier, *si splendide de naïveté et de bonhomie* (soit); de mademoiselle Fix, *si spirituelle et si animée* (pas d'opposition). Mais pourquoi avoir dit que mademoiselle Dubois, avec ses quinze ans, *semble être encore entre la goutte d'eau et le diamant?* — Ce n'est pas là une position sociale pour une jeune personne. — Ce qui vaut mieux, c'est que mademoiselle Dubois est tout simplement la première *ingénue* que j'aie vue au Théâtre-Français depuis vingt ans. — Seulement, je la supplie de se décider; — il n'est pas convenable qu'une jeune fille hésite si longtemps entre la goutte d'eau et le diamant. — Si Narrey avait voulu, elle serait diamant depuis vendredi; mais Narrey est aussi implacable que Darthenay.

Quant aux vaudevilles de la semaine, cela s'appelle aux Variétés *Un Système conjugal*, — au Palais-Royal, *le Sabot de Marguerite*. Je ne conseille à personne de dîner une heure plus tôt ni de se coucher deux heures plus tard pour voir ces deux pièces. — Mais, enfin, ceux que l'occasion et l'herbe tendre y conduiront n'en mourront pas.

La Porte-Saint-Martin fait beaucoup d'argent avec *la Chambre ardente*. Me voilà, savez-vous, sur un pied de grande cérémonie avec M. Fournier, le directeur de ce théâtre. Il m'a offert la main en plein journal, à la face de l'Europe. Ce n'est pas le cas de faire le dégoûté. Un directeur qui vous donne la main au lieu de vous ouvrir le ventre, c'est très-appétissant. Au surplus, il n'était pas difficile d'en venir là. M. Fournier professe, dit-il, de la *pente*, pour moi (une pente douce qui ne l'a pas conduit à sa ruine). De mon côté, il me rendra cette justice, si j'ai parfois *égratigné* l'homme, j'ai traité avec un scrupule extrême les intérêts essentiels du directeur. J'ai étudié ce théâtre de la Porte-Saint-Martin sous le bénéfice d'une position et d'une responsabilité subalternes, et l'impression qui m'en est restée est un certain respect pour les hommes engagés sur cet océan orageux. C'est un théâtre très-difficile. Le tort de M. Fournier est, peut-être, de l'avoir cru trop facile. La fortune y a des sourires perfides et des réactions implacables. Lorsque, après une ou deux faillites, on le rend à la vie, tout frais badigeonné, la foule l'envahit avec fureur. — Tout y est bon, tout y est beau; — naturellement, on est enchanté : on monte sa maison de ville et de campagne et on demande si Paris est à vendre. — Vient la réaction, hargneuse, obstinée, inexplicable. — Les combinaisons les plus savantes, les plans les mieux conçus échouent alors contre cette fatale influence des dieux jaloux. — Bien d'autres que M. Fournier ont connu ce flux et ce reflux de la fortune. — Malgré tout, c'est un beau, un magnifique théâtre; — on n'y est jamais enrichi, — on n'y est jamais ruiné. — Un acteur exceptionnel, même une ruine imposante suffisent à ramener la foule. — Puis, ce théâtre, rien ne le compromet, rien ne le souille. — Au lendemain des drames de Hugo et de Dumas, on y a vu des bêtes féroces; — tout y est bon de ce qui est étrange, imprévu, puissant. — C'est une scène qui n'exclut que les petits esprits et les petits calculs; — surtout il ne faut pas s'aviser d'y mettre la marmite avec l'espoir d'y vivre en famille. — C'est là surtout qu'il faut *faire grand*, comme disait M. Roqueplan à l'Opéra. — M. Marc Fournier a beaucoup d'esprit et non moins d'intelligence; il a l'avantage de n'être asservi à aucun préjugé; avec de vives sympathies pour la littérature, il sait le parti qu'on peut tirer du métier. — Il a le sens critique et il ne lui arriverait pas de laisser échapper une bonne pièce. — C'est donc que les bonnes pièces ne viennent pas. — Là est la plaie, il faut le reconnaître. — Le dernier jeune homme, comme le disait M. Desnoyers, a été enseveli dans la première ride de M. Bouchardy, et rien n'apparaît. — L'exil, le feuilleton et le roman ont emporté les maîtres de la scène, et, dans ce vide d'une littérature épuisée, le directeur est réduit à tout créer, à tout inventer. — C'est un rude métier; — il y aurait déloyauté à en aggraver les embarras pour son plus mortel ennemi; et il n'est qu'équitable d'en adoucir les rigueurs à celui qui se dit votre ami. — Si donc la branche d'olivier que je présente à mon tour à M. Marc Fournier pouvait être un rameau d'or, je n'hésiterais pas encore à la lui offrir.

XXV

Paris en fête. — Le loup et l'hiver. — Les courses. — La patrie et les aveugles. — Les théâtres. — Cirque : *la Bataille de l'Alma*. — L'armée russe. — Palais-Royal : *Histoire d'un sou*. — La pièce. — M. Gil Perez. — Mademoiselle Cico. — Agacement. — Les deux canards. — Les redemandeurs. — Les claqueurs. — Un négociant. — Coulisses de la claque. — Réformes dans cette institution. — Procédés nouveaux. — Les claqueurs au maillot. — Les claqueurs invalides. — Trait de génie.

5 novembre.

Paris a été en fête pendant huit jours. Le soleil était lumineux (ce qui n'arrive pas à tous les soleils de notre horizon); — l'air était tiède, les femmes parées pour ce regain de jeunesse de la vieille année 1854. — Alors les Parisiens de reprendre le vieux refrain :

> Promenons-nous dans les bois
> Pendant que le loup n'y est pas.

Le loup, c'est l'hiver; — même que, dans un hiver, le loup a attrapé ce fameux rhume dont on parle dans toutes les familles quand l'héritier est enrhumé. — Être enrhumé comme un loup m'a toujours paru, en vertu des préjugés de mon enfance, la limite où s'arrête en cette matière la puissance de l'homme, et j'ai toujours pensé que le père Ducantal avait dû manger du loup enrhumé dans quelque restaurant sournois.

Donc, on s'est beaucoup promené à pied, en voiture, à cheval; — peut-être même a-t-on promené le cheval plus qu'il n'était à sa convenance. — Dimanche, courses au sport de Longchamp ; — mercredi, steeple-chase à la Marche. — Je n'ai pas appris que les chevaux aient rien cassé à leurs cavaliers ; alors ce sera pour une autre fois.

Pour le reste, pas un mot, pas une histoire, pas un scandale. Seulement, *la Patrie*, journal du soir, vient bien de découvrir cette semaine une femme *complétement* aveugle, ce que je ne comprends pas parfaitement, car on est aveugle ou on ne l'est pas. — Si la femme en question n'avait pas été *complétement* aveugle, elle ne l'aurait pas été du tout : elle aurait eu simplement de très-mauvais yeux, et elle n'aurait pas mérité que *la Patrie* s'occupât d'elle.

Au surplus, je ne suis pas mortifié le moins du monde de cette indigence de la chronique hebdomadaire. Je me suis chargé de parler des salons et des théâtres. — Les salons sont fermés, — mais les théâtres sont ouverts, — va donc pour les théâtres.

La semaine a commencé, je crois, par *la Bataille de l'Alma*, au Cirque. — Je n'ai pas vu cette pièce ; j'ai ouï dire par des voyageurs que la première partie, traitée en manière de revue, était amusante. — Il y a aussi, paraît-il, un ballet des *flottes animées* qui serait une chose originale. Quant à *la Bataille de l'Alma* en elle-même, les Français sont vainqueurs, et on ne peut rien désirer de mieux. — — On regrette seulement (toujours d'après mon voyageur, qui est peut-être le *Tartare*) que la direction, de plus en plus indigente en comparses, continue à donner des patrouilles pour des armées. Si la Russie en est arrivée à ce degré de misère de n'avoir plus à son service qu'un caporal et quatre hommes, il ne faut pas publier cette découverte ; il faut cerner ces débris des innombrables phalanges du czar, et la paix est faite.

Vous voyez que je fais un peu mon métier de critique comme cet Anglais faisait son métier de touriste, en s'initiant dans son *Guide-Richard* aux beautés des villes qu'il traversait de nuit en chaise de poste.

Voici maintenant au Palais-Royal l'*Histoire d'un sou*, un petit vaudeville qui dure trente-cinq minutes. — Celui-là, je l'ai vu et je ne m'en repens pas. C'est infiniment drôle, et si peu compliqué, que, moi qui me perds toujours dans les broussailles du scénario, je puis

13.

non-seulement analyser cette pièce, mais encore vous la transcrire textuellement.

M. Eginhard Corbineau a prêté un sou à mademoiselle Fernande de Malaquès, pour compléter le prix d'un omnibus. — M. Eginhard vient réclamer son sou à mademoiselle Fernande, qu'il trouve en toilette de mariée. Alors, avec amertume :

« Comment ! mademoiselle, je vous prête un sou hier, et vous vous mariez aujourd'hui !

— Mais, monsieur, je ne vous dois pas d'explication ; je vous dois un sou et je vais vous le payer.

— Non, mademoiselle, — gardez-le, — je l'ajoute à votre dot.

— Pas du tout, monsieur ; voilà cent sous ; payez-vous et allez-vous-en.

— Mademoiselle, je n'ai pas de monnaie.

— Eh bien, gardez tout.

— Mais, mademoiselle, je ne suis pas un usurier.

— Oh ! heureusement, voici mon père. — Mon père, veuillez bien donner un sou à monsieur.

— Très-volontiers. — Tenez, pauvre homme.

— Vous me faites l'effet d'un vieux farceur, vous.

— Moi, un vieux farceur ! — Apprenez que je suis un noble Espagnol.

— Vous, Espagnol ! Voyons vos castagnettes. — Ah ! vous n'avez pas de castagnettes ; donc, vous n'êtes pas Espagnol ! — D'ailleurs, vous m'avez donné un mauvais sou, un monaco, et j'en reviens à ma première idée, vous êtes un vieux farceur.

— Mais, jeune homme, où voulez-vous en venir avec ces propos qui m'exaspèrent ?

— Monsieur, à épouser votre fille.

— Eh bien, épousez-la et que ça finisse ! »

Et cela finit, en effet, à mon grand regret, car je m'amusais.

Cette aimable pochade est de MM. Clairville et Lambert Thiboust. Je remercie bien ces deux auteurs d'avoir abandonné leur petit ouvrage à toute sa naïveté et de n'y avoir introduit ni le régent ni le cardinal Dubois, ni autres personnages à la poudre. Feu Ancelot n'y eût pas manqué.

Les acteurs comiques ont des procédés très-divers pour arriver à leurs fins : — les uns commencent par rire aux éclats de l'histoire qu'ils vont vous raconter ; — je ne suis pas fâché de voir que l'acteur s'amuse beaucoup, mais sa gaieté paralyse la mienne ; — d'autres traitent le comique à la manière noire : M. Gil Perez est de cette école, et je crois que c'est la bonne. Pour ma part, j'aime beaucoup son air de condamné à mort.

Mademoiselle Cico, comme femme, m'a paru maigrie ; — comme actrice, je ne la crois pas appelée à remplacer mademoiselle Mars ; — comme chanteuse, elle pourrait rendre plusieurs points à une chèvre, en commençant par les points d'orgue.

Je suis peut-être, à l'égard de mademoiselle Cico, plus sévère que mon caractère ne le comporte : — la faute en est à deux audacieux vieillards qui l'ont redemandée à la fin de la pièce. — Je suis décidément très-agacé par cette mauvaise plaisanterie que l'on exécute tous les soirs au profit de toutes les médiocrités assez riches pour payer leur gloire ; tant que je parlerai à l'univers du haut de ma chronique, je ne cesserai de demander la réforme ; — quand je n'aurai plus de chronique je ferai crier un canard dans les rues :

« Voilà, messieurs, — la voilà pour un sou ! — C'est la liste des comédiennes qui ont été redemandées hier, avec le nom, l'âge et l'adresse des personnes qui les ont redemandées.

» Autres détails :

» Ça vient de paraître, on ne le vend qu'un sou ! — C'est le détail circonstancié et la mise en jugement devant la cour d'assises de la Seine d'un individu très-connu dans Paris, atteint et convaincu d'avoir commis un horrible assassinat au préjudice d'un horloger ; — la manière *qu'il* s'y est pris pour étouffer les sanglots de la victime et l'emballer dans une boîte avec des robes de femme pardessus. »

Je crois que ces deux canards, réunissant l'utile à l'agréable (*utile dulci*), pourraient faire une jolie fortune en ville.

Voilà donc mon plan : — je dénonce les *redemandeurs* qui ont un nom, puis les claqueurs en masse. — Ceux du Palais-Royal ont essayé de reprendre en sous-œuvre la tentative des deux vieillards de l'orchestre en faveur de mademoiselle Cico ; mais, en présence de l'indifférence un peu ironique du public, ils se sont bien vite avoués vaincus. — Rare exemple de modération dans une claque aussi tendre, et dont je n'hésite pas à renvoyer tout l'honneur au chef de la compagnie.

J'ai beaucoup étudié la physionomie de ce chef de claque pendant la scène du redemandage, et il me plaît. Il n'a ni chaînes, ni diamant, ni boucles d'oreille, ni bague passée en coulant de cravate : c'est un petit homme d'une figure douce et calme ; des couleurs vives et saines lui donnent la physionomie d'une fille de la campagne ; il y a dans son maintien de la pudeur et de la modération ; à l'analyse, on reconnaît en lui un bon petit négociant en ovations, dévoué aux artistes, mais plus dévoué encore à son art, et aimant mieux *manquer un article* que de compromettre tout le *service* pour les beaux yeux d'une comédienne d'occasion.

Savez-vous que je suis très-sérieusement étonné que cette institution de la claque puisse se soutenir dans les conditions de naïveté où elle est arrivée. Où est le profit? Qui trompe-t-on? Outre tout ce qu'on vous a révélé, ne pouvez-vous vous procurer la satisfaction de voir de vos propres yeux ces braves gens faire leur cuisine?

« Allons, messieurs, de l'entrain... et chaud là !... La pièce sera dure à faire avaler : elle est de deux auteurs très-coriaces. — Soignez bien vos répliques, et surtout vos rappels. Et vous, monsieur Léopard, ne vous trompez donc pas toujours : avant-hier, vous avez rappelé mademoiselle Jenny Colon, qui est morte depuis dix ans. Tâchez d'être à la hauteur de votre époque. — Eh bien, où est donc Gustave?

— Il a la migraine.

— Ah! oui, il est soûl. Ça ne manque jamais aux premières. — Je voudrais que les auteurs qui font boire les hommes soient pilés dans un mortier ! — Allons, messieurs... *espacez-vous! espacez-vous!* Édouard, mettez des hommes au fond pour contenir les baignoires. — Ces baignoires! de vrais greniers à sifflets. J'en demande la démolition depuis cinq ans; mais, à ce théâtre, on ne peut rien obtenir. »

Voilà un aperçu de la manœuvre du bâtiment. Comme c'est ingénieux ! comme c'est voilé et comme le public doit être entraîné quand il voit ces messieurs se pousser des coudes et éclater à heure fixe comme des tempêtes d'enthousiasme prémédité.

La claque telle qu'on la pratique n'est même plus un charlatanisme ; — c'est une bêtise, et voilà son crime. — Dans ce temps où tout est soufflé et surfait, je comprends très-bien que le théâtre ne veuille pas céder le pas aux autres industries ; — mais au moins faudrait-il se donner la peine d'inventer quelque chose pour faire illusion au public.

Mettre, deux ou trois fois par semaine, en présence le même public et les mêmes claqueurs, les claqueurs souriant à leur public des premières représentations, ce public connaissant à fond l'ordre et la marche du triomphe, c'est plus que naïf, c'est idiot !

Si jamais je deviens directeur, je me propose d'étonner mes contemporains par la variété de mes procédés en matière de claque.

Je suppose que je joue une féerie.

Ce jour-là, tous mes claqueurs sont habillés en marmots de deux à cinq ans. — Bichonnés, frisés, suçant des sucres d'orge, grignotant des pains d'épices, mes claqueurs seront censés s'amuser comme des petits dieux. — Je ne négligerai même pas d'avoir quelques claqueurs suspendus au sein de leurs nourrices. — Les familles seront attendries. — Puis il y a dans les féeries des *intérieurs* très-dangereux : — pour préparer les grands décors, pleins d'air et de lumière, on renferme les spectateurs dans un petit *rustique* sentimental ; quelquefois le dialogue se prolonge et le public devient hargneux. J'aurai soin alors qu'un claqueur soit enlevé par sa bonne après avoir manqué envers lui-même au *maxima puero reverentia debetur ;* la bonne appellera mon claqueur *petit intrigant*, et le public, détourné par cet épisode, ne songera pas à siffler mon *intérieur* canaille.

Pour mes pièces militaires, mon parterre présentera l'aspect d'un champ de bataille : tous mes claqueurs seront de vieux braves criblés de cicatrices ; — un claqueur de Vincennes reposera sur un affût de canon : — c'est un canon qu'il aura pris à l'ennemi et qu'il mène au spectacle. — A la prise de la grande redoute, un claqueur du 35ᵉ s'écriera : « C'est bien cela ; j'y étais ! — *Quorum pars !* » ajoutera un jeune lancier, *le fils de famille*, le Bressant de la chose.

— Je n'ose offrir le rôle à Bressant lui-même (les sociétaires sont si fiers !), mais je trouverai bien pour cette réplique un jeune premier sans emploi.

Voilà une claque en situation, pleine de mouvement et de passion.

Puis, je crois que ceci est mon chef-d'œuvre :

Je joue une pièce contre l'agiotage.

Au lieu de faire applaudir ma pièce, je la fais siffler ; — ne vous révoltez pas, directeurs routiniers, c'est plus fort que vous ne pensez. —Ce jour-là, mes claqueurs, éblouissants de chaînes et puisant du tabac d'Espagne dans des tabatières d'or, descendront de voiture devant le péristyle du théâtre en s'entretenant familièrement de Rothschild et de Péreire. « On prétend qu'on va *échiner* les gens de bourse, diront-ils ; eh bien, nous allons voir ça. »

Dès la première scène, mes claqueurs se rendent incommodes au public par leur malveillance systématique. Au premier mot suspect, une tempête de sifflets éclate. Tumulte ! scandale ! — la pièce finit ou ne finit pas, — je ne sais pas encore si je la laisse finir. — L'aventure fait du bruit. — Darthenay lui-même est obligé de reconnaître qu'il y a eu cabale. — Un feuilletoniste vertueux déplore que le premier théâtre qui a eu le courage de supprimer la claque soit victime de son initiative. — C'est alors que le public prend un air crâne et enfonce son chapeau sur ses yeux : « Ah ! ah ! dit le public, les agioteurs sifflent la pièce de M. Villemot ; eh bien, je vais un peu aller l'applaudir ! » Ma fortune est faite, et je meurs avec la gloire d'avoir supprimé la claque.

Enseignements perdus ! — efforts d'un génie stérile en ses résultats ! Ils sont là vingt directeurs qui m'écoutent ; — je gage que pas un n'aura le courage de faire siffler sa pièce.—Ils gagnent cependant si peu à la faire applaudir, qu'ils pourraient bien essayer du contraire.

XXVI

Les ressources de Paris. — Le policuivre. — C'est la faute à Gringalet. —
Une révolution à l'Opéra. — Les qualités directoriales. — Théâtres. —
Odéon : *la Conscience.* — M. Laferrière. — M. Dupanloup. — M. Mazères
et l'Académie. — M. Loëve-Weymar.

12 novembre.

Paris, vous en conviendrez, est une ville de ressources : on y
trouve, comme on dit, l'amour *tout fait ;* — on y mange à tout prix
et quand on veut, excepté chez M. Michel ; — et, si par hasard l'ennui vous gagne, vous avez toujours un remède sous la main.

Tenez, ces jours-ci, je m'ennuyais. — Pourquoi ? — Je ne sais. —
Vous avez sur moi cet avantage que, quand vous me lisez, vous savez
pourquoi vous vous ennuyez. — Moi, je m'ennuie parfois sans motif,
ce qui est le pire de tous les ennuis. — Pour me distraire, j'avais
acheté *la Patrie,* journal du soir. — Chétive distraction ! allez-vous
dire. — Oui, pour le vulgaire qui ne sait pas lire les journaux ; —
non, pour les gens bien avisés qui savent quels trésors renferment
les feuilles publiques. Je sautai lestement les trois premières pages ;
— j'escamotai la Prusse et l'Autriche, deux puissances qui ne sont
pas gaies tous les jours ; — je traversai au pas de course le menu
quotidien de la fatalité parisienne : les vieillards qui tombent en faiblesse, — les mendiants qui laissent trente mille francs de rente, —
les enfants trouvés dans une allée, — les cadavres percés de soixante
coups de poignard, — les exemples de l'imprudence de laisser les
enfants jouer avec des allumettes chimiques allemandes, — les parapluies rapportés par les cochers vertueux. — Je ne suis plus assez
jeune pour m'amuser de ces événements, que je lis invariablement

tous les jours depuis vingt ans. — J'allai droit à la quatrième page, et, là, je trouvai ce que je cherchais, le *policuivre*.

Écoutez :

« Le *policuivre*, liquide inoffensif et agréable, *qui change en récréation* le nettoyage des cuivres. — 75 centimes le flacon ; — 2 francs 60 centimes le litre. »

J'avais trouvé ma distraction.

Je me transportai chez M. Deleschamps, pharmacien, rue Saint-André-des-Arts, n° 1.

« Monsieur, lui dis-je, c'est vous qui vendez un remède contre l'ennui, le *policuivre*?.

— Oui, monsieur, me répondit le pharmacien. Est-ce que monsieur s'ennuie beaucoup?

— Mais pas mal ; et vous? J'ai des langueurs, des mélancolies ; — les brouillards de l'atmosphère se condensent dans mon cerveau ; j'avais songé à aller en Italie.

— Monsieur, dit l'homme de l'art, ces symptômes sont alarmants ; il faut prendre le *policuivre* et à haute dose.

— Quel est donc, monsieur, l'ordre du traitement?

— Monsieur devra prendre pendant huit jours un litre de *policuivre* et l'employer selon la formule. — Monsieur a-t-il des cuivres chez lui?

— Mais j'ai mes chenets, — mon garde-feu et deux boutons de porte.

— Cela suffira, si l'état de monsieur n'est pas chronique. — Monsieur prendra un morceau de flanelle et le laissera infuser dix minutes dans le *policuivre*. — Puis monsieur nettoiera ses cuivres trois fois par jour pendant deux heures, le matin en se levant, avant le dîner et avant le coucher ; — dès le second jour, monsieur éprouvera un mieux sensible ; — le troisième jour, monsieur commencera à chanter : *C'est monsieur Michel qu'a perdu son chat.* — Ce sera la réaction ; — il faudra en profiter pour nettoyer les cuivres avec énergie ; — le huitième jour du traitement, monsieur sera aussi gai que Chicard. Monsieur devra bien prendre garde alors de ne pas poursuivre le traitement, — il deviendrait d'une gaieté folle et on le logerait à Charenton. »

Je serrai la main de M. Deleschamps, qui était plutôt pour moi un ami qu'un pharmacien, et je rentrai chez moi muni de huit litres de *policuivre*. — Je songeais combien les hommes sont insensés de poursuivre des chimères, de s'attacher à la fortune, aux femmes et à la gloire, quand Dieu leur a donné le *policuivre*. J'entrai immédiatement en traitement. — Le premier jour, le nettoyage des cuivres me parut fatigant, — et les autres jours assommant; — le *policuivre* était tombé sur un incurable, — j'y renonçai, et il me fallut chercher autre chose.

Aussi bien la fin de la semaine a été beaucoup plus récréative que le commencement. — On a publié sur mademoiselle Cruvelli une note qui *change en récréation* la fugue de cette chanteuse; — *c'est la faute à Gringalet*, c'est-à-dire la faute de sa femme de ménage, qui avait négligé d'informer l'administration que mademoiselle Cruvelli était allée voir une amie à Bruxelles le jour où elle devait chanter à l'Opéra. Du moment que l'administration de l'Opéra est satisfaite, nous aurions mauvaise grâce à nous plaindre; — mais, pour le public, cette explication rappelle l'histoire de ces maris soupçonneux qui cherchent leur femme absente chez des officiers de cavalerie, et qui apprennent tout à coup, avec une surprise mêlée de joie, que leur chaste épouse a passé trois jours chez sa tante.

A propos de l'Opéra, une révolution administrative, imminente d'ailleurs, y est devenue un fait accompli; — le *Moniteur* y a passé et nous a appris que la démission de M. Nestor Roqueplan était acceptée. — Va donc pour la démission, puisque cet euphémisme convient aux deux parties qui divorcent. — Dans les rumeurs de société, cette démission aurait été un peu provoquée; on aurait su mauvais gré à M. Roqueplan de son immixtion dans la rédaction d'un mémoire destiné à soutenir les droits d'un célèbre baron dépossédé d'une loge. — On parle de M. Crosnier pour cette direction, très-diminuée d'ailleurs dans son importance et son initiative. M. Roqueplan a été bien attaqué dans sa gestion; on reconnaîtra peut-être, à l'expérience, que certains défauts pouvaient être à l'Opéra des qualités essentielles. Pour diriger l'Opéra, il faut avoir *du monde*, des relations, des surfaces brillantes sur des plans solides; — aucun homme n'est peut-être complet pour cette fonction. M. Roqueplan emporte dans sa retraite beaucoup de haines et beaucoup de sympathies; ces dernières sont la récompense de son caractère personnel; le reste est le résultat d'une position où on ne peut faire un mouvement sans blesser un chanteur, une danseuse, un compositeur ou un journaliste. Ces gens-là crient, les chanteurs surtout; et le public de se dire : « Mais ce directeur ne peut donc vivre avec personne! » Je voudrais bien que tout le monde pût en essayer chacun à son tour.

Malgré tout, quand on veut s'amuser à Paris en cette saison, qui n'est plus l'été pour les loisirs des touristes, et qui n'est pas encore l'hiver pour les valseurs, c'est encore au théâtre qu'il faut chercher sa distraction. Les directeurs comprennent la situation et ils se hâtent d'établir des succès qui pourront, pendant trois mois, lutter contre le bal, les soirées, les étrennes et tout le pompeux cortège de l'hiver parisien.

Si vous aimez ces succès, en voici un qui aura du retentissement : — c'est à l'Odéon — mon Dieu, oui, à l'Odéon! — qu'il a éclaté samedi dernier comme une tempête. — Il vit donc encore, ce théâtre invraisemblable? il n'est donc pas mort, ce Dumas? — Tout simplement le lion sommeillait. — A son réveil, il a poussé un de ses plus beaux rugissements et déposé sa griffe puissante sur une œuvre qui porte son empreinte. — Il a trouvé en Allemagne, je crois, les éléments d'un drame émouvant et terrible. — Il l'a appelé *la Conscience*. — Ce titre est un peu vague; mais, quand on connaît la pièce, il prend une haute signification. — Il y a je ne sais quoi de sombre et de touchant dans ce petit intérieur allemand où la pièce est exposée. Ce père rigide et désolé, cette mère faible même devant un crime de son enfant, cette jeune fille qui traverse ces émotions avec le sourire comprimé d'un amour épanoui dans son cœur, ce vieux domestique qui semble soutenir de son zèle et de son dévouement cette maison qui croule, des mots sinistres, et des silences plus sinistres encore nous révèlent que cette famille est penchée sur un abîme. — Au plus profond de cet abîme est le jeune Édouard de Rubhner, le fils et le frère de ces êtres éplorés. Édouard est un joueur. Il est arrivé déjà à cette minute fatale où, enseveli sous ses ruines, il va demander à un dernier coup du sort la réparation de tous ses désordres. — Mais la fortune est implacable à ceux qui la tourmentent. Édouard perd. — Maintenant, c'est plus que la ruine, c'est la honte. — Un gentilhomme fait réclamer avec autorité, presque avec mépris, par un domestique, l'argent perdu ; — et cet homme est un rival. — Dans une heure, il dira à celle qu'il aime qu'Édouard est un homme sans loyauté. — Une caisse est là, celle de M. Rubhner, son père, receveur des tailles de Mannheim. Édouard y plonge une main fébrile. — Tous sont payés, et le gentilhomme insolent, et les juifs ameutés dans l'antichambre. Mais vient le vérificateur de la caisse ; le déficit est constaté. — M. Rubhner est anéanti. — C'est l'explosion attendue depuis le début de la pièce. Ce père égorgé de la main de son fils, mourant de ce coup de couteau qui a porté au cœur, ce père paraît sur le seuil de sa chambre, terrible de douleur et de reproche. — Un désespoir nerveux et convulsif agite le coupable. — Une des plus grandes crises de l'humanité sanglote dans cette maison. — Le vérificateur est un de ces hommes rudes qui, une fois entamés par une émotion, sont remués au plus profond du cœur. — Il couvre le déficit. — Édouard quitte la maison paternelle.

Il vous semblera peut-être que ce scénario est vulgaire ; — mais il est mouvementé par les procédés d'une main savante, habile à manier le spectateur, à l'accabler sous ses émotions incessantes. — Il en est du cœur comme de ces forteresses que le canon entame à la condition de toucher toujours à la même place.

Donc, ces trois premiers actes sont foudroyants.

Après le crime vient l'expiation.

C'est une seconde pièce, plus lente et d'un ton différent de la première ; mais la couleur en est élégante. — Expatrié, Édouard a pris un rang dans le monde : il est le favori d'un ministre, et, dans ce poste élevé, il acquitte toutes les obligations de sa *conscience*, simple et résigné dans les plus sublimes sacrifices comme un homme qui paye une dette, — l'expiation a racheté la faute, et le père vient, par sa bénédiction, consacrer la rédemption.

Ainsi finit ce drame, traversé par des émotions poignantes.

Je n'hésite pas, sous l'impression de cette représentation, à classer M. Laferrière parmi les plus grands comédiens de Paris, la ville des comédiens. C'est un phénomène, ce Laferrière. — On dit, et il ne

s'en cache pas, qu'il a l'âge du siècle, et ce siècle, qui déjà a des
rides, l'artiste le regarde debout, avec la confiance et l'intrépidité
d'une jeunesse qui défie le Temps, ses empreintes et ses défaillances.
— Ne lui demandons pas son secret : — il touche peut-être à la
chimie et à l'alchimie, aux sciences occultes et réprouvées : — toujours est-il que cet homme est un des acteurs les mieux doués que
j'aie rencontrés; — je me sers à dessein de ce mot parce qu'il rend
bien ma pensée. — Laferrière, en effet, est surtout un *acteur;* —
sa composition est un peu théâtrale; — le geste est d'une harmonie
très-méditée; — la diction a une nuance d'idéal qui élève le sens du
rôle sans toutefois déplacer l'optique de la pièce. — Au bout de ses
artifices et de son lyrisme, l'artiste reste profondément humain. —
On dira, je le sais, que le rôle est splendide et que les effets y sont
gradués comme des échelons pour monter à la gloire, — soit! —
mais il en est de cela comme de toute chose; il ne suffit pas d'avoir
pour soi le terrain, la lumière et les dieux propices, — il faut encore
gagner la bataille.

Monseigneur Dupanloup sera reçu ces jours-ci à l'Académie. —
C'est toujours M. de Salvandy qui répond. M. Berryer paraît très-
hésitant. — Ce grand orateur, mis en demeure de faire son discours,
a répliqué modestement : « Je ne sais pas écrire; » ce qui au fond
est peut-être plus vrai qu'il ne pense. — Il y a, en effet, quelque
distance de la prose parlementaire, si riche de licences et de surprises, aux qualités précises d'un littérateur. — Mais, comme on
veut à toute force entendre M. Berryer, on lui a donné pour dernier
délai le 15 décembre; — après quoi, on parle d'annuler sa nomi-
nation.

On discute toujours les chances des nouveaux candidats, et on
croit que M. Ponsard en a beaucoup. — Il faut bien qu'il ait de la
chance quelque part, ce poëte d'un talent si correct et d'un si beau
caractère. — M. Mazères fait ses visites; — dernièrement, il
énumérait ses titres à un académicien, et parmi ces titres, *la Mère et
la Fille.*

« *La Mère et la Fille*, dit l'académicien; — mais... attendez donc...
nous avons déjà reçu quelqu'un pour *ça.* »

M. Loëve-Weymar vient de mourir. — Ce fut une existence aventureuse et accidentée d'épisodes romanesques; — en ce qui nous concerne, nous avons à rappeler quel sillon lumineux M. Loëve-Weymar a laissé dans l'ancienne *Revue des Deux Mondes;* — quelques-uns de ses portraits politiques sont des chefs-d'œuvre. Il meurt jeune encore, après avoir escompté la vie et l'avoir épuisée à toutes les coupes de l'Orient et de l'Occident.

XXVII

Préoccupations nationales. — Les Français et la guerre. — La bourse et la confiance. — Le duel en ballons. — Les canards américains. — Rouerie et naïveté. — L'enfant miraculeux. — Probité d'un merlan et d'une baleine. — Le sauvage qui a fait ses classes. — Origine classique des Américains. — Déchéance de Christophe Colomb. — Gloutonnerie des Américains pour le canard européen. — Chanteuse. — Danseuse. — Tragédienne. — Souvenirs de Lola Montès. — Académie. — M. de Saint-Aulaire. — Le fauteuil en litige. — Cordelier-Delanoue. — La critique littéraire. — Conflit d'opinions. — L'école terroriste et l'école Darthenay. — Théâtre-Français, *la Niaise.* — M. Janin. — M. Houssaye. — *La Czarine.*

19 novembre.

L'esprit public continue à se mouvoir dans un vague énervant. — Les questions purement *parisiennes* sont dominées par les préoccupations nationales, et, comme la situation se signale par l'absence d'informations précises, la causerie clapote entre deux courants, optimiste et pessimiste. Les uns n'ont foi qu'à Canrobert, les autres ne croient que Mentschikoff. — Au fond, tous les bons esprits demeurent convaincus que la France l'emportera et frappera son grand coup d'État dans la mer Noire; mais il n'en demeure pas moins vrai que les Français n'aiment de la guerre que les actions d'éclat, les

14.

triomphes soudains, les coups de main héroïques, tout ce qui peut
se traduire au Cirque-Olympique en Cosaques terrassés et en Français invulnérables : — les longues et savantes opérations d'un siége,
les lenteurs calculées, tant pour le succès que pour le ménagement
de la vie des hommes, tout ce qui ne marche pas à la baïonnette
n'est plus dans le tempérament d'un peuple impatient et fébrile.
C'est un enfant gâté par les *victoires et conquêtes*, qui boude la fortune, même dans ses haltes glorieuses, et à qui il faudrait offrir la
clef de toutes les forteresses sur un plat d'argent. Il est vrai que,
dans ce cas, le Parisien serait peut-être vexé d'avoir vaincu sans
résistance : — alors mettez que c'est un peuple fort difficile à servir
selon son goût. — Dans la situation actuelle, ce que les gens raisonnables ont de mieux à faire, c'est de se persuader que la France et
l'Angleterre réunies, les chefs d'État, les ministres, les gens de
guerre de tout grade, les marins, les amiraux et les simples soldats
en savent presque autant sur le fort et le faible de notre grande expédition que les boursiers en défaillance.

A vrai dire, les Parisiens n'ont guère eu cette semaine qu'une distraction, mais, par exemple, une distraction de première classe, *le
duel en ballons*, raconté par les journaux américains avec ce sang-
froid et ce luxe de plumage qui distingue le canard du nouveau
monde. Donc, deux hommes s'étaient pris de querelle particulière
dans cette grande querelle de l'esclavage toujours pendante aux
États-Unis. — Les deux adversaires résolurent de se signaler par
des procédés qui feraient rougir tous les raffinés de la vieille Europe.
— On convint de se battre en ballon, et chacun eut le choix de ses
armes; un des deux combattants emporta du canon; l'autre mit sa
confiance dans la carabine. — L'homme au canon envoya un boulet
dans la machine de son adversaire; — celui-ci fut précipité sur la
terre; — mais, en traversant la ligne horizontale où se tenait son
ennemi, il lui dépêcha une balle dans la tempe. — Les deux aéronautes avaient fait *coup fourré*.

C'est un singulier peuple que le peuple américain, mélange curieux
de rouerie et de naïveté. — A peine né à la vie sociale, il a dépassé
l'Europe dans la pratique de tous les charlatanismes. — Toutes les
exubérances croissent et se développent spontanément dans ses jour-

naux, hauts comme le cèdre du Liban. — Le fameux serpent de mer est d'origine américaine ; c'est aux environs de Philadelphie qu'est né cet enfant venu au monde avec une perruque (mais ne riez donc pas sans attendre l'explication ! le père était coiffeur ; — il travaillait à une perruque qui devait l'immortaliser ; — la mère en fut tellement préoccupée, que son fruit porta perruque). C'est sur la table du grand hôtel Saint-Nicolas, de New-York, que fut servi ce fameux merlan dans le ventre duquel un voyageur retrouva le portrait de sa sœur, qu'il avait laissé tomber à la mer en s'embarquant au Havre. — Les journaux américains vécurent six semaines de ce merlan. — On l'appelait le *merlan fidèle*, le *merlan voyageur*. Cela rappela à un journal qui venait de paraître que, l'année précédente, un marin avait retrouvé son parapluie dans le ventre d'une baleine. — D'histoire en histoire, il demeura démontré que rien n'est perdu en ce monde et que tout se retrouve dans le ventre des poissons.

J'allais oublier le meilleur, cet Indien parfaitement sauvage qui s'était retiré dans une grotte :

Un jour, la grotte fut fouillée, et on y trouva, entre autres curiosités romaines, un manuscrit de Tacite. — Cette découverte donna aux journaux de l'endroit beaucoup à penser sur l'origine du peuple américain. — Le pieux Énée, *pius Œneas*, parle toujours d'un pays merveilleux que les Latins visitaient tous les dimanches. — Par hasard, le pieux Énée n'aurait-il pas précédé Christophe Colomb, et le navigateur génois ne serait-il qu'un escroc? — Les paris sont ouverts.

A côté de cette merveilleuse disposition au canard du grand format, la jeune Amérique déploie une ingénuité charmante à l'endroit des petits canards que lui envoie l'Europe. — Nos chanteuses essoufflées, nos danseuses éreintées, nos tragédiennes en faillite, l'Amérique reçoit tout, adopte tout. — Un million à madame, — deux millions à mademoiselle. — Un magistrat fait monter en épingle la pantoufle de Fanny Elssler ; Lola Montès donne dans le nouveau monde des *conversations* sur le pied de mille francs par oreille (on traite de gré à gré pour les conversations criminelles). Les Américains en ont-ils pour leur argent? peut-être bien. — Je ne sais rien de plus réjouissant que la version que me donnait à moi-même, de son excursion en Bavière, cette avaleuse de gendarmes. « J'étais arrivée à Munich avec trois cent mille francs, disait Lola ; le roi m'a tout mangé ! » — Quel Arthur ! Il est vrai que la version de Lola est un peu contestée. — Une madame Az..., sa logeuse, racontait à cette époque qu'elle avait prêté à l'intrépide amazone une paire de bas pour aller en Bavière. — Ordinairement, on n'emprunte pas une paire de bas pour y cacher trois cent mille francs.

Revenons un peu de ce côté-ci de l'Océan.

La mortalité s'est mise parmi les immortels.

Après Ancelot, c'est M. le comte de Saint-Aulaire qui vient de laisser encore un fauteuil vacant à l'Académie. — M. de Saint-Aulaire descendait en ligne droite de l'auteur du fameux quatrain :

> La divinité qui s'amuse
> A me demander mon secret..., etc.

C'était un *noble* dans toute l'acception du mot. — De grande nais-sance, il avait servi l'État dans des missions importantes. — Son aménité semblait une de ces obligations naturelles que les hommes de son rang trouvent dans les traditions de leur famille. — Lié par son nom à l'ancienne société, il se rattachait à la nouvelle par sa valeur personnelle et ses alliances. — Dès le commencement de la Restauration, il avait marié une de ses filles à M. le duc Decazes, cet homme d'État dont le ministère fut un règne. — Une singularité à noter dans cette famille, c'est que M. de Saint-Aulaire n'a jamais porté que le titre de comte qu'il tenait de l'empereur, tandis que son fils, qui a repris le titre de ses ancêtres, porte celui de marquis.

Donc, voici encore un fauteuil vacant à l'Académie. — Quant à celui qui est disputé en ce moment, il demeure toujours positif que M. Ponsard a des chances ; — on parle bien aussi de M. de Falloux ; — on parle même encore de M. Legouvé, sans oublier MM. Augier et Sandeau. Un peu de patience, messieurs ! nous en serons tous : il ne faut pour cela que du talent, ou de la persévérance sans talent.

Un homme de lettres, Cordelier-Delanoue, vient de mourir à l'âge de quarante-huit ans. — Je n'ose dire que ce soit un malheur pour

lui-même. — Une maladie des organes de l'estomac l'avait transformé depuis plusieurs mois en squelette ambulant, et il était arrivé
à cet état où, selon l'expression un peu cynique d'un homme d'esprit,
c'est une politesse envers ses contemporains de se faire enterrer.
Delanoue était borgne, et l'origine de cette infirmité est assez extraordinaire. — Il était en nourrice lorsqu'une poule, au moins indiscrète, lui mangea un œil. Delanoue avait été employé de la liste
civile de Louis-Philippe; — il y a quelques années, il avait épousé
madame Raimbaut, fille du chanteur Gavaudan. — Il avait des
instincts littéraires, mais sa production fut très-limitée. — Il a
donné un drame aux Français, *Mathieu Luc*, personnage dont l'ana-
gramme est révoltant.—Il avait fait aussi un *Cromwell* avec Dumas,
à la Porte-Saint-Martin.

Quoique j'aie peu de chose à démêler avec la critique littéraire
proprement dite, je me suis vu empoigner récemment par un honorable confrère qui m'a classé tout net dans les Darthenay. — Plût à
Dieu que j'eusse la bienveillance universelle de cet excellent homme,
qui a traversé pendant vingt-cinq ans le drame et le vaudeville, sans
rencontrer un prétexte de mauvaise humeur! — Quelle santé, quel
estomac, et quelle égalité de caractère il lui a fallu pour se soutenir
ainsi, pendant un quart de siècle, dans cet optimisme radieux, qui
n'a jamais vu que les aspects sublimes de la vie littéraire! — Homme
d'esprit, malgré tout, que ce Darthenay, et cachant sous les fleurs
plus de malice qu'on ne pense. — Il a sa langue et il faut savoir le
lire et le comprendre. J'admire toujours comment il sait dire qu'une
pièce a été sifflée, en annonçant sèchement qu'elle a obtenu un *bril-
lant succès*. — Ce jour-là, nous savons à quoi nous en tenir, et nous
nous disons entre nous : « Darthenay a été bien sévère! »

En ce qui nous concerne, la vérité est que notre critique a des défaillances parce qu'elle a des entrailles. — Un jour, on obéit à la voix
implacable qui vous crie : « Tue! tue! — le public saura bien reconnaître les siens. » Le lendemain, on se prend de scrupules. — Assurément, on a toujours le courage, ou il ne faudrait pas s'en mêler,
de percer d'une épingle les vanités gonflées qui s'imposent par le
charlatanisme, la réclame, et l'audace de l'ambition en délire. —
Mais, ceci fait, on se demande s'il est bien utile d'aller tourmenter

dans son obscurité et sa modestie quelque pauvre diable d'artiste qui grignotte un petit emploi de 1,200 fr. — Cela est-il bien utile à l'art, et cela vaut-il bien la peine d'affiler pour cette maigre besogne le rasoir de Figaro ? — Voilà le dissentiment qui me sépare de mon *empoigneur*, M. Villemessant. — Celui-ci est un journaliste de l'école terroriste ; — une fois parti pour la chasse au lion, s'il rencontre des rats sur sa route, il les extermine ; — et il rentre au bureau du journal fier et vainqueur, portant douze figurants au bout d'une perche. Il ne lui manque plus que d'emprunter au marchand de mort-aux-rats, que j'ai rencontré ces jours-ci dans la rue Saint-Honoré, cet avis suspendu à la perche : « On tue à domicile. »

Le Théâtre-Français a donné une comédie en cinq actes de M. Mazères, *la Niaise*. — Il serait malséant d'en médire après tout le monde. — M. Janin a fait sur cette pièce un feuilleton charmant d'ironie. — Il a loué avec une perfidie, peut-être un peu cruelle, cette littérature départementale de préfet en retraite convoitant un fauteuil d'Académie. — Le prince des critiques, comme Darthenay, a été bien sévère en faisant remarquer que l'esprit de M. Mazères n'a pas varié depuis *les Trois Quartiers* et *le Jeune Mari* ; — mais le Théâtre-Français lui-même a peut-être un peu dépassé la mesure d'une critique décente en annonçant que le cinquième acte de *la Niaise* venait d'être supprimé *avec une rare habileté*. — Je savais que M. Arsène Houssaye avait bien de l'esprit; mais je ne lui soupçonnais pas autant de scélératesse. — Je crois néanmoins que le théâtre est dans une bonne voie et je compte bien qu'avant peu il aura supprimé le reste, toujours *avec une rare habileté*.

Il paraît que le Théâtre-Français va s'occuper, toute affaire cessante, de *la Czarine*, de M. Scribe. — Quelqu'un à qui on demandait des renseignements sur le sujet de cette pièce a répondu : « C'est *l'Étoile du Nord*, — musique de mademoiselle Rachel. »

XXVIII

La guerre. — Le chauvinisme. — Fusion. — Préoccupations sérieuses.
— L'aristocratie anglaise. — Autres pays, autres mœurs. — La veuve
du fourreur et son prospectus. — Théâtres. — Vaudeville : *les Maris
me font toujours rire.* — La pièce. — Les acteurs. — M. Félix. — Porte-
Saint-Martin : *le Comte de Lavernie.* — Madame Guyon. — Souvenirs
de l'invasion et de *la Pie voleuse.*

26 novembre.

Ce siècle en son âge mûr se souvient des prouesses de son jeune
âge. — Nous voilà revenus aux grandes guerres. — Les empires se
heurtent dans des chocs immenses. « Dieu protège la France! » tel
doit être le cri de tous les partis, si toutefois il reste des partis en
présence de ces grandes crises nationales. — Dans les jours de paix,
on a tout le loisir de chansonner le *chauvinisme.* — A l'heure où
le canon retentit aux Invalides, et nous l'avons entendu ces jours-ci,
malheur aux cœurs éteints qui ne sentent pas vibrer en eux l'écho
du bronze qui, de sa voix terrible, annonce des victoires remportées
au prix du sang de nos soldats. L'un des incurables de la République,
Barbès, du fond de son cachot, enseignait à ceux de sa religion le
devoir des Français aux prises avec l'ennemi. — Les anciens partis
dynastiques se signalent également par leur esprit de nationalité ; les
chefs parlementaires, nous le disons parce que nous le savons, com-
priment tout ressentiment et toute arrière-pensée. — Que la France
soit forte, qu'elle soit grande, tout le reste est secondaire.

C'est ainsi que partout, dans les salons, dans les foyers de théâtre
et dans les chroniques, les frivolités de la vie parisienne font place à
des préoccupations plus élevées. Ce n'est guère le moment d'aiguiser
l'esprit, de faire des mots et de raconter des histoires de ruelles. —

Une chanteuse était partie, — elle est revenue, elle chante! la belle affaire! Dites-nous plutôt que notre armée est retranchée dans une position inexpugnable ; que, là, elle brave les cent mille Russes du prince Mentschikoff, en attendant cette autre armée qui vient la renforcer. Les femmes ont abandonné le crochet et la potichomanie ; — elles cèdent la parole aux hommes, mais elles sont attentives aux récits de la guerre. — Avec cet instinct de tout ce qui est noble et grand, elles ont applaudi avec toute l'Europe émue et consternée à cette admirable charge de la cavalerie anglaise, traversant des divisions russes comme le cheval du Cirque traverse de part en part son cercle de papier. — Mais aussi que de deuils ! Savez-vous bien que ces officiers qui succombent appartiennent tous, par le privilége de la naissance et du devoir, aux plus hautes familles de l'aristocratie anglaise? — Savez-vous bien que tous ces braves qui donnent leur vie pour « la vieille Angleterre, » ont des palais à Londres, des châteaux dans les comtés, tout ce qui attache à la terre par le prestige de la fortune et de la puissance? Les faiseurs de systèmes admirent ce phénomène de l'aristocratie anglaise se soutenant dans ce siècle égalitaire. — Qu'ils veuillent bien y regarder d'un peu plus près, et ils verront que le premier des priviléges de cette superbe et intelligente aristocratie, c'est de mourir pour le pays. — Voyez la terre, — voyez la mer, — partout où vous rencontrez un uniforme rouge avec des épaulettes d'or, vous êtes en présence d'un héritier des premières familles de l'Angleterre.

Chez nous, les devoirs de la guerre sont répartis dans toutes les classes de la société ; nos officiers sortent indifféremment de la chaumière ou d'un hôtel du faubourg Saint-Germain. Le sacrifice rétablit l'égalité, et le mérite la supériorité ; — voilà nos mœurs et notre organisation sociale : — soyons-en fiers, car elles ont produit de grandes choses. — Mais appliquons-nous à comprendre d'autres répartitions du droit et du devoir chez un peuple très-différent d'instinct et d'organisation.

Maintenant, lecteurs, si vous me trouvez bien sérieux pour un chroniqueur, songez qu'une chronique un peu bien apprise est l'expression de la société, et que la société tout entière est tendue aux choses graves.

Voici cependant du genre léger :

Il y avait une fois un fourreur.

Tous les hommes sont mortels ; le fourreur vint à mourir, la calomnie s'attacha à la veuve du fourreur ; pour confondre la calomnie, la veuve du fourreur a publié une circulaire dont voici le texte :

« Des confrères, que je ne veux ni ne dois nommer, ont cherché, par des moyens peu dignes, à persuader à quelques-uns de mes clients que je devais abandonner le commerce. Pour rester dans ma dignité, et me servir de la seule force que me donne ma faiblesse de veuve, je n'ai que ceci à leur répondre : je suis mère ! ! !... et je dois abjurer toute pensée d'ambition personnelle, car j'ai un nouvel avenir à créer à mon fils, qui, je l'espère, pourra, d'ici à quelques années, non-seulement me seconder, mais encore apporter le tribut d'une jeune intelligence si facile à saisir et réaliser tout ce qui touche au bon goût de son époque.

» Ve BARRÉ,

» *Rue des Fourreurs*, 10. »

Figaro, protecteur de la veuve et de l'orphelin, ne pouvait se dispenser de donner le concours de sa publicité à la veuve du fourreur.

Pendant ce temps, drames et vaudevilles continuent leurs ébats.

Le théâtre du Vaudeville nous a donné les *Maris me font toujours rire.* — Les vaudevillistes ont ordinairement la main un peu lourde lorsqu'ils parlent des maris ; — cette fois, ils ont été légers, agréables et amusants, sans trivialité. Il s'agit d'un beau scélérat qui, au premier acte, raille les maris, leurs travers, leur humeur soupçonneuse et jalouse ; — au second acte, le Lovelace est marié, et, à son tour, se comporte en mari. — Cette petite moralité, je le répète, est déduite dans des scènes très-vives, très-animées et touchées avec une certaine délicatesse. — Je crois que la pièce a par elle-même le souffle d'un succès d'argent ; — mais, dans tous les cas, ce premier sourire de la fortune est d'un très-bon augure pour la grande aventure que prépare le théâtre. Plus tard, quand il sera mieux assis, M. Boyer avisera à soutenir, par un répertoire, des ouvrages qui, isolés, ne présentent peut-être pas une attraction suffisante à la foule, gâtée par les gros morceaux qu'on lui a servis dans ces derniers temps. Félix est un acteur dont le goût n'est pas toujours sûr; — mais il a une grande qualité, *il porte* et se met en communication très-vive avec son public. — En frappant fort, il frappe souvent juste; — cette fois encore, c'est lui qui anime cette pièce de sa verve un peu exubérante; — il en est la flamme et le remorqueur, et c'est à toute vapeur qu'il la conduit au dénoûment. Une seule observation à Félix. — Je n'ai jamais écrit dans les journaux de modes, et je ne me sens pas appelé à donner à qui que ce soit des leçons de dandysme et de haute tenue, au point de vue de l'habit et du pantalon; — mais je me sens très-compétent pour donner des leçons de négligé. — Félix est-il bien sûr d'avoir rencontré, à onze heures du matin, un élégant, un homme du monde, en habit noir, en cravate blanche et en chemise à bouffants? Il faut au moins être de noce pour se trouver en pareil gala à pareille heure.

La veille, la Porte-Saint-Martin nous avait donné le *Comte de Lavernie*. — Prenez le *Verre d'eau*, — délayez-le dans un petit océan; — à Bolinbrocke et à la duchesse de Marlborough, substituez Louvois et madame de Maintenon; — mettez en lutte ces deux puissances, le ministre tendant des piéges à la favorite, celle-ci attirant le ministre dans ses trappes; — chacun d'eux culbutant et se relevant tour à tour, jusqu'au dénoûment qui amène le triomphe de la veuve Scarron, et vous aurez le squelette de cette grande charpente. — La pièce se dessine un peu lentement, — si lentement, que, le premier jour, elle nous a retenu de sept heures à une heure du matin. — Elle intéresse plus les yeux que l'esprit. — L'agitation y tient souvent plus de place que l'action; mais enfin elle occupe; et, plus mouvementée dans ses dernières parties, elle a obtenu un succès. — Ce qui est irréprochable, c'est la part de l'administration; — la mise en scène est d'une grande splendeur. — Il y a surtout, au quatrième tableau, l'intérieur d'un nabab hollandais qui nous a paru très-riche de ton et de couleur. — Madame Guyon représentait madame de Maintenon; elle y a déployé toute sa science de comédienne bien stylée et bien apprise; — elle a *déblayé* le rôle au moyen d'un procédé qui a fait sa réputation, et qui consiste à éteindre, au profit d'un naturel un peu de convention, les grands éclats de voix dont ses devancières étaient prodigues. — Madame Guyon a tout à la fois ce bonheur et ce malheur de n'être plus discutée; — on la connaît, elle est classée; — on n'attend d'elle rien d'imprévu. — On l'applaudit de confiance, et presque toujours elle le mérite. — Une critique qui irait au fond des choses lui reprocherait de ne pas s'être préoccupée de composer une physionomie quasi historique à madame de Maintenon. On pouvait en faire, au choix, ou l'intrigante austère qui, croit-on, en dépit du drame, finit par épouser bel et bien le roi Louis XIV; ou la parvenue mélancolique qui expirait de grandeur et d'ennui dans le palais de Versailles, et contemplait de petits poissons rouges, tristes dans l'eau limpide de leur bocal, en regrettant, comme eux, *sa bourbe*. — Madame Guyon a pour excuse que le rôle est bien banal et bien peu indiqué à l'un de ces deux points de vue.

Ainsi donc, rassurez-vous, nos théâtres ne sont pas encore fermés. — Il y aura toujours place à Paris pour les émotions du roman à côté des émotions de l'histoire. Feu Moëssard me racontait souvent que, le jour de la seconde entrée des étrangers à Paris, on donnait à ce même théâtre de la Porte-Saint-Martin, *la Pie voleuse*, alors en pleine vogue. — Il y avait 1,800 fr. de recette, et on ferma les portes de la salle parce que le bruit des canons, roulant sur le pavé, nuisait à l'intérêt du dialogue. Je ne rapporte pas ceci comme une chose bien glorieuse pour la France, mais comme un exemple très-saillant de la souplesse de l'esprit parisien. — A la vérité, nous sommes devenus un peu plus sérieux et un peu moins fanatiques de la *servante de Palaiseau*. Je me plais à espérer que nous ne serons plus soumis à la même épreuve, et, dans tous les cas, que nous la soutiendrions d'une façon plus digne.

XXIX

Un sujet de pièce pour Grassot. — Gaieté : *les Cinq cents Diables*. — La
pièce en particulier. — Les féeries en général. — Mademoiselle Alphonsine. — Un figurant susceptible.

3 décembre.

M. Dormeuil veut-il me permettre de lui communiquer un sujet de
pièce qui m'a été confié par un homme de lettres inconnu. — Si le
sujet ne lui paraît pas trop sérieux, il avisera.

M. Canada, épicier à Boston, écrit à M. Raisiné, épicier à Paris :

« Je m'empresse de vous informer, en réponse à votre honorée
du…, que je vous expédie en date de ce jour : 1º mon fils, qui doit
épouser votre fille; 2º le singe que vous m'avez demandé. — Le capitaine qui s'est chargé du singe n'ayant pas voulu se charger de mon
fils, j'ai dû les embarquer sur deux paquebots différents. — Je ne sais
pas lequel arrivera le premier; mais vous verrez bien. »

Entre Grassot.

« Bon ! dit M. Raisiné, — voici le singe ; — mon gendre ne peut
tarder. »

Une fois dans la maison, Grassot s'y comporte si mal, que M. Raisiné le fait enfermer au Jardin des Plantes.

Le second tableau représente Grassot dans le palais des singes. —
Après quelques tours de souplesse qui font frissonner Mazurier dans
sa tombe, Grassot confie au public la situation élégiaque d'un homme
réduit par l'erreur d'un épicier à la condition de singe. — Grassot
prend le parti de se pourvoir par-devant le garde des sceaux. — On
nomme une commission pour reconnaître si Grassot est un homme
ou un singe. — La commission est très-hésitante dans ses conclu-

sions. — Enfin, Grassot déclare à la commission qu'il est socialiste. — Les singes n'ayant pas des opinions aussi avancées, Grassot est reconnu homme quoique bête. Je crois bien qu'il épouse mademoiselle Raisiné.

Voilà la pièce : il ne s'agit plus que de la faire.

Maintenant, allons à la Gaieté.

Il s'agit d'une féerie, *les Cinq cents Diables ;* — c'est long, je vous en préviens, et ce n'est pas amusant. — Je me demande comment un homme de talent comme M. Dennery, un homme de talent et d'esprit comme M. Dumanoir, ont pu s'annihiler à ce point. — Sur trente tableaux ne pas rencontrer une idée un peu ingénieuse ; sur six cents calembours, coq-à-l'âne, calembredaines et fariboles, ne pas trouver une plaisanterie qui n'ait déjà fait rire en son temps le directeur Barras ou l'archichancelier Cambacérès ; — ils l'ont donc fait exprès ? — C'est bien possible. — Je trouve un peu trop répandue parmi les auteurs de féeries cette théorie, que, quand l'administration se met en frais de décors et de costumes, ce serait un luxe de la part des auteurs de se mettre en frais d'esprit ; — alors et toujours on reprend le *Pied de Mouton,* et on pille la plaisanterie de Martainville, qui est bien coupable de l'avoir inventée. — Ce qu'il faut dire, c'est que presque toujours le succès justifie cette capitulation de conscience. On montre au public une grande table de nuit qui sort d'une petite malle, des bahuts qui deviennent des carrosses, des poteaux qui marchent : il accourt, et, jusqu'ici, il n'en a pas demandé davantage ; — mais j'entrevois que, quelque jour, le *truc* ratera entre les mains d'un directeur, et le théâtre sera bel et bien mis en faillite par les magnificences du prince Charmant et de son fidèle écuyer. — On verra bien alors si le tribunal de commerce est tendre pour les calembours.

Les décors de la féerie nouvelle sont, comme l'esprit de la pièce, un peu trop conformes à la tradition ; — ils sont quelquefois beaux, mais sans invention. — J'en excepte le dernier, où il y a un effort de mécanique : — il représente tout un ciel *praticable* chargé de personnages olympiens, et qui marche en s'abaissant vers le public.

La pièce est jouée à la diable. — Seule, cette fameuse Alphonsine, que je ne connaissais pas et que j'ai vue enfin, m'a paru ingénieuse.

15.

imprévue et agaçante au delà de toutes mes prévisions. — Elle sera la fortune de la pièce, si fortune il y a.

Quant aux autres acteurs, ce n'est pas leur faute si on ne distingue rien dans ce cahos. — Il y a eu probablement des rôles enviés et disputés dans cette pièce comme dans toute autre; pour le spectateur, ils se valent. — Les artistes seuls ont le secret de la hiérarchie des rôles, et cela me rappelle une assez bonne plaisanterie.

On donnait, il y a une vingtaine d'années, au Cirque une féerie intitulée : *Za ze zi zo zu.* — Une des inventions de la pièce consistait à présenter au public un jeu de cartes et un jeu de dominos animés. — A la répétition générale, un figurant va trouver Ferdinand Laloue :

« Monsieur, lui dit-il, est-ce que l'administration n'est pas satisfaite de mon service?

— Si, mon garçon...

— Eh bien, alors pourquoi me fait-on une injustice ? *On monte* un jeu de dominos et on me donne le double as, tandis qu'un nouveau, entré d'hier, a le cinq-six. — Ce n'est agréable ni pour moi ni pour ma famille. »

Laloue était un homme excellent; — il avait l'habitude de traiter toutes les maladies mentales par les émollients.

« Mon ami, dit-il au figurant, tu as parfaitement raison, — tu es le meilleur sujet du théâtre; — je te donne le double six. »

Le figurant fut heureux, et sa famille put avouer à la face du quartier un homme qui était le double-six dans un jeu de dominos.

XXX

La guerre. — Les petits cadeaux entretiennent l'amitié. — Les lettres de Crimée. — Officiers et soldats. — Lettre d'un troupier. — Conséquences d'une balle. — Laideur des Russes et les suites. — Un mort qui ressuscite. — Théorie sur le courage. — Le duel et le suicide. — La saison. — Madame de Lieven. — Son salon. — Madame Kalergi. — Toutes les Russes ne se ressemblent pas. — Vaudeville : *Grégoire.* — Anachronisme. — Palais-Royal : *la Mort du pêcheur.* — Pièce et décors. — Mademoiselle Duverger. — L'art et l'arithmétique. — *Le Lait d'ânesse.* — Les paysannes de convention. — Variétés : *Dans un coucou.* — Gaieté des farceurs.

10 décembre.

Le calme a succédé dans l'esprit public aux fièvres de l'impatience; — on a enfin pris son parti d'une guerre longue, — on s'habitue à la pensée de voir notre armée hiverner en Crimée; — les familles envoient à leurs fils, frères, époux et amants de petits cadeaux qui seraient assez mal reçus à la Chaussée-d'Antin, mais qui ont bien leur valeur sur les bords de la mer Noire, comme, par exemple, des sabots et des peaux de mouton. — Plus d'un officier, la fleur des pois des salons parisiens, bénit la main blanche et délicate qui lui envoie ces présents des temps héroïques. La mode n'est guère aux Pénélopes; — il est très-rare que de nos jours les femmes se relèvent la nuit pour défaire la trame de leur tapisserie; — mais il reste encore des Télémaques et des Ulysses dont le retour est attendu et qui, plus heureux que les héros d'Homère, peuvent au moins donner de leurs nouvelles.

Les communications sont devenues assez actives entre nos officiers et leurs familles; — les lettres datées de Sébastopol sont dévorées dans tous les salons, et il y a, en effet, un intérêt puissant dans ces lignes tracées à la hâte, interrompues par le feu de l'ennemi et reprises en *post-scriptum* après la bataille. On s'explique mieux le courage et la persévérance du soldat par l'espèce d'indifférence stoïque qui fortifie les hommes en présence de la mort. — Les élégies ne sont pas longues, je vous assure : « Un tel est tué. — Dites à madame... que son fils est mort en brave. — Mon frère est grièvement blessé ; Dieu veuille qu'il ne languisse pas à l'hôpital et puisse se relever pour mourir au moins d'un boulet. »

Ce dernier vœu, que j'ai trouvé consigné dans une lettre, m'a paru assez spartiate pour mériter d'être cité. — Au reste, tout est du même style et de la même encre ; cela s'écrit avec de la poudre délayée dans le sang. Le langage des simples soldats est peut-être encore plus pittoresque, et respire cette gaieté et cette insouciance qui ont toujours caractérisé notre nation.

J'ai lu, ces jours-ci, une lettre écrite par un brave tourlourou qui, il y a quelques mois, contemplait paisiblement Polichinelle aux Champs-Élysées. — Maintenant, le gaillard est initié à l'argot des braves : — une charge à la baïonnette s'appelle *travailler à la fourchette ;* la plus aimable plaisanterie circule à travers les terribles tableaux de la bataille.

« Le fils à madame Godet, écrit notre héros, a reçu une balle dans l'œil. On le plaisante là-dessus au régiment, parce que ça le gêne pour loucher, et que vous savez qu'il ne s'en privait pas dans ses foyers.»

J'aime aussi une appréciation des Russes par le même troupier :

« Les Russes sont très-laids. On voit que les officiers comptent là-dessus pour nous faire peur. Il est certain qu'il faut s'aguerrir à leur figure. J'ai eu de la peine à m'y faire, ainsi qu'à un grognement sauvage qu'ils poussent en nous abordant ; — mais, depuis, j'ai reconnu que c'étaient des farceurs comme ceux qui, en carnaval, mettent un masque pour effrayer les enfants et se sauvent dès qu'on les poursuit. — Ce n'est pas à dire que les Russes ne se battent pas bien : ce sont, au contraire, des troupes très-solides ; seulement, ils sont un peu démontés, parce que leurs généraux et leurs popes leur promettent toujours des victoires qu'ils ne voient jamais venir. »

Je confesse que j'ai un peu accommodé l'orthographe du brave aux exigences d'une civilisation raffinée ; mais j'ai soigneusement respecté le texte.

A propos des Russes et de leur laideur, on raconte une histoire d'autant plus fantastique, qu'elle fait contraste avec cet héroïsme de nos alliés, auquel tous les nôtres rendent un témoignage exalté. Il s'agit d'un jeune officier appartenant à l'une des premières familles de l'Angleterre. — Après la bataille, l'officier ne reparaît pas. Il n'était pas difficile de pressentir son sort, celui de tant de ses frères morts en héros. — On cherche son cadavre pour lui rendre les derniers honneurs, et on le trouve sous une pile de morts. — Mais, ô bonheur! le mort fait un mouvement. — Il n'est donc que blessé. — On cherche, et, au bout de cette pieuse enquête, on découvre que le ci-devant mort était tout simplement évanoui. — En effet, le mort revient à lui, et, avec une louable franchise, avoue que l'approche des Russes, leur laideur, leurs cris et leurs baïonnettes, tout cela lui a donné un vertige à la suite duquel il a senti ses jambes se dérober sous lui.

« Mon ami, dit lord Brown, voilà une fâcheuse aventure qui va vous couvrir de ridicule pour le moins. Heureusement, vous ne manquerez pas d'occasions de vous relever aux yeux de toute l'armée, et, à la première rencontre, je vous donnerai un poste qui vous couvrira de gloire.

— Général, répliqua l'officier, ne vous donnez pas tant de souci pour moi; j'en suis indigne. J'ai consulté mes nerfs, et je vous déclare qu'aucune considération ne me déterminera à revoir les Russes en face : ils sont trop laids!

— Mais, repartit lord Brown prenant la chose sévèrement, je vais vous faire fusiller.

— Ceci est une autre affaire, dit l'officier. Mes nerfs me permettront très-bien de supporter en face la vue d'un peloton de beaux highlanders qui, poliment, sans cris et sans convulsionner leur visage, m'enverront une douzaine de balles dans la poitrine. Quant aux Russes, c'est une chose bien décidée; ne m'en parlez plus; je ne veux plus en revoir, ils sont trop laids! »

Lord Raglan, ami particulier de la famille du jeune Écossais, voulut aussi l'interroger et lui faire envisager les conséquences de sa répugnance pour les Russes. — Il n'en put tirer d'autre réponse que celle-ci : « Ils sont trop laids! »

Lord Raglan prit le parti de renvoyer dans ses foyers ce contempteur du type slave. — Il est douteux que le lord maire se dispose à le faire passer sous des arcs de triomphe.

Les Espagnols ont bien raison de dire : « On n'a pas du courage tous les jours. » Voilà cet Anglais qui ne pouvait supporter l'idée de la mort sous la forme d'un Russe lui défonçant la poitrine avec une baïonnette ; — il est très-probable qu'il disait vrai et qu'il eût reçu avec calme le feu d'un peloton écossais. — Sait-on bien au juste ce que c'est que le courage, où il réside, quels en sont les stimulants et les dissolvants ? Sous Louis XIV, un gentilhomme a un duel ; il sent qu'il n'aura pas une bonne contenance sur le terrain, et il se brûle la cervelle. — Cet homme n'était donc pas lâche devant la mort, mais devant certains apprêts qui irritaient son système nerveux. Je ne sais plus où j'ai lu qu'un garde forestier avise un homme qui se disposait à se noyer. « Arrête, ou je te tue ! » crie le garde en couchant son homme en joue. — Celui-ci s'enfuit effrayé. — Il avait épuisé tout son courage pour mourir d'une certaine mort, déterminée dans sa pensée. Du moment qu'on modifiait son programme, il avait peur.

Il y aurait là-dessus bien des choses à dire et à raconter comme circonstance atténuante à la défaillance de notre allié ; ce qui n'empêche pas que celui-ci, s'il veut reprendre du service, fera bien de se familiariser avec la physionomie des Russes. — Il devrait pour cela se mettre au régime des progressions usité dans toute espèce d'enseignement. — On commence par voir des Russes agréables, des Russes de salon. — La seconde année, on fréquente quelques moujicks. — La troisième année, on passe la saison à la campagne avec des prisonniers d'Inkermann auxquels on fait chanter les ballades du pays natal en s'accompagnant sur des baïonnettes. — Dans le courage, il y a beaucoup d'habitude, et, si le jeune duc dont nous venons de parler si longuement sans le nommer (j'espère qu'il ne nous en voudra pas) avait été dressé de bonne heure à cette manœuvre, peut-être serait-il aujourd'hui mort en brave, au lieu de fournir un argument nouveau au Congrès de la Paix.

Au milieu de tout cela, la saison ne se dessine pas encore. — Quelques salons fermés suffisent pour mettre en déroute toute la société parisienne. — On avait cru un moment que madame de Liéven allait rouvrir les portes de l'hôtel Saint-Florentin ; des confrères en chronique ont même annoncé qu'elle avait demandé et obtenu une autorisation spéciale de résider à Paris. — Comme beaucoup de choses, cela est vrai et pas vrai. — La princesse a, en effet, fait entendre qu'elle s'ennuyait à Bruxelles ; — mais, sans être proscrite, elle a reçu de Paris une réponse médiocrement encourageante. — Il est certain que l'empereur de Russie n'obtiendrait pas, au prix de l'espionnage le mieux organisé, les informations qu'apportent tous les jours, dans un salon comme celui de madame de Liéven, les personnages politiques qui s'y réunissent. Il deviendrait gênant pour la princesse elle-même d'apprendre de la bouche d'un ministre que nous envoyons tels ou tels renforts en Orient, — que nous avons tels ou tels embarras. — Ces choses-là se disent tous les jours dans les échappées de la causerie, et, si elles étaient redites à Saint-Pétersbourg, on pourrait croire que, chez la princesse, les Russes ont des oreilles.

La preuve, du reste, que le gouvernement français n'est pas très-farouche, c'est que madame Kalergi, la propre nièce du chancelier Nesselrode, se dispose, dit-on, à prendre ses quartiers d'hiver à Paris, — et cela sans contestation ni opposition. — C'est qu'entre madame de Liéven et madame Kalergi il y a un abîme. — Madame Kalergi est une femme du monde absorbée par le bal et l'Opéra, et madame de Liéven est la moitié d'un homme politique.

Ce n'est pas, cette fois, le théâtre qui troublera nos loisirs. — Il y a de grosses anguilles sous roche ; mais, cette semaine, c'est à peine si nous avons pêché quelques goujons. — Deux ou trois vaudevilles, et des plus écourtés, voilà notre butin.

D'abord, au Vaudeville proprement dit, nous avons eu un certain *Grégoire*, un joyeux buveur de la famille de Roger Bontemps, lequel descendait lui-même directement des chansonniers du Caveau. Je dois dire que je n'ai jamais pris un bien vif plaisir au spectacle des passions abrutissantes que peut renfermer une bouteille ; — il y a, au fond, quelque chose de triste dans les joies de l'ivrogne. — D'ailleurs, c'est un secret perdu pour notre génération. — On ne sait plus boire. — Rosser le guet, *sabler* le champagne, faire des vaudevilles en déjeunant, se réunir au Cadran-Bleu pour chanter ses chan-

sons, tout cela a occupé la jeunesse française pendant une période
d'un siècle. — Depuis, nous avons mis bien de l'eau dans notre vin
et dans nos vaudevilles. — On ne comprend donc plus guère aujour-
d'hui ces types perdus, ces faces empourprées, et cette chanson en
l'honneur d'un dieu sans autel et sans fidèles. — Le siècle est à la
tempérance et au coco, — et, s'il y a encore des gens qui boivent,
ils se cachent et font le moins de bruit possible autour de leur tur-
pitude. — Le petit tableau bachique du Vaudeville, agréable d'ailleurs, nous paraît donc un anachronisme.

De là au théâtre du Palais-Royal, il n'y a que la rue Vivienne à
traverser pour voir *la Mort du pêcheur*. — C'est un vaudeville à
deux personnages, qui ne dure que trente minutes; c'est tout juste le
temps de se reconnaître, et d'admirer les grâces de mademoiselle Duverger et la belle humeur de Luguet. — D'ailleurs, j'ai été ébloui de
la mise en scène de M. Dormeuil, qui a fait les frais d'un paysage inédit et d'une rivière toute neuve. — C'est la première fois, je crois,
que M. Dormeuil se lance dans les décors. — Sa féerie ne lui coûte
pas sans doute aussi cher que *les Sept Merveilles du monde*, mais
elle étonne davantage, parce qu'on n'y est pas accoutumé. — Je crois
que M. Dormeuil est dans la bonne voie et que son décor fera de
l'argent. Si on peut donner quelques pouces de profondeur à la rivière, qui ressemble un peu à une *mangeoire* de perroquet, l'illusion y gagnera beaucoup. — Du reste, je n'insiste pas, et, telle qu'elle
est, c'est une très-jolie rivière. — Voilà enfin que M. Dormeuil
marche avec son siècle! — Il fut un temps où il déclarait que plutôt
que de dépenser six francs en décors pour monter un vaudeville
quelconque, il aimerait mieux brûler la cervelle à M. Coupart. — Je
soupçonne M. Dormeuil d'aspirer à la direction de l'Opéra. — Quant
à l'ouvrage en lui-même, je ne puis guère vous en rendre compte
avant d'avoir obtenu de Siraudin quelques renseignements. Siraudin,
qui est de mes amis, ne refusera pas de m'expliquer, j'espère, comment une jeune fille du plus grand monde se trouve seule, à huit
heures du matin, pêchant à la ligne en robe blanche sur une berge
où elle est exposée à rencontrer Luguet. — Siraudin sera bien forcé
de m'avouer que sa pièce n'est pas historique. — Je ne lui demande
que cet aveu et je lui pardonne le reste. — L'intention de la pièce

était d'abord de fournir à M. Dormeuil une occasion de se signaler par des débauches de mise en scène, puis un prétexte à mademoiselle Duverger de reparaître après quelques années d'absence. — Mademoiselle Duverger est une actrice assez bizarre dans ses calculs. — De temps en temps, elle s'engage au théâtre du Palais-Royal, qui lui alloue volontiers 1,800 fr. pour jouer la comédie. — Au bout de trois mois, mademoiselle Duverger donne à M. Dormeuil huit ou dix mille francs pour ne plus jouer la comédie; — quelquefois M. Coupart arrange la chose pour six mille francs; mais il faut pour cela que M. Dormeuil soit en belle humeur et n'ait pas trop besoin d'argent pour ses folies de mise en scène. — Je me demande toujours comment mademoiselle Duverger retrouve son compte au bout de l'année — (c'est peut-être bien indiscret ce que je me demande là). — Donc, mademoiselle Duverger est ainsi faite, elle va, — elle vient, — elle s'éclipse et reparaît; — généralement, sa retraite fait plus de bruit que sa rentrée, et cela est très-logique puisqu'elle donne plus d'appointements pour s'en aller qu'elle n'en reçoit pour revenir. — La voilà revenue, — jolie assurément, ayant de la comédie tout juste ce qu'il en faut dans une pièce à décors, souriant aux bonnes amies de l'avant-scène qui lui sourient, et, si peu entêtée, d'ailleurs, dans son nouveau caprice dramatique, que, si vous dites un mot de plus, elle va porter ses dix mille francs à M. Dormeuil. — Seulement, vu les frais extraordinaires de la mise en scène, M. Coupart lui négociera une retraite pour vingt mille francs.

Conformément à la tradition, mademoiselle Duverger, après la pièce nouvelle, a reparu dans un rôle de son répertoire. Elle a joué, dans le *Lait d'Anesse*, une laitière comme je les aime, avec un petit bonnet en dentelles qui pouvait valoir tout au plus six mille francs et une chemisette ruchée dont je suis honteux de parler, vu que, pour mille écus, la première laitière venue peut se procurer la pareille. — Que mademoiselle Duverger ne croie pas que je la blâme. — Du moment qu'on entre dans les paysannes de convention, le mieux est de ne pas se gêner. — Je me rappelle toujours avoir vu, il y a une vingtaine d'années, mademoiselle Wilmen, la belle Wilmen, jouer une paysanne, au Vaudeville, avec trente mille francs de diamants et de la paille dans ses sabots. — Je me plais à penser que mademoiselle

16

Duverger ne descendra pas à ces lâches concessions et ne consentira jamais à se mettre sur la paille.

Les Variétés ont donné *Dans un Coucou;* — c'est une farce beaucoup plus franche que tout ce qu'on débite communément sur cette scène. — Une grande nouvelle circule : — on parle d'une pièce de Duvert pour Arnal. — Duvert et Arnal! ces deux grands amuseurs vont donc reprendre leur association, interrompue par je ne sais quels malentendus déplorables.

La rentrée de Duvert sera une véritable fête pour les gens épris, comme moi, de cet esprit original et imprévu. — On ne se doute guère combien Duvert est populaire dans un monde supérieur et assez dédaigneux du Vaudeville en général. — On raconte que l'empereur de Russie, à l'époque où il avait des loisirs, disait souvent à l'un des pensionnaires de son théâtre français :

« Il y a un auteur que je voudrais bien connaître, c'est M. Duvert ; ce doit être un bien gai luron.

— Sire, répliquait l'artiste, Duvert est un ancien dragon. — Mais, pour la gaieté et l'entrain, on le prendrait volontiers pour un hussard de la mort.

—Vous m'étonnez beaucoup, reprenait Nicolas; mais vous conviendrez au moins que ce dialogue abracadabrant ne peut se rencontrer que dans l'excitation des débauches de l'esprit, stimulé par le vin, le tabac, le jeu, les femmes...

— Puisque Votre Majesté veut tout savoir, disait l'artiste, je vais lui donner un aperçu des procédés de M. Duvert. Cet auteur habite rue de Latour-d'Auvergne une maison entre cour et jardin. L'heure venue, M. Duvert creuse une fosse dans son jardin, et descend dans la fosse avec son gendre et collaborateur M. Lauzanne. Le travail commence :

« — Frère, il faut mourir, dit Duvert.

» — C'est bien ce qui me vexe ! réplique Lauzanne.

» — Je vois avec peine, » reprend Duvert, « que vous êtes insen-
» sible aux attraits incomparables de la mort. Vous n'avez donc
» jamais pressenti les ravissements de la tombe? Être enterré dans
» un coin à soi, loin d'Ancelot, n'est-ce pas le bonheur suprême
» sous la terre !

» — Voyons, Duvert, laissez là ces frivolités et parlons de choses
» sérieuses. Nous voilà au 10 du mois, et, le 30, nous devons livrer
» deux actes pour Arnal. Tâchons de piocher un peu les mots. Nous
» disons : SCÈNE 1re. *Arnal entre en scène, costume de chasseur.*
» — *Il tire son coup de fusil dans la coulisse.* — *On entend un*
» *grand bruit : Ho la, la, la, la, la!...* — ARNAL (*à lui-même*) :
» *Que signifie...? Un lièvre avec une casquette et des lunettes...*
» *Je ne connaissais pas cette variété...* — Nous en sommes là...

» — Bien, dit Duvert. Écrivez... LECLERC (*entrant*) : *Monsieur,*
» *faites donc attention! j'ai reçu votre charge; si je n'avais été*
» *retourné, je la recevais dans la figure...* — ARNAL : *Rassurez-*
» *vous, monsieur, c'est du plomb... si petit, qu'il en est ridicule.*
» *Vous en serez quitte pour être un peu grêlé, si toutefois vous*
» *n'avez pas été vacciné...* — Dites donc, Lauzanne, vous rappelez-
» vous notre traité?

» — Mais oui : nous avons l'affiche pendant deux mois et les billets
» doublés.

» — Je vous parle, dit Duvert, de nos conventions particulières.
» Vous savez que je veux trois cercueils, un en fer-blanc, le second
» en acajou, et le troisième en plomb. Veillez à ce que Thibeaudeau
» ne prononce pas de discours sur ma tombe.

» — Voyons, voyons, flâneur... — *Si vous n'avez pas été vac-*
» *ciné...*

» — Ah! oui!—LECLERC : *Monsieur, je suis vacciné comme doit*
» *l'être un homme du monde... On ne pense pas à tout.* — AR-
» NAL : *Alors, je disais bien, vous serez grêlé.* — LECLERC : *Mais,*
» *monsieur, je vous trouve d'un sang-froid magnifique...* — Lau-
» zanne, je ne tiens pas à des fondations de messes à perpétuité; mais
» j'en veux une belle au grand chœur. — Ambroise Thomas m'a
» promis un *Requiescat* dont j'aurai l'étrenne : *De profundis cla-*
» *mavi ad te, Domine...*

» — Il ne s'agit pas de tout cela, Duvert... — *Sang-froid magni-*
» *fique...*

» — Ah! bien!... — ARNAL : *Que voulez-vous, monsieur! c'est*
» *un accident de chasse... Cela devient commun; j'en lis tous les*
» *jours dans les journaux... et je vous avoue que je suis un peu*

» *blasé*... — Ah! Lauzanne, qu'il fait bon dans cette fosse! Que cet
» avant-goût du repos éternel réjouit mon âme!... etc. »

Voilà la gaieté du plus spirituel et du plus ébouriffant des vaudevillistes contemporains. — Cela nous met, comme je vous le disais
plus haut, un peu loin du temps où Brazier, installé au café des Variétés, chantait la gloire et les belles, entre six bouteilles de bourgogne. — En ce temps-ci, les farceurs sont graves, et on trouverait
dans nos théâtres plus d'un exemplaire de ce fameux Dominique,
qui, faisant rire tout Paris, demandait à un médecin un remède contre le spleen. « Allez voir Dominique, dit le médecin. — Mais je
suis Dominique, répliqua le malade. — Alors, brûlez-vous la cervelle! »

XXXI

Une semaine sévère. — Un traité et une exécution à mort. — Les spectateurs de la guillotine. — La toilette du condamné. — Les philanthropes
et la peine de mort. — Les galères ou la mort. — Les circonstances
atténuantes. — Les sauvages et la civilisation. — Idylle de condamné à
mort. — Le loustic et le condamné. — Fermentation industrielle. — Les
inconvénients du pêcheur. — Le buffet américain. — Les concurrents
de la mère Moreaux. — Les gens d'esprit et les autres.

17 décembre.

La semaine a manqué de gaieté. — Elle s'est signalée par des
commentaires sur le fameux traité qui met un empire de plus dans la
coalition européenne contre la Russie, et par une exécution capitale.

Les exécutions à mort, en raison de l'heure où on les pratique,
sont devenues le spectacle des maraîchers, des laitières, des ba-
layeurs et autres industriels qui désirent voir lever l'aurore et tomber des têtes. — Cette fois, cependant, il y avait tant de monde sur

la place de la Roquette, qu'on peut soupçonner beaucoup de gens d'avoir déserté leur lit tout exprès pour cette solennité.

Voilà vingt-cinq ans que je lis dans les journaux le récit des exécutions capitales, et je remarque que les scélérats se comportent toujours à peu près de même. — Le cérémonial ne varie guère davantage et la toilette de l'échafaud est toujours la *fatale* toilette. — Cette fois encore, pas un journal ne s'est abstenu de cet adjectif. — Il est vrai qu'il serait assez difficile d'en trouver un plus avantageux.

Je me rappelle cependant qu'en 1835 un journal de modes avait décrit à peu près en ces termes la *toilette* de Lacenaire :

« Lacenaire, en allant à l'échafaud, portait les cheveux courts ; — un pantalon gris mélangé, demi-collant et sans sous-pieds ; — la redingote vert russe en sautoir et la moustache sans favoris. » — Mais il faut avoir le fanatisme de la *vicomtesse de B...* pour suivre jusqu'au pied de l'échafaud les élégances de la guillotine.

Je ne saurais, quant à moi, vous donner aucun détail sur la mise de Dombey, à l'heure de son exécution. — Supposons qu'elle était négligée et abordons l'événement à un point de vue plus élevé.

Vers 1830, la philanthropie enfanta une assez jolie collection de brochures et de discours en faveur de l'abolition de la peine de mort. — La théorie était qu'il fallait laisser à l'assassin le loisir de se repentir. En France, toute idée lancée dans la société par une batterie de paradoxes un peu bien servie, fait son chemin comme le boulet de canon. — L'abolition de la peine de mort eut donc sa vogue. Sans se laisser désarmer, la justice se laissa amollir. Les bons jurés pleuraient d'attendrissement quand on leur présentait un assassin qui venait de commettre sa première faute. D'ailleurs, pour attendrir le jury, il suffira toujours de lui présenter les deux spectres de *l'infortuné Calas* et de *l'infortuné Lesurques*. — Les circonstances atténuantes naquirent de ce mouvement; puis on s'en dégoûta. La pratique révéla que, le premier assassinat n'entraînant qu'un avertissement sans frais, les assassins n'en faisaient pas plus de cas que certains contribuables du papier blanc du fisc; — ils attendaient le papier bleu. — Plusieurs personnes vinrent se plaindre d'avoir été assassinées pour la seconde fois par le même individu. — On fit alors cette réflexion pleine de sens, que, si l'individu avait été guillotiné

16.

pour le premier assassinat, il n'aurait pas commis le second. Cette découverte, due aux progrès des lumières, fit le plus grand tort aux assassins. — Pour regagner le terrain perdu, les philanthropes s'avisèrent alors de propager le bruit que les assassins redoutaient bien plus les galères que l'échafaud. — Les assassins firent de louables efforts pour le succès de ce *boniment*. — Quand on les condamnait aux galères, ils se retournaient fièrement vers la cour et demandaient l'échafaud avec instance. — Il se rencontra, un jour, un condamné si intéressant, qu'il attendrit la cour par ses supplications. — On lui accorda sa demande. — Vous connaissez le cœur humain : on ne désire bien que ce qu'on croit ne pouvoir obtenir. — Le condamné à mort se prit à regretter les galères, et, quand il vit qu'on ne voulait rien reprendre de ce qu'on lui avait accordé, il demanda à faire des révélations et avoua que l'enthousiasme de ses pareils pour la guillotine était une *balançoire* de cour d'assises. — Cette seconde découverte continua à faire le plus grand tort aux assassins.

On cite des condamnés qui *y vont gaiement;* — je crois peu à la sincérité de cette philosophie insouciante; je crois beaucoup plus à cette histoire : Deux condamnés allaient à l'échafaud; — l'un d'eux était un loustic renommé par le gros sel de ses plaisanteries, qui avaient amusé, pendant les débats, les avocats, l'auditoire, les gendarmes et son complice lui-même. Une fois sur la charrette, on dit au loustic :

« Fais rire ton camarade et tu as ta grâce.

— Bon! se dit le loustic, il s'agit ici d'être spirituel. Heureusement, le camarade aime le mot pour rire. »

Là-dessus, il se met à piocher le mot drôle. — Il crut l'avoir trouvé.

« Dis donc, camarade, tu passes le premier : laisse-moi ta fortune.

— Je ne trouve pas ça drôle, répliqua le camarade.

— Tiens, se dit le loustic, le camarade a l'humeur bien sombre, aujourd'hui! Je trouvais cependant le mot piquant. — Dis donc, camarade, reprit-il, as-tu recommandé à ton portier de donner de l'air dans tes appartements?

— Je ne trouve pas le mot en situation, répliqua le camarade de plus en plus sombre.

— Ah çà ! mais décidément le camarade est à la mélancolie ! Que lui faut-il donc ? »

Il risqua une troisième épreuve.

« Dis donc, camarade, si nous demandions une remise pour cause d'indisposition ? Moi, d'abord, je me sens mal à l'aise !

— Mon cher, répliqua le camarade, tu as eu tort de fréquenter Samson : cela t'a rendu bête. »

On arriva à l'endroit *fatal* et le camarade n'avait pas ri.

Il faut convenir que la civilisation, en se raffinant, finit par produire des stupidités qui étonneraient des sauvages. Si on disait à un insulaire de l'Océanie : « Voilà un homme qui, avec le plus grand sang-froid et la préméditation la mieux démontrée, a assommé un autre homme sous le prétexte que celui-ci était un horloger et avait plus de montres qu'on n'en porte communément ; — cela fait, l'assassin a découpé l'horloger et l'a dirigé, à l'état de colis, sur le chemin de Lyon ; — puis, le soir, il a dansé la *tulipe orageuse* à la Closerie des Lilas. Quel châtiment croyez-vous qu'ait mérité cet homme ? » L'idiot de sauvage vous répondrait indubitablement que cet homme a mérité la mort, sous une forme quelconque. Ici, on rencontre encore des gens disposés à croire que l'assassinat est une *maladie* qu'il faut traiter par la musique, les fleurs et les émotions douces.

Je dois dire que cette manière de voir était celle de Dombey lui-même. Cet assassin, dans les derniers jours de sa vie, s'est abandonné à l'idylle, et il a eu des mots charmants. — Il demandait à *être envoyé dans une île.* — Entendait-il une île déserte ou une île peuplée d'horlogers ? Il ne s'est pas expliqué sur ce détail.

On me trouvera bien *bourgeois ;* mais je crois, de très-bonne foi, qu'on cherchera longtemps quelque chose de mieux que la mort pour corriger celui qui a donné la mort à un homme, et les assassins, j'en suis convaincu, sont de mon avis. Toutes les fanfaronnades, toutes les crâneries tombent devant l'échafaud ; — ces hommes ont peur de leur propre sang ; — ils dépouillent leur nature féroce ; — soutenus par la religion, ils cherchent à tâtons la lueur vacillante d'une autre vie. — Il ne m'est pas bien démontré que Dieu leur tienne en réserve des félicités éternelles.

Nous entrons dans une époque de fermentation industrielle ; — de tous côtés, les millions sont à l'œuvre ; vienne la paix, et on ne peut prévoir où s'arrêtera ce mouvement qui tend à mettre au rebut tous les ustensiles de la vieille société, pour lui en donner de neufs. — On sait que les omnibus préparent une transformation qui doit aboutir, au printemps prochain, à doter les piétons d'équipages à trois sous, confortablement aménagés, et traînés par des chevaux fringants. — Je ne sais pas, dans ce système, ce que deviennent les chevaux actuellement en exercice ; mais je crois être certain qu'on n'en fera pas des chevaux de course ; — dans tous les cas, je leur déclare franchement que je ne parierai pas pour eux. — Une autre amélioration que je recommanderai aux entrepreneurs de voitures en commun, c'est de ne pas prendre trop à la lettre la destination *omnibus* de leurs véhicules ; — l'été dernier, je suis revenu de Neuilly, dans un omnibus où monta un peu après moi un jeune gaillard de vingt ans, qui me parut avoir cultivé plus assidûment l'ablette et le goujon que la caisse d'épargne. Ce voyageur déposa à ses pieds deux colis : — 1° un sac en toile ; 2° une boîte en fer-blanc. — Quand on arriva à la barrière de l'Étoile, une grande agitation se produisit parmi les voyageurs et surtout parmi les voyageuses ; — tout simplement, le sac en toile renfermait, et renfermait mal, des écrevisses ; — la boîte en fer-blanc contenait quelques milliers de ces animalcules qu'on nomme vulgairement *asticots ;* — à la faveur de la nuit et du brouillard, ces intéressants animaux avaient fait une sortie, comme les Russes, et se promenaient dans l'intérieur des pantalons et sous les jupes. — Le pêcheur réclama toutes ses bêtes, et on les lui rendit ; — toutefois, une centaine d'asticots ne purent être retrouvés, — mais ils n'ont pas été, probablement, perdus pour tout le monde.

Maintenant, autre chose. — L'année dernière, un homme d'esprit, de mes amis, avait eu l'idée d'installer sur le boulevard des Italiens une de ces *restaurations* qu'on rencontre en Amérique, même dans l'intérieur des forêts. — Il s'agissait d'offrir aux passants, aux estomacs capricieux et stimulés par la promenade, aux gens d'affaires qui vivent à la vapeur, un repas sain et sommaire, une consommation *sur le pouce :* tranche de jambon, aile de volaille, galantine, le tout galamment encaissé dans une double couche de pain tendre. —

Je ne sais plus trop quel incident a dérangé les plans de mon ami ; mais, au lieu de nourrir l'estomac de ses contemporains, il en est venu à nourrir leur esprit : il s'est fait littérateur. — Toujours est-il que son idée a été reprise en sous-œuvre et qu'on l'exploite aujourd'hui en plein passage Jouffroy, comme annexe de l'établissement du *Lingot d'or*. — Voilà donc Paris doté du *buffet américain*. — Vous en verrez bien d'autres avant peu ! — Dans ce pays-ci, une idée a beaucoup de peine à sortir de terre ; mais, une fois qu'elle s'est épanouie, elle pousse d'innombrables rejetons.—Pendant cinquante ans, la mère Moreaux fut en possession de débiter exclusivement la prune, la noix et l'orange confites ; — son établissement, modeste et sévère dans sa toilette, rappelait bien les austères boutiques de nos pères ; — tout à coup, un industriel a l'idée de servir *le chinois* sur un comptoir d'argent, et en quelques mois on voit s'ouvrir dans tous les quartiers des boutiques somptueuses, où les bacchantes ajoutent aux attraits de Bacchus.

Pour en revenir au buffet américain, la conclusion que je prends de l'aventure, c'est que les gens d'esprit auront toujours la spécialité de tirer du feu les marrons qui sont mangés par d'autres. Un jour de loisir, je ferai ici le dénombrement des imbéciles qui s'enrichissent, pendant que les gens d'esprit tiennent l'échelle pour les faire grimper à la fortune. La faute, il faut bien le dire, en est à ces derniers. — Dans notre société, qui vit sur des idées fausses, on a le culte des *professions libérales* ; la profession *libérale* ne nourrit pas son homme, mais elle l'honore infiniment. — Voilà un avocat, homme de savoir et d'intelligence, qui promène au palais son habit graisseux et des dossiers où les araignées tendent leur toile. — Proposez à cet homme, qui ne dîne pas régulièrement quand il ne dîne pas en ville, de gagner cinquante mille francs par an dans la bonneterie, — il refusera. — Son *éducation* lui permet de crever de faim, mais elle ne l'autorise pas à se faire *boutiquier*. — Qu'en diraient le monde et les camarades de la *conférence !*

L'avocat aime bien mieux relire le superbe plaidoyer qu'il destine au premier voleur qui voudra bien l'honorer de sa confiance, et qui commence par ces mots : « Messieurs..., un magistrat a dit : « Si on » m'accusait d'avoir volé les tours de Notre-Dame, je commencerais

» par prendre la fuite. » — L'édifice social de l'avocat, sa fortune et son avenir reposent sur ce morceau oratoire. — Mais il en cherche le placement. — Interrogez le médecin sans malades, l'homme de lettres sans théâtre et sans journal, et demandez-lui s'il échangerait sa profession chimérique contre un bon comptoir dans la rue de la Verrerie. — Il croira que vous voulez rire, et ne comprendra pas qu'on puisse sérieusement lui proposer de renoncer aux *bénéfices de son éducation*. — Les imbéciles, eux, ne sont pas si bêtes, — ils ouvrent boutique, achètent, trafiquent, vendent et revendent. — Au bout d'une quinzaine d'années, ils ont maison à Paris, maison à la campagne ; ils dotent leur fille et se font enterrer dans un superbe caveau au Père-Lachaise. — Pendant ce temps, le médecin court toujours après son malade, l'avocat après son client, l'homme de lettres après un directeur, — attrape ! — Ma conclusion est que, le jour où les gens qui ont de l'esprit et de l'*éducation* voudront bien exercer les métiers où s'enrichissent les *autres*, leur esprit et leur éducation ne gâteront pas le métier ; — tout au contraire, ces qualités seront fort appréciées dans des industries où les relations entre les hommes sont de chaque jour et de chaque heure, et serviront leur fortune. — Mais je prêche dans le désert. — Jamais l'avocat ne consentira à renoncer à son superbe discours, qui commence par « Si on m'accusait d'avoir volé les tours de Notre-Dame, etc. »

XXXII

Les étrennes. — Les magasins en vogue. — L'impôt du jour de l'an et la manière d'y échapper. — Un souvenir d'Arvers. — Les politesses en carton. — Perfectionnements proposés. — Les compliments de famille. — Les enfants. — Luxe et indigence. — Excuse en faveur des étrennes. — Les boutiques en plein vent. — Les étrennes utiles. — Annonces du jour de l'an. — Le parfumeur et le dentiste. — Charles Nodier et Polichinelle. — Prospectus et enseignes. — Théâtres. — Gymnase : *l'École des agneaux*. — M. Dumanoir. — *Le Chapeau d'un horloger*. — Madame de Girardin.

24 décembre.

Nous touchons aux étrennes ; — j'en atteste le sourire de mon portier, l'empressement du facteur et les insinuations de mon barbier. — Les voitures prennent déjà la file devant tous les magasins en vogue. Il y a ceci de notable dans les traditions de la vie parisienne, qu'une boîte de chocolat serait une petite infamie, si elle sortait de l'officine d'un chocolatier d'occasion. — On prétend que des roués se procurent des boîtes portant la marque des premiers faiseurs et y introduisent en fraude des bonbons de rencontre ; — ce que je sais, c'est qu'il y a des gens très-peu scrupuleux, qui ne se gênent pas pour empoisonner leur prochain en manière d'étrennes : — quelquefois même il y a calcul. — Arvers, ce garçon de tant d'esprit, mort depuis quelques années, était avare et ne s'en cachait pas. Les obligations du jour de l'an l'exaspéraient, et il racontait lui-même comment il avisait le plus possible à s'en exonérer. — Son procédé consistait à donner aux femmes des bonbons perfides et canailles. — Le 3 janvier, il allait prendre des informations sur les résultats de sa galanterie ; — il était reçu invariablement par une femme de chambre qui, d'un air piteux, lui disait : « Madame est au lit ; en rentrant du spectacle, elle a trouvé les bonbons de monsieur, et, depuis ce temps, elle a des coliques insensées. — Bon! se disait Arvers, mes bonbons ont fait de l'effet; en voilà encore une qui ne me demandera rien l'année prochaine. »

Une chose très-remarquable dans cet usage des étrennes, c'est que tout le monde en souffre et que tout le monde contribue à le maintenir. — Sans parler des cadeaux, prenons, par exemple, cette politesse du petit morceau de carton que vous déposez tous les ans chez le concierge de votre cher ami. — Celui-ci affecte le plus profond dédain pour cette attention à trois francs le cent; mais, du jour où vous essayez de vous y soustraire, vous l'entendez dire d'un air pointu : « Un tel ne sait pas vivre : il ne m'a pas seulement remis sa carte au jour de l'an ! » Ce simple oubli entraîne des refroidissements dans les relations et dans les protections. On ne vous sait aucun gré de ce que vous faites; on vous sait le plus mauvais gré de ce que vous ne faites pas.

Il est certain qu'il faut être bien mal élevé pour se dispenser d'une politesse qui, aujourd'hui, se distribue dans tout Paris, à raison d'un centime la politesse. — Reste les visites, et, ici, il me semble que l'industrie est bien arriérée. La compagnie Bidault ne pourrait-elle entretenir une escouade de complimenteurs bien mis, pas trop crottés, et d'une physionomie appétissante, qui, moyennant cinquante centimes, se chargeraient d'aller embrasser les grands parents? — C'est un perfectionnement que je propose :

Entrée du complimenteur :

« Bonjour, ma tante! comment vous portez-vous? Je suis heureux, en ce jour solennel, de déposer à vos pieds mes vœux et mes hommages!

— Mais, monsieur, vous n'êtes pas mon neveu! je ne vous connais pas !

— Non, chère tante, je ne suis pas votre neveu; mais je le remplace : je suis Canichon, portier, rue du Grand-Hurleur, et je suis employé de la compagnie des *compliments de famille*. — Souffrez, chère tante, que je vous embrasse.

— Monsieur..., une pareille plaisanterie...,

— Il n'y a pas de plaisanterie qui tienne... je suis payé pour vous embrasser,—je veux faire l'ouvrage.—Voyons, pas de façon et finissons vite : j'ai encore beaucoup à embrasser dans votre rue. (Il l'étreint avec force.) Chère tante ! — à l'année prochaine ! »

Cette fantaisie vous paraît absurde ; — eh ! mon Dieu, savez-vous bien ce qui lui manque pour être un témoignage de déférence ? D'être un *usage*. — Vous acceptez volontiers la carte de votre ami, par procuration ; pourquoi seriez-vous révolté d'accepter des caresses par substitution de personne ?

Au milieu de tous les mensonges des derniers jours de l'année expirante et des premiers jours de l'année naissante, il y a toutefois une joie pure, naïve et communicative : c'est celle de ces charmants enfants si heureux de leurs tambours, de leurs poupées et de leurs chiens en sucre. — Embrassons bien et comblons ces petits êtres qui nous consolent de leurs pères et surtout de leurs terribles mères, cotées dans vos obligations à la boîte de 40 francs.

Quelle luxe ! quelle indigence ! quelles misères et quelle absurdité ! — Un pauvre diable, sans feu et sans chemise, met son matelas au mont-de-piété pour donner du carton doré à une femme riche de cent mille livres de rente, comblée et ennuyée de ces dons à n'en savoir que faire, apitoyée, d'ailleurs, par cette pauvreté qui s'épuise pour une offrande qu'elle serait révoltée de ne pas recevoir.

— Tout le long de l'année, on pardonnera beaucoup à ce pauvre diable, on excusera ses gants sales, sa cravate croisée sur la poitrine, et son habit maintenu par toutes les ficelles du désespoir ; — mais, à cette épreuve terrible du jour de l'an, qu'il ne s'avise pas d'être philosophe et de vouloir dominer le préjugé ; le grand mot sera lâché, on dira qu'il a fait une *cochonnerie !* — Dans notre société, un homme dont les vices font causer tout bas et tout haut n'est pas pour cela impossible ; — mais un homme qui a fait une *cochonnerie* est un homme perdu et noyé.

Comme les plus grandes stupidités ont leur côté utile, il faut convenir que cet impôt du jour de l'an, par cela même qu'il est forcé et qu'il exerce sa contrainte sur les plus rebelles et les plus indigents, favorise, dans le commerce et l'industrie, un mouvement considérable. — Les sommes immenses qui se dépensent ainsi en futilités se répartissent sans doute d'une façon un peu léonine. Quelques magasins en renom engloutissent des millions ! — mais la matière première,

17

mais la main-d'œuvre ont d'abord fait descendre beaucoup de gros
sous dans les classes indigentes.—Depuis quelques années, d'ailleurs,
l'autorisation d'élever boutique en plein vent a créé des ressources à
une foule de pauvres ouvriers qui viennent débiter eux-mêmes leur
confection sur les boulevards et les quais, transformés en champ de
foire. — C'est, en outre, un spectacle très-curieux et très-pitto-
resque; — polichinelles d'occasion, sucres d'orge au rabais, man-
chons en poil de chat, chancelières en peau de chien, gants en poil
de lapin, tout est là, tout vient là. Dans huit jours, tout sera vendu,
sucé, dépecé, éventré, et ce sera à recommencer l'année prochaine.
— Et c'est un bruit, un vacarme, des interpellations qui se croisent,
des voix vaillantes à midi et enrouées à minuit.

« Voilà, messieurs! achetez pour neuf sous la joie et le triomphe
des enfants et la tranquillité des parents! »

Quel père de famille peut se refuser à acheter sa tranquillité pour
neuf sous, avec le triomphe de son enfant par-dessus le marché?

Il y a toutefois des pères de famille qui se maintiennent sévèrement
dans le système des étrennes *utiles*. — Ce seul mot fait frémir l'enfant qui connaît la ficelle. — L'étrenne utile consiste à prendre l'héritier sur ses genoux, et, après l'avoir baigné de larmes et inondé de
caresses, à lui dire d'une voix émue : « Toto, vous avez sept ans,
vous n'êtes plus un enfant. — Ce n'est pas vous qu'on surprendrait à
demander des bonbons malsains ou à jouer comme le fils de la portière avec une souris artificielle, qui a de la poix sous la queue. Vous
méprisez également les serpents en moules de boutons et les diables
qui ont une langue dentelée en drap rouge. Soyez béni, Toto, pour
cette raison précoce qui vous élève au-dessus du vulgaire! — J'ai résolu, Toto, de vous acheter un homme pour la conscription, et, à
l'occasion du jour de l'an, voilà dix francs... que je mets à la
masse... »

Toto enfonce ses doigts dans ses yeux et trépigne un peu en récla-
mant un pantin. Le père prétend que c'est une *lubie* qu'il faut laisser
passer.

D'autres fois, sans être doué d'une prévoyance à aussi longue
échéance, le père de famille ne perd pas de vue *l'utile*, et il annonce
solennellement à son fils que, pour ses étrennes, il lui fait cadeau

d'un pantalon neuf. — L'enfant, qui n'en avait plus que des vieux, est médiocrement émerveillé et se dit que, sans les étrennes, il aurait montré à tous les passants ce que la Baigneuse de M. Courbet a tant montré l'année dernière.

Malheureusement, je ne vois pas encore s'épanouir dans la quatrième page des journaux l'annonce spéciale des étrennes. — L'an passé, j'avais été mieux servi. — C'était d'abord un parfumeur qui s'exprimait en ces termes :

« M. Piver, parfumeur, vient d'augmenter ses assortiments, *s'il ose s'exprimer ainsi...* »

Je n'y voyais pas d'inconvénient ; — pourquoi M. Piver n'aurait-il pas augmenté ses assortiments, et, les ayant augmentés, pourquoi éprouverait-il de la pudeur à le dire ?

M. Piver faisait savoir, en outre, qu'il tenait une forte partie de peignes d'écaille, qui ajoutent aux séductions d'une chevelure *luxuriante*. Après les cheveux, venaient les dents. — Notre célèbre dentiste, M. Fattet, faisait remarquer que les dents s'en vont ; — il offrait à ses nombreux clients des étrennes à la fois utiles et *agréables*, sous la forme d'un râtelier complet, d'un prix très-modique et *d'une digestion très-facile*. Il y avait là, j'imagine, une ellipse, et M. Fattet voulait dire que ses râteliers artificiels favorisaient la digestion chez les personnes qui avaient perdu le râtelier de la nature ; — autrement, je serais forcé de croire que M. Fattet a des clients assez dépravés pour manger leur râtelier au dessert. — Or, cet exercice souvent renouvelé rappellerait la fameuse histoire de Charles Nodier, qui, très-épris de Polichinelle, s'était avisé d'acheter à un impresario des Champs-Élysées le petit instrument en fer-blanc qu'on appelle *une pratique* et au moyen duquel on obtient les sons gutturaux de la voix de M. Polichinelle. Le marché conclu, Nodier voulut prendre une leçon, — mais l'instrument glissa dans le gosier et Nodier faillit étrangler. « En pareil cas, lui dit l'homme, n'essayez pas de lutter et avalez franchement l'objet ; ne craignez rien, il n'y a aucun danger. Celui que vous avez dans la bouche, je l'ai avalé plusieurs fois. »

Je ne vois donc rien, cette année, qui soit comparable à ces sublimes annonces de l'an passé. — Je ne vois que des chocolatiers qui invitent le public à se défier des chocolats qui ne sont pas en chocolat, et un journal de demoiselles qui garantit aux familles *une littérature irréprochable, des patrons de grandeur naturelle, une moralité scrupuleuse au crochet, des bases religieuses et de la tapisserie.* — Ce programme, où l'utile n'exclut pas l'agréable, m'a rappelé cette enseigne d'un pêcheur de Saint-Ouen, où on lisait il y a une quinzaine d'années : — *Matelotes, fritures, secours aux noyés et cabinets de société.*

Les théâtres traversent comme ils peuvent la mauvaise quinzaine de décembre ; — çà et là, on se prépare à semer pour récolter en janvier, époque des plus belles moissons.

Le Gymnase a déjà donné au public pour étrennes deux pièces charmantes. — D'abord, *l'École des agneaux,* de M. Dumanoir, une pièce en vers, s'il vous plaît, bien conduite, d'une moralité ingénieuse, agaçante et spirituelle, vous n'en doutez pas. — Mais, allez-vous demander, d'où vient à M. Dumanoir, un des disciples, le meilleur disciple de M. Scribe, un improvisateur de vaudevilles, cette fantaisie de faire une comédie en vers. — On ne fait ordinairement ces choses-là que lorsqu'on y est forcé, lorsqu'on a un pensum ou qu'on veut entrer à l'Académie en passant par la Comédie-Française. — J'imagine que je devine le travail qui s'est fait dans l'esprit de l'auteur. — M. Dumanoir a vécu dans la familiarité des vaudevillistes de son temps, il a connu leur orthographe et il en a rougi peut-être pour la corporation à laquelle il appartient. « Si j'allais être confondu, s'est dit M. Dumanoir, avec les hommes de lettres qui écrivent le *fard* du Havre et ouverture à grand *orquestre.* — Je ne vois qu'un moyen de me tirer de là, c'est d'*écrire,* avec la plume d'un poëte, une comédie en vers élégants, faciles, variés de ton, prenant tous les plis du dialogue ; tantôt familiers comme Andrieux, tantôt élégiaques comme Millevoye au soir de la chute des feuilles. »

Aussitôt dit, aussitôt fait ; — hier, M. Dumanoir n'était qu'un *auteur,* — le voilà passé *littérateur.*

Je ne regrette pas, à vrai dire, moi qui ne suis pas bégueule, que M. Dumanoir n'ait pas consacré sa vie à cette muse chaste et contenue. — Nous y aurions perdu trop de jolies pièces, qui n'avaient aucune prétention à l'immortalité, mais qui ont, au moins, charmé les contemporains. — Toutefois, comme ce qui abonde ne vicie pas, je suis très-heureux de saluer un poëte dans un vaudevilliste.

Elle est donc charmante, cette comédie qu'on appelle l'*École des agneaux*. — L'agneau est un brave garçon blond, rose et innocent comme on l'est à l'étable. — Le pauvre agneau est la proie d'une famille de bourgeois féroces qui, sans y entendre malice et par le seul instinct de la nature humaine, conduisent tout doucement le jeune homme à l'abattoir sous prétexte qu'il se défend si peu, que ce n'est pas la peine de se gêner. — Survient un loup, un faux loup qui, agneau en sa jeunesse, a pris cette enveloppe formidable pour se défendre contre les petites lâchetés d'une société dont il connaît par expérience les manœuvres. — Le loup apprend à l'agneau à se mettre en garde, et l'innocence triomphe pour avoir emprunté, pendant un quart d'heure, les allures du loup.

Fable ou comédie, je répète, pour la troisième fois, que c'est très-joli, et que, quand on a écrit cela, tel que c'est écrit, on pourrait sans crainte signer même *les Cosaques*. — La critique alors vous connaît et elle sait que, si vous faites du métier pour vingt mille francs par an, c'est que vous trouvez puéril de faire de l'art pour trois francs par jour.

Voici maintenant madame Émile de Girardin, à qui appartiendra la gloire d'avoir donné cette année au théâtre sa plus terrible angoisse et son plus joyeux éclat de rire : — *la Joie fait peur* et le *Chapeau d'un horloger.*—Probablement, dans ce contraste, il y a aussi un petit calcul de coquetterie littéraire ; — quoi qu'il en soit, il y avait dans notre théâtre trois plaisanteries immortelles, *le Sourd, les Rendez-vous bourgeois* et *Passé minuit*. — A dater de ce jour, et grâce à madame de Girardin, il y en a une quatrième. — Bien entendu, on ne raconte pas ces choses-là, on les voit, on les vante, on rit, on applaudit, et on va les revoir.

XXXIII

Saison d'hiver. — Les étrangers à Paris. — Le nabab aux casquettes. — Un hospodar. — Ben-Ayet. — Son installation à Paris. — Lord Herford et son propriétaire. — Le club des excentriques et le duc de M... — Procès de mademoiselle Doudet. — Les vieilles lunes et les vieilles années. — Embarras des étrennes. — Une annonce qui montre les dents. — Un nom pour un autre. — Théâtres. — *Les Binettes contemporaines.*

31 décembre.

L'avénement de la nouvelle année force la saison d'hiver à se dessiner.

Les étrangers nous arrivent; nous en avons en ce moment à Paris de toutes les couleurs. — Nous possédons notamment le nabab qui s'est signalé à Bordeaux par cette fameuse distribution de casquettes dont la sensation ne s'éteindra pas de sitôt dans la Gironde. — L'hôtel qu'habite le nabab, à Paris, est en ce moment assiégé par une foule d'amateurs qui s'attendent à en voir tomber, d'un jour à l'autre, une manne orientale.

Il y a encore le prince Stourza, ancien hospodar de Moldavie, dépossédé en 1848. — Le prince, paraît-il, avait réalisé des économies importantes, car il vient d'acheter, rue des Écuries-d'Artois, l'hôtel Visconti et de le décorer avec la plus grande somptuosité.

Je ne vous parle pas de Ben-Ayet, l'ancien ministre du bey de Tunis. — Celui-là est un Parisien acclimaté, à ce point qu'il est propriétaire du passage du Saumon. — Rien n'est plus parisien comme vous voyez. — Ce qui est peu occidental, c'est la manie persistante du Tunisien de ne payer ses fournisseurs qu'après procès. — Il paraît que les tracasseries de Thémis apportent une diversion puissante aux ennuis de ce personnage, dont le bey a *confisqué* la femme et les enfants, jusqu'à apurement d'un malentendu de quarante millions toujours pendant entre le bey et son ex-ministre. — Une autre manie de Ben-Ayet a été de vouloir faire intervenir le gouvernement français dans ses affaires de ménage. — On a eu quelque peine à lui faire comprendre que la diplomatie ne se mêlait pas de ces puérilités.

Ben-Ayet est, du reste, un homme qui a retenu les traditions du vieil Orient. — Son installation à Paris, qui remonte à plusieurs années, mérite d'être racontée. — M. de Lesseps, son ami et notre ancien consul à Tunis, s'était chargé de lui acheter un hôtel à Paris, où il l'avait précédé. — Mais, un peu intimidé de la responsabilité attachée à cette opération, M. de Lesseps s'était borné à louer quelque chose de magnifique dans le faubourg Saint-Honoré. — Ben-Ayet arrive et se montre très-mortifié d'être simple locataire de la demeure. — Il devient si pressant, qu'on fait venir le propriétaire, et on tombe d'accord au prix de 600,000 francs.

« Maintenant je suis chez moi, dit le Tunisien.

— Mais, pas du tout, lui explique M. de Lesseps : il y a ici des meubles et une foule d'objets à l'usage du propriétaire, qui ne vous vend que les murs nus et rien de plus. »

Alors, Ben-Ayet s'impatiente jusqu'à la colère. On fait revenir le propriétaire : on traite de nouveau avec lui et on convient que, pour 100,000 fr. de plus, il videra les lieux sans emporter autre chose que les vêtements qui le couvrent.

Cette façon de procéder rappelle l'histoire de lord Herford, qui avait loué l'hôtel de la rue Laffitte, n° 2. — Un matin, le domestique de milord trouble son sommeil, en lui annonçant qu'on vient visiter la maison.

« La maison? dit milord ; — mais je l'ai louée.

— Oui, milord ; mais... le propriétaire veut la vendre et les acquéreurs se présentent pour la voir.

— Dites au propriétaire, reprit milord en se retournant, que j'achète la maison, et qu'on me laisse dormir. »

J'ai raconté dernièrement l'aventure de ce jeune duc de M***, qui a été ramassé évanoui sur le champ de bataille de Balaklava. — De retour en Angleterre, ce jeune héros a eu à subir diverses mortifications : — ainsi il a été exclu d'un cercle très-aristocratique dont il

était membre. Mais il y a à Londres un club des *excentriques.* —
Comme cette dénomination l'indique, le titre à produire pour être
admis dans cette société consiste à s'être distingué dans la vie par
une originalité quelconque.—Le jeune duc a pensé qu'un homme de
race noble qui ne peut supporter la vue des baïonnettes était un excentrique. Le club en a jugé ainsi et l'a reçu.

La société anglaise est très-préoccupée du procès de mademoiselle Doudet, cette institutrice accusée d'avoir fait périr par ses mauvais traitements la fille d'un ministre anglican.— Cette femme paraît
appelée à la célébrité de mademoiselle de Luzy, laquelle a été épousée
par un Anglais. — Mademoiselle Doudet, comme il arrive toujours
dans les causes de cette nature, ne réussit pas également auprès des
deux sexes. Les femmes manifestent pour elle la plus ardente sympathie, tandis que les hommes la poursuivent de leurs malédictions.
— Il paraît qu'il y dans la cause certains détails mystérieux qui
pourraient bien provoquer le huis clos.

Donc, nous entrons dans une nouvelle année. — Que deviennent
les vieilles lunes? que deviennent les vieilles années? — Pour les
lunes, je ne sais trop; — pour les années, elles deviennent de l'histoire et des souvenirs fugitifs. Dans quelques jours, les journaux pu-
blieront la nécrologie de 1854, l'inventaire des pièces nouvelles
représentées dans ce laps de douze mois, et tout sera dit.—Pour les
hommes, une année écoulée représente ou une étape insignifiante
de leur vie, ou un événement décisif de leur destinée. — Il y a pour
chacun de nous des années marquées de la croix blanche, — d'autres marquées de la croix rouge. — Vers le déclin de l'âge, il semble
que la vie soit classée : la nouvelle année n'y apporte guère ni joies
ni douleurs imprévues. — Trois cent soixante-cinq jours se sont
écoulés, et voilà tout. — La jeunesse, elle, attache à ces dates, insi-
gnifiantes pour l'âge mûr, des souvenirs charmants, une entrée dans
le monde, un premier amour, toutes les émotions du cœur et de
l'esprit pour la première fois révélées.

Tous ceux qui n'en sont plus là doivent se contenter d'accepter la
nouvelle année comme une ride de plus, une illusion de moins. —
La vie au point de vue du jour de l'an se divise en deux époques bien
distinctes : — dans la première, on reçoit des étrennes, dans la se-

conde on en donne. — Que me donnera-t-on? que donnerai-je? — Tout est compris dans cette conjugaison du verbe *donner*.

Je me reproche, du reste, d'avoir, la semaine dernière, accusé de stérilité l'imagination de l'annonce. — En voici une qui en vaut bien plusieurs autres :

« A la veille de la véritable fête des bonbons, nous rappelons à tout le monde que nul n'apprécie la saveur, l'arome frais et suave d'un bonbon s'il ne possède de belles dents ou s'il ne les fait nettoyer et plomber. — Nous recommandons à cet effet l'habileté si reconnue du dentiste anglais W. Rogers, 270, rue Saint-Honoré. »

Voyez un peu comme tout se lient et s'enchaîne dans le commerce ! — Vous n'auriez jamais songé à faire nettoyer ou plomber vos dents ; mais voilà qu'on vous offre une praline ; — vous courez chez M. Rogers, et, en dix minutes, il vous met en état de manger la praline.

Un négociant de Marseille me fait enterrer assez gaiement l'année 1854. — Ce négociant s'appelle *Coquin*, et il demande à changer son nom contre celui de *Baudruche*. — Je comprends très-bien que ce négociant soit désolé de s'appeler *Coquin*. — Le monde est si bête et le jeu de mots réjouit tant d'imbéciles en France, que le pétitionnaire a dû être bien incommodé des équivoques auxquelles prête son nom patronymique. Ce que je comprends moins, c'est que M. *Coquin*, une fois décidé à abandonner le nom de son père, choisisse celui de *Baudruche* ; — à sa place, j'en prendrais un autre ; — *Baudruche* me déplaît et je crains que *Baudruche* n'attire encore des désagréments à M. *Coquin*.

La preuve que l'année écoulée a manqué de gaieté, c'est que MM. Clairville et Commerson, passant en revue au théâtre du Palais-Royal les épisodes de 1854, n'ont pu trouver dans ces éléments qu'une plaisanterie médiocre. — Peut-être avec ce titre des *Binettes contemporaines*, y avait-il à tenter quelque chose de hardi et d'aristophanesque ; — mais, à vrai dire, cette comédie *ad hominem* est presque impossible en France, pays de scrupules et de bégueulisme illogique. — Vous pouvez prendre un homme et l'éventrer dans un journal ; — vous pouvez le mettre au pilori du feuilleton et du pamphlet ; — je parle, bien entendu, de l'homme public, de celui qui appartient à la publicité par sa position et ses œuvres (les honnêtes gens ne le comprennent pas autrement); — mais, dès que vous essayez de traduire sur la scène ces justiciables de la publicité, ce sont des cris, des récriminations, des anathèmes et des scandales à faire prendre les armes à toute la garnison. Nous sommes bien loin du temps où Beaumarchais, sous des voiles assez transparents, pouvait flageller toute la société du XVIIIe siècle !

XXXIV

Les souhaits de bonne année. — Les étrennes de l'épicier. — Le pâtissier Félix et l'acteur Brunet. — Les cartes de visite. — Procédé économique pour devenir un prince italien. — Hors de Paris, point de salut. — M. Frédéric Thomas et la peine de mort. — Théâtres. — Vaudeville : *les Parisiens de la décadence.* — La pièce et l'auteur. — Le poëte assassin. — Mademoiselle Luther. — M. Lagrange. — Mademoiselle Clarisse. — Mademoiselle Saint-Marc. — Tous! tous!

7 janvier 1855.

J'ai vu peu d'amis cette semaine : en revanche, j'ai reçu la visite d'un certain nombre d'inconnus qui éprouvaient le besoin pressant de me souhaiter une bonne année.

« Mon ami, dis-je au premier de ces visiteurs, je suis bien touché de vos vœux ; mais qui êtes-vous ?

— Monsieur, m'a répliqué cet homme, je suis paveur ; — c'est moi qui ai pavé *votre* rue. »

Ce disant, il agitait une tirelire où j'aurais pu mettre toute ma fortune.

« Mais, mon ami, lui dis-je, votre théorie peut me mener loin ! — si le maçon qui a bâti *ma* maison, l'éclaireur qui me fournit *mon* gaz, le percepteur qui touche *mes* contributions viennent me demander des étrennes, je n'aurai plus ni maison, ni rue, ni gaz, ni contributions à payer, — je serai sur la paille, et on dit qu'on y est mal, — tous les prisonniers s'en plaignent, alors même que la paille de leur cachot est un bon et loyal lit de sangle, surmonté d'un assez bon matelas.

— Monsieur, n'oubliez pas les paveurs !...

— Mais vous ne comprenez donc pas que je repousse votre prétention, — que je la trouve absurde et dérisoire ?...

— Ça ne fait rien, monsieur, n'oubliez pas les paveurs ! »

O macadam ! pavé de la décadence, je te bénis si tu me délivres des paveurs ; — mais c'est peu probable : — le paveur est souple ; — quand il ne pave plus avec du pavé, il pave avec autre chose, et, quand il ne peut paver avec quoi que ce soit, il dépave.

Après le paveur vint le facteur ; — après le facteur, le porteur d'eau ; — après le porteur d'eau, le petit clerc de M. Domange.—Ce dernier m'a tellement exaspéré, que je lui ai cassé une bouteille d'eau de Cologne sur la tête. — Il s'est beaucoup essuyé et m'a demandé avec inquiétude *si ça sentirait longtemps.* — J'ai cru pouvoir lui donner l'assurance que, dès qu'il aurait repris son ouvrage, il ne sentirait plus l'eau de Cologne.

Mais, après tout, ces gens-là ne sont que naïfs ; — il en est d'autres que je trouve extravagants. — Mon épicier m'a demandé un billet de spectacle pour ses étrennes. Sa chimère était de conduire sa femme à *Feydeau* (mon épicier n'est plus jeune); j'ai refusé, et mon épicier a repris d'un ton aigre : « Je croyais que, fournissant à monsieur sa bougie, son sucre, son huile, et, *généralement,* son épicerie *en général,* je pouvais compter sur un billet de spectacle, surtout n'étant pas ordinairement indiscret... »

C'est toujours le raisonnement du pâtissier Félix, l'inventeur du nom et de la boutique des Panoramas. « Vous voyez bien ce petit bonhomme, disait Félix à une de ses pratiques ; c'est M. Brunel, le directeur des Variétés. En voilà un qui ne donne pas ses coquilles ! Figurez-vous que, depuis vingt ans, je lui fournis tous les jours pour quatre francs de pâtisserie, et qu'il ne m'a jamais donné un billet ! » La pratique de M. Félix, qui était un autre bourgeois, ne voulait pas le croire. M. Félix fut obligé de lui en donner sa parole d'honneur.

J'ai médit des cartes de visite. Cet usage, très-simplifié par le
timbre à cinq centimes, a ses partisans. — Un de mes amis, homme
très-supérieur par l'esprit et le savoir-vivre, plaide en faveur de
cette institution, qui sans dérangement réciproque, permet à deux
personnes de s'envoyer un témoignage de souvenir. — Je dois dire
que j'ai reçu quelques cartes très-imprévues, très-inespérées, qui
m'ont touché par l'intention qui les a dirigées vers mon domicile ;—
et, comme en ce monde il est par trop commode de s'acquitter de
tout en ruades philosophiques, je m'acquitte le plus poliment que je
peux par un remercîment.

Entrons maintenant dans cette nouvelle année, grosse d'événements peut-être, et de merveilles industrielles ; — cette année aura
sa date dans le siècle parisien, celle de l'Exposition universelle. —
On est toujours inquiet de savoir où l'on couchera le million de visiteurs qui traversera Paris, du mois de mai au mois d'octobre. — Je
pense bien que ce ne sera pas dans mon lit, et, toutefois, je n'en ré-
pondrais pas, car on me dit que des princes italiens offrent l'échange
d'un palais à Milan, à Florence ou à Gênes, contre une chambre
d'étudiant à Paris : c'est peut-être la seule occasion que j'aurai en
ma vie d'être un prince italien, et je serais assez tenté de me trans-
former pour six semaines en Doria ou en Pallavicini, — mais six
semaines, pas davantage. — Je crois que, si j'étais condamné au Doria
à perpétuité, je me surprendrais bien vite à regretter le boulevard.

Les Parisiens de Paris ne respirent pas longtemps en dehors de
leur atmosphère ; il leur faut le *bruit du moulin*, le tapage de la comédie nouvelle, le clapotage du cancan quotidien. — Quand le Parisien perd de vue madame Doche, mademoiselle Page, mademoiselle
Ozy et mademoiselle Alphonsine, la nostalgie s'empare de lui, et, s'il
apprend, à l'étranger, que l'Ambigu a donné un mélodrame nouveau,
il tombe en des désespoirs navrants. — Le Parisien de lettres est,
plus qu'aucun autre, asservi à ces habitudes de dissipation de chaque
jour et de chaque soir. Il ne voit plus clair si un lustre ne l'éclaire
pas ; il n'entend et ne comprend plus rien si on ne le berce pas, le
vieil enfant, avec les vieilles chansons du Vaudeville. — Le Parisien
de lettres soupire et se plaint de son sort ; il gémit sur la servitude
de son métier, mais, au fond, il serait désolé d'en pratiquer un autre.

Proposez à Siraudin de le faire hospodar de Valachie, il refusera, ou, s'il accepte, au bout de trois mois, il fera gouverner sa province par son concierge et reviendra tout doucement à Paris lire à M. Dormeuil une balançoire pour Grassot et mademoiselle Duverger. — Quant à Privat d'Anglemont, c'est un fait bien connu qu'il a refusé deux fois le trône des Espagnes et des Indes; du moins Privat me l'a dit, et je le crois incapable d'un mensonge. — J'imagine, d'ailleurs, que Privat serait fort mal à l'aise dans un empire sur lequel le soleil ne se coucherait jamais. — Charles-Quint s'est passé cette fantaisie, mais il n'avait pas de créanciers.

La fin de l'année expirée a été attristée par un gredin encore anonyme qui a coupé le cou à une femme dans le faubourg Montmartre. Cet événement me ramène à une thèse dans laquelle j'ai trouvé un contradicteur infiniment spirituel, M. Frédéric Thomas, le rédacteur du *Courrier du palais* de *l'Estafette*. M. Thomas trouve que l'on traite bien légèrement les assassins. — Il se montre très-ému de savoir si la guillotine présente toutes les garanties de confortable qu'on lui attribue; — il se demande si le couperet glisse bien dans les rainures, si la planche bascule bien, et si ce n'est pas un peu trop de dix marches à monter pour un homme qui ne les descendra pas. — Bref, M. Thomas incline à penser que Dombey, l'exécuté du mois dernier, n'a pas eu peut-être autant d'agrément que l'ont prétendu certains journaux enthousiastes des perfectionnements (s. g. du g.) apportés dans ces derniers temps à l'instrument de mort. — Puis M. Thomas n'est pas très-édifié sur la question de savoir si la sensibilité s'éteint chez le supplicié par la décollation. M. Thomas frémit de penser que Dombey a pu survivre quelques minutes au regret d'avoir perdu sa tête.

Il est bien possible que M. Thomas n'ait pas tort. Les guillotinés ont fait beaucoup de révélations avant leur exécution, ils n'en ont jamais fait après. — J'accepte toutefois sans discussion la possibilité de la sensibilité infiniment prolongée, et je ne conteste pas que, dans cette hypothèse, Dombey, comme ses pareils, n'ait dû passer quelques minutes très-fâcheuses. — Mais, pour me distraire un peu de cette idée cruelle, je demande à parler un peu de l'horloger, la victime de Dombey, dont M. Thomas ne parle jamais dans sa discussion. — Ce n'était qu'un horloger et un Suisse, mais enfin c'était un homme. — M. Thomas pense-t-il qu'il ait trouvé beaucoup de charme à être assommé comme un bœuf, puis dépecé comme un veau? Est-il même bien certain que l'horloger fût suffisamment assommé quand l'amateur fanatique des mouvements de Genève s'est avisé de le découper pour le mettre en état de voyager? Il ne m'est pas du tout démontré que les instruments dont s'est servi Dombey au préjudice de l'horloger fussent plus parfaits que celui qu'on a employé à son détriment. — Est-ce donc trop que de couper en deux morceaux un ouvrier horloger qui a coupé un maître horloger en vingt-deux portions? — Et puis enfin Dombey n'a-t-il pas à sa charge le tort grave d'avoir été l'agresseur et *d'avoir commencé?* — La question une fois réduite à ces termes, je demande qu'on plaigne un peu l'horloger; — après quoi, il sera toujours temps, je pense, de verser quelques pleurs sur le sort du jeune Dombey, si tôt arrêté dans sa carrière.

Les théâtres au nouvel an commencent leur moisson quand les confiseurs ont fini leur récolte. L'affiche n'a pas besoin de se tourmenter ni de s'ingénier. — Les mets les plus vulgaires suffisent aux appétits robustes et peu blasés qui se donnent des étrennes en loge ou en stalle. — Le public des étrennes est un public spécial qui *va au spectacle* sans goût et sans inclination bien prémédités. — On voit ces braves gens frapper au guichet d'un théâtre, se retirer quand on refuse leur argent, et renouveler leur tentative jusqu'à ce qu'ils aient trouvé une salle hospitalière.

Malheureusement pour les théâtres, les auteurs et les acteurs, ce public primitif et candide ne dure que deux ou trois jours. — Dès le 3 janvier, tout ce petit monde en débauche retourne à son travail, et le théâtre se retrouve en présence du public quinteux et blasé, qui connaît la ficelle de tous les pantins et demande autre chose que du drame à la portée des cuisinières en goguette.

C'est ce public que M. Barrière a provoqué la semaine dernière, et avec un très-grand succès, au Vaudeville. — *Les Parisiens de la décadence* sont, à l'heure qu'il est, la comète visible à l'horizon dramatique. — Elle y restera quatre mois, traînant sur la place de la Bourse une longue queue de piétons et d'équipages.

J'ai du goût pour M. Barrière;—ce n'est pas une effigie effacée de monnaie courante : il a, au contraire, un accent et une physionomie : son style a une allure emportée et agressive qui ne me déplaît pas, et je préfère la saveur âcre et amère qui se dégage de ses œuvres à la tisane insipide que débitent les marchands de coco du flonflon en faillite. On reproche à M. Barrière de l'esprit *cherché;* mais, en fait d'esprit, je ne garde rancune qu'à ceux qui ne *trouvent* pas; — assurément, je pense que l'improvisation n'est pas dans la nature de M. Barrière.—Çà et là, dans ses œuvres, on rencontre des soudures apparentes où le mot prémédité est enfoncé d'un coup de marteau. — Mais le plus souvent ce travail d'incrustation est très-bien dissimulé; —il n'y a donc pas autre chose à lui recommander que de cacher ses procédés, quoique, à vrai dire, je ne craigne pas beaucoup que les concurrents s'en emparent. — Ce serait estimer M. Barrière bien au-dessous de sa valeur que de ne voir en lui qu'un assembleur de *mots.* — Dans *les Parisiens,* il y a, outre beaucoup d'esprit, beaucoup de talent. — La pièce est construite avec un art infini, j'allais dire avec une rouerie étonnante; — elle ne chatouille pas seulement l'esprit, elle attaque le cœur par des surprises très-habilement ménagées : que les éléments de son drame soient pris dans *la Mère et la Fille,* dans *l'Honneur et l'Argent* ou ailleurs, voilà ce qui importe peu. — Tout a été dit, tout a été fait et tout est à refaire. — Tous les chefs-d'œuvre sont dans le dictionnaire, — il ne s'agit que de les en faire sortir.

Je me déclare donc très-partisan de la pièce de M. Barrière uniquement parce que ce n'est pas la pièce de tout le monde et de tous les jours. — L'esprit qui y circule abondamment appartient bien en propre à l'auteur. — Tout au plus pourrait-on y reconnaître un arrière-goût de Beaumarchais. — C'est de l'esprit à la congrève qui éclate en fusée, démolit la maison, foudroie les coupables, et, en passant, massacre un peu les innocents.

On dit que M. Barrière justifie pleinement, une fois de plus, l'axiome : *le style, c'est l'homme,* et que sa littérature est l'expression, peu contenue, de son caractère aigri par les froissements littéraires. — Ici, je ne comprends plus : je ne sais rien et ne dois rien savoir de la vie de M. Barrière : mais, à juger de sa position par le bruit qui se fait autour de son nom, je le trouve quelque peu ingrat, car, après tout, cette notoriété, c'est la fortune. — Les victimes de la vie littéraire, ce sont ces infortunés qui, ni à force de prières ni à force d'injures, ne peuvent vaincre ce silence obstiné et cruel dont ils meurent. Il y a quelques semaines, un poëte m'apportait un livre et me demandait l'aumône de la publicité. — Il devina mon refus dans un geste et me dit avec mélancolie : « Je vois bien que, pour obliger les journaux à parler de moi, je serai forcé d'assassiner mon propriétaire. » — Il avait raison, le poëte. — Son procédé est extrême, mais il est infaillible ; — il conduit à la potence, mais la potence conduit à la gloire. — *Sic itur ad astra* (la corde au cou). — Malgré ma répugnance pour le sang, j'ai donc beaucoup encouragé mon poëte à tuer son propriétaire. — Cette formalité une fois accomplie, je lui ai garanti l'article suivant dans tous les journaux :

« Folbert, le poëte assassin, laisse un volume de poésies qui est arrivé en un mois à sa dixième édition ; — c'est un recueil d'élégies intitulé : *les Chants au bord du nid.* — Plusieurs pièces sont très-remarquables, et l'une d'elles, *le Réveil de la Fauvette,* est un chef-d'œuvre. Comment l'homme dont la voix se mariait si harmonieusement au gazouillement des oiseaux a-t-il trouvé le courage de donner soixante-sept coups de rasoir à son propriétaire ? — C'est un mystère de la vie littéraire ; mais la justice informe.

« Folbert laisse aussi un roman en prose, intitulé : *Thérèse, ou Histoire d'une paire de pantoufles.* — C'est une fantaisie ravissante écrite d'une main exercée à tous les raffinements du style. — Comment cette main a-t-elle pu porter soixante-sept coups de rasoir à un propriétaire ? »

M. Barrière n'en est pas là ; — il n'a besoin de tuer personne pour faire parler de lui. — On se tuera peut-être un peu à la porte du Vaudeville pour voir sa pièce, et ces suicides dont il n'est pas responsable profiteront encore à sa renommée. — Je m'explique donc très-difficilement l'attitude qu'on attribue généralement à M. Barrière. D'autre part, je m'explique encore beaucoup moins les colères dissimulées en grec ou en latin, ou exprimées tout nettement en français, que soulève dans la presse l'auteur des *Parisiens.*

Le journal est une expression de l'art, le théâtre en est une autre.

Si M. Barrière a l'esprit critique et s'il peut donner à sa critique la forme scénique, qui donc peut lui contester son droit ? — Mais, dit-on, M. Barrière n'obéit pas à son inspiration naturelle, — il se venge.—Et pourquoi ne se vengerait-il pas, s'il croit avoir à se venger ? — N'est-il pas de ce siècle où des hommes graves, des hommes d'un talent incontesté et d'un caractère honoré, nourrissent depuis deux ans une rancune de Trissotins contre la femme de génie qui, un jour, a laissé tomber dédaigneusement de sa plume l'épithète de *gazetier*.

De part et d'autre, tout cela est si puéril, qu'on n'en parlera plus dans cent ans. — Si même nous avions la guerre sur le Rhin l'année prochaine, on n'en parlerait plus du tout.

Dans tous les cas, si M. Barrière se venge de la presse, il se venge bien naïvement. — Je vois dans sa pièce deux journalistes : — l'un est ce type que nous connaissons tous, que nous coudoyons partout et à toute heure, le descendant de la *tarte à la crème* de Molière ; — un critique manuscrit, un idiot impuissant ignorant le respect qu'on doit au travail, parce qu'il n'a jamais travaillé faute de papier, faute de plume et faute d'orthographe. — Il faut avoir le caractère bien mal fait pour se reconnaître dans ce croquis de l'écrivain qui n'écrit pas.

Le second journaliste de la pièce, c'est Desgenais. — Si M. Barrière a voulu personnifier le journalisme dans ce type, je déclare que les gens de presse doivent s'empresser de mettre une cravate blanche et des gants jaunes pour aller le remercier. — Depuis le prince Rodolphe, des *Mystères de Paris*, jamais un homme n'a joué un rôle plus considérable en ce monde que le rédacteur en chef de *la Lanterne indépendante*. — C'est un demi-dieu en habit noir ; — mêlé à la société, il la domine de son esprit et de son honnêteté. Il cravache tout le monde, et tout le monde s'incline devant lui. Il est criblé de dettes qu'il ne paye jamais. — Est-il, sur la terre, un sort comparable à celui du rédacteur en chef de *la Lanterne indépendante*?

Il me semble que j'ai bien de la peine à en finir avec la pièce de M. Barrière. — C'est qu'elle est puissante, irritante, et qu'elle provoque à la discussion. — J'y reviendrai peut-être un autre jour. —

Aujourd'hui, je me vois forcé d'abréger le témoignage que j'aurais
voulu rendre aux artistes. — La troupe de M. Boyer, qui se cherchait depuis quatre mois dans des œuvres incolores et sans inspiration, s'est trouvée et révélée subitement dans cette soirée fulgu-
rante. — Félix est décidément l'acteur de ces pamphlets dialogués;
— il a dans la voix un sifflement aigu qui lance le mot et lui donne
une portée lointaine : — on dirait la flèche qui fend l'air et va frapper
le but. — Il a, d'ailleurs, fait de ce rôle de Desgenais une composition très-bien étudiée et infiniment plus variée de ton que dans sa
première édition des *Filles de marbre*. — Delannoy s'est classé
parmi les comédiens dans son rôle de bourgeois, implacable d'abord
comme un protêt, puis atteint par cette contagion d'honnêteté qu'on
gagne au contact du rédacteur de *la Lanterne indépendante*. —
Mademoiselle Luther est ravissante. — Je n'ai pas le loisir de déve-
lopper ce compliment, et j'en ai regret. — M. Lagrange a été loué
par toute la presse. Quand cette unanimité d'éloges s'attache à un
artiste presque inconnu la veille, on peut être sûr que cette gloire
naissante n'est pas usurpée. — Mademoiselle Clarisse a été très-
applaudie : elle a très-bien joué le second acte; au troisième acte,
ses effets m'ont paru un peu cherchés et tourmentés. — Il ne faudrait oublier personne dans cette pièce admirablement jouée, ni
mademoiselle Saint-Marc, ni M. Chambéri, ni M. Allié, ni M. Speck,
ni même M. Galabert, qui donne une physionomie à un rôle très-
épisodique. — Mais, mesdames et messieurs, songez combien tout
ceci, un peu court pour vous, sera long pour l'univers entier.

XXXV

14 janvier.

Voilà une semaine ! pas de salons, — pas d'histoires et pas de
théâtres ! Le vaudeville est en faillite d'esprit depuis huit jours ; —
le drame fait banqueroute au public avide d'émotions. — Chroniqueur, mon ami, tire-toi de là. — Lundi dernier, deux ou trois feuilletons se sont mis franchement en grève ; — ils ont reconnu qu'à
défaut de lièvre, il devient difficile de faire le civet hebdomadaire.
Reste le canard ; — mais on en a bien abusé et nous ne savons pas
le servir à point.

Les journaux politiques sont bien heureux : — grâce à leur per-
spicacité et à leur cautionnement, ils ont toujours de la pâture pour
douze colonnes. Le dimanche, on annonce la guerre inévitable ; — le
lendemain, on déclare la paix infaillible, — le troisième jour, on
insinue que la situation est équivoque, qu'on ne peut pas se prononcer entre la paix et la guerre, — et il n'en coûte que quatre sous
par jour au public pour être si bien informé.

Encore si je savais parler chiffons !

La Patrie a fait deux colonnes hier sur une corbeille de mariage.
— Même, à cette occasion, *la Patrie* fait remarquer que l'usage des
cadeaux de fiançailles remonte à Tobie. — Je ne suis pas curieux,
mais j'aurais voulu voir la corbeille de mariage de madame Tobie.

C'était, d'ailleurs, un superbe prétexte pour raconter l'histoire de Tobie et de sa cécité, sans insister sur la cause, de peur d'avoir l'air de faire une réclame au guano. — Ah bien, oui, le guano! — il est distancé, — il est remplacé par la morue. — C'est comme j'ai l'honneur de vous le dire. — Un industriel a eu l'idée qu'on pouvait pulvériser les détritus de morue accumulés depuis des siècles au banc de Terre-Neuve et en faire un engrais. — Son procédé a été étudié et acheté deux cent mille francs par les frères Péreire. — Ceux-ci, d'autre part, viennent d'être créés barons par l'empereur d'Autriche, ni plus ni moins que M. de Rothschild, qui est aussi un baron autrichien. — Laissons les barons et revenons à la morue. — Il me semble que voilà un poisson qui commence à faire une grande figure dans le monde. — Morue à la Béchamelle, huile de foie de morue, — engrais de morue. — Il nous manque une morue assez intelligente pour jouer la comédie à l'instar du phoque savant qu'on voyait il y a deux ans aux Champs-Élysées, et qui disait distinctement : « Prrrenez vos billets! »

Un de mes amis, auteur dramatique du plus grand style, me surprend au milieu de mes embarras de chroniqueur.

« Pourquoi, me dit-il, ne faites-vous pas toujours le même feuilleton? Voilà vingt ans que je fais la même pièce et je n'ai qu'à m'en louer. Très-jeune encore, j'avais remarqué que le public s'intéresse toujours à une mère qui a perdu sa fille. Je me suis mis dans cette partie. Je prends une fille en bas âge et je la fais enlever au prologue par un coquin de *troisième rôle*, qui veut éteindre la race des Beaumanoir. Le reste va tout seul. — Au cinquième acte, la mère reconnaît sa fille, grâce à un médaillon que l'enfant portait en venant au monde.

— Fort bien, dis-je à mon ami; — mais encore, si votre fable est invariable, faut-il au moins varier votre forme.

— Pas du tout, répliqua mon ami, le drame (ci-devant mélodrame) vit sur quelques formules consacrées auxquelles il y aurait danger de rien changer; c'est toujours :

« — *Monstre, si la vertu n'a pas d'attraits pour toi, sois sensible, au moins, au désespoir d'une mère... Mon enfant! Je veux mon enfant! — Rendez-moi mon enfant!*

» — *Voici le jour qui commence à paraître, éteignons les bougies.* — *Peblo, si une jeune fille vêtue de noir vient me demander, tu lui diras que je vais rentrer.* » (Il sort, on ne sait pas pourquoi.)

MONOLOGUE.

« Le duc Rodolfo à Venise! — Que vient-il y faire? — Aurait-il découvert ma trace? — Faudra-t-il perdre en un jour le fruit de vingt ans de crimes? — Vais-je échouer au moment de ceindre cette couronne ducale objet de mon ambition? — Jamais... Qu'il meure! » (Il verse du poison dans la tasse.)

« Et à la fin, quand la mère retrouve sa fille : *Merci, mon Dieu!* »

Merci, mon Dieu! est une des ressources les plus précieuses du drame de famille. — A propos de cette exclamation consacrée, Méry racontait l'histoire suivante :

C'était il y a une dizaine d'années, à l'Odéon, où Méry faisait répéter une comédie. — Une jeune débutante, jolie et candide comme on l'est au Conservatoire, avait obtenu la faveur de dire trois mots dans cet ouvrage, à la fin du premier acte.

Un jour, après la répétition, la jeune artiste s'approcha de *son* auteur, et le remercia avec effusion de lui avoir ouvert la carrière des arts.

« Mais, puisque vous êtes si bon, monsieur Méry, dit l'ingénue, ne pourriez-vous me donner une occasion, à cette fin de premier acte, de me jeter à genoux en m'écriant : « Merci, mon Dieu? » Hier encore, à l'Ambigu, j'ai vu madame Guyon dire : *Merci, mon Dieu!* et cela lui a rapporté trois salves d'applaudissements.

— Mon enfant, répliqua Méry en souriant, madame Guyon est une femme qui a le talent et le tempérament de ces choses-là. Quant à vous, rendez-vous bien compte de la situation. Vous jouez une pensionnaire dans une petite comédie bourgeoise : à la fin du premier acte, on annonce que la soupe est sur la table. Si, à cette occasion, vous vous jetez à genoux en vous écriant : « Merci, mon Dieu! » vous passerez pour une jeune personne démesurément goinfre.

— Monsieur Méry, ça ne fait rien. Je vous en prie, laissez-moi dire : *Merci, mon Dieu!...* »

Méry tourna le dos à l'élève de Thalie, et il n'en fut plus question pendant trois jours. — Mais, le troisième jour, Méry reçut la visite d'un homme de cinquante ans, d'une mise somptueuse et d'une physionomie aristocratique.

Après quelques compliments échangés :

« Monsieur Méry, dit le visiteur, j'aime les gens d'esprit. J'ai de la fortune, du crédit, un château ; veuillez considérer que tout cela est à votre disposition. Moi, je suis déjà votre obligé, en ma qualité de protecteur de mademoiselle Coralie, la jeune artiste à qui vous avez bien voulu confier un petit rôle dans votre ravissante comédie.

— Ah ! très-bien, fit le poëte en s'inclinant.

— Mais, voyons, monsieur Méry, reprit le protecteur, rendez à cette enfant un grand service ; permettez-lui de se jeter à genoux en s'écriant : « Merci, mon Dieu ! » L'enfant a fait une étude spéciale de cette exclamation. Hier, elle s'est jetée à genoux dans un salon, devant quinze connaisseurs, et je vous assure qu'elle a eu le plus grand succès. »

Ici, Méry, en mordant ses lèvres, reproduit son objection, — la soupe est sur la table ; — pas moyen de tourner la chose au lyrisme en s'écriant : « Merci, mon Dieu ! »

Le protecteur se retira un peu plus roide et moins souriant qu'à son entrée.

Vint la représentation. Méry, le manuscrit en main, suivait dans la coulisse la marche de sa pièce, lorsque, à cette fin du premier acte, un nuage lui passa sur les yeux. — On venait d'annoncer la soupe, et mademoiselle Coralie s'était jetée à genoux en exclamant le fameux *merci, mon Dieu !*

« Ma pièce est perdue, dit Méry en tombant dans les bras du régisseur.

— Ah bien, oui ! dit le régisseur, on voit bien que vous ne connaissez pas le théâtre... Écoutez... »

En effet, mademoiselle Coralie récoltait les trois salves d'applaudissements consacrées au théâtre pour *merci, mon Dieu !*

C'était trop d'émotion. — Méry, vaincu, tomba à genoux en s'écriant : « Merci, mon Dieu ! »

Du reste, il faut convenir que le journalisme littéraire a bien aussi ses lieux communs, ses *rengaînes*, comme disent les artistes. — On a suffisamment plaisanté la nouvelle qui commençait par *c'était par une belle matinée d'automne*, et finissait par *quand on la releva, elle était morte*. — Il n'est plus permis d'en parler ; — mais il est encore permis de signaler les locutions omnibus qui passent dans le style courant et tombent dans le domaine public : — l'œuvre *magistrale* de M. A, — le *génie artistique* de M. B, — la pièce de M. C, *si bien jouée* par madame D.-E.-F.-G.-H.-I.-J, et surtout par mademoiselle K, qui est *tout simplement* délicieuse, — et ce fameux *tout Paris*, qui assistait hier à la rentrée de *notre* célèbre *grand comédien*. Deux lignes plus bas, vous retrouvez *tout Paris* dans un autre théâtre, de sorte que je suis émerveillé de l'ubiquité de *tout Paris*.

Je suis, d'un autre côté, confondu de la quantité de grands hommes inconnus dont se glorifie tout Paris ; — la musique surtout me paraît produire des grands hommes sournois et mystérieux dont la renommée éclate sous forme de portraits à toutes les vitres des boulevards. — Ces grands hommes sont maigres pour la plupart. — Ils portent les cheveux longs et les yeux au ciel. — Ils ont les noms les plus barbares : *Sabroukarinski*, — *Tartilamignef*, — *Uberrannannan*. — Il paraît que ces gens-là jouent de quelque chose : flûte, piano ou accordéon ; — mais, si j'en connais un, je veux être pendu. — Après cela, vous me direz que ce qu'ils en font, c'est pour se faire connaître ! — A la bonne heure ! Mais pourquoi cette fureur de *pourtraicture* dans la musique ? — La littérature et les arts entretiennent à Paris deux ou trois mille individus d'une notoriété aussi évidente que celle des *Sabroukarinski* en question. Si chacun se mettait sur le pied d'exposer son image au public idolâtre, ce serait incommode toujours, et laid quelquefois.

Maintenant, si vous demandez la cause de cet affaissement de tout Paris, cette semaine, je vous dirai confidentiellement que cela tient aux influences mystérieuses du jour de l'an. On a tant visité et embrassé son prochain, qu'on éprouve le besoin de s'en éloigner. On s'enferme chez soi, et, les pieds sur les chenets, on glane dans la dernière boîte de chocolat dont on n'a pas trouvé le placement. D'ailleurs, le ton défend de se montrer au spectacle dans ces jours consacrés à l'intimité. On laisse cela aux porteurs d'eau qui dansent la *Catarina* dans le foyer de l'Ambigu. — Pourvu qu'on soit un peu du monde, on a ou on veut être censé avoir une famille.— La famille fait souvent le désespoir de ceux qui en ont une ; — elle est l'ambition de ceux qui n'en ont pas. Cela rappelle ce bohème qui, tous les ans au printemps, mettait un crêpe à son chapeau et répondait mélancoliquement aux questions de condoléance : « J'ai perdu mon père. » — Ceux qui n'ont jamais eu de père sont au moins bien aises de le perdre ; — cela les pose en fils de famille et ne fait de tort à personne.

On s'occupe toujours beaucoup dans les cercles littéraires des candidatures pendantes à l'Académie française. — Pour le fauteuil dit des *grands seigneurs*, on tient toujours pour certain que M. le duc de Broglie succédera à M. le comte de Saint-Aulaire.—Quant au fauteuil littéraire, il y a plus d'hésitation dans les pronostics.—Cependant, comme M. Ponsard reste en présence de M. Legouvé, on ne pense pas que ce dernier puisse balancer ses titres. — On croit connaître dix-huit voix assurées à M. Ponsard, qui a pour lui tout le groupe des anciens parlementaires, les Cousin, les Villemain, les Thiers, etc. — Quelques romantiques avaient paru craindre que M. Ponsard n'apportât à l'Académie le précédent de l'austérité spartiate et de la roideur du caractère suppléant au talent. L'objection a été levée par un homme d'esprit, qui a fait remarquer que la tenue formaliste de M. Ponsard n'excluait pas chez lui le côté humain et la passion. — Ailleurs, au divan, je crois, on a déjà dit plus crûment que M. Ponsard était un débauché dans la peau d'un notaire. — Pour ma part, j'aime mieux en M. Ponsard le débauché que le notaire, et je compte plus sur ses vices que sur ses vertus pour nous donner un poëte comique. — Ce que M. Ponsard a fait suffit bien amplement à lui fonder des titres à l'immortalité de l'Académie. — Il lui reste à conquérir l'immortalité des siècles littéraires. — C'est un homme d'un très-grand talent, et l'Académie n'empêche pas de devenir un homme de génie.

Quant à M. Legouvé, sa situation a été résumée ainsi par un des académiciens qui, avec M. Guizot, poussent sa candidature : « Je ne comprends pas, a dit l'académicien, quelle objection sérieuse on peut élever contre M. Legouvé; c'est un homme bien né et né d'un acadé-

micien ; — il a de la fortune, des mœurs irréprochables, du savoir-
vivre et de la politesse ; — il n'a vraiment contre lui que ses
œuvres. »

Le mot n'est pas seulement sévère, il est injuste ; — car, à part sa
Médée, humide encore de l'impression, on ne peut lui reprocher, il
me semble, en fait d'œuvres, que deux ou trois mélodrames dont il
partage la responsabilité avec M. Dinaux et M. Scribe. — Or, comme
l'Académie est évidemment, avant tout, préoccupée de ne pas se compromettre en admettant *les grands producteurs*, je ne vois pas que
M. Legouvé soit bien encombré par son bagage pour monter les
marches du palais de l'Institut. — C'est même le seul avantage qu'il
ait sur M. Ponsard, qui fera bien d'être de l'Académie cette fois ;
car, dans quelques années, quand il aura fait encore une demi-dou-
zaine de comédies, il pourrait bien en être exclu par sa fécondité.

Ceci écrit, je m'aperçois un peu tard que je viens tout simplement
de délayer, en phrases filandreuses, cet axiome que M. Alphonse Karr,
en son style si net et si incisif, a condensé en deux lignes : « On est
admis à l'Académie, moins pour ce qu'on a fait que pour ce qu'on
n'a pas fait. »

Il y a encore en perspective, à l'Académie, le troisième fauteuil
que Baour-Lormian vient de laisser vacant. — On le destine, dit-on,
à un lettré. — Je crois savoir que déjà MM. Augier et Sandeau
sont sur les rangs ; mais il sera temps de raconter cela à huitaine,
avec beaucoup d'autres choses que je me sens incapable de raconter
aujourd'hui avec si peu d'esprit et tant de migraine. — Vous me
direz peut-être que, pour l'esprit, je me comporte un peu comme ce
barbier, qui avait mis sur son enseigne : « Ici, on rase gratis *demain*. » — *Demain* est un jour mystérieux que l'on poursuit toute sa
vie sans l'attraper jamais. — Eh bien, lecteurs, courez après la chronique de dimanche prochain.

XXXVI

L'hiver. — Les belles gelées. — Le Nord et le Midi. — Les pays chauds et les pays chauffés. — Triste sort des fumistes. — Histoire d'un touriste. — La fourrure et les habitants de Pau. — Accident produit par la chaleur. — Le portier de Paris. — Le portier hargneux. — Le portier fiscal. — Le portier majestueux. — Le portier capitaliste. — Le portier politique. — Le portier martyr. — La scie à deux fins. — Le portier assassin.

21 janvier.

L'hiver avait été, jusqu'ici, d'une douceur assez remarquable. — Depuis quelques jours, nous jouissons de ce que les bourgeois appellent les *belles gelées :* — je n'ai pas un goût très-vif pour cette température, adorée des patineurs, qui met la nature entière à l'état de sucre candi. — Je préférerais tout simplement le printemps perpétuel; mais c'est une chimère que j'ai poursuivie vainement sans pouvoir la saisir; — Il est démontré, aujourd'hui, que l'on a froid partout, excepté en Russie, parce que, là, on se barricade contre le froid en se mettant *sous cloche.* — A mesure que l'on s'aventure au midi de l'Europe, en hiver, on a de plus en plus froid, parce que, infatués de leur climat, les Méridionaux ont négligé de construire des cheminées; de là la nécessité pour les Piémontais — qui, par une dérision du sort, sont tous nés fumistes — de venir exercer leur talent dans le Nord.

Donc, j'ai un peu voyagé, en ma vie, et je déclare qu'entre le Nord et le Midi, la seule différence appréciable, c'est que, dans le Midi, il n'est pas permis de se chauffer.

Cela me rappelle l'histoire d'un de mes amis qui, il y a deux ans, était allé passer l'hiver à Pau, sur le conseil des médecins qui lui commandaient un *climat plus doux.*

Un jour, par une des plus magnifiques gelées qu'il eût vues en

Russie, mon ami se disposait à s'aller promener, enveloppé dans une splendide fourrure, lorsque son aubergiste se jeta, tout effaré, au-devant de lui.

« Monsieur, dit cet hôtelier, ne vous montrez pas ici avec ces peaux de bêtes ; vous scandaliseriez la ville et il pourrait vous arriver malheur...

— Et pourquoi cela ? demanda le voyageur.

— Monsieur, parce qu'à Pau *il ne fait jamais froid*. — Cela a été arrêté en conseil municipal. — Ainsi, monsieur, je vous en conjure, prenez un petit air épanoui et printanier et remplacez cette fourrure inconvenante par le nankin des Indes...

— Mais je vous trouve bons, messieurs de Pau, reprit le voyageur ; est-ce ma faute, à moi, s'il y a de la glace dans vos ruisseaux ?...

— Monsieur, reprit l'aubergiste avec dignité, s'il y a de la glace dans nos ruisseaux, c'est que des intrigants du Nord en auront apporté. — Au surplus, j'ai prévenu monsieur ; ma conscience est dégagée. Je prierai seulement monsieur, avant de sortir, de vouloir bien payer *sa petite note*... On ne sait pas qui vit et qui meurt. »

Mon ami paya sa note. — Mais, esprit fort, il brava les avis de l'aubergiste et persista dans sa promenade fourrée. — Mal lui en prit ; car, s'il ne fut pas assassiné, il fut poursuivi, pendant deux heures, par les huées des petits concitoyens de Henri IV. De plus, il fut flétri par la presse locale. — En effet, le lendemain, le *Journal de Pau* publiait l'article suivant :

« Notre ville, ordinairement si paisible, a été agitée hier par un événement très-étrange. — Un inconnu, probablement insensé, a paru sur la promenade enveloppé dans une fourrure. — La fourrure étant chose inconnue à la plupart de nos concitoyens, une masse compacte de curieux s'est rassemblée autour de ce poil indécent. L'étranger, sans se déconcerter, a continué à circuler ; même il lui est arrivé de prendre de la neige qu'il portait sur lui et de s'en frotter le nez. — Le mépris public a fait justice de ce maniaque. Au moment même où ce misérable grelottait sous notre climat enchanteur, un accident causé par la chaleur *coûtait* la vie à un homme. — Un garçon boulanger, s'étant endormi sur la planche qui sert à enfourner le pain, fut enfourné au moment de la cuisson, par une erreur regrettable. — Quand on le retira, ce n'était plus un garçon boulanger, c'était de la braise !... »

On sait quel rôle important joue à Paris l'institution des portiers. — C'est une race qui se divise et se subdivise à l'infini, en familles, en genres et en sous-genres.

Nous avons :

Le portier hargneux ;

Le portier fiscal ;

Le portier majestueux ;

Le portier capitaliste ;

Le portier politique ;

Le portier martyr.

Avant d'arriver à la découverte intéressante qui provoque cette nomenclature, il me paraît utile d'esquisser ces diverses variétés de l'espèce.

Le *portier hargneux* est si commun, qu'il est superflu de le signaler. C'est lui qui vous fait répéter quinze fois : « Le cordon ! » et ne consent à tirer la bobinette, pour faire jouer la chevillette, que quand vous avez ajouté *s'il vous plaît*.

Le *portier fiscal* est celui qui prélève un tribut plus ou moins volontaire sur le locataire rentrant après minuit. — Je ne connais qu'un exemple de représailles exercées sur le portier fiscal. — Cette gloire revient à un rapin qui, s'étant attardé dans les études qu'il faisait d'après nature, sur la lorette, rentrait au domicile bien après minuit, par une *belle gelée*. — Le portier se leva, et, à travers la porte close, fit la déclaration suivante : « Monsieur, l'heure du cordon est passée. J'ouvre *à la clef* ; c'est cinq francs. »

Le rapin essaya bien de parlementer, d'attendrir le portier, d'obtenir un rabais ; — le portier menaçait de se recoucher. — Le rapin, vaincu par la bise, passa sous la porte les cinq francs demandés.—Le portier ouvrit. Mais ici la scène changea. Le rapin, étant jeune et vigoureux, fit pivoter sur lui-même le portier moins solide.—Le résultat de cette évolution fut de mettre le portier dehors et le rapin dedans.

« Monsieur Gustave, dit le portier, c'est très-bête ! Je suis en chemise ; le thermomètre de l'ingénieur Chevalier marque 16 degrés ; je vous assure que je suis très-mal. Ouvrez-moi !

— Mon ami, répliqua le rapin, vous connaissez la règle de la maison... L'heure du cordon est passée. J'ouvre *à la clef*; c'est dix francs.

— Mais, mon bon monsieur Gustave, où voulez-vous que je prenne dix francs? Dans le costume où je suis, je n'ai pas de monnaie sur moi.

— Eh bien, repassez-moi toujours les cinq francs que je vous ai passés tout à l'heure; — je vous fais crédit de cent sous. »

Voilà comment le rapin retira sa pièce de cinq francs des griffes du *portier fiscal*. Je sais bien que tout cela n'explique pas comment le rapin possédait cinq francs. Mais, si on s'arrêtait à de pareils scrupules, il n'y aurait pas d'histoires possibles.

J'ai connu le *portier majestueux :* — c'était un homme de soixante ans, hermétiquement enfermé dans une loge tapissée, roide comme un pape dans un grand fauteuil à la Voltaire. *Signes particuliers :* calotte en tapisserie, pantoufles en moquette, un gigot devant le feu. — Quand on demandait le cordon, le *portier majestueux* appelait sa domestique. « Catherine! eh bien, voyons, ma fille, vous n'entendez donc pas? On demande le cordon... (*Au patient.*) Elle va descendre, monsieur... elle descend. » Mais, de sa personne, le portier majestueux ne se dérangeait jamais. — Le propriétaire de la maison était un ancien général; le portier était son ancien *brosseur*. Quand on portait plainte au propriétaire contre le portier, le général vous répondait, en se mouchant d'attendrissement : « Que voulez-vous! il m'a sauvé la vie à la Moskowa. — Ce n'est pas un portier, c'est un ami. »

Conclusion : éviter d'habiter une maison dont le portier a sauvé la vie au propriétaire, à moins que celui-ci ne soit très-ingrat.

Le *portier capitaliste* est une espèce de fourmi, ancien frotteur ou ancien garçon de bureau qui, à force de mettre des sous sur des sous, en a fait des pièces d'argent, et, de celles-ci, a fait des pièces d'or. Il trafique, boursicotte et prête peu à sa patrie; — il est fanatique des rentes espagnoles et recherche généralement les valeurs qui *promettent* cinq francs de rente pour un capital de deux francs. C'est, d'ailleurs, un homme important, une façon d'intendant administrant la maison pour le compte du propriétaire, qui vit dans ses

terres. J'ai retenu le dialogue suivant entre un ami à moi qui cherchait un gîte et le *portier capitaliste*.

« Tout bien considéré, disait mon ami, je prends votre appartement, quoiqu'il soit bien cher à 1,500 francs.

— Monsieur sait que les loyers *raugmentent*.

— Je le vois parbleu bien !

— Maintenant, je dois dire à monsieur la règle de la maison : nous
ne voulons ni chiens, ni enfants, ni perroquet...

— Diable ! dit mon ami, bien m'en prend d'être un garçon studieux
et rangé ; — je suis votre affaire, monsieur le portier. — Par système, je n'ai pas de chiens ; — par régime, je n'ai pas d'enfants ; —
j'ai un perroquet, mais si empaillé, qu'il est devenu inoffensif... Je
vis seul avec mon père...

— Votre père ? fit le portier ; — qui ça, votre père ? — Un vieux...
qui crachera dans les escaliers... Je n'en veux pas. — Ah bien,
merci, — des pères, à présent... en voilà une invention ! »

Le portier capitaliste ne consent à louer *sa* maison qu'à des personnes *seules ;* quand les personnes *seules* se dérangent avec une
autre personne seule, le portier dit qu'elles ont *des allures*, et les
congédie.

Le portier politique est bien déchu ; — il a eu ses grandeurs sous
M. de Robespierre, comme disait M. Cagnard ; — de ces temps de
subversion, il était resté au *portier politique* l'idéal d'une société
où les duchesses et les marquises passaient leur vie aux genoux des
portiers. — Le *portier politique* et socialiste a eu un regain de jeunesse en 48. — Dans le partage imminent des propriétés, il avait des
vues très-arrêtées sur la pendule du *premier* et l'armoire à glace du
second. — Aujourd'hui, le *portier politique* se contente de ramasser des rognures dans les journaux des locataires. — Il déteste
le czar, parce qu'il aime les Polonais : — cette sympathie et cette
antipathie le rapprochent momentanément du gouvernement.

Reste le *portier martyr :* — c'est le type immortalisé par le génie
de la mystification et incarné dans la peau du célèbre Pipelet. — Si,
en passant à Lons-le-Saulnier, vous rencontrez un clerc d'avoué, il
vous racontera, comme une plaisanterie éclose de la veille, la vieille
aventure qui a pour refrain : *Portier, je veux de tes cheveux.* —

Mais il n'est plus permis de raconter d'aussi vieilles histoires à des Parisiens.

Toutefois, au risque de rabâcher, je ne puis résister à l'entraînement de raconter la *scie*, à double fin, qui a pour résultat de faire tourner un portier en bourrique pendant trois mois, tout en ménageant une forte râclée à un jeune homme qui va déjeuner en ville. — Cette plaisanterie, qui remonte peut-être au Consulat, a, dit-on, pour auteur un magistrat devenu irréprochable. — C'est une *scie* de la grande longueur, dont la manœuvre demande un grand nombre d'ouvriers intelligents.

Maintenant, voici la recette :

On choisit un portier entre deux âges, avec lequel on peut communiquer par un vasistas. — Suivez bien le mouvement de la *scie*. Un jeune homme blond se présente au carreau.

« Portier, M. Galimard est-il chez lui?

— Galimard? dit le portier. Connais pas...

— Mais si, portier... Galimard... un jeune homme qui sort des galères...

— Monsieur, il n'y a pas de galérien dans la maison...

— Excusez, portier; — je me serai trompé de numéro... Mon Dieu! portier que vous êtes laid! »

Le lendemain, autre visiteur.

« Portier..., M. Galimard?

— On a déjà demandé ça hier..., réplique le portier d'un ton bourru; mais ce n'est pas ici...

— C'est étonnant!... il m'avait dit rue Saint-Lazare, 47... maison en saillie; — le portier le plus bête de Paris. — Le portier le plus bête de Paris, c'est bien vous, n'est-ce pas, portier? »

Inutile de dire que le portier démanche le balai; mais, avant qu'il ait pu sortir de sa souricière, le Cabrion est bien loin...

Vient ensuite un homme d'une physionomie grave et respectable.

« Que vois-je! dit ce personnage en montrant son nez au carreau. J'en ferai mon rapport à l'autorité...

— Votre rapport, monsieur, et sur quoi? réplique le portier un peu intimidé...

— On me l'avait bien dit, mais je ne voulais pas le croire, reprend l'inconnu en prenant des notes. — Dans quel siècle vivons-nous! Ainsi Socrate a bu la ciguë, Galilée a gémi dans les cachots de l'Inquisition, Bayard est mort, Jeanne d'Arc a été brûlée, et il y a des portiers qui vivent dans l'opulence et mangent de l'oie à déjeuner!

— Un pareil scandale doit cesser! j'en ferai mon rapport.

— Mais à qui votre rapport, à la fin de tout cela? dit le portier.

— A Galimard. »

Nouvelle et infructueuse tentative du portier pour jouer du manche à balai.

Au bout de trois mois de cet exercice, le portier arrive à une exaspération impossible à décrire; — il se surprend la nuit à rosser son épouse et ses enfants en prononçant le nom de l'infâme Galimard.

Cependant, le portier étant mûr, la *scie* entre dans sa seconde phase. — Galimard, qui n'est pas un mythe, mais un gros et réjoui farceur, se promène sur les boulevards jusqu'à ce qu'il rencontre un camarade de collége; — il lui faut un camarade fort en thème au collége, et devenu dans le monde un des plus forts actionnaires du théâtre Beaumarchais. — Il finit par le trouver et se jette dans ses bras.

« Ah! c'est ce cher Timoléon! — Y a-t-il longtemps qu'on ne l'a vu! — Ma foi, ça date de notre rhétorique...

— Tiens, c'est Galimard. — Tu vas bien, Galimard? Et qu'est-ce que tu fais?

— Moi, je fais *des affaires...* et toi?

— Moi, je n'ai pas eu de chance... mon père m'avait laissé deux cent mille francs... j'en ai mangé un quart avec des *petites femmes;* — j'ai eu un associé qui m'a trompé, j'ai mis cinquante mille francs dans *le cirage crottifuge,* — ça n'a pas réussi; — il ne me reste que cinquante mille francs, qui, heureusement, sont solidement placés au théâtre Beaumarchais. — Veux-tu des billets?

— Non, merci, — je ne vais pas au spectacle... il faut s'habiller... ça m'ennuie. — Ce diable de Timoléon!... pas changé... toujours ses cheveux jaunes, — ses yeux de poisson cuit et son teint de pain d'épice... Il n'y a que les dents: — il n'en avait plus en troisième, — il lui en est revenu... et des fameuses.

— Entre nous, c'est un râtelier...

— Mon ami, ne t'en cache pas, — ça se devine au premier coup d'œil ; — vois-tu, Timoléon, l'art du dentiste a trop distancé la nature : — cet ivoire mat, uni et opaque n'est pas naturel ; — on dirait un rond de serviette que tu as dans la bouche. — Si tu étais un roué coquin, Timoléon, tu commanderais à Williams Rogers un râtelier émaillé de quelques dents, non pas pourries, mais simplement gâtées. — Tu n'imagines pas combien ces quelques dents gâtées donneraient de la valeur et de la vraisemblance aux dents saines. — Mais, j'y songe... avec un pareil râtelier, tu dois avoir un fameux appétit... Viens donc déjeuner avec moi...

— Bien volontiers... je te consulterai sur une idée que j'ai pour le théâtre Beaumarchais... j'ai envie d'y faire engager *des petites femmes.* — Je crois que ça ferait bien.

— Mais, mon cher, c'est une fortune qu'une idée pareille. — Allons, à demain matin, — dix heures.

— A demain... Ah ! à propos, où demeures-tu ?

— Rue Saint-Lazare, 47... Diable ! j'allais oublier de te donner le mot de passe... mon pauvre Timoléon... j'ai des créanciers et j'en suis réduit à faire des vers pour échapper à cette engeance.

— Des vers ?...

— Oui, mon cher ; — on n'est pas admis chez moi en prose. — Donc, pour demain, voici ta consigne : tu entreras discrètement dans la loge du portier (c'est un scapin, à moi, que je couvre d'or), et, en manière de mot d'ordre, tu lui glisseras ces deux alexandrins dans le tuyau de l'oreille :

> Portier, je te le dis sans orgueil et sans fard,
> Je déjeune aujourd'hui chez l'ami Galimard.

— Bon... *Sans orgueil et sans fard.*
— *Je déjeune aujourd'hui chez l'ami Galimard ;* voilà tout. — Tu n'as plus à t'occuper de rien, le reste regarde le portier. »

Le lendemain, Timoléon est exact au rendez-vous. — Avec l'innocence d'un actionnaire de Beaumarchais, il vient déposer les deux vers cabalistiques dans l'oreille du portier. — Celui-ci, au nom de Galimard, éclate comme un obus. — Enfin, il tient un des scélérats qui, depuis trois mois, lui rendent la vie si amère! Timoléon sort de là avec une épine dorsale fort endommagée. — Le lendemain, Galimard lui écrit une lettre d'excuses et lui dit qu'à son air distingué, le portier l'a pris pour un usurier.

Eh bien, tous ces portiers des temps primitifs viennent d'être distancés par un nouveau type, révélé la semaine dernière par la *Gazette des Tribunaux* : c'est le *portier assassin*. — Le *portier assassin* dérive du *portier fiscal*. — Celui-là ne rançonne pas le locataire attardé : — il l'attend, embusqué derrière la porte cochère, et, au moment où le locataire passe le seuil, il lui donne deux coups de couteau. Il est vrai de dire que souvent il l'avait invité à rentrer de bonne heure, et que le locataire récidiviste n'avait pas tenu compte de l'avertissement.

En cour d'assises, où il a exposé son système, le *portier assassin* n'a pas été compris. — On lui a retiré le cordon pour quinze ans, qu'il passera aux galères, *s'il vous plaît.*

XXXVII

Paris en fêtes. — Un carnaval court. — Profitons-en. — Désolation et consolation. — La vie humaine prolongée. — Système Flourens. — Mes vœux pour ce philanthrope. — Proposition à la critique. — Nous retombons en enfance. — Deux gamins. — La jeunesse des comédiens. — Les éphémères. — Vivre longtemps et bien vivre. — Solution du problème. — Le dîner de l'Exposition. — Le restaurant Jouffroy. — Le dîner pour rien. — Système Borel et Cᵉ. — Élan de reconnaissance. — Le paradis retrouvé. — La manière de s'en servir. — Après dîner. — Le café. — Le club. — Le spectacle. — Les concerts. — Parenthèse. — Théâtres. — Le Gymnase. — L'Odéon.

11 février.

Paris s'est décidé à ouvrir la saison des violons. — Ces jours-ci, la ville a été pleine de fêtes, de bruit et de lumière, et, samedi pro-

chain, on dansera au bal des artistes, à l'Opéra-Comique, et au bal
de l'ambassade turque, à l'hôtel Forbin-Janson. — Nous rendrons
compte de ces deux fêtes, puisqu'on nous a fait l'honneur de nous y
inviter.

On a donné, jeudi, un premier bal aux Tuileries : la gravité des
événements qui préoccupent l'Europe avait d'abord paru commander
une tenue sévère; mais les intérêts du commerce parisien ont été
pris en considération : dans tous les cas, les grands dignitaires de
l'empire suffiraient à la besogne, dont ils s'acquittent au mieux.

C'est qu'aussi il faut se hâter; — le carnaval est court cette année,
et, dans dix jours, il faudra songer à se couvrir la tête de cendres. —
C'est l'heure des méditations salutaires pour les pierrots repentants
et les pierrettes égarées. « Pierrot, souviens-toi que tu n'es que
poussière et que tu retourneras en poussière. »

Vous est-il arrivé de contempler la promenade carnavalesque du
mardi gras du haut d'une fenêtre du boulevard, et, à l'aspect de cette
foule mouvante, ivre de bruit et de folie, ne vous est-il pas survenu
cette réflexion banale, qu'avant un demi-siècle, tout ce qui vit, s'agite,
hurle et palpite sous vos yeux sera couché sous la terre? Assurément,
la réflexion n'est pas neuve et je ne prétends pas dire qu'elle soit con-
solante.

Cependant voici qu'un savant, M. Flourens, nous arrive avec de
grands encouragements. — M. Flourens, dans un mémoire sur la
vie humaine, établit que l'homme doit vivre cent ans, au minimum.
— S'il a vécu moins jusqu'ici, c'est par suite d'un malentendu. — Du
minimum de cent ans, triste lot des organisations frêles et délicates,
l'auteur passe au maximum réservé aux natures fortes et vaillantes,
et ce maximum, il ne l'estime pas au-dessous de cent cinquante ans,
en le poussant jusqu'à deux cents ans, pour les gens très-entendus
en hygiène. — Je déclare, pour ma part, que jamais savant ne m'a
causé de sensation plus agréable que M. Flourens. — Je n'éprouve
pas la moindre envie de critiquer ses inductions et ses déductions sur
la charpente humaine, son développement normal et progressif. J'ai
si peur que M. Flourens n'ait tort, que je m'empresse, sans discussion, de lui donner raison. — J'aime à penser que M. Flourens comprend sa responsabilité, et qu'il ne se laissera pas mourir comme

tous les idiots qui, jusqu'ici, se sont succédé sur le globe. — La mort subite de M. Flourens serait pour moi un grand sujet de découragement. — Vive M. Flourens !

C'est donc une affaire arrangée : nous en avons tous, à quelques mois près, pour cent cinquante, cent soixante et cent quatre-vingts ans. Quelques-uns d'entre nous se croyaient vieux et avaient adopté les pratiques maussades de l'âge mûr, le travail, les préoccupations sérieuses. — Voilà où nous a conduits le préjugé d'une vieillesse précoce, si heureusement réformé par M. Flourens. Enfants que nous sommes! Reprenons nos toupies et nos billes; je propose pour dimanche prochain à la critique quadragénaire une partie de *balle empoisonnée* au Champ-de-Mars. Mais je ne veux pas jouer avec Saint-Victor, moi, na! il est trop moutard et trop tricheur. Amusons-nous donc comme il convient à notre âge et laissons les gens de cent cinquante ans faire des feuilletons et des comédies. Déjà hier, j'ai rencontré le petit Scribe et le petit Saint-Georges sur le boulevard des Italiens suçant un sucre d'orge, et se promettant bien, quand ils seraient grands, de faire des opéras-comiques; le petit Saint-Georges était charmant; il avait les jambes nues, un petit pantalon brodé, attaché au-dessous de la rotule, une petite carmagnole en velours noir et un petit chapeau de paille d'Italie avec une grande plume blanche qui lui tombait dans l'œil. M. Flourens, étant venu à passer, l'a traité de petit polisson et l'a reconduit chez ses parents.

Quant à moi, je veux sauter à la corde jusqu'à l'âge de soixante-quinze ans; après cela, j'apprendrai à écrire, ce qui ne peut pas me nuire.

Une seule chose m'inquiète : même avant la découverte de M. Flourens, les jeunes premiers, les jeunes premières, et les artistes dramatiques en général, poussaient volontiers leur première jeunesse jusqu'à quatre-vingts ans. Armand de la Comédie-Française avait bien soixante et dix ans, qu'il passait encore pour un petit écervelé (dans le répertoire). Mademoiselle Mars a chanté jusqu'à sa dernière heure : « Nous n'irons plus au bois, les lauriers sont coupés. » Aujourd'hui, à l'Ambigu, Frédérick Lemaître joue le rôle du Joueur, *coté* sur la brochure à vingt-cinq ans. Au train dont vont aller les choses, je ne serais pas étonné de voir mademoiselle Page débuter, en 1940, dans la *Fille terrible.* Bast! elles seront encore bien gentilles, en 1940, nos petites fées de 1850; — et, en ce temps-là, on les accusait déjà d'avoir de l'expérience! Cela ne rappelle-t-il pas les préjugés des éphémères, chez lesquels un vieillard vénérable de quarante minutes est entouré du respect des générations nouvelles?

Mais il ne s'agit pas seulement de vivre longtemps, — il faut bien vivre. — Je vois qu'on s'en occupe. — Jamais de plus louables efforts n'ont été faits pour améliorer le sort de l'espèce humaine, à l'heure des repas. — Que direz-vous, par exemple, de ce *dîner de l'Exposition?* n'est-ce pas vraiment somptueux? Et on y fait chère d'ambassadeur! — le tout pour la bagatelle de cent sous, que l'on paye en entrant, tant on est sûr que vous sortirez content. — Notez en passant une tendance générale de l'industrie à *faire grand*, à sortir de ces petites boîtes de Procuste où nous enfermons tous nos loisirs.

Voici encore un vaste restaurant, établi dans les salons de la terrasse Jouffroy, là où, il y a trois mois encore, le *Cercle américain* réunissait les beaux esprits de la comédie et du feuilleton.—Il paraît que le *Cercle américain* est tombé en déconfiture, comme un simple épicier. — Le restaurant qui lui succède a mis tout son esprit dans ses casseroles. — J'en ai goûté une fois, et je n'ai ni à m'en louer ni à m'en plaindre. La spécialité de la maison, jusqu'à ce jour, est de vous offrir un local immense, un splendide éclairage, sans encombrement de consommateurs; ce qui est bien quelque chose, dans ce centre des foules et des cohues. Vous avez votre table à vous, votre garçon à vous; personne ne vient manger son potage sous votre nez, au moment où vous savourez les parfums du café. —Mais voilà le cercle vicieux : si cette aimable solitude persiste, le restaurant deviendra mauvais; s'il devient bon, vous y dînerez comme partout ailleurs, en vous serrant les coudes.

Il y a encore une autre combinaison miraculeuse que je ne connais pas, mais pour laquelle je me sens déjà une forte inclination. Celle-là s'annonce en ces termes dans la quatrième page des journaux :

SANS ARGENT.

Noces, festins, déjeuners et dîners dans les meilleurs restaurants de Paris.

S'adresser à MM. Borel et Ce, 15, *rue de Grammont.*

Sans argent ! mais voilà une découverte qui vaut pour le moins celle de M. Flourens, — ou plutôt qui en est l'auxiliaire utile ; car, parmi les causes de mortalité précoce, il n'en est peut être pas de plus générale que l'obligation de mettre tous les matins 20 francs dans sa poche. — Je ne connais pas le secret de MM. Borel et Cᵉ ; mais, du moment qu'il s'agit de bien dîner, pour rien, je crois pouvoir leur promettre une nombreuse clientèle. Flourens, vous qui avez allongé ma vie ; Borel, vous qui la soutenez sans argent, soyez bénis ! — et, comme il ne faut pas lésiner avec ses bienfaiteurs, je propose d'élever à ces messieurs deux statues avec ces inscriptions succulentes :

A FLOURENS,
Vainqueur de la mort !

A BOREL (*et* Cⁱᵉ),
Qui a supprimé la carte à payer !

La mort et la carte à payer étaient, sans contredit, les deux plus grandes vexations de la vie. — Je suis bien aise qu'on en ait fini avec ces deux conséquences du péché originel.

Il paraît que nous rentrons en paradis ; — à demi immortels, nous cueillerons, dans l'Éden de M. Borel, ces beaux fruits de la création que ces gueux de restaurateurs avaient l'infamie de nous faire payer 1 fr. 50, — et le citron 30 centimes ! — et le vin, qui ne faisait pas de demi-bouteille dans les cabinets ! — et les gratins qu'il fallait toujours commander une demi-heure d'avance ; tout maintenant est à discrétion et cuit à point. A la vérité, je ne sais pas encore bien comment on entre en jouissance des bienfaits de M. Borel. — Je suppose que l'on va s'installer au café de Paris : on mange une poularde truffée (je vous la recommande) ; on arrose la bête d'un chambertin de l'âge de M. Flourens ; et, quand cette plaisanterie est finie. on passe devant le comptoir et on dit en mettant un doigt sur son œil : « De la part de M. Borel (et compagnie). » — Il faudrait que le restaurateur fût bien mal élevé et bien peu au courant des annonces, pour vous faire conduire au poste ; si pareille mésaventure vous arrivait, faites-moi prévenir, j'irai chercher M. Borel (et compagnie).

Tout le monde, je l'ai remarqué, est d'accord pour bien dîner ; mais, après le dîner, les dissentiments commencent : — quelques-uns rentrent tout simplement chez eux, s'établissent dans leurs pantoufles, et reprennent quelque lecture interrompue ; mais ceux-là me sont suspects de participer à la cuisine homœopathique, la cuisine sans poivre, sans épices, sans truffes, sans café, sans stimulants d'aucune sorte. — Les viveurs qui sentent fermenter en eux les vapeurs des vins chauds et des mets richement assaisonnés éprouvent le besoin de s'épanouir dans quelque causerie échevelée ; — ceux-là vont au café ou au cercle, fument d'interminables cigares, et, vers minuit, recrutent du monde pour faire *une petite partie de santé* (un petit jeu à se faire sauter la cervelle). — Les autres ont le vin tendre, recherchent les sensations douces et vont s'installer dans un fauteuil de l'Opéra-Comique. — Ce sont les amoureux de mademoiselle Lefebvre, étrange et capiteuse beauté, contestable dans tous les détails et d'une séduction irrésistible dans l'ensemble. — Il en est, enfin, que des inclinations diverses entraînent, soit à la gaudriole du Palais-Royal (buveurs de champagne), soit à la fine comédie du Gymnase (buveurs de bordeaux), soit même aux grosses émotions du boulevard du Crime (buveurs de vin bleu). — Restent le buveur de thé et le buveur de bière, qui vont au concert.

Ici, j'ouvre une parenthèse pour demander ce que deviennent les concerts. La police les a-t-elle interdits comme poussant au suicide ou se sont-ils suicidés eux-mêmes ? — Je ne sais ; mais il me semble qu'il y a disette, cette année, d'affiches jaunes et d'affiches roses. — Où donc sont les lions du violon, les lionnes du piano et les cigales de la chansonnette ? Partout, apparemment, excepté à Paris. — Vieuxtemps est probablement en Belgique, sa musicale patrie ; mademoiselle Claus, à Vienne, où elle tient toute l'aristocratie autrichienne suspendue à ses dix doigts ; — ici, personne. — Il y a là-dessus beaucoup à dire, et je prie mes confrères de méditer sur la grandeur et la décadence du concert. — Le vice est, je crois, que, de nos jours, chaque étoile veut suffire à l'attrait d'une soirée ; on s'entoure de médiocrités ; on bourre une affiche de noms grotesques, inconnus, et on attend le public à raison de 10 fr. par tête. — Le public ne vient pas, et il a ses motifs. — Réunissez deux ou trois fois, chaque hiver, toutes les sommités de la musique, et vous verrez que l'union, qui fait la force, fait aussi la recette.

Quant au théâtre, le public ne lui manque jamais. — Samedi dernier, le Gymnase donnait une pièce de M. Émile Augier, et tout aussitôt Paris d'accourir.

La victoire, ce jour-là, est demeurée un peu indécise. — On a retrouvé tout l'esprit de M. Augier, on n'a pas retrouvé tout son talent.

Puis nous avons eu à l'Odéon une comédie en cinq actes, *la Femme d'un grand homme*. — Nous retrouvons là les mœurs déjà oubliées d'une société éclipsée, la société parlementaire. — Il s'agit de faire d'un armateur enrichi un député, du député un ministre. — L'armateur est un simple pantin sans talent et même sans ambition ; — mais sa femme tient les ficelles et dirige tous les mouvements du parvenu dans les salons, à la tribune, dans son cabinet. De son esprit et de ses intrigues, cette femme fait à son mari un piédestal sur lequel celui-ci pose pour la gloire. — Un jour, le pantin veut marcher seul et il tombe dans une trappe dont il sort Gros-Jean, comme devant.

Je ne prétends pas dire que cette comédie soit un chef-d'œuvre pour l'exécution ; mais il est certain qu'elle a été bien cruellement traitée par le jeune public de l'Odéon et qu'elle ne méritait pas les accompagnements de mirlitons, à l'usage de MM. les étudiants. — Y a-t-il un mystère là-dessous ? — J'incline à le croire. Dans tous les cas, je supplie le public de l'Odéon de passer l'eau une fois par semaine, pour venir mettre en musique les turpitudes qui, sur la rive droite de la Seine, ne rencontrent jamais de contestation. — Je ne demande qu'à saluer le réveil du public, mais je voudrais un peu de justice distributive dans ses exécutions.

Les jeunes auteurs de *la Femme d'un grand homme* ont eu le tort, à la vérité, de truffer leur pièce de quelques bons mots tirés des anas ; mais ce procédé ne leur est pas propre, et M. Scribe lui a dû plus d'un succès. A l'Odéon, c'est surtout cet esprit de citation qui a porté malheur à la pièce ; — le mot annoncé était connu d'avance, et on l'attendait au passage pour tirer dessus. — Je crois qu'en considérant comme tués sur le champ de bataille et hors de service tous ces mots rétrospectifs, il restera une comédie agréable qu'on n'écoutera pas sans plaisir quand on voudra l'écouter.

XXXVIII

Bals et spectacles. — Le bal oriental. — Princes, princesses, ambassadeurs et gens de lettres. — Le vestiaire. — Histoire d'un paletot, d'un homme de lettres et d'un municipal. — Paul Foucher en miniature. — Le bal des artistes. — Encouragements et observations. — Un quadrille. — Théâtres. — Opéra-National. — Ambigu. — Palais-Royal. — Trois pièces nouvelles. — *Le Bonheur de vivre aux champs.* — Madame Thierret. — *Le Roman chez la Portière.* — Henry Monnier, dessinateur, auteur et acteur. — *La Perle de la Canebière.* — Mademoiselle Aline Duval. — Grassot. — Un paletot retrouvé.

18 février.

Beaucoup de bals et un peu de spectacle, voilà toute la semaine.

Le bal par excellence, qui a effacé tous les concurrents, c'est celui de Vély-Pacha, ambassadeur de Turquie. — C'était l'Orient des *Mille et une Nuits* transplanté à Paris entre deux couches de neige, celle qui couvrait le sol et celle qui tombait du ciel. — Peut-être seulement le très-sympathique ambassadeur, qui faisait ses adieux à la société parisienne, avait-il eu le cœur plus vaste que ses appartements. On entrait difficilement, on sortait péniblement; mais, à l'intérieur, c'était un entassement féerique d'uniformes, de plaques, de grands cordons, de femmes éblouissantes, de diamants mêlés au modeste habit noir, qui faisait fonction de *repoussoir* dans ce tableau splendidement éclairé sur ses premiers plans. En ce qui concerne le monde politique, il serait b en inutile de dresser un dénombrement des personnages illustres qui constellaient les salons. — Il faudrait dépouiller l'Almanach national et l'Almanach de Saxe-Gotha pour y puiser tous les noms enchâssés dans les hautes dignités de l'Europe aristocratique; si bien que l'égalité étant rétablie dans ce peuple de princes et d'ambassadeurs, les distinctions ne commençaient qu'au-dessus ou au-dessous. — Le salon réservé était occupé par la princesse Mathilde, la reine Christine et ses filles. Parmi ces dernières, la jeune et belle doña Amparo excitait une assez vive curiosité. — C'était peut-être son dernier bal de jeune fille. — Encore quelques jours, et l'illustre Espagnole sera la femme du prince Czartoriski, auquel elle apporte un million de dot, 200,000 fr. de diamants et une *petite bourse* de 20,000 fr. — Le futur n'a rien, comme il convient aux exilés d'une cause opprimée; mais les époux trouveront à l'hôtel Lambert, chez le vieux prince Czartoriski, une vie large et patriarcale, dernier reflet de ces grandes existences de l'aristocratie polonaise au temps de ses prospérités héroïques.

Quelques hommes de lettres, en petit nombre cependant, promenaient au milieu de ces grandeurs leur curiosité avide de tout voir et de tout connaître. — J'ai reconnu M. Decourcelles, M. Paul Foucher et M. de Saint-Georges, qui a eu le bon goût de rire avec nous d'une plaisanterie d'un atticisme très-équivoque que nous nous sommes permise à son endroit, dans notre dernière chronique; c'est que, sachant un peu notre métier, nous ne nous attaquons qu'aux gens d'esprit.

Les aspects magnifiquement sérieux de cette nuit orientale ont été tempérés par des scènes d'une gaieté toute parisienne qui se passaient au vestiaire. — Les gens chargés du service si important du paletot et du burnous ne possédaient pas les premiers éléments de l'art du classement et du numérotage. — Ils avaient entassé pêle-mêle tout ce qu'on leur avait remis, et, lorsqu'on a voulu le reprendre, les dépositaires se sont trouvé avoir le choix entre trois ou quatre mille numéros, sans aucune indication pour se diriger dans cet océan de paletots qui jonchaient le sol à une hauteur de plusieurs mètres.—Vers deux heures du matin, on s'est avisé de tirer la plus curieuse des loteries.—On prenait un paletot au hasard; on appelait le numéro: si *le gagnant* se trouvait présent, il emportait son butin; mais, en moyenne, il n'y avait pas plus de trois gagnants par heure.

Paul Foucher avait trouvé une complication à cette situation déjà si dramatique: il avait perdu *sa reconnaissance*, le frère jumeau du numéro adhérent à son paletot. Foucher recruta dans le bal un Turc quelconque, plus ou moins attaché à l'ambassade, qui vint faire aux gens du vestiaire la déclaration suivante:

« Monsieur est M. Paul Foucher. Il a perdu son numéro; mais son honorabilité est connue : donnez-lui son paletot. »

Après dix minutes d'attente, Paul Foucher réclama son paletot avec insistance, en se recommandant de *l'attaché* qui l'avait accrédité.

Le vestiaire était gardé par un municipal, qui, de temps en temps, invitait à la patience cette foule houleuse, et cela, avec un accent et des manies de locution qui attestaient un originaire de Pézenas :

« Et que vous êtes drôle!... répliquait ce municipal à Paul Foucher; et que vous n'avez pas seulement de numéro... et qu'on ne donne pas de paletot à ceux-là qu'ils ont leur numéro... et que vous devriez aller danser en attendant qu'on se débarbouille. »

Au bout d'une demi-heure, Paul Foucher revient assisté d'un personnage évidemment plus Turc et infiniment plus décoré que le dernier.

« Monsieur est M. Paul Foucher, dit l'Oriental; il a perdu son numéro; mais son honorabilité est connue : donnez-lui son paletot... »

Après un quart d'heure d'attente :

« Voyons, vous avez entendu le vizir, dit Paul Foucher avec une nuance d'exaspération. Donnez-moi mon paletot.

— Et que c'est encore vous! reprit le municipal. Et que vous êtes un vrai lavement... et que vous n'avez pas seulement de numéro... et que vous devriez aller danser... »

Vers quatre heures du matin, troisième apparition, au vestiaire, de Paul Foucher, escorté cette fois d'un effendi couvert de plaques, qui fit le boniment connu :

« Monsieur est M. Paul Foucher, etc.; son honorabilité, etc. : donnez-lui son paletot.

— Par ordre du sultan, mon paletot! répéta Paul Foucher avec autorité.

— Et que vous êtes un vrai cauchemar!... dit le municipal. Et que vous n'avez pas seulement de numéro... et que, si le sultan protége ceux qui n'ont pas de numéro, on ne s'y reconnaîtra jamais... que déjà on ne s'y reconnaît pas... que vous feriez bien d'aller vous asseoir. »

Un quart d'heure après cette dernière tentative, j'ai trouvé Paul
Foucher effectivement assis dans le petit vestiaire des ambassadeurs.
— Il avait l'air découragé d'un hanneton retenu par la patte, et qui,
après avoir beaucoup essayé de s'envoler, tombe dans l'abrutissement de la captivité.

« Quelle charmante fête! lui dis-je en l'abordant.

— Délicieuse! délicieuse!... Un peu de désordre au vestiaire...
Mais le jour va luire, et on verra peut-être quelques paletots re-
luire. »

De tous les hôtes de cette nuit, Paul Foucher est celui que je plains
le moins. Depuis dix ans, il est habitué à la guerre et à ses mé-
comptes. C'est un curieux intrépide et infatigable, le Murat de la
correspondance franco-belge, se couchant peu, ne mangeant guère,
alerte de jambes et d'esprit, toujours en quête d'informations qu'il
digère, contrôle, rectifie; bienveillant pour l'Autriche, indulgent à
la Prusse, menaçant pour la Russie, roulant toute la journée dans ses
doigts cette pelotte de nouvelles qu'il lance, à sept heures, par-dessus la frontière; — tour à tour grave comme un diplomate, et léger
comme un rôdeur de foyers; historien à l'heure et à la course; rê-
vant des drames dans ses moments perdus et ébauchant des romans
dans les loisirs que lui laisse l'Europe; — trop consciencieux pour
être malade, et trop occupé pour en mourir.

Cependant, dans cette nuit mémorable du 10 février, on dansait
encore à l'Opéra-Comique, au bal de l'Association des artistes dramatiques. Ce qu'il faut louer d'abord, en cette affaire, c'est la libéralité
de M. Perrin, qui, tous les ans, abandonne une recette (et quelle
recette!) pour livrer sa salle au comité. — L'intention de l'œuvre
mérite aussi les plus grands encouragements. — L'Association des
artistes est arrivée à des résultats très-sérieux. — Déjà riche, elle
s'enrichit tous les ans d'une quarantaine de mille francs. Le but est,
dans le présent, de soulager des misères, et, dans l'avenir, d'assurer
peut-être une pension aux vieux comédiens. — De mauvais esprits
pourraient seuls céder au penchant de critiquer une institution qui
tend à soustraire toute une corporation d'artistes aux problèmes et
aux chances aléatoires de la vie. Mais, ceci dit, et dans l'intérêt
même de l'Association, il est utile d'ajouter que cette fête annuelle,

le plus important de ses moyens de recettes, se dénature et menace de s'appauvrir dans ses résultats. L'attraction qui s'attachait à l'exhibition des comédiennes les plus jeunes, les plus jolies et les plus célèbres commence à dégénérer en mystification. On vient à minuit; on produit ses grâces dans une loge et on disparaît à une heure du matin sans s'être mêlée au flot des mortels. — Samedi donc, lorsque, vers trois heures du matin, je suis arrivé à l'Opéra-Comique, je me suis trouvé au milieu d'un essaim de beautés plus ou moins laides, dont pas une n'a figuré sur un théâtre même dans la condition de figurante. — Des modistes, des couturières, des échappées de Mabille, voilà pour le sexe *attrayant*. — Quant au sexe attiré, dispensez-moi d'en faire le recensement. — Beaucoup de ces gens-là devaient bien dormir le lendemain matin en débitant du calicot. — Le personnel féminin du Palais-Royal seul avait pris ses devoirs au sérieux. — Toute la nuit, mesdames Brassine, Cico, Duverger, Dinah et quelques autres, renforcées de mademoiselle Scrivaneck, ont soutenu un quadrille fort entouré. — Vers le matin, la tulipe est devenue si orageuse, que madame Dupuis en a interdit la culture à sa fille. — Au moins, ceux qui ont dansé avec ces dames en ont eu pour leur argent; — mais les autres, pour cinquante centimes, retrouveront leurs danseuses cet été à la Closerie des Lilas.

Je me joins donc à M. Taylor et à ses dévoués confrères du comité, pour supplier les desservantes de Thalie, de Melpomène et de Therpsychore de ne pas déserter les autels où tant d'imprudents jeunes gens viennent sacrifier, au risque de ne plus rencontrer que des idoles d'occasion.

Comme bien vous pensez, tant de bals, tant de soirées et tant de neige ont dû nuire aux théâtres. Cependant, au boulevard, l'Opéra-National fait fortune, un jour avec madame Cabel, et, le lendemain, avec *Robin des Bois*. — J'apprends aussi avec plaisir que la reprise du *Joueur* est, pour l'Ambigu, un motif de recettes qui dégageront l'administration des problèmes qui l'assiégeaient. — Plus près de nous, le Palais-Royal a eu, pour le bénéfice de Grassot, une soirée brillante qui en promet beaucoup d'autres. — On a donné trois pièces nouvelles, — trois succès, ou peu s'en faut. — D'abord, deux proverbes d'Henry Monnier, joués par Henry Monnier en personne : 1° *le Bonheur de vivre à la campagne*. Ce titre est une ironie : sous cette étiquette couverte de fleurs et de feuillage, l'ingénieux auteur nous a montré les ennuis, les déceptions et les ahurissements d'un bon bourgeois de Paris, naturellement épris de pastorale, après avoir tenu boutique ouverte pendant trente ans dans la rue Saint-Denis. — Les mortifications de l'honnête rentier aux prises avec les roueries, la cupidité et les arguments noueux de MM. les paysans, composent un tableau assez amusant; seulement, ce tableau, un peu écourté, demeure à l'état d'ébauche. — Un peu plus, c'était une agréable comédie de mœurs. — Il y a là, à ce théâtre du Palais-Royal, une femme dont on ne parle vraiment pas assez : — c'est madame Thierret ; cette actrice arrive à des prodiges de fantaisie, et touche à ce sublime de l'absurde, qui a immortalisé Tousez et Sainville. — Elle est bien supérieure à Flore, de grotesque mémoire, et il ne faut plus qu'un rôle très-saillant pour la mettre au premier rang des farceurs contemporains. — 2° *Le Roman chez la portière;* c'est un scénario d'une observation un peu triviale : la plaisanterie y est parfois un peu sordide. — Nos pères, moins délicats que nous, apparemment, raffolaient de ces exhibitions de mœurs populaires, qui firent autrefois la fortune du théâtre des Variétés. Aujourd'hui, nous rions encore de ce comique assez malpropre qui sent la punaise, le taudis, le vieux suif et les vieux haillons. — C'est de la vérité trop nue; moins vraie si elle était un peu fardée et habillée de quelques lambeaux de soie, elle conviendrait mieux, sous ce déguisement, à nos instincts bégueules.

Henry Monnier a été un des grands amuseurs de ce temps-ci : dessinateur, son crayon a laissé des croquis célèbres; auteur, il a esquissé des scènes qui ont pour base l'observation, la sagacité et une allure très-franchement comique; acteur, il a produit sur le théâtre des types immortels, d'une composition savante et d'une vigueur d'accent tout à fait incomparable.

Monnier est en quelque sorte le Callot du xix° siècle; — il a su dégager de notre costume terne et sans signification, la physionomie particulière à chaque classe de la société, distinctive de chaque caractère. — C'est à sa manière un maître coloriste; — il s'est lui-même incarné dans *Joseph Prud'homme*, et, sans s'en apercevoir, il s'est assimilé le col, le chapeau, les lunettes et la démarche majestueuse du célèbre professeur d'écriture. — Comme acteur, Monnier n'a jamais existé dans le vrai sens du mot. — Prodigieux dans les types, il n'a jamais pu s'assouplir au métier et souder sa nature propre aux personnages de convention qu'il représentait. — C'est donc une très-mauvaise inspiration de lui faire chanter des couplets, qu'il ne chante pas, et de vouloir l'associer aux culbutes de la muse du Palais-Royal. — Mais, affaibli dans ses moyens d'exécution, énervé par les absences d'une mémoire rebelle, le talent d'Henry Monnier reste encore quelque chose de très-supérieur à ce comique de convention qui tire son petit feu d'artifice sur la plupart des scènes parisiennes. — Le dernier pétard éteint, l'esprit retombe dans le vide et l'obscurité. — Le comique d'Henry Monnier, au contraire, très-creusé, très-*fouillé*, pris au vif dans la nature même, laisse une trace et fait rêver ceux qu'il amuse.

Enfin, nous avons eu *la Perle de la Canebière;* — c'est tout simplement la meilleure plaisanterie qu'ait donnée le Palais-Royal depuis que Sainville a emporté dans sa tombe *le Misanthrope et l'Auvergnat;* — non que la farce de MM. Marc Michel et Labiche côtoie la comédie comme celle que je viens de citer, mais parce que le mot, le grotesque, l'hyperbole, y ont un entrain, une fureur et un humour qui rappellent les plus belles débauches du genre. — Bon gré, mal gré, un peu plus tôt, un peu plus tard, il faudra vous décider à aller entendre le récit des malheurs de *moussu Marcas* qui a été mangé par les Cafres et qui a pensé à sa veuve *jusqu'à son dernier morceau.* — Quant aux Cafres, il ne faut pas trop leur en vouloir, car, comme le fait observer Grassot, *chaque peuple a ses usages.*

La pièce est pleine de ces hardiesses; — mademoiselle Aline Duval, dont je ne suis pas ordinairement très-fanatique, baragouine admirablement le provençal, et le susdit Grassot est splendide de grimaces en mangeant une crème à l'huile et à l'ail.

P. S. — Au moment de mettre sous presse, nous apprenons que Paul Foucher a retrouvé son paletot. — Par distraction, il l'avait laissé chez lui, ce qui explique pourquoi il n'avait pas de numéro.

XXXIX

La leçon du bœuf gras. — Le carnaval de la place publique. — Jadis et
aujourd'hui. — Le troubadour. — Mystificateur et mystifiés. — Partie
et revanche. — Un bourgeois généreux. — Un nez de trop. — Les derniers soupers du carnaval. — Le bal de l'hôtel de ville. — Encore le
paletot de Paul Foucher. — Un chapeau retrouvé. — Restauration des
anciens bals masqués à l'Opéra. — Ce qu'on en peut tirer. — Un bal
réussi.—Les gens du monde et les artistes.— *Le Sire de Franc-Boisy.*
— Révélation du mirliton. — Le carnaval et sa philosophie. — Le carême et ses profits. — Repos général. — Le Théâtre ne se repose pas.
— Vaudeville. — *Les Aventures d'un paletot.*

25 février.

Le carnaval est fini ; — tout est consommé, y compris le bœuf
gras, qui, tous les ans, a la bonhomie d'aller en personne offrir son
propre filet chez les princes et les banquiers ; — c'est bien généreux de la part du bœuf gras ; — mais voilà où mène la vanité : on
quitte son village, on fait dorer ses cornes, on prend le nom ambi-
tieux de Sébastopol ou de Bomarsund ; — on a des pages et des ca-
valcades de mousquetaires ; bien plus, on profane l'Amour en le faisant grelotter par ce temps impitoyable sur un char de verdure : —
on s'enivre de ces pompes, et on se croit revenu aux beaux siècles
du dieu Apis. — Bœuf stupide ! emblème éternel et lamentable des
favoris de la multitude, acclamé pendant trois jours, et égorgé le
quatrième ! — Que ton sort eût été différent si, plus modeste, tu
étais resté à la charrue ; tu serais encore l'ami, la joie et l'orgueil du
laboureur qui te pousserait dans le sillon. — Le soir, à l'étable, tu
savourerais les hautes herbes de la prairie ; le matin, tu verrais se
lever l'aurore, et tu recueillerais les perles de la rosée. — Cette vie
calme et rustique n'a pas suffi à ton imagination : — tu as été tenté
par les grandeurs ; — tu as voulu jouer un rôle et être présenté au

Jockey-Club. — Qu'es-tu devenu au bout de tous les triomphes ? Un je ne sais quoi qui n'a de nom dans aucune langue : — du rôti, du bouilli, du bifteck ou du rosbif, de l'entre-côte, de la gelée, du bouillon, de la sauce. — Apprends donc une autre fois que l'abattoir est près du Capitole.

Le bœuf gras et sa cavalcade représentent aujourd'hui à peu près tout le carnaval de la place publique : l'institution a bifurqué et s'est dénaturée ; — depuis qu'on lui a ouvert des salles immenses, étincelantes de lumières et pleines de fanfares, le masque dédaigne de venir geler sur les boulevards en cabriolet découvert. — Déjà, dans mon enfance, on prétendait que les masques de la rue étaient payés par la police pour soutenir la gaieté française ; je dois reconnaître que la police est devenue beaucoup plus intelligente, et qu'elle ne dépense plus son budget en pierrots et en polichinelles. Livré à lui-même et dépouillé de toute subvention, le carnaval de la rue est devenu une étonnante mystification. Un garçon tailleur éprouve la fantaisie de se déguiser en troubadour ; — il réalise sa chimère, et deux cent mille Français se mettent aux fenêtres et gèlent sur les trottoirs pour voir passer le troubadour. « Ah ! voilà le troubadour ! — Papa ! maman ! le troubadour ! Ah ! ah, ah !... le troubadour ! » De son côté, le gouvernement a mis six mille municipaux à cheval pour contenir le troubadour. — On s'arrête et on s'interroge avec émotion : « Avez-vous vu le troubadour ? — Oui, je viens de le voir à la porte Saint-Denis. — Ah ! mon Dieu, et ma fille qui ne l'a pas vu. — Eh bien, restez-là ; le troubadour est à la Madeleine, il va repasser... — Ah ! ah ! le voilà, le revoilà... c'est le troubadour !!!... »

Cette scène a duré huit heures en deux journées, les dimanche et mardi gras.

Trente mille marchands avaient fermé leurs boutiques, s'étaient habillés, avaient habillé leurs enfants et avaient ajourné des affaires sérieuses pour venir voir le troubadour. — Des hommes graves avaient déserté leur cabinet, des femmes délicates avaient abandonné les tapis de leur boudoir pour voir défiler le troubadour.

Notez que, tout en mystifiant ses deux cent mille concitoyens, le troubadour est mystifié à son tour. — Il joue le rôle sacrifié de cet homme de lettres qui, trop fidèle à une invitation spéciale, se présenta un jour déguisé en ours dans une maison où il ne trouva que des habits noirs et des cravates blanches. — Ours ou troubadour, dans un salon ou sur les boulevards, difficile est la position d'un homme qui représente à lui seul la gaieté, la folie, l'entrain et l'*engueulement* du carnaval. — J'observais mardi le troubadour : sa situation était vraiment pénible ; — lui-même sentit qu'elle était ridicule, et, vers trois heures, il essaya de *lancer le carnaval,* en s'écriant le plus joyeusement qu'il put : « Ohé! les autres, ohé!... »

Un silence navrant, pareil à celui qui, au cimetière, accompagne la première pelletée de terre jetée sur la bière, répondit seul au troubadour.

Un honnête bourgeois monta sur le marchepied du cabriolet qui traînait le troubadour au supplice, et, en lui remettant un chiffon à carreaux rouges que j'aurais pris pour un rideau de marchand de vin, lui dit avec une politesse raffinée :

« Monsieur, vous perdez votre mouchoir...

— Merci, monsieur, répliqua avec attendrissement le troubadour... Pourriez-vous me dire l'heure? » ajouta-t-il timidement.

Le bourgeois déboutonna son paletot, déboutonna son habit, déboutonna son gilet, et tira paisiblement de son gousset une montre de famille.

« Monsieur, il est quatre heures moins un quart, dit-il.

— Quatre heures moins un quart, reprit tristement le troubadour. Merci, monsieur! »

Vers cinq heures, le troubadour me parut énervé et vaincu. — Il s'était enveloppé dans le manteau du cocher et mâchait du jujube. — La plume qui surmontait sa toque à créneaux paraissait également consternée. — A ce moment, il était à la hauteur de la rue Drouot, et semblait passer en revue les municipaux rangés en bataille. — Ceux-ci, de leur côté, semblaient se faire cette réflexion : « Dire que, sans ce mauvais troubadour, tout cela ne serait pas arrivé; — que tous ces bourgeois seraient tranquillement assis dans leur comptoir, et nous chaudement enfermés au quartier! — Enfin, le peuple français a ses jours de folie, — il faut bien en prendre son parti! »

Pendant ce temps, un de nos amis les plus chers jouait dans une maison illustre le rôle du troubadour sur la place publique. — Notre ami s'était fait confectionner un nez en cire de proportions insolites, et il s'attendait à provoquer les rires de la société. — Mais on était prévenu, et, dès son entrée, on l'aborda à bout portant par ces paroles :

« Eh bien, vous savez la nouvelle ?... On dit que la Prusse adhère au traité du 2 décembre.

— Pas possible ! répliqua notre ami très-gêné par son nez supplémentaire.

— Voilà la Russie cernée par l'Europe entière ! » ajouta quelqu'un.

Puis on se mit à causer gravement de Sébastopol, des alliés, du printemps, l'allié des alliés, des forces de la coalition, des dispositions de la Confédération germanique, et de l'état de nos finances...

Mon ami aurait donné trois mille francs pour n'avoir rien ajouté au nez que lui avait départi la nature.

« Mon cher, lui dit enfin la maîtresse de la maison, si votre nez vous gêne, vous pouvez le mettre au vestiaire. Du reste, il n'est que temps, car voilà qu'il commence à fondre... »

Ici, mon ami ôta son nez, et on trouva que ce qui lui en restait pouvait suffire à l'ambition d'un homme, même en carnaval.

Comme il arrive toujours, les derniers soupirs du carnaval expirant ont été des cris, et ses derniers mouvements un tumulte inexprimable. On dansait depuis la loge du portier jusqu'à la mansarde de l'étudiant. — A l'hôtel de ville, samedi, on enterrait le carnaval, et dimanche, à dix heures du matin, quelques milliers d'invités des deux sexes attendaient encore leurs manteaux et leurs fourrures. — Là, le désordre avait été accidentel : — des gradins sur lesquels on avait placé cette masse de vêtements s'étaient écroulés ; — tout avait roulé pêle-mêle ; — de là une confusion inextricable. — C'est ici l'occasion de remarquer combien on doit être circonspect dans ce métier de chroniqueur. — L'autre jour, je risquais une plaisanterie inoffensive qui avait pour prétexte le paletot de Paul Foucher, égaré chez Vély-Pacha et retrouvé à domicile. — Pendant que vous lisiez ces facéties, Paul Foucher perdait son paletot à l'hôtel de ville. — Voilà comme on a tort de rire sans savoir si on ne touche pas à une catastrophe. — Toujours est-il que, s'il n'est pas perdu, le paletot de Paul Foucher est en ville. — La recherche d'un pareil objet est très-difficile. — On ne peut guère aborder chaque passant dans la rue en lui disant : « Pardon, monsieur, n'auriez-vous pas mon pale-tot, *par hasard?* » Pour se livrer à une pareille démarche, il faut être bien sûr de son fait et de son paletot. — Cependant, il y a une quinzaine d'années, j'assistais, chez un peintre, à l'hôtel Pimodan, à une soirée qui eut pour résultat un échange général de chapeaux. — Trois jours après, je reconnus mon chapeau qui se promenait dans le passage des Panoramas. — Il n'était pas seul : il y avait un étudiant dessous. — Je me fis reconnaître comme légitime propriétaire de l'objet, qui me fut rendu avec galanterie. — C'est peut-être le seul chapeau qu'on ait retrouvé dans Paris.

L'Opéra a tenté, lundi, une restauration des anciens bals masqués en tenue de bal ou de dominos. On dit que la recette a atteint vingt mille francs, ce qui, à vrai dire, à raison de vingt francs par tête, ne suppose que mille Français. — Si on s'y est amusé, si on s'y est *intrigué,* c'est ce que je ne saurais dire. Je crois néanmoins qu'il y a quelque chose à faire avec cette idée. — Assez de salles s'ouvrent aux grandes cohues des chicards; — on peut avec succès, peut-être, en réserver une à un carnaval mieux appris et plus délicat. — Les personnes qui éprouvent le besoin de se traiter de *mufle* et de *chameau* trouveront toujours, ailleurs, à qui parler. — D'autres aiment à caresser l'illusion qu'une duchesse cache sous le domino un amour timide et les attend sous l'horloge. — On peut exploiter cette espérance et en faire une spécialité oubliée. — Quand même, au bal masqué de l'Opéra, on n'aborderait pas la plus belle moitié du genre humain par cette interpellation : « Ohé! les voleuses! ohé!!! » j'avoue que je le regretterais peu. — Il faut donc renvoyer à l'année prochaine, ou peut-être à la mi-carême, l'étude de cette nouvelle phase du bal masqué. — On verra alors ce qu'elle promet et ce qu'on en peut tirer.

Pour mon compte, je suis très-content du carnaval. — J'ai assisté dimanche à un bal, dans une de ces maisons privilégiées qui se tiennent sur cette heureuse limite où les convenances du monde bien élevé donnent la main à la gaieté des artistes. On riait, on dansait, on soupait, on chantait, et, à cinq heures du matin, tout le monde a retrouvé son paletot. Paul Foucher lui-même aurait retrouvé le sien. Le maître de la maison nous a régalés de la complainte du *Sire de Franc-Boisy*, légende du moyen âge que les échos d'Étretat ont répétée cet été; — puis Offenbach a exécuté sur le mirliton des prouesses qui m'ont révélé la puissance de cet instrument méconnu.

Bals, festins, mascarades, folies d'un jour, amours d'une nuit, tout cela a fini mercredi, à midi. — C'est l'heure où toutes les loques du carnaval retournent au costumier; l'heure où le *Pierrot* défariné et le *Chicard* débarbouillé, tous deux chancelants, reprennent tristement le chemin de leur logis, Pierrot songeant qu'il a un billet échu ledit jour de mercredi, Chicard calculant que la bise est âpre et qu'il a peut-être eu tort de mettre son manteau au mont-de-piété pour se procurer trois jours de luxe, des bottes à l'écuyère, un casque et des gants crispin; car c'est l'hôpital qui est souvent au revers de cette médaille frappée en carnaval à l'effigie de la folie. — Si on savait tout, on serait effrayé des misères que cachent ces haillons traînés dans les fanges de cette burlesque épopée du mardi gras. — Au surplus, c'est la vie en raccourci; il ne faut donc pas y regarder de trop près et descendre dans ces mystères symboliques de la destinée humaine. — Sous une forme ou sous une autre, avec ou sans déguisement, nous sommes tous un peu ce Pierrot imprévoyant qui s'attarde à la Courtille, tandis que le créancier frappe à sa porte. — Le créancier, c'est le temps, la raison et la mort, qui nous trouvent toujours peu préparés à leurs échéances. Que celui donc qui osera se dire plus sage que Pierrot lui jette la première pierre.

Quoi qu'il en soit, Pierrot, mon ami, il faut changer de vie. — Les orchestres ne chantent plus, les lustres sont éteints; — la dernière couronne tombée du char du bœuf gras ceint le front pâle du Carême. — Du travail honnête, du repos salutaire et de la tisane bienfaisante, voilà le mot d'ordre pour six semaines. — En vérité, ce n'est pas un mal. — Il est bon, à ses moments perdus, de se rappeler qu'on a une profession, des devoirs et une âme immortelle. — Ton âme immortelle, y as-tu bien songé, Pierrot? Cette trêve profite à tout le monde. — Voilà les cochers, par exemple, qui assistent depuis deux mois, fouet en main et du haut de leur siège, à ce gala nocturne, —

21.

croyez-vous qu'ils ne seront pas bien aises de se mettre dans leurs pantoufles et leurs robes de chambre? — Et les garçons de restaurant et les écaillères, et tout ce monde parasite qui travaille autour de ceux qui s'amusent, croyez-vous qu'ils n'aient pas bien gagné le repos que leur apporte le carême?

Il n'y a que le théâtre qui ne se repose pas; — le théâtre est le juif errant de la civilisation moderne; il obéit à la voix implacable qui lui crie : « Marche! marche! » Quelquefois, en marchant, il fait un faux pas; mais l'immobilité le tuerait, et, d'une manière ou d'une autre, il faut qu'il manifeste qu'il existe. — Voilà le Vaudeville qui sans y être forcé, en plein lundi gras, nous a donné une plaisanterie un peu fade, *les Aventures d'un paletot* (je ne sors pas des paletots). — L'auteur, M. Varin, est un homme d'esprit, l'auteur des *Saltimbanques*, rien que cela; si on ne trouve pas d'esprit dans son *paletot*, c'est qu'apparemment on le lui aura changé au bal. — Quant à M. Boyer, le directeur du Vaudeville, il avait probablement ses raisons pour jouer cette pièce. Je suppose qu'il aura prochainement des raisons pour en jouer de meilleures.

XL

Une nuit parisienne. — Le jeu et les joueurs. — Une soirée d'amis. — La bouillotte. — Le lansquenet. — Physionomie et esprit des joueurs. — Les gagnants. — Les perdants. — Le souper. — Le baccarat et le chemin de fer. — Le jeu à six heures du matin. — Les fétiches. — Le dernier louis d'or. — Découragement. — Le retour de l'argent. — Dernière bataille. — Les cent sous du perdant. — Dissolution du jeu. — Les deux derniers joueurs. — Le retour au logis. — Projet d'une brochure jaune et philosophique. — Un repos mal observé. — Bals partout.

4 mars.

Il est six heures (du soir); — je me relève pour vous dire ceci :
On a supprimé les maisons de jeu.

Je ne vois pas qu'on ait supprimé les joueurs.

Tous les jours, je reçois, et hier encore j'ai reçu d'un galant homme une invitation à me réunir à quelques amis pour fumer quelques cigares, et deviser *de re omni scibili et quibusdam aliis.*

Voici alors comment les choses se passent :

Tant qu'on n'est que trois, on consent à causer de ceci, de cela, de la nouvelle du jour, du bal de mademoiselle Bertin, de mademoiselle Doudet, et de la reprise des *Cosaques.*—Dès qu'on est quatre, une voix insinuante propose une *petite bouillotte.*

Bientôt il est minuit.

On se trouve *en nombre* ; — alors la bouillotte est désertée, et on ouvre le lansquenet.

A une heure du matin, le maître de la maison a prêté 1,800 francs.

A deux heures, il emprunte 20 francs pour faire acheter des cigares.

Quant au lansquenet, — une vieille connaissance que je n'avais pas entrevue depuis dix ans, — il présente toujours à l'observateur les mêmes évolutions et les mêmes physionomies, accompagnées des mêmes réflexions philosophiques.

Au début, tous les visages sont rayonnants : —— chacun a une petite *masse* devant soi, et compte se faire un pactole des affluents étrangers.

On ouvre le jeu à 2 fr. 50 de mise.

Au bout d'un quart d'heure, la mise est poussée à 10 et 20 fr.

Alors, pendant plusieurs heures, on n'entend que ces mots qui se croisent, et dont l'invariable stupidité fait le charme :

« Il y a vingt francs. — Il y a quarante francs. — Il y a quatre louis. — Banco ! — Dame et valet. — La dame est bonne. — Vingt francs pour le valet. — Deux louis pour la dame !—Oh ! que de dix ! — Valet ! — Le valet était *impossible;* vous auriez dû vous retirer. — Que voulez-vous ! je suis en perte. — Vous avez bien joué : il ne faut jamais se retirer. — On peut toujours passer. — J'ai vu passer trente-deux fois. — A qui la main ? — Faites les cartes. — Où est le talon ? — Coupez, monsieur.—Voilà, monsieur ; une coupe savante ! — Dix francs. — Roi et roi. — Refait. — Merci, monsieur, pour votre coupe. — Quatre et six. — Six. — Je me suis trompé dans ma coupe. —Du tout, monsieur, c'est ma chance qui me poursuit. Je ne passe jamais. — Mais voyez donc ce monsieur, il passe toujours. — Oui; mais il n'a pas *d'estomac;* il ne sait pas profiter de sa chance. — Sept et neuf. — Des neuf, il n'y en a plus. — Neuf! la carte improbable. — Je n'ai jamais pu gagner contre le dix. — Moi, ma carte fatale, c'est le quatre, *l'armoire à glace.*—Il y a trente-deux louis. — Plus souvent que je me frotterai à cette main-là. »

Moment solennel. Le jeu est arrêté; tout le monde hésite.

« Allons, messieurs, trente-deux louis. — Voilà cinq louis. — — En voilà dix. — Je pars pour quinze louis. — Combien y a-t-il? — Trente-deux louis. — Banco des trente-deux louis. — Retirez-vous! retirez-vous! — Continuez! continuez! — J'y vais. — Cinq et deux. — Les cinq sont bien mauvais. — Cinq! — Quelle chance! — C'est bien joué. — Bien joué, parce qu'il a gagné. »

Le jeu se monte; les gros coups font passer l'argent dans quelques poches. — On commence à donner quelques coups de poing sur la table. — Un peu d'aigreur s'introduit dans les relations. — Les perdants s'agitent sur leur chaise.

« Messieurs, vous êtes trop à l'aise là-bas. — Ici, nous sommes serrés comme des harengs. »

Les gagnants, qui ont conservé toutes les traditions de la politesse française, rapprochent leurs chaises.

Un gagnant : « Le lansquenet est décidément le jeu le plus amusant. »

Un perdant : « Je le déteste; — je préfère le baccarat, on défend bien mieux son argent. »

Le maître de la maison : « Messieurs, à trois heures, on soupera et, ensuite, si on veut, on taillera un baccarat.

— Oui! — Non! — Si!...

— Il est trois heures; — on épuisera les cartes et on ne refera plus. »

A trois heures, on soupe; — le buffet américain a bien fait les choses : — on voit tout le monde circuler un verre plein d'une main et une assiette de l'autre. — C'est l'heure de la trêve; l'action est fortement engagée, mais la bataille n'est pas encore définitivement engagée;—personne n'a lieu de désespérer de sa fortune, et, d'ailleurs, quel joueur en a jamais désespéré, tant qu'il lui reste un louis, une carte et un adversaire? — les vins dilatent toutes les poitrines, — les physionomies s'épanouissent, — les nuages sont dissipés; — chacun se propose de revenir à la charge avec une chance meilleure.

Les conversations traduisent la préoccupation universelle.

« Qu'est-ce que vous faites?

— Je perds quinze louis. Et vous?

— Moi, je suis dans mon argent.

— Je voudrais bien en être là! j'irais me coucher.

— Qui donc est-ce qui gagne?

— Mais Albert, d'abord, gagne au moins douze cents francs, — il en avoue mille; — puis Théodore, Gaston et le gros en lunettes.

— Qu'est-ce donc que ce gros en lunettes?

— C'est un banquier très-riche.

— Il a joué serré.

— Mais non, il fait beaucoup de bancos.

— Oui, quand il est sûr de les gagner.

— Oh! sûr... on n'est jamais sûr.

— Enfin, il sait ce qu'il fait. »

Cela, et beaucoup d'autres choses, ne l'avez-vous pas entendu, chers lecteurs, pourvu que vous ayez pris plaisir à passer une nuit avec la dame de pique? — Je ne dis pas tout; j'en omets; mais tout ce que je dis est pris sur nature.

A quatre heures, il se fait un grand mouvement; — c'est un bruit confus de verres et d'assiettes, de fauteuils et de tables qu'on roule sur le parquet; — le souper est fini. L'impatience du combat se trahit dans tous les yeux; chacun fait sa petite caisse et calcule ses forces. — A l'assaut!

L'assemblée, consultée, a voté en majorité pour le baccarat.

Ceci est une autre scène.

Un des gros capitalistes se constitue banquier; — il met en banque deux ou trois mille francs. — Autrefois, au baccarat, chaque joueur avait sa chance distincte, figurée par les cartes que lui donnait le banquier. — C'était long; mais les lenteurs mêmes de cette cérémonie amortissaient les résultats les plus ruineux du jeu. — Aujourd'hui, on se borne, comme au trente-et-quarante, à tirer un tableau pour le banquier et deux tableaux pour les *pontes*, divisés en deux sections de droite et de gauche. — Il paraît même qu'il y a un perfectiônnement que je ne connais pas et qu'on appelle *le chemin de fer*. — Tout va vite en ce temps-ci, — l'argent comme le reste!

Il est très-rare que le baccarat donne des résultats négatifs.

Ou on fait sauter la banque, — ou, plus ordinairement, la banque attire à elle tout l'or répandu sur le tapis.

Au lansquenet, l'argent mis en circulation change très-rapidement de mains. — Au baccarat, quand la banque l'a absorbé et que le banquier a abandonné, le jeu reste sans munitions de guerre.

C'est l'heure où ces nuits fiévreuses présentent à la fois leurs enseignements les plus philosophiques et leurs aspects-les plus comiques. — L'or a disparu; on entre dans la phase des *fétiches*. Les gagnants se sont éclipsés; il ne reste plus que les perdants autour du tapis, véritable radeau de la *Méduse* où chacun de ces naufragés espère se *refaire* en mangeant son voisin.

Il est six heures, le jour commence à paraître.

Sur l'invitation pressante des joueurs, le maître de la maison apporte de la fausse monnaie, des jetons de bouillotte, blancs, bleus, verts, jaunes. — On se partage ces richesses. — Les jetons blancs vaudront cinq francs, les verts, dix francs, les jaunes un louis, etc. — Le banquier en prend pour deux mille francs, — les pontes pour cinq cents francs. — Alors commence une mêlée furieuse, insensée. — Ces signes représentatifs ont perdu toute leur valeur, qu'ils ne reprendront qu'à l'heure fatale de la liquidation. — On les pousse avec insouciance sur le champ de bataille, — on les ramasse avec indifférence. — Bientôt les jetons ne suffisent plus : c'est le tour des bagues, des cure-dents, des porte-monnaies et des crayons en métal.

« La bague va pour cinq cents francs !

— Le cure-dent fait dix louis !

— Quinze louis au crayon ! »

Puis c'est une comptabilité compliquée à l'infini. — Celui-ci doit à celui-là, auquel il est dû d'autre part.

« Je vous passe trente louis sur Gargouillet ?

— Bon !

— Je vous repasse les trente louis sur Gargouillet ; nous sommes quittes.

— Mais non, vous me devez quarante louis.

— Ah ! c'est juste. Voilà un bouton de guêtre pour les dix louis, — dont quittance. »

Quelquefois une épave, un louis, un vrai louis en or apparaît sur le tapis, où il devient l'objet d'une admiration et d'un convoitise incroyables. — Le joueur qui a le bonheur de posséder ce louis aimerait mieux donner mille francs *en ivoire* que de s'en séparer. — Ces hommes qui, toute la nuit, ont remué des masses d'or, s'acharnent sur ce louis unique, et toute la stratégie du jeu consiste à l'accaparer.

Cependant le flot monte, le jour grandit, le découragement semble atteindre les joueurs les plus submergés. — Les joueurs qui ont pu se refaire ou limiter leur perte commencent à se retirer ou à s'abstenir. — Ils vont et viennent, prennent leur paletot, allument un dernier cigare et laissent échapper des propos dissolvants.

« C'est absurde ! — ce jeu-là n'a pas le sens commun ! c'est comme cela qu'on s'enfile. J'en ai assez. — Allons-nous coucher.

— Voyons, messieurs, encore une banque, s'écrient avec désespoir les deux ou trois victimes de la nuit.

— Mais non ; à quoi cela vous avancera-t-il ? Il n'y a plus d'argent ; — vous ne pourrez pas vous refaire...

— Eh bien, jouons un lansquenet et fixons une heure. — A neuf heures, on lèvera la séance.

— Je le veux bien ; — mais, à neuf heures sonnantes, je vous préviens que je prends mon paletot...

— Messieurs, maintenant que les jetons sont liquidés, jouons de l'argent. »

Cette proposition réveille l'attention générale.

« Mais de l'argent, où en prendre ?

— Mon Dieu, messieurs, dit le maître de la maison, on m'a rendu environ douze cents francs ; — ls sont là, je vous les offre.

— Oui, oui, c'est cela... très-bien. »

On se partage les douze cents francs, et le jeu reprend avec cette énergie qui signale toutes les tentatives suprêmes et désespérées. — Mais bientôt il redevient languissant. — Les *décavés* n'ont même plus la ressource des fétiches proscrits. — De temps à autre, ils s'aventurent à un banco sur parole. Mais cette longue lutte a émoussé toutes les délicatesses, — le langage est âpre et brutal.

« Il y a cinq francs, dit un jeune homme en prenant la banque.

— Mettez! mettez au jeu! on est convenu de ne jouer qu'argent contre argent.

— Voyons, messieurs, — je perds quatre mille francs, — tenez-moi cent sous... »

Silence général et pénible.

« Prêtez-moi cent sous, dit le jeune homme à son voisin.

— Mais je n'ai que cela pour faire ma banque. — Tenez, voilà cinquante sous. »

Et le jeune homme, qui perd réellement quatre mille francs, joue ces cinquante sous avec une émotion indicible. Le jeune homme *passe ;* — il fait vingt francs. — A l'aspect de ces quatre pièces de cinq francs, il s'intimide et a peur de les perdre, lui qui a joué dix fois cinq cents francs dans le cours de cette nuit. — Il abandonne la banque. — On passe quinze fois après lui. — Désolation, — amertume, — récriminations. — Il était refait s'il avait continué. — Personne n'est malheureux comme lui, etc.

Enfin, ce petit jeu s'obstrue de nouveau; — l'argent a encore disparu. — On l'appelle en vain. — On attend cinq minutes une couverture de dix francs. — Vaincus par l'évidence, les joueurs se lèvent enfin, sauf le jeune homme qui a perdu quatre mille francs et qui engage un *tête-à-tête* avec un autre perdant de pareille somme. — C'est un va-et-vient sans résultat. — On se gagne cent francs, — on les reperd. — Tous les autres joueurs, enveloppés dans leur paletot, contemplent ce dernier soupir, cette agonie d'une passion épuisée par l'impossibilité de la satisfaire. Enfin, les deux derniers joueurs eux-mêmes se lèvent, sombres et silencieux, — vont au vestiaire, reviennent, inscrivent leur bilan sur un carnet, récoltent des adresses pour dégager leur parole. — On boit un dernier verre de bordeaux, on s'accouple pour cheminer ensemble, et, tout en regagnant son domicile, on ne manque jamais de laisser échapper cet aveu tardif :

« Que c'est bête de passer la nuit ainsi. Je vous demande si on ne serait pas mieux dans son lit? »

Rassurez-vous : — personne n'est corrigé et on se retrouvera à huitaine.

Quant à moi, je finis comme j'ai commencé : — On a peut-être bien fait de supprimer les jeux. — Il est fâcheux qu'on n'ait pas pu supprimer les joueurs. — Ici s'ouvre une thèse immense et des considérations à emplir une brochure de cinq cents pages sous couverture jaune. — Je vous renvoie à la brochure si jamais je la publie.

Je vous ai annoncé que nous étions entrés dans le repos du carême, et il n'y paraît guère. — Cette semaine, on a dansé partout : chez mademoiselle Bertin, l'actrice du Vaudeville, comme je vous le disais tout à l'heure ; — chez M. Mouriez, l'excellent et intelligent directeur des Folies-Dramatiques ; — chez le restaurateur Passoir, où les acteurs du boulevard se sont réunis pour avoir le plaisir de se déguiser, eux qui se déguisent toute l'année quatre fois par soirée ; — chez M. Cellarius aussi, le maître de danse, qui donne des bals très-recherchés de la jeunesse facile ; enfin, je ne sais où encore, et peut-être ailleurs.

XLI

Les féeries de la politique. — L'empereur Nicolas. — Quelques mots sur sa vie et sa mort. — Conséquences de cette mort. — La Bourse. — Les grandes entreprises. — L'Exposition universelle. — Perspective pour le printemps. — Une année historique. — Les étrangers. — L'Académie. — Beaucoup de bruit pour rien. — M. Berryer. — M. Legouvé. — M. Ponsard. — Procédés divers pour entrer à l'Académie. — Procès de M. Legouvé contre mademoiselle Rachel. — Un vœu et une gageure à propos de tragédie. — Vaudeville : *la Joie de la Maison*. — La pièce. — Les acteurs.

11 mars.

Dans toutes les féeries, il y a un mauvais génie, haut de six pieds, large en proportion, qui persécute le prince Charmant. — En vertu de son pouvoir magique, ce turbulent et inquiet personnage change

22

les boudoirs en forteresses, les quenouilles en tromblons; il arrive un moment où ce terrible Croquemitaine embarrasse l'action à ce point que les fées propices, ne sachant plus qu'en faire, le font disparaître par une trappe. — Ainsi a disparu l'empereur Nicolas, laissant le monde stupéfait de cet écroulement subit d'une puissance qui, depuis trente ans, tenait le monde en échec.

Personne, après Bossuet, n'oserait aborder ce contraste d'une vie placée dans la sphère des pouvoirs surhumains, et instantanément foudroyée par la mort. — Après y avoir mûrement réfléchi, je renonce à faire concurrence à Bossuet. Je me borne à constater que la mort de l'empereur de Russie a soulevé en Europe, à travers des émotions de toute nature, un sentiment d'équité qui déjà fait justice des appréciations passionnées. — C'est une grande figure historique qui vient de disparaître du milieu des hommes. Le cours des événements avait prédestiné Nicolas à devenir l'arbitre de son siècle. Peut-être avait-il pris trop au sérieux ce rôle de Jupiter tour à tour modérateur et foudroyant. — Perdu dans ses steppes, enivré des superstitions qui représentaient son empire comme invulnérable et sacré, disposant d'une puissance personnelle qui semblait faire pencher le monde du côté où il portait le poids de sa volonté, Nicolas avait fini par être dupe des artifices politiques qui dissimulaient les côtés faibles de cette puissance. De là les fautes des deux dernières années de son règne.—La guerre sur le Danube n'avait pas compromis sa puissance politique, mais elle avait entamé la superstition des peuples. — Lui-même l'avait compris, — et il avait perdu dans ces derniers temps cette attitude théâtrale qui posait un peu pour le demi-dieu. Tout n'était pas vanité dans cet appareil héroïque, qui couvrait des qualités essentielles, l'esprit de chevalerie poussé peut-être jusqu'à la prétention, la courtoisie et la religion de l'hospitalité. Un témoignage subsistera à la gloire de ce prince : c'est le culte qu'ont conservé pour sa personne les Français, y compris les plus humbles artistes, qui ont vécu à Saint-Pétersbourg. — Dans la vie privée, l'empereur était l'exemple de l'empire : ses vertus de famille, sa douceur, sa tendresse pour les siens, et les ineffables caresses de sa voix et de son geste étaient l'étonnement des étrangers qui approchaient *le tigre couronné du Nord.*

Les intérêts publics et privés ont été également affectés, en sens divers, par la chute imprévue du colosse. — La Bourse a escompté cet événement avec une fureur d'optimisme qui a édifié des fortunes et consommé des ruines. Au-dessus de ces agitations fiévreuses de la hausse et de la baisse, un sentiment domine : c'est que la mort de l'empereur ouvre à l'Europe des perspectives plus sereines et plus pacifiques.—Les millions sortent des caisses avec une sécurité peut-être naïve. L'esprit des grandes entreprises, conservé miraculeusement au milieu des problèmes de la guerre, va prendre un essor qui, s'il n'est pas comprimé par les événements ultérieurs, doit enfanter des prodiges.

Une grande question était pendante, celle de l'Exposition universelle. Le gouvernement français avait sagement fait en se refusant à ajourner cette solennité. — Mais personne ne se dissimulait que ces fêtes de l'industrie pouvaient être troublées et amorties par le bruit du canon.—Si la paix vient s'asseoir sur le seuil du palais de cristal, Paris aura une année historique comparable à celle du congrès de Vienne. — On dit qu'il n'est pas impossible que nous recevions, à cette occasion, la visite de plusieurs têtes couronnées, la reine Victoria, l'empereur d'Autriche et peut-être d'autres encore.

Quant aux étrangers de toute nation, de toute caste qui vont envahir Paris, il est impossible de calculer comment notre ville pourra contenir cette grande marée humaine affluant de tous les points de nos frontières. — Il est possible que ce mouvement recule nos barrières de deux lieues, car les villages des environs de Paris sont compris dans le rayon de la spéculation du logement et de la nourriture de ces hôtes innombrables !

L'Académie a fait beaucoup parler d'elle dans ces derniers temps ; la réception et le discours de M. Berryer, puis l'élection de M. Legouvé ont fait quelque bruit autour de cette vieille institution.

L'élection de M. Legouvé, à l'exclusion de M. Ponsard, a même causé quelque scandale, et je vois des gens chez qui le résultat de ce scrutin excite ou un sentiment de découragement, ou un sentiment voisin de la colère. — Je ne comprends pas bien cette irritation. M. Legouvé est un écrivain presque sans responsabilité, puisqu'il a pour répondant de ses deux ou trois mélodrames ou M. Scribe, ou

M. Dinaux, ses aînés et ses maîtres en pareille matière. Mais il ne s'agit pas de cela : M. Legouvé est un homme poli, bien élevé ; il a des relations et une maison ; — il donne des dîners ; — il en fait même donner, et on acquitte dans l'urne la carte à payer. — Il semble à certaines gens, à petits préjugés, que l'Académie doive être un cercle purement littéraire, se recrutant exclusivement parmi les gens de lettres, comme le *Divan* ou l'ancien estaminet des *Variétés* ; — il n'en a jamais été ainsi : — l'Académie compte dans son sein, des ministres, des avocats, des administrateurs, un vaudevilliste ; — elle n'avait pas de restaurateur, elle en a pris un, et elle a sagement fait. Pourquoi l'Académie n'aurait-elle pas, comme tout le monde, le goût du poisson frais, des rôtis traités à l'anglaise, rehaussés par un service confortable ? — M. Legouvé était en veine ; une occasion perdue pouvait ne pas se retrouver, et il fallait la saisir. — Quant à M. Ponsard, il a du talent, et il peut attendre. Entre trois ou quatre choix hétérogènes, l'Académie a conservé la tradition de s'agréger un écrivain, ne fût-ce que pour n'en pas perdre l'habitude. — Ne pleurez donc pas tant sur M. Ponsard, âmes sensibles ! — son tour viendra.

Pendant qu'il était sur le chemin de la fortune, M. Legouvé a gagné en appel son procès contre mademoiselle Rachel. — En France, la justice est surtout intelligente ; elle ne s'asservit pas à la lettre du droit, elle apprécie le fait ; — or, en fait, mademoiselle Rachel s'étant substituée, par une usurpation peu déguisée, à toute initiative supérieure dans l'administration du Théâtre-Français, les tribunaux l'ont traitée comme un directeur ; elle payera 5,000 fr. d'indemnité à M. Legouvé. — Celui-ci a eu le très-bon goût de partager cette somme entre deux caisses littéraires.

L'épisode saillant de ce procès a été le système de Me Crémieux, l'avocat de mademoiselle Rachel, lisant pour tout argument la *Médée* de M. Legouvé. — M. le premier président a vu qu'on voulait endormir la justice, et il a interrompu la lecture, juste au moment où Me Crémieux allait peut-être se trouver dans l'embarras, car l'avocat de M. Legouvé a cité à son tour une idylle de la *Médée* d'un sentiment très-poétique. — Cela prouve qu'avec un peu plus d'application et moins d'empressement, M. Legouvé aurait pu entrer aussi à l'Académie par la petite porte des gens de lettres. — A la vérité, c'est le chemin le plus long, et il a bien fait de prendre le plus court. — Du reste, l'Académie compte un galant homme de plus, et il n'y a pas grand mal, puisqu'il est convenu que cette institution se désintéresse le plus qu'elle peut de la littérature.

Ce qu'il y a de singulier dans tout ceci, si on veut le discuter sérieusement, c'est que l'Académie, tenant peu de compte des drames en prose de MM. Legouvé et Compagnie, a dû nécessairement faire un titre au nouvel élu de sa tragédie. Or, il est bien évident qu'en fait de tragédies, M. Ponsard en remontrerait à son confrère. Il y a même ceci de remarquable, que M. Ponsard est peut-être le seul écrivain de ce temps-ci qui présente des titres sans alliage aux préjugés littéraires de l'Académie. — C'est pourquoi on le laisse provisoirement à la porte. — Il est indubitable que M. Ponsard a dû, toute sa vie, sacrifier beaucoup à l'ambition d'un fauteuil. — Si la déception qu'il éprouve pouvait entraîner son talent dans la mêlée d'un art plus vivant et plus mouvementé, je ne m'en plaindrais pas. — Un des hommes les plus spirituels de ce temps-ci (on a tant abusé de la formule pour les imbéciles, que je nomme mon masque), Nestor Roqueplan, me disait ces jours-ci quelque chose de charmant. — Je lui demandais des nouvelles d'un de nos amis. « Au lieu de travailler pour vivre, me répondit-il, il se livre à des travaux de luxe. Vous savez : il y a des gens qui se disent : « La poudre passera ; cultivons » l'arbalète, et, quand le goût de l'arbalète reviendra, je couperai » des pommes en quatre sur la tête de mon fils. »

Cet apologue est d'une application bien générale, et je n'hésite pas à classer les gens qui font des tragédies parmi ceux qui cultivent l'arbalète. — En attendant, le siècle est à la poudre. — Abstraction faite de M. Ponsard, qui a sa voie à lui, et qui a su passionner quelquefois le public pour des procédés littéraires qu'on peut galvaniser, mais qu'on ne ressuscitera pas, j'admire toujours la naïveté d'un homme qui fait une tragédie. — Voici une gageure : il y a sur les quais cinq ou six mille tragédies à vendre. Je propose de les transcrire les unes après les autres et d'aller les lire devant les comités de lecture. — Si je suis arrêté par un seul contemporain ayant connaissance de ces choses rimées et pouvant signaler le plagiat, je suis un drôle,

22.

et l'on me met à la porte. — Dans le cas contraire, je deviens un écrivain *sérieux*. J'entre à l'Académie et mademoiselle Rachel vient pleurer sur mon paillasson pour avoir des rôles. « Je verrai, madame... je verrai. — Voyons, ne pleurez pas ! — j'ai à vous offrir cinq Didon, reine de Carthage, — diverses Cléopâtre, — une bourriche de Frédégonde, — pas mal d'Isabeau de Bavière, — un fort joli assortiment de Jeanne d'Arc, — une mère des Gracques qui est une vraie perle, — une Catherine II sous le n° 6450. — Faites votre choix. »

Le Vaudeville, lui, ne donne pas de tragédie ; il s'est contenté de donner, mardi, une très-jolie comédie, spirituelle, bien faite, bien observée et prise dans les entrailles mêmes de notre société. — Il s'agit des époux séparés. — Vous connaissez cette histoire : elle passe tous les jours sous vos yeux. — On s'unit pour la vie sans s'être étudié une heure. — Seulement, le notaire a examiné les apports et a déclaré que les deux fortunes se convenaient. — Puis, un jour, la vie commune devient intolérable. — On se sépare ; mais c'est ici que la comédie intervient avec ses enseignements : ce qui est votre droit pour un contrat à deux est un abus et un malheur s'il est survenu une troisième partie contractante : — un enfant. — Si cet enfant est un homme, privé de l'éducation du foyer et des exemples de la famille, il portera dans le monde des mœurs formées dans quelque institution marâtre et déformées dans d'autres établissements où se perfectionne la jeunesse sans frein. — Il ne saura des femmes que ce qu'il en aura connu. — Il ne respectera même pas sa mère, qu'il n'aura jamais entrevue. Si c'est une fille, elle subira la conséquence de toutes les équivoques qui s'attachent à la position de sa mère, et autour de son nom se fera ce bruissement sourd qui circule autour de toute maison dont l'honneur n'est pas gardé par le chef de la famille. — Alors, ma foi, si cette jeune fille est belle, intelligente et inspirée, elle prendra un parti. — Elle ira trouver son père et elle lui dira : « Venez, mon père, — venez couvrir votre foyer, car la médisance et la calomnie, la tristesse et l'abandon commencent à s'y introduire. » — Ainsi fait mademoiselle de Silly, la *joie de la maison*.

Voilà donc cette comédie dont le succès et la moralité prouvent qu'on peut corriger son prochain sans l'ennuyer. — MM. Anicet Bourgeois et Decourcelle ont fait tout à la fois une bonne action et une jolie pièce. — Tous les ménages séparés, et Dieu sait que nous n'en manquons pas, viendront en famille au Vaudeville. Espérons qu'ils laisseront un peu de place aux époux bien assortis.

Mademoiselle Luther est charmante dans son rôle d'enfant terrible; — je ne lui connais guère que ce rôle-là dans sa carrière, mais elle le joue d'une façon ravissante. — Elle s'en est fait une spécialité et personne, sur ce terrain-là, ne peut lutter avec elle d'enjouement et de grâce mutine. — Félix est décidément un acteur très-précieux, sûr de ses procédés, *portant* toujours, habile à dissimuler son travail sous l'aisance et la faconde; son capitaine de spahis, un peu échauffé par le soleil d'Afrique, un peu gêné dans ses habits d'homme du monde, les jambes toujours écartées comme un perroquet sur son bâton, est une étude très-bien prise et très-bien rendue.

Volnys était très-ému en entrant sur cette scène où, il y a vingt-cinq ans, il tenait les premiers rôles. — Un emploi nouveau à aborder, les défaillances d'une mémoire qui a toujours été un peu rebelle, les piéges nombreux d'un rôle où il faut incessamment s'abandonner à une sensibilité qui n'est pas toujours partagée par le public, pardessus tout, cette émotion dont je parlais tout à l'heure, ont évidemment paralysé les meilleures facultés de ce comédien. — Volnys s'est retrouvé dans deux ou trois scènes, celle de la provocation en duel à un homme qui insulte sa femme, et encore lorsqu'il revoit pour la première fois sa fille, qu'il a laissée enfant; — mais, dans l'ensemble, sa composition était molle, hésitante et troublée. — On dit que les plus vieux marins ont quelquefois le mal de mer en remontant sur leur navire après un long séjour à terre; — c'est probablement là l'histoire de Volnys.

Mention très-honorable à M. Lagrange, supérieurement impertinent et faquin dans un rôle qui, en contraste avec celui qu'il jouait dans *les Parisiens*, atteste une certaine souplesse de talent. — Mademoiselle Bertin représente une femme entretenue avec une aisance et un sentiment de la situation que je n'ose trop louer, de crainte d'avoir l'air de lui dire une impertinence, ce qui est loin de ma pensée. — Mademoiselle Bertin est jeune et belle : elle a des robes magnifiques; il faut bien que tout cela serve à quelque chose. — J'ajoute très-sérieusement qu'elle a dit avec infiniment de tact quelques mots qui servent de leçon à ceux qui veulent cumuler les honneurs de la famille avec la vie sans responsabilité et sans contrôle.

Madame Guillemin, en belle-mère, est superbe; — elle a la tenue d'un portrait de famille, et, pour tout dire, je n'épouserais pas sa fille.

XLII

18 mars.

Paris, en attendant le printemps, est possédé en ce moment d'une maladie intermittente qu'on appelle *la comédie de société*. Dans les salons, vous ne rencontrez que des paravents, et quelquefois un petit théâtre qu'un amateur se plaît à monter et à démonter chez toutes les personnes qui veulent bien l'honorer de leur confiance.

Les hommes et les femmes du monde prennent un singulier plaisir à ces jeux, il faudrait dire à ces joujoux de la scène. On retrouve en miniature, dans les coulisses de la comédie de société, toutes les intrigues et toutes les vanités des théâtres subventionnés. — Les

rôles jeunes sont recherchés par les femmes mûres; — les rôles
marqués seraient répudiés par tout le monde si les jeunes gens ne
s'en chargeaient volontiers. — On se farcit la mémoire des pièces
que l'on a vu représenter cent fois aux Français ou au Gymnase; —
on *collationne*, on répète, on essaye des costumes, et on occupe
ainsi la vie oisive, si difficile à dépenser quand on a un hôtel, des
chevaux et pas d'emploi sérieux dans le monde. — Vient le grand
jour de la représentation, jour de triomphe et d'embarras; il faut y
songer et pourvoir à tout : — deux chaises ici, une table là; — une
tapisserie pour la vicomtesse, qui travaille au lever du rideau. —
N'oubliez pas le journal; car Saint-Val entre en scène un journal à
la main. — Dans l'après-midi, au moment où la maîtresse de la maison succombe sous les ennuis de ces mille détails, la représentation
devient problématique : un jeune auditeur au conseil d'État écrit
qu'il est grippé. On n'a plus d'amoureux! comment faire? — Le
frère de madame se chargera du rôle; c'est un chef d'escadron; il a
cinquante ans et du ventre; mais qu'importe! Firmin jouait bien les
amoureux à soixante ans. — On dîne, comme les comédiens, à
quatre heures; — on repasse son rôle; — on s'habille, on se déshabi-
lle, on s'habille encore. — A neuf heures, on est en présence d'un
public moqueur par nature, enthousiaste par convenance. — On
frappe trois coups dans la main; — le rideau se lève ou
s'écarte, et la jeune femme qui est en scène se sauve dans la coulisse.

« Eh bien, qu'est-ce que vous faites donc, ma chère?

— Mais je ne savais pas qu'il y aurait tant de monde!... Je suis
trop *honteuse*... je n'oserai jamais.

— Voyons, voyons, chère belle, un peu de courage! ils ne vous
mangeront pas. Vous êtes si jolie! ce rôle vous va si bien! Vous allez
voir comme vous serez applaudie! »

La jeune femme fait deux pas en avant et trois pas en arrière.

« Je n'oserai jamais! »

Toutes les influences livrent alors un assaut à la timidité de la
Mars des salons. Les bonnes amies lui parlent avec des caresses
ineffables; les maris et les frères lui parlent avec autorité.

« Il ne fallait pas te charger du rôle. Maintenant, il n'y a plus moyen de reculer; tu ne peux pas faire une pareille impolitesse à quatre cents personnes !... Allons ! allons !

— Allez, chère belle... Tenez, repassez votre monologue :

« Quel peut-être ce jeune homme que je rencontre partout sur
» mes pas, au bal, au spectacle, aux Champs-Élysées? Son attitude
» est aussi tendre que respectueuse... Si c'était... Oh ! qu'elle idée !
» chassons ces folles pensées ! (*Après un silence.*) Malgré moi, son
» souvenir me préoccupe... Il est bien... Il a les cheveux noirs, et
» je ne les crois pas teints... Grand Dieu ! s'ils étaient teints !—Mais
» que m'importe après tout ! je suis bien folle de songer ainsi à cet
» inconnu, que sans doute je ne reverrai jamais. — Grand Dieu !
» c'est lui !... (*Entrée de Saint-Val.*) »

Vaincue par les instances de son monde, la jeune femme est entrée en scène, et, rougissante, balbutiante, elle a récité, en tâtonnant, la prose ci-dessus, qui est le premier essai d'un clerc de notaire. — Le talent de la comédienne de société peut généralement se comparer à une certaine serinette dont Grassot raconte ainsi l'histoire. — Grassot avait une tante (plaignons celle-ci); la tante mourut, laissant à Grassot pour tout héritage une serinette. — Grassot essaya de *moudre* un air sur ce petit meuble, comme dit Duvert; il n'en tira qu'un sifflet aigu et prolongé comme celui que rend un orgue, au moment où l'artiste ambulant s'interrompt pour ramasser deux sous. — Les tentatives réitérées de Grassot n'aboutirent pas à un meilleur résultat. Alors, Grassot, qui est plein d'imagination, alla consulter un facteur d'instruments. — Celui-ci, après avoir essayé la serinette et en avoir tiré le son aigu, déclara que le meuble était dans un état grave et qu'il avait besoin de se recueillir pour en dire son avis. — Après huit jours d'épreuves, le facteur dit à Grassot : « Monsieur, je sais ce que votre serinette a dans le ventre; c'est l'*Ouverture de Guillaume Tell;* — mais je ne dois pas vous cacher qu'il manque beaucoup de notes. » Donc, la comédienne de société est à Mars et à Rose Chéri ce qu'était la serinette de Grassot à Rossini; — quelque chose de sublime dans l'intention avec beaucoup de notes de moins dans l'exécution.

Quant à Saint-Val, qui vient de faire son entrée dans la comédie du clerc de notaire, il s'exprime en ces termes :

« C'est elle!... Plus belle encore que jamais! — Contenons mon
» émotion. (*Saluant avec une timidité respectueuse.*) Madame...
» — Monsieur... (*La vicomtesse salue... A part.*) — Cette situa-
» tion devient embarrassante... »

On entend un sanglot étouffé dans la salle; c'est la mère du clerc
de notaire, qui ne peut contenir son émotion en entendant réciter
l'œuvre de son fils.

SAINT-VAL. « Madame... pardonnez à l'audace d'un homme qui
» n'a pu vous voir sans vous aimer... »

Ici, quelques jeunes gens quittent furtivement la salle et vont dans
un salon voisin prendre des tasses de chocolat.—La mère de l'auteur
est toujours inconsolable; — on lui administre des flacons calmants.

LA VICOMTESSE. « Monsieur, une pareille démarche... »

SAINT-VAL. « Madame, je suis un homme d'honneur, je suis offi-
» cier de cavalerie... »

LA VICOMTESSE. « Officier de cavalerie... quel bonheur! il doit
» monter à cheval... »

SAINT-VAL. « Madame, si mon grade et ma personne ont pu trou-
» ver grâce devant vous, dites un mot... Vous êtes libre, — je le
» sais, — et vous voyez un homme heureux de mettre à vos pieds
» trois années de respect et d'amour... »

LA VICOMTESSE (*lui tendant la main en souriant*). « Ah! mon-
» sieur, avouez au moins que vous êtes plus heureux que sage. »

Plus heureux que sage était le titre du proverbe. — C'est fini; —
tout le monde est dans l'enthousiasme!—On félicite la mère de l'auteur; — on s'étonne beaucoup que l'auteur n'ait encore rien donné
aux Français...

« Que voulez-vous! réplique le clerc de notaire,—les auteurs for-
ment une coterie qui barre le chemin à tout le monde : — j'ai remis
un manuscrit à M. Dumanoir; il m'a répondu que ma pièce était très-
spirituelle (de toutes parts : Je crois bien!), mais qu'elle manquait
de développements... Il faut à ces auteurs *des ficelles*...—On voulait
m'adresser à Scribe; mais il paraît qu'il ne se gêne pas pour faire
jouer au Gymnase, sous son nom, les pièces qu'on lui a confiées...

UN GROS MONSIEUR. « Parbleu!... sans cela, comment aurait-il fait
trois cents pièces... Tout cela, c'est des pièces de jeunes gens... »

On devise longtemps sur ce texte. — On continue à déplorer que les merveilleuses délicatesses de l'esprit de salon soient bannies du théâtre par la *jalousie* des auteurs.—Les acteurs, déshabillés, viennent se mêler à la société, où ils sont comblés de félicitations. — Ceux-ci prennent au sérieux tous ces compliments, — sont mordus du démon de la comédie et courent de salon en salon offrir leur petit talent. Ainsi s'établit dans un petit monde cette convention que, chez madame de V..., on joue, tous les quinze jours, des pièces plus spirituelles que celles de M. Scribe.—Quant à M. Gaston, le *jeune premier*, il est bien entendu qu'il est très-supérieur à M. Bressant. — D'autre part, il n'y a pas à la Comédie-Française une actrice digne de lacer les brodequins de la *jeune première* de société.

Cependant, pourquoi ne pas l'avouer? la comédie de société a ses jours de réussite. La semaine dernière, j'ai vu représenter, rue de Verneuil, le *Roman d'une heure* par trois amateurs qui m'ont donné beaucoup à penser sur cet art du comédien, abîme et mystère, où l'analyse se perd et s'égare sans pouvoir rien découvrir. — Est-ce le produit d'un travail patient et implacable? — Est-ce l'inspiration pure d'une nature heureusement douée qui devine tout ce que les autres apprennent? — Je l'ignore. — Ce que je sais, c'est que là, dans ce salon de la rue de Verneuil, deux femmes de la société, en compagnie d'un jeune officier, un vainqueur de l'Alma, ont joué le marivaudage d'Hoffmann avec une aisance, une grâce et quelquefois une rouerie qui aurait pu leur attirer des propositions du directeur du Gymnase.

A l'heure présente, le morceau en vogue pour la comédie de société, c'est le petit opéra-comique de Nadaud, — *la Volière.* — On l'a joué chez madame Orfila; — on l'a rejoué chez M. Fould; — on le jouait vendredi chez le directeur de la *Revue de Paris;* — on le jouera dimanche au Louvre, chez M. Niewerkerque, et, à vrai dire, on ne se lasse pas de l'entendre. — Il y a des chefs d'emploi et des doubles. — Tantôt madame Sabatier tient son rôle; —tantôt elle le cède à madame Damoreau (la jeune).—Nadaud chante lui-même quelquefois sa musique, quand M. de L... se trouve empêché par de graves fonctions.—Il n'y a que M. Jal fils qu'on retrouve toujours sur la brèche avec un vrai talent de basse et de comédien.

Nadaud est devenu une des physionomies de ce temps-ci. Libre, indépendant, d'une complaisance inépuisable, il se tient sur la frontière du monde et des arts. Ses compositions, qu'il exécute chez les princes, sont populaires dans la jeunesse des écoles et dans les ateliers. — Avec peu de prétention à être un compositeur, moins de prétention peut-être encore à être un poëte, et aucune prétention assurément à être un chanteur, Nadaud, lorsqu'il est au piano, devient tout à la fois un compositeur, un poëte et un chanteur. Ses *Gendarmes* ont fait leur tour de France; — ils sont devenus classiques. Quelquefois Nadaud s'inspire de Béranger. Exemples : *Ma Philosophie*, — *les Dieux*. Mais la note qui appartient en propre à Nadaud, celle que je préfère en lui, c'est une note élégiaque dont je retrouve l'accent dans *l'Insomnie*, comme je constate une très-heureuse allure de poëte descriptif dans *le Voyage*. — Au-dessus de tout, peut-être, j'estime un chant anacréontique, qui a pour titre : *Minuit*. — Mais *Minuit* fait partie du *musée secret* de Nadaud, et, pour être admis à l'entendre, il faut des billets de faveur et des femmes assez honnêtes pour en supporter les vives couleurs.

L'Exposition universelle commence à mettre en grande fermentation, au point de vue des beaux-arts, le monde de la peinture et de la sculpture. On parle beaucoup de la distinction accordée à M. Ingres, qui, sur sa demande, a obtenu une salle particulière pour y grouper l'ensemble de son œuvre semi-séculaire, car il n'est pas hors de propos de rappeler que ce maître illustre a remporté le grand prix de Rome en 1800. — Les uns trouvent légitime ce privilége concédé au chef de l'école française; — d'autres se préoccupent des prétentions rivales qu'une pareille exception peut autoriser, et, à cette occasion, le nom de M. Delacroix est naturellement prononcé.

On sait que le délai fatal pour l'envoi des toiles était indiqué pour le 15 de ce mois. — Aussi, toute la semaine, les ateliers ont-ils été visités par une foule d'amateurs et de critiques. Il m'a été donné de voir ainsi, chez M. Amaury Duval, un très-beau portrait de mademoiselle Rachel, traité à l'antique, d'un accent très-large, très-sévère, et accusant à tous les points de vue le génie et l'individualité du modèle. — J'ai vu aussi, chez M. Pérignon, une toile d'un sentiment beaucoup plus moderne et plus actuel, représentant madame Rose

Chéri. — C'est bien elle, — c'est bien là sa grâce un peu maladive, son sourire contenu avec une nuance de tristesse, et ce je ne sais quoi de placide et de chaste qui donne à cette artiste une physionomie très-distincte.—Tout bien considéré, ce n'était pas un si mauvais procédé que de visiter les ateliers avant l'envoi à l'Exposition, et je regrette même de m'y être pris si tard et de n'en avoir pas vu davantage; car, dans deux mois, quand on sera en présence de six kilomètres de peinture, je ne sais pas trop si on ne dira pas comme un de nos amis, en sortant à trois heures du matin de la représentation de la *Reine Margot*, qui avait commencé la veille à six heures : « Peut-être s'amuserait-on plus en s'amusant moins. »

A propos du Théâtre-Historique, dont je viens d'évoquer le souvenir, il paraît que ce théâtre va renaître dans les mêmes conditions d'exploitation au Cirque-National. — Le Cirque renonce à la poudre et au canon, aux lauriers et aux guerriers, à la gloire et à la victoire. — C'est une bien bonne nouvelle pour les Russes, qui recevaient tous les jours, en cet endroit, des râclées homériques; — mais je ne comprends pas bien ce qu'on veut faire.

On parle de reconstituer un théâtre littéraire, — ce qui me paraît l'équivalent de la prétention de faire un civet sans lièvre. — Soyons optimistes, — admettons qu'on puisse vivre un an avec la reprise de quelques grands drames d'Alexandre Dumas, qui peut-être, en effet, n'ont pas épuisé la curiosité publique; — mais après? où voyez-vous une littérature et des littérateurs dans les conditions spéciales du mouvement et de la passion sans lesquels rien n'existe au boulevard? Il y a, au théâtre de la Porte-Saint-Martin, un directeur à qui ses ennemis eux-mêmes ne refusent ni l'intelligence ni le sens littéraire; — voyez un peu ce qu'il est réduit à représenter, et demandez-lui s'il ne serait pas heureux de donner de la littérature : à son tour, il vous demandera où on en vend.—Donc, la tentative de M. Billion, que je ne savais pas, du reste, si littéraire, pour être honorable, n'en est pas moins équivoque au point de vue des résultats; — mais c'est son affaire, la nôtre sera de juger sa littérature. — Seulement, je crains bien de regretter le Français qui mangeait son drapeau, y compris le bâton, pour ne pas le laisser tomber aux mains de l'ennemi : — c'était simple, naturel, et ça pouvait se passer de style. —

Avoir un théâtre où on peut parler impunément la langue des Cosaques, et se charger tout à coup d'une responsabilité grammaticale, c'est bien hardi.

Pour le reste, je ne vois à l'horizon qu'un vaudeville au théâtre des Variétés, *le Massacre d'un innocent;* c'est une pièce pleine d'amusantes scélératesses, et les auteurs se sont conformés à la jurisprudence d'un ancien confrère connu par ses naïvetés : « Moi, d'abord, disait cet auteur, je ne m'en cache pas, quand je fais une pièce gaie, je tâche de faire rire le public. » Cette proposition vous paraît peut-être digne de M. de Lapalisse, et cependant il faut dire qu'il y a des auteurs très-gais, *en dedans*, qui ne savent rien communiquer de leur gaieté au public.

XLIII

Le printemps. — Ses influences. — Les jeunes filles et les femmes mûres. — La crise du printemps. — La tentation chez les anciens et chez les modernes. — Instruments de séduction perfectionnés. — Les scélératesses du soleil. — Plaidoyer pour la femme qui a péché. — La mi-carême. — Les blanchisseuses. — Le carnaval industriel. — *Le Prophète.* — Une réclame remplace une cavalcade. — Critique littéraire des annonces industrielles. — Les pierrots du commerce. — Les annonces mystérieuses. — Les serins hollandais. — Les réclames californiennes.—Les dîners sans argent.—Les capitaux doublés.—M. Charles. — Théâtre. — Gymnase : *le Demi-Monde.* — Palais-Royal : *la Panthère de Java.* — Ambigu : *André le Mineur.* — Les billets donnés et les billets payants. — La manière de ne pas recevoir les uns et de ne pas se servir des autres. — L'Académie. — M. Ponsard.

25 mars.

Voici le printemps, — il est arrivé à sa date et à son heure, — il réjouit la terre attristée par un hiver maussade et persistant.

Dieu, d'un sourire, a béni la nature ;
Dans leur splendeur les cieux vont éclater.

Le printemps n'est pas un sujet inédit, tous les poëtes l'ont chanté, tous les chroniqueurs l'ont salué, et c'est un texte toujours jeune et toujours nouveau. — C'est qu'en dépit des combinaisons de l'almanach grégorien, l'année commence avec le printemps : — de là datent toutes les jeunesses, toutes les passions, toutes les poésies, tous les regrets et toutes les espérances. — « J'ai seize printemps, » dit la jeune fille émue, étonnée, ravie de cette renaissance de toutes choses qui atteste le grand mystère de la fécondation permanente et universelle.

Pour les femmes mûres, le printemps est la limite où s'ensevelissent les dernières espérances d'une jeunesse évanouie. — Dans le cours de l'hiver, on a livré la dernière lutte, — on a épuisé les derniers artifices de la peinture; — mais le soleil, éclairant tous ces mensonges, met en déroute les prodiges de la chimie et les miracles fondants de la parfumerie et de la pharmacie; il faut se décider à avoir son âge, ou à peu près. — « Adieu paniers, vendanges sont faites. »

L'influence sociale du printemps n'a pas été assez méditée; — c'est l'heure où le soleil oblique de l'équinoxe apporte dans le cœur et dans le sang je ne sais quels mouvements tumultueux qui mettent en péril la sagesse humaine. — Pour les femmes, *la crise* si élégamment définie par M. Octave Feuillet, c'est le printemps. — En hiver, on peut accepter un mari ; — au printemps, il faut quelque chose de mieux, *un idéal.* — C'est bien à ce moment qu'on voit passer la tentation qui a perdu la première femme. Ajoutons qu'Ève était quelque peu naïve ; que le serpent du paradis terrestre était un serpent de première année, fort peu roué en somme, et que les pommes ont un peu vieilli comme instrument de tentation. — Les modernes ont perfectionné tout cela. Le dédain du réel et du possible, l'aspiration au roman et à l'aventure chantés par tous les poëtes; le lyrisme d'une littérature qui couvre du manteau de l'idéal les appétits les plus matériels; les sophismes éloquents qui grandissent la chute aux proportions d'une révolte sociale; l'ivresse des arts, qui convie les sens aux fêtes de la vie ; ces peintures qui cachent d'irritantes voluptés jusque dans les sereines chastetés de leurs vierges ; ces marbres, sculptés depuis trois mille ans par la main lascive du paganisme, qui traduisent à l'imagination toutes les mythologies de l'amour;

cette musique qui éclate en bruits immenses, mugit, s'apaise et soupire comme une mer harmonieuse dans le demi-jour énervant d'une salle d'opéra; tout, dans cette société, qui, par sa loi d'attraction, se meut autour de ce qui est la jeunesse, l'intelligence et la passion, provoque la femme au moins à la curiosité, et la pousse à la recherche d'un paradis perdu.

Toutes ces influences, endormies l'hiver au coin du foyer, prennent, au printemps, un caractère d'excitation satanique. La femme sédentaire et recueillie devient distraite, dissipée, inquiète; elle sort, attirée par ce premier rayon de soleil, comme l'oiseau par le serpent. — La toilette simple et correcte qu'elle dédiait à son mari et à son cercle intime, ne suffit plus aux besoins de la situation; — les plus savantes recherches et les plus étonnantes scélératesses de boudoir signalent en elle le retour du printemps; — ses cheveux, hier encore massés sur son front, se déroulent aujourd'hui en ondes orgueilleuses où le vent amoureux amène des hasards charmants et parfois des désordres lyriques; — sur son passage, elle laisse la trace de ces parfums perfides qui pénètrent les sens et éveillent chez les plus somnolents les féeries de l'imagination; — sa physionomie, longtemps endormie dans le calme des passions, s'est ranimée comme sous le feu d'un combat intérieur et rayonne d'une seconde nubilité. — C'est le printemps. — A qui donc veut-elle plaire, cette femme? A tout le monde et à personne. — Cette toilette prestigieuse, cette beauté sous les armes célèbrent instinctivement la fête de la création; toutefois, il y a là un piége où plus d'une laissera prendre son âme. — Observez-la, cette femme qui se *promène;* sa démarche molle et indécise trahit de vagues aspirations; il y a dans sa physionomie quelque chose d'inquiet et de préoccupé comme l'attente d'une révélation; on dirait une fleur qui se pâme au soleil, sous l'ardente convoitise du papillon. — Par un mouvement d'une perfidie inqualifiable, sa main manœuvre incessamment sa robe soyeuse pour lui donner ce *flou* et ce *ballon* particuliers aux robes parisiennes, et qui provoquent aux plus noirs attentats.—A ce moment, les sens de la femme ont acquis une merveilleuse puissance de perception; — elle voit devant elle, elle voit de côté, elle voit derrière elle; elle entend à la distance de vingt pas ce mot, que murmure toute lèvre

ombragée d'une moustache : « Oh! la ravissante créature! » Le compliment n'est pas neuf; mais il est toujours le bienvenu. — Ce mot
est éternel; — c'est celui qui échappa au premier homme lorsqu'il
trouva Ève endormie dans ses longs cheveux; — c'est le mot de la
création même; — il vieillit tous les hivers, et il rajeunit tous les
printemps avec les jeunes.

Pour résumer ce point de vue, je propose de consulter les annales
de la faiblesse humaine dans les deux sexes. — On trouvera que le
printemps est l'inspirateur et le complice des scélératesses qui
viennent figurer quelquefois sur les bancs de la police correctionnelle.

En pareil cas, l'accusée donne ordinairement des explications qui
n'expliquent rien.

« Vous aviez, lui dit le magistrat, un mari honnête homme,
établi, sergent dans la garde nationale, plein d'égards pour vous,
toujours en règle avec le percepteur des contributions. Vous l'avez
abandonné pour courir le monde avec un peintre bourru, mal élevé,
fumant des pipes plus culottées que lui-même, mal peigné, sans le
sou, et cachant sa laideur dans une barbe extravagante. Qui a pu
vous donner un si mauvais conseil? »

La femme ne sait que répondre. — Si elle était franche, elle répondrait :

« C'est le printemps. »

Il est vrai que cela ne l'avancerait pas à grand'chose, le printemps n'ayant jamais été compris dans les circonstances atténuantes.
— Voilà comment les vrais coupables échappent trop souvent à
la loi.

En deçà du printemps, nous avons eu une journée de mi-carême
beaucoup plus brillante, au point de vue des mascarades, que le dimanche et le mardi gras; — le troubadour n'y figurait pas; mais
des essaims de blanchisseuses se prélassaient dans des tapissières,
en robe de mousseline. — En pareille circonstance, les blanchisseuses ont toujours été très-suspectes de donner en spectacle les
robes de leurs clientes. Dans tous les cas, on peut dire que tant vaut
la femme, tant vaut la robe; et assurément aucune élégante n'aurait
pu reconnaître ses nippes enroulées en paquet autour de ces femmes

fortes, assises sur leur char comme les *villes* de la place de la Concorde.

Ce qu'il faut signaler, c'est la tendance industrielle du carnaval moderne. — Les boutiquiers s'enfarinent le visage pour promener leur annonce. — On nous avait promis la cavalcade du *Prophète*. — Mais la cavalcade de ce magasin de confection a été remplacée par une réclame qui avait bien aussi son charme carnavalesque.

« Par suite d'entraves apportées à la marche de la cavalcade, disait l'affiche de M. Fromageot, *l'administration* a décidé qu'elle ne sortirait pas. — Les sommes destinées à cette dépense seront converties en œuvres de bienfaisance. — Des pantalons seront distribués aux indigents dans les douze arrondissements.

« *La curiosité publique, trouvant un dédommagement dans le soulagement des malheureux*, l'administration espère qu'elle voudra bien applaudir à cet *heureux changement*. »

Je suis toujours forcé de regretter que les gens qui confectionnent des pantalons aient la manie de se mêler de littérature : si M. Fromageot avait eu l'idée de faire rédiger sa réclame par un homme de lettres (il y en a qui se chargent de cette besogne), celui-ci n'eût pas laissé subsister l'étrange confusion d'idées qui nous choque dans la rédaction de M. Fromageot. — Une fois pour toutes, M. Fromageot saura que le *soulagement des malheureux* ne peut jamais être un attrait pour la *curiosité publique*. — Si perverse qu'on la suppose, la *curiosité publique* ne peut prendre plaisir à voir des indigents enfourcher les pantalons du *Prophète*. — Les âmes sensibles se complaisent dans la pensée que les indigents sont suffisamment vêtus pour aller dans le monde. — On loue M. Fromageot d'avoir eu cette pensée philanthropique ; mais la curiosité est très-désintéressée dans cet acte de charité chrétienne et industrielle.

A défaut de la cavalcade du *Prophète*, nous avons eu, sur les boulevards, des équipages de marchands de cirage, une calèche de dentiste et une voiture surmontée d'un baldaquin, qui proclamait la gloire des *bourrelets élastiques*. — Cette voiture était conduite par six pierrots, employés de l'administration des *bourrelets élastiques*. Voilà le progrès : un commis entre dans le commerce, on lui dénonce les conditions de la maison et ses obligations : ouvrir la boutique à sept heures, — faire ses rayons, — tenir les écritures au courant, avoir une bonne tenue, — aux jours gras se mettre en pierrot et promener la marchandise sur les boulevards.

Ne venez pas objecter que vous êtes d'un caractère mélancolique, que vous détestez *l'engueulement*, que vous avez perdu votre père. — Vous vous êtes engagé à vous mettre en pierrot, il faut faire l'ouvrage. — Le commerce ne va pas déjà si bien ; où en serait-on si les commis refusaient de se mettre en pierrots ? — Tout cela explique l'attitude morne du pierrot contemporain, qui n'est pas un pierrot franc, mais un pierrot forcé et contraint. — Le public superficiel croit que ces gens-là sont des farceurs qui s'amusent : pas le moins du monde : ce sont des employés qui travaillent en ville.

De la réclame à l'annonce, la transition est douce. Mes lecteurs doivent savoir déjà que j'ai une prédilection particulière pour la méditation des annonces. On y rencontre des naïvetés, des boursouflures et parfois des mystères qui confondent l'imagination.

Depuis plusieurs mois, je lis, dans tous les grands journaux, cette annonce :

« Deux serins hollandais à vendre, rue du Hasard, 21. »

Or, je ne sais pas ce que peuvent rapporter deux serins hollandais à celui qui les vend, en supposant qu'on les lui achète ; mais j'ai calculé que l'annonce a dû coûter déjà environ quinze cents francs au propriétaire des serins hollandais. — Si l'acheteur doit rembourser les frais, le prix d'un serin va dépasser celui d'un cheval.— Mais comprenez-vous quelque chose à ce mystère ? Quels sont ces deux serins qu'on annonce comme un cachemire Biétry ? Portent-ils une marque de fabrique ? Font-ils des vers ? Jouent-ils de la clarinette ? — Sont-ce des serins de haute naissance ? Auraient-ils des antécédents politiques ? — Ont-il la prétention de faire la fortune de leur maître comme certain oiseau des *Mille et une Nuits ?* — Je m'y perds. — Pourquoi tant de sacrifices pour deux serins ? Ou il y a là-dessous quelque grosse combinaison que je ne soupçonne pas, — ou le détenteur des deux volatiles ne connaît pas toute sa fortune et pourrait bien avoir dans son domicile un serin de plus qu'il ne soupçonne pas.

J'ai encore à signaler une annonce de l'espèce mystérieuse et californienne. Je vous ai déjà dénoncé celle qui offre à dîner dans les meilleurs restaurants, *sans argent*. Je dois dire que cette annonce a fait bien des victimes. — Quelques actionnaires se sont présentés dans les restaurants, sans argent. A la fin du repas, ils ont été tous, sans exception, reconduits jusqu'à la préfecture par une garde d'honneur. — Une assemblée générale des actionnaires est indiquée pour le mois prochain en police correctionnelle. — On espère que le dividende dépassera six semaines de prison.

Voici maintenant une autre annonce qui m'intrigue beaucoup :

« Voulez-vous doubler vos capitaux et vos valeurs sans spéculation ? — M. Charles, rue Richelieu. »

Certainement, je serais flatté de doubler mes capitaux et mes valeurs sans spéculation ; mais dois-je avoir confiance en M. Charles ? Son annonce n'est-elle pas un peu laconique ? N'aurait-il pas dû m'initier un peu au secret de ses combinaisons ? — Et puis je n'aime pas qu'un capitaliste se cache sous le nom de Charles. Qu'est-ce que cela, Charles ? C'est un nom de garçon de billard. C'est un petit nom qu'on donne aux grisettes dont on ne veut pas être connu. C'est un nom qu'on prend encore dans les estaminets. « La pipe de M. Charles » est célèbre en tous ces endroits. — Mais franchement, la, Charles, est-ce un nom assez sérieux et présentant assez de surface pour un placement de capitaux ? — Je ne doute pas de l'honorabilité de M. Charles ; je suis même disposé à croire qu'il a trouvé le secret de la multiplication des rentes ; — mais, pour l'amour de Dieu, qu'il s'explique et surtout qu'il se fasse connaître. Son nom de Charles l'avantage peut-être auprès des femmes ; — mais, au parquet de la Bourse, il est tout à fait insuffisant.

Pour le théâtre, ma besogne ne sera pas bien longue aujourd'hui. — Un des plus éclatants succès dont j'aie été témoin dans ma vie a accueilli cette semaine, au Gymnase, *le Demi-Monde*, de Dumas fils. — J'aurai le loisir d'y revenir dans quatre mois, car alors la pièce sera encore jeune et fêtée.

Il me reste, au Palais-Royal, une bouffonnerie : *la Panthère de Java*, où madame Thierret exécute encore ces prouesses de fantaisie que je vous ai déjà signalées ; et, à l'Ambigu, *André le Mineur*. Ceci est un compte à régler, et j'aime assez à m'expliquer en public avec

les directeurs. Il y a un usage, absurde, du reste, dans ses conséquences, en vertu duquel les directeurs adressent aux journalistes
une invitation sous forme de loge ou de stalle pour leurs premières
représentations. — Je dois confesser que c'est pour le journaliste
une grande commodité : la question de gratuité est à peu près insignifiante, car il n'y a pas un journal qui, pour six cents francs par
an, ne puisse entretenir son rédacteur de stalles somptueuses aux
premières représentations; — mais il faut s'en occuper; — il faut
aller au théâtre et disputer un coupon aux marchands de billets; —
c'est une journée sacrifiée en vue d'une soirée qui promet des jouissances problématiques. — Quoi qu'il en soit, M. Desnoyers, un ancien ami, m'ayant fermé la porte des invités, depuis que j'ai laissé
soupçonner que *les Amours maudits* n'avaient pas changé pour moi
le drame en récréation, j'étais sur le point d'aller frapper à la porte
des payants. — Des lettres anonymes, des avis officieux et des
confidences désintéressées m'ont détourné de ce projet. — Bref,
on m'a raconté sur *André le Mineur* des choses à faire reculer un
zouave.

J'ai donc pris la résolution d'abandonner *André le Mineur* à ses
chances naturelles. Si M. Desnoyers pouvait me voir en ce moment,
il serait bien étonné de mon calme et de ma résignation. — On
n'imagine pas, quand on ne l'a pas tenté, combien il est facile de ne
pas aller à l'Ambigu.

Pour finir par quelque chose de sérieux, M. Ponsard a été élu hier
membre de l'Académie française par 16 voix sur 28 votants.—7 voix
se sont *égarées* sur M. Liadières; — 5 autres voix, qui ont de l'avenir, se sont portées sur M. Augier.—Quant à M. Ponsard, le résultat était infaillible tant était violente la pression extérieure de l'opinion. — Il y a bien longtemps déjà que M. Ponsard était élu par le
public; maintenant, si l'Académie ne peut pas l'honorer beaucoup, il
est certain qu'il honorera l'Académie.

XLIV

Les petites misères du chroniqueur. — Faillite du printemps. — Le poisson d'avril. — Sa grandeur et sa décadence. — Ses dernières traces. — Sa renaissance et ses développements sous une autre forme. — Origine du poisson d'avril. — Éloge des encyclopédies et des savants. — La Bourse.— L'agiotage à la portée de toutes les intelligences.— Les deux sous d'écart. — A tout coup l'on gagne! — Les parvenus. — Ventes d'objets précieux. — Théâtres. — Variétés. — Qui de trois pièces ôte une reste deux. — *Une Aventure de Gil Blas.* — *L'Auberge du Lapin-Blanc.* — Vaudeville : *les Exploits de César.* — M. Clairville.

1er avril.

Nous vivons dans un temps où on n'est pas sûr du lendemain, au point de vue du baromètre et du thermomètre. L'autre semaine, au moment où j'écrivais ma dernière chronique, un rayon de soleil printanier vivifiait l'atmosphère, —Zéphire essayait ses ailes. — Le lendemain, il les a repliées, —et, dimanche, nos lecteurs, enveloppés dans leur paletot et frissonnant sous des rafales de neige, ont pu lire une invocation poétique et intempestive au printemps en faillite. Ce sont là les petites misères de la vie du chroniqueur. — Maintenant, faut-il saluer le retour de l'hiver? Ce serait peut-être s'exposer à la même déception; car, dimanche, au moment où ce frivole bavardage passera sous les yeux de nos lecteurs, Paris, peut-être endimanché et la fleur à la boutonnière, se rendra processionnellement au steeple-chase de la Marche, et jeudi aux courses de Longchamps.

En attendant, les manteaux et les pardessus ont été bien fêtés cette semaine. — On les négligeait, on les méprisait, on les avait appendus dans le cabinet noir, comme les femmes de Barbe-Bleue; il a fallu les reprendre, les caresser de la brosse et les supplier de ne pas nous quitter avant que sœur Anne, du haut de la tour, ait signalé, dans la campagne verdoyante, l'arrivée des cavaliers apportant le printemps, le vrai printemps, dans des flots de poussière. Ainsi soit-il! et que ce soit le plus tôt possible, car il est bien triste d'écrire encore des lettres d'amour à son marchand de bois.

Il y a un demi-siècle, à pareille date, un chroniqueur n'eût pas manqué de vous servir un *poisson d'avril*, en vous annonçant, par exemple, qu'il aurait de l'esprit tous les huit jours. Nous-même, nous aurions reçu, sous des plis très-pressés, des invitations à des bals chimériques et à des dîners fantastiques, des billets de spectacle pour le théâtre Beaumarchais, peut-être aussi la nouvelle, par dépêche électrique, que le sultan venait d'abdiquer en notre faveur.

Toutes ces charmantes inventions sont tombées en désuétude, et il faut aller chercher les dernières traces du poisson d'avril dans le fond des magasins de nouveautés, où les beaux esprits du calicot se font encore d'agréables surprises. Le second commis met un manche de gigot dans la poche du premier commis (*on rit*); le troisième commis envoie le cinquième commis porter, à l'autre bout de Paris, un paquet précieux, qui renferme un peu de foin de la dernière récolte. — Il arrive bien aussi que, dans quelque étude d'huissier refoulée au fond des faubourgs, où le scepticisme de la civilisation n'a pas tout à fait éteint la foi au *poisson d'avril*, un laquais en grande livrée vient demander le petit clerc pour le conduire dans le château d'une princesse espagnole, qui l'a distingué et désire lui parler dans le plus grand particulier; mais ces rares et consolantes exceptions ne peuvent nous faire illusion sur le dépérissement du *poisson d'avril*. — Les *canards* l'ont tué; dans ce siècle du puff, de la réclame et de l'annonce, on n'attend plus le 1er avril pour mystifier son prochain, — on le mystifie toute l'année, à raison de 25 centimes la ligne.

La mystification, en permanence sous cette forme, a pris des développements très-piquants. Votre ami est-il enrhumé, vous lui recommandez, dans le journal, une pâte pectorale qui lui donne une fluxion de poitrine; — a-t-il la fantaisie de bien dîner, vous l'envoyez chez un empoisonneur patenté; — veut-il se récréer au spectacle, vous lui faites louer huit jours d'avance une stalle pour un théâtre où il ne trouve que des claqueurs qui jouent à la main chaude.

Du moment que vous faites *poser* un homme par ce procédé, il ne peut plus se soustraire à vos atteintes. — Il vous demande une eau pour teindre ses cheveux en noir; vous lui servez une composition qui les teint en vert (de là probablement l'origine des *gazons*); — vous le faites habiller, au rabais, de pantalons qui, à la promenade, le quittent par enchantement, comme ces costumes de féeries qui disparaissent par des trappes; — vous lui faites avaler du café de châtaignes; vous lui faites fumer du foin, et, quand vous voudrez, vous lui en ferez manger.

En cet état de choses, il m'avait paru convenable d'enterrer le *poisson d'avril* par une dissertation sur l'origine de cette coutume, et comme, conformément à l'usage de tous les gens de lettres, j'ignorais parfaitement ce que je me disposais à vous apprendre, j'ai consulté ce matin deux de ces ingénieuses encyclopédies à l'usage des gens du monde. J'y ai trouvé ces deux renseignements, qui m'ont paru d'une limpidité admirable!

Premier renseignement :

« Le *poisson d'avril* se perd dans la nuit des temps; on ne sait rien de positif sur l'origine de cette bizarre coutume. »

Second renseignement :

« Le *poisson d'avril* se perd dans la nuit des temps; maintenant que cette bizarre coutume est tombée en désuétude, il serait sans intérêt d'en rechercher l'origine. »

Voilà comme j'aime la science, substantielle, sans pédanterie, sans fatigue pour celui qui la reçoit; — tout l'effort et le travail sont pour les savants qui parviennent ainsi à dégager, en quelques lignes, le résultat de leurs immenses recherches.

La Bourse, sous l'influence de la mort de l'empereur Nicolas, s'est signalée par quelques fortunes subites, et par quelques disparitions plus subites encore; — tout cela est normal, — la Bourse est un champ de bataille : — les uns y trouvent *de l'avancement*, d'autres y trouvent la mort, quand ils veulent faire face à l'ennemi, ou le déshonneur quand ils désertent.

Il faut croire, au surplus, que l'agiotage est devenu un métier facile et accessible à tout le monde. — Autrefois, les opérations financières étaient, comme toute autre profession, le privilége d'une caste qui était censée initiée à certains mystères; — aujourd'hui, tout le monde *fait de la bourse ;* tous les gens déclassés, à bout de ressources, achètent de la rente. — La Bourse s'est démocratisée, — les blasons dorés y sont toujours en faveur, mais ils ne sont plus une condition *sine quâ non* d'admission. Brelandiers, vaudevillistes, comédiens sans place, hommes de lettres aspirant au repos, cuisiniers, portiers, jardiniers, toutes les classes, toutes les professions, tous les cultes viennent là sacrifier au veau d'or : — chrétiens, juifs, protestants, schismatiques de toutes nuances, ont oublié leurs longues divisions pour fonder la religion nouvelle du report *à deux sous d'écart.* — Ces petites opérations ne font pas grand tort au baron de Rothschild, et il paraît qu'elles alimentent quelques porte-monnaies, jusqu'à concurrence de deux ou trois cents francs par mois. — Nous assistons à ce phénomène d'un jeu où tout le monde gagne, et qui rappelle l'histoire des quatre joueurs de violon ;—nous jouissons d'une illusion d'optique : en ce moment, tout le monde est riche, tout le monde a de l'or ; la pierre philosophale est trouvée !

L'un des symptômes actuels des fortunes subites, c'est la multiplicité des ventes de tableaux, de meubles précieux, d'objets d'art et de curiosité. — La convoitise et la possession de ces trésors marquent l'avénement des parvenus : — chacun veut faire entrée à son tour dans ces paradis de luxe, s'héberger sur le damas de soie, se promener sur les tapis à laine touffue, prendre le thé et le café dans le vieux sèvres, en reposant sa vue sur les productions des grands maîtres de la peinture.

Il y a eu en France, voilà plus de soixante ans, un mouvement très-curieux en ce genre. — La vieille aristocratie, dispersée par l'exil et par l'échafaud, avait laissé vendre ses meubles à l'encan ; — mais c'était à une époque où personne n'aurait osé afficher des somptuosités d'ameublement ; — d'ailleurs, l'argent manquait à tout le monde. — Une femme, une ancienne actrice, mademoiselle Thouvenin, ruinée elle-même par la Révolution, eut l'instinct d'une prochaine renaissance du luxe ; avec une vingtaine de mille francs qui lui restaient en beaux écus d'or, elle achetait au tarif des assignats les débris de la splendeur des Rohan et des Montmorency, et collectionnait le tout dans des magasins. — Quelques années après, elle revendit ces épaves aux fournisseurs généraux et à tous les nouveaux enrichis du Directoire. Elle s'en fit une nouvelle fortune qu'elle conserva, et elle avait 25,000 livres de rentes lorsqu'elle mourut, il y a quelques années, à Fontainebleau.

Une nuée de sauterelles s'est abattue cette semaine sur les scènes de vaudeville.

Aux Variétés, samedi, on donnait trois pièces nouvelles pour le bénéfice de M. Kopp. — De ces trois pièces, il en reste deux sur l'affiche; la troisième a touché les sombres bords

> . . . . . . Du pays inconnu
> Dont aucun voyageur n'est jamais revenu.

Comment s'appelait ce vaudeville submergé? qui l'avait fait? qui le jouait? C'est ce que je ne saurais dire. — C'est un vaudeville mystérieux comme le Masque de fer, comme le pompier du 15 mai et le Tartare qui avait annoncé la prise de Sébastopol; enfin, une énigme de plus pour la postérité.—C'était peut-être un chef-d'œuvre que les serpents de l'envie auront étouffé en sifflant comme des étudiants. — Le terrain de la littérature devient bien perfide.

Reste donc *Une Aventure de Gil Blas.* — C'est l'histoire du personnage de Lesage dans la caverne des brigands. — Vous vous la rappelez. — La pièce n'est pas trop ennuyeuse, mais peut-être est-elle un peu malpropre. — Un directeur du boulevard disait un jour à un auteur : « Je n'ai plus de décors, mes costumes ne sont plus que des loques ; faites-moi donc une pièce de brigands. »—C'est en vertu de cette théorie que le théâtre des Variétés a monté sa pièce. — On a utilisé les vieux plumeaux de l'administration pour en faire des panaches à la bande du capitaine Rolando.—Celui-ci a un pourpoint de velours taillé dans un vieux fauteuil ; — ses compagnons sont agréablement drapés dans le reste du mobilier.

Vient ensuite *l'Auberge du Lapin-Blanc.* — La pièce ressemble un peu au couteau de Janot : — le manche appartient à celui-ci, la lame à celui-là. — A chaque scène, on peut crier : « Au voleur ! » mais, franchement, ce n'est pas la peine.—Ce vaudeville a au moins le mérite d'être exempt de toute prétention autre que celle d'amuser, et il y réussit suffisamment pour qu'on ne lui cherche pas querelle.

Au Vaudeville, M. Clairville a refait *le Bal du grand monde* sous

le titre de : *les Exploits de César.* — Mais, si on ne refaisait pas de
temps en temps les vieux vaudevilles, comment les générations nouvelles les connaîtraient-elles ? La pièce retapée est, du reste, très-
amusante, leste d'allures, leste surtout de dialogue, et traversée par
deux ou trois couplets traités de main de maître et comme seul
aujourd'hui, je crois, M. Clairville sait les faire. — Mais, par la littérature qui se répand, je vois M. Clairville le dernier Anacréon de
l'école de Désaugiers, menacé d'une retraite aux invalides civils.

La jurisprudence dramatique vient de s'enrichir d'un nouvel arrêt
qui pose en principe qu'un directeur de spectacle emploie ses artistes
selon les besoins du théâtre sans être responsable de la *casse.*—Dans
l'espèce, il s'agissait d'un écuyer, M. Bassin, qui, chargé cet été, à
l'Hippodrome, de représenter un cavalier turc, était tombé de cheval
et s'était endommagé des choses très-essentielles ; — en réparation
de quoi M. Bassin demandait à M. Arnault quinze mille francs de
dommages-intérêts. — Le tribunal a trouvé que l'artiste traitait son
directeur plus en Turc qu'en ami, et considérant que le sultan lui-
même ne pourrait donner quinze mille francs à tous les Turcs qui
rentrent avariés à Constantinople, il n'a pas admis que la guerre pour
rire récompensât ses invalides mieux que la guerre sérieuse.

XLV

Le printemps attardé. — Nouvelle du Midi. — Le printemps perpétuel en cabinet particulier. — Invasion pacifique. — Problèmes toujours pendants. — Histoire de deux voyageurs à Londres et à Bruxelles. — Paris agrandi. — Casino au bois de Boulogne. — Question des jeux publics. — Question de nourriture. — Exposition universelle. — Perspectives. — Tarifs d'entrées. — Les cannes et les parapluies. — Un canard déplumé. — Peintres et statuaires. — Les admis et les proscrits. — Une compagnie d'assurance. — Un voyageur massacré et enchanté. — Théâtres. — Nouvelles. — Les reprises. — *La Dame aux soucis.* — *Le Médecin de la Mort.* — Variétés : dissolution et recomposition. — Gymnase.

8 avril.

Le printemps se hâte lentement. — Dimanche, Paris était aux courses de la Marche, mais enveloppé encore dans ses fourrures et frissonnant sous un vent du nord qui semblait souffler de Saint-Pétersbourg. — Dieu veuille qu'il ne sorte pas de la ville de Pierre le Grand autre chose que du vent !

Il faut croire que le printemps est plus précoce dans le Midi, car nous lisons, dans *le Courrier de Marseille,* une annonce pleine de gracieux et poétiques détails.

La voici :

AVIS AU PUBLIC.

« De tous les cabinets particuliers qui existent à Marseille, il n'en est pas de plus agréables que ceux qui sont situés rue de la Tour, n° 7.

« Outre l'eau abondante qui coule dans tous les cabinets, on a l'agrément d'être au frais, au milieu des parfums qu'exhalent les fleurs du jardin et des concerts que font entendre les oiseaux de l'établissement, qui ne cessent de chanter toute la journée. — Les personnes qui n'ont pas encore goûté ces jouissances peuvent en avoir

21.

la preuve en fréquentant l'établissement de la rue de la Tour, dont le prix est, comme les autres, de cinq centimes. »

Quel peut être cet établissement mystérieux qui, pour cinq centimes, donne le parfum des fleurs et le concert des oiseaux? Je l'ignore; mais je rougis de l'infériorité de notre cité parisienne, si arriérée en matière de fleurs odorantes et d'oiseaux chantants.

Il serait temps cependant de pourvoir à tout cela et à d'autres choses encore. — L'Exposition universelle est proche, et les problèmes de la nourriture et du logement deviennent poignants pour les indigènes et pour les multitudes exotiques que cette solennité doit attirer à Paris. — Les logeurs ont des prétentions qui pourraient bien aboutir à des résultats grotesques. Je me rappelle l'histoire d'un de mes amis qui avait passé le détroit, en 1837, pour assister au couronnement de la reine Victoria. Enquête faite pour trouver un lit dans la bonne ville de Londres, notre ami ne trouva qu'un billard, sur lequel on lui proposa d'étendre un matelas.—L'offre n'était pas à dédaigner; aussi notre ami l'accepta-t-il.—Mais grande fut sa confusion lorsque, le lendemain matin, son hôte lui réclama huit heures de frais de billard calculés sur le tarif de nuit. Il protesta, s'emporta, et, pour le principe, déféra la question à un juge de la Cité. — Le Salomon britannique éprouva d'abord quelque embarras; mais un trait de lumière vint éclairer sa conscience.

« L'aubergiste, demanda le juge, avait-il laissé les billes à votre disposition?

— Les billes étaient dans les blouses, répliqua loyalement notre ami.

— Cette circonstance lève tous nos doutes, reprit le juge. — Du moment que le billard était muni de ses accessoires, c'est bien un billard que vous avez loué, et non une couchette. »

Et notre ami fut condamné à payer huit heures de carambolages fantastiques.

A Bruxelles, lors des fêtes du mariage du duc de Brabant, j'ai été témoin d'une autre scène. — L'encombrement de la ville était tel, que des voyageurs ont littéralement couché dans la rue. — J'arrivais d'Ostende avec une recommandation de l'hôtelier Fontaine pour un confrère de Bruxelles. J'obtins, par la grâce de ce firman, un lit de sangle, et la faveur du coucher solitaire dans une chambre omnibus où l'on couchait deux à deux. Près de moi ronflait un épais gaillard, le visage tourné vers la muraille. — A minuit, on introduit un gentleman encore plus attardé que moi.—On lui désigne le lit du voisin : « Voilà, lui dit-on, un coucher à partager; c'est à prendre ou à laisser. »

Le voyageur hésite, se consulte et se décide ; — une mauvaise nuit est bientôt passée. En deux minutes, il se met en costume de nuit et se fourre dans le lit. — Au bout d'une demi-heure, je suis réveillé par le bruit sourd d'une lutte accompagnée des plus gros jurons : « Bélître ! — animal ! » — Le lit de sangle danse dans la chambre comme un navire en détresse, puis un corps tombe sur le carreau ; — j'allume la bougie, — j'aide le gentilhomme à se relever, — celui-ci empoigne son interlocuteur par la barbe et reconnaît... son domestique, qu'il avait envoyé en avant *lui préparer des logements.* — Le domestique se confondit en excuses, mais en avouant que son premier sommeil était toujours très-mauvais.

Si on n'avise, nous sommes menacés d'être ainsi envahis dans notre lit.—Le résultat le plus probable de cette immigration extraordinaire sera de faire éclater l'étroite enceinte qui enferme Paris dans des barrières devenues déjà des fictions. Des familles étrangères ont loué à Neuilly, à Asnières, à Courbevoie. — La construction est à l'œuvre, et nos hôtes sécherent les plâtres au risque d'emporter quelques rhumatismes. — On avait parlé de construire des maisons dans le bois de Boulogne; je ne sais si ce projet persiste; mais, depuis quelques jours, on parle d'autre chose, — d'un immense casino d'hiver et d'été qui s'élèverait dans ce même bois avec toutes les somptuosités que l'on rencontre sur les bords du Rhin, moins, bien entendu, la roulette, qui, toutefois, ne serait pas le moindre attrait d'un pareil établissement. — La question des jeux publics ne peut guère être discutée sans se heurter à des scrupules plus honorables que logiques.—Je disais, il y a quelques semaines, qu'on avait supprimé les jeux à Paris sans supprimer les joueurs. — D'autre part, si on calculait les sommes immenses qui traversent le Rhin tous les ans, on verrait que, dans cette affaire encore, la petite morale tue la grande ; — mais, alors même que tout le monde est couvaincu, personne ne voudra prendre la responsabilité de la restauration des jeux à Paris.—Il faudra donc se contenter des équivalents que le génie du hasard a su si bien trouver, et qui fonctionnent dans toutes les bonnes maisons de Paris, de minuit à six heures du matin.

— Pour le reste, on doit compter sur des dispositions intelligentes et grandioses, s'il est vrai que le privilége de ce casino ait été concédé à l'un des hommes qui entendent le mieux la vie parisienne et qui a fait ses preuves dans l'administration d'une scène très-élevée.

Reste encore la question de l'alimentation. — Le rayon d'approvisionnement de Paris est-il préparé à cet engloutissement fabuleux de comestibles?—Combien coûtera le bifteck, et combien la pomme de terre? — Ce qu'il y a de plus menaçant pour nous, c'est que le tarif accidentel des denrées ne prenne dans cette concurrence de consommateurs un niveau qui se maintienne après le départ des étrangers.

Quant à l'Exposition en elle-même, elle laisse déjà pressentir une exhibition de produits merveilleux. — On sait que l'entrée sera soumise à une rétribution; mais on s'applique à mettre ce tarif à la portée de toutes les fortunes. — Il y aurait un jour à 5 fr., un jour à 1 fr. et des jours à 10 c. — Il est décidé que le dépôt des cannes et parapluies ne sera pas obligatoire. — Ainsi tombe le *canard* qui avait attribué le privilége de ce dépôt à mademoiselle Georges, laquelle l'aurait vendu moyennant 75,000 fr. à des sous-traitants.— La vérité est que mademoiselle Georges pétitionne pour recevoir en dépôt tous les parapluies de l'univers; — mais la concession, ainsi limitée au bon vouloir de ceux qui tiendraient absolument à déposer leur meuble, ne semble plus présenter de grosses chances de fortune.

En ce qui concerne les beaux-arts, il y a dans le monde peintre et statuaire beaucoup de pleurs et de grincements de dents. — Le jury s'est trouvé en présence de sept ou huit mille toiles françaises, sans compter les envois de l'étranger; — il a dû faire beaucoup d'exécutions. — Généralement, on admet le quart des toiles présentées par chaque peintre; mais quelques-unes sont repoussées en masse par des considérations indépendantes de l'insuffisance d'emplacement.— Cela donnerait à penser qu'il y a à Paris quelques mauvais peintres. — Avec le temps tout se découvre.

Un spéculateur a eu l'idée d'offrir un asile payant aux toiles refu-
sées ; — il a demandé la concession d'un terrain pour une construction applicable à cette destination.—Je ne verrais pas d'inconvénient
à la lui accorder ; mais il me paraît douteux que le public, après
avoir joui d'un parcours d'une lieue de peintures garanties par le
gouvernement, prenne plaisir à aller voir encore les peintures pro--
scrites. — D'ailleurs, est-il bien certain que les peintres refusés seraient très-empressés à dénoncer au public leur situation ? — Je sais
que la peinture a ses Polonais, qui pourraient se complaire dans cette
attitude de peintres réfugiés ; — mais la masse aimerait mieux trans-
former ses *batailles* et ses *intérieurs flamands* en devants de cheminée que de braver ainsi l'ironie des cinq parties du monde.

Il est bien positif que M. Ingres aura une salle particulière. — On
s'occupe de contenter M. Delacroix.—Quant à M. Horace Vernet, on
lui réserve des espaces immenses, favorisés par une très-belle exposition de lumière.

Au moment où d'innombrables touristes vont se ruer sur les chemins de fer qui aboutissent à Paris, c'est bien le cas de leur recommander une aimable compagnie, *the Traveller* (*le voyageur*), qui
assure les bras et les jambes contre les massacres de la locomotive.

Le tarif est des plus modérés.

> 50 centimes pour 24 heures.
> 20 francs pour 3 mois.
> 50 francs pour 1 an.

La Compagnie possède déjà un dossier d'attestations infiniment
consolantes.

Un souscripteur lui écrit ou plutôt lui fait écrire :

« J'ai recours à la plume d'un ami pour me féliciter de m'être
assuré à la Compagnie du *Traveller*. — Je ne puis vous écrire moi-
même, ayant le bras droit cassé et le bras gauche en plus piteux état
encore.—C'est la faute d'un voyage d'agrément que j'avais entrepris
le mois dernier ; mais, si je dois perdre les deux bras, je sens combien il est doux d'être amputé par les soins de la Compagnie. — Sur
mon lit de douleur, je ne cesse de vanter l'oreiller et les compresses
de la Compagnie ; enfin, si je dois en mourir, j'emporte la perspec-

tive ravissante d'être inhumé par la pieuse sollicitude de la Compagnie. — Qu'on se le dise. »

Le théâtre, à l'approche de la semaine sainte, s'est signalé par son abstention. — A la veille de Pâques, nous aurons, sinon des pièces nouvelles, au moins des reprises importantes, *la Dame de Saint-Tropez* à l'Ambigu, et *les Pilules du Diable* au Cirque. — La Gaieté, qui a repris *les Cosaques*, prépare la *Dame aux soucis*, de M. Barrière. — On a engagé pour cette pièce Laferrière et madame Doche. — Il s'agit, à ce qu'il paraît, du *Médecin de la mort*, pièce italienne dont la donnée très-fantastique demande une grande habileté d'arrangeur pour être transplantée sur une scène parisienne. — Jugez-en. Un jeune médecin sans réputation et sans ressource veut se tuer; — la Mort lui apparaît et lui tient à peu près ce langage : « Tu m'as invoqué, je viens à ton aide; — je te propose un pacte : par ma toute-puissance, tu vas devenir le plus célèbre médecin du monde. — Le procédé est très-simple :—quand tu approcheras du lit d'un malade, si tu me vois apparaître, tu l'abandonneras; — si, au contraire, je ne t'apparais pas, tu répondras de la vie du malade, quel que soit son état. — En retour, quand ta réputation sera faite, tu me fourniras des *clients*. »

Le pacte est signé; — le premier malade qui se présente au médecin est un maçon tombé d'un échafaudage; il y a fracture de tous les membres, lésion au cerveau : — les plus illustres docteurs condamnent le moribond. — Le jeune médecin, qui ne voit pas la Mort apparaître, répond de le sauver et le sauve. — On conçoit que cette cure *le pose*, et, à l'abri d'une célébrité ainsi conquise, il peut impunément payer sa dette à la Mort.

C'est plutôt, on le voit, un apologue qu'une pièce; toutefois, cette fantaisie sinistre, dont j'ignore l'auteur, obtient en Italie un succès fanatique. — On la joue jusque sur les théâtres de polichinelles.

La troupe du théâtre des Variétés est en pleine dissolution, et j'en félicite le théâtre. — Les acteurs congédiés, en principe, jouent *à la petite semaine*; — on les engage pour un mois, pour quinze, et même pour huit jours, les engagements étant calculés sur la durée probable des grands succès qui occupent l'affiche. — On liquide, moyennant indemnité, les derniers engagements à plus longue échéance, et M. Bowes pourra prochainement livrer aux amateurs un théâtre *tout battant neuf*. C'est ce qu'il y avait de mieux à faire, et peut-être fallait-il le faire plus tôt ;—au moins, il reste à M. Bowes une belle propriété en pierres de taille, et au public un théâtre admirablement situé, où la foule accourra dès qu'on voudra lui donner un prétexte plausible. La difficulté la plus sérieuse, pour la prochaine direction de ce théâtre, sera d'y reconstituer *un genre*. Le Gymnase et le Vaudeville ont la comédie ; — le Palais-Royal tient la farce. — Y a-t-il un genre intermédiaire? Je l'ignore ; mais je ne demande qu'à y croire si on le découvre. — Pour la troupe, j'ai là-dessus toute une théorie, mais ces détails n'intéressent pas le public.

Quant au Gymnase, on n'a pas idée d'une fortune semblable ; on a encaissé d'avance une location flottante de vingt-cinq ou trente mille francs. — Un ex-administrateur des Variétés, connu par ses naïvetés, disait un jour à ce propos : « Notre préposée à la location n'entend rien à son affaire, — il faut prendre celle du Gymnase. »

XLVI

La sortie et la rentrée du chroniqueur. — Offres des journaux de la banlieue suivies d'un refus magnanime. — Éloge de la paresse. — Critique du travail au point de vue social et philosophique. — Les provinciaux à Paris. — Un produit de Tarn-et-Garonne. — L'Exposition considérée comme moyen de fortune universel. — Les directeurs de théâtres. — Les marchands de pain d'épices. — Les marchands de coco. — L'aveugle de plein vent. — Inventions modernes. — Cirage pour les yeux. — Problèmes historiques. — Un écrivain à l'état de curiosité. — Les visiteurs illustres. — Le roi de Portugal. — La reine Victoria. — Rossini. — Un prince des *Mille et une Nuits*. — L'amour en Orient et en Occident. — Les théâtres. — Reprise n'est pas surprise.

5 juin.

Un coiffeur et deux portiers m'ayant affirmé qu'un public idolâtre s'était aperçu de mon silence, je reprends, après six semaines d'interruption, ma plume de chroniqueur, ou, comme on dit au théâtre, je me décide à faire ma rentrée. Dans tout ceci, je crains seulement d'être accusé de copier mademoiselle Rachel, laquelle aussi sort et rentre souvent. Il y a, toutefois, cette différence, que mademoiselle Rachel profite de ses loisirs pour donner des représentations en province et que je ne l'ai pas imitée dans ce travers, aucun journal départemental ne m'ayant fait d'offres suffisantes. — Une feuille de la banlieue m'a proposé de m'imprimer gratis, ce qui était assez séduisant; mais, le dimanche, il fallait frotter le bureau de la rédaction.— Cette fonction ne m'ayant pas paru assez littéraire, j'ai refusé les présents d'Artaxerce, dans l'attitude connue. — Ce serait même un assez beau sujet à traiter en peinture : — le propriétaire rédacteur en chef du *Journal de la Banlieue*, offre au chroniqueur sans emploi, la myrrhe, l'encens, la cire et le bâton à frotter. — Celui-ci se détourne avec un geste magnanime qui démontre qu'il est assez vexé de travailler pour de l'argent et ne se soucie pas de travailler pour la gloire.

Toutes les offres que j'ai reçues, d'autre part, des quatre parties du monde, étaient généralement dans le même goût et m'ont rappelé cette annonce un peu naïve que j'ai lue dans les *Petites Affiches* pendant mes vacances :

« On demande à acheter, à moitié prix, un piano de deux mille francs. »

Que s'il y a des gens assez indiscrets pour me demander l'emploi de mon temps pendant ces six semaines de grève, je serais bien embarrassé de les satisfaire. — Ceux qui par goût se sont condamnés à un labeur incessant, ne se doutent pas combien il est facile de ne rien faire. « Les paresseux sont la réserve de la France, » a dit Royer-Collard. Que l'illustre doctrinaire soit béni pour ce mot, qui restitue à la paresse sa véritable place dans l'estime des hommes ! — L'oisiveté est le signe le plus manifeste de l'aristocratie dans l'intelligence.—Il n'est pas donné à tout le monde de ne rien faire.—Pour occuper les heures de la vie, il faut un cerveau ou une main qui travaille. — J'ai connu dans un théâtre un machiniste sexagénaire qui, depuis trente ans, tirait des ficelles dans le *troisième dessous;* — il vivait là, dans une grande boîte de quatre pieds de hauteur, et son

dos s'était voûté en proportion pour se plier à l'atelier de Procuste.
—Au premier aspect, ce n'est pas là une *occupation* bien séduisante ;
mais cet homme n'en connaissait pas d'autre. — Le jour où on a tiré
ce machiniste de sa tombe pour le rendre à la société, il s'est fané
comme une fleur au soleil ; — en vile prose, il en est mort.

Moi, je me porte assez bien, et je continuerais à ne rien faire que
je ne m'en porterais pas plus mal. — S'il est vrai que le travail soit
une conséquence du péché originel, il est évident que je n'ai pas de
goût pour le péché. — Je crois même que je regrette un peu le paradis, quoique la société y fût un peu mêlée ; car je vois toujours,
dans les gravures qui le représentent, des lions, des ânes et des
serpents vivant dans une grande familiarité avec nos premiers
parents.

Au reste, pour l'oisif de vocation, le paradis, c'est Paris. — La vie
y est toujours suffisamment occupée pour qu'on ne se croie pas forcé
de s'atteler à quelque charrue quotidienne. — Les jolis feuilletons
et les beaux poëmes que l'on peut faire depuis la Madeleine jusqu'au
faubourg Montmartre ! Je suis, en vérité, tenté de dire comme Arnal :
« Il y a des moments où j'aimerais autant avoir soixante mille livres
de rente que de travailler honorablement pour vivre. »

Le pis est que le travail est si abrutissant, qu'il fausse le jugement. — La plupart des hommes s'y dévouent dans leur jeunesse
pour conquérir le droit de ne plus rien faire. — Mais presque tous
prennent le moyen pour le but, et, quoique enrichis, meurent l'outil
à la main. — Est-ce assez bête ?

Donc, j'ai eu six semaines de loisir pour étudier ce tableau mou-
vant et tout varié de la vie parisienne. — J'ai recueilli des choses
surprenantes ; — j'ai vu un provincial qui se promenait à onze
heures du matin dans le Palais de l'Industrie, en bas de soie à jours,
cravate blanche, habit noir, jabot et claque sous le bras. — Par ce
fait, le provincial se trouvait *exposé*. — On faisait cercle autour de
ce produit de l'industrie de Tarn-et-Garonne, qui paraissait, du
reste, flatté de l'admiration de tous ces gens mal mis. — La femme
que le provincial portait sous le bras n'avait rien de remarquable
dans la physionomie ; mais elle tenait à la main un sac en perles
fausses, avec fermoir en acier représentant *Robinson Crusoé*.

25

Depuis quinze jours, en effet, la province arrive comme les bancs de harengs. C'est en vertu, je pense, de cette assimilation que les provinciaux sont si serrés dans les hôtels.— On en met partout : dans les chambres d'abord, ce qui est assez naturel, puis dans les corridors, dans les salles à manger et dans les cuisines. — Il y en a même qu'on met à la porte, et ceux-là ne sont pas le plus à plaindre. — En renonçant à leur idée fixe d'habiter l'hôtel *où ils descendent* depuis vingt ans quand ils viennent *dans la capitale,* les provinciaux finissent toujours par rencontrer un gîte confortable. — On a tant surfait les conséquences californiennes de l'Exposition de 1855; tant de spéculations se sont exaltées jusqu'à l'impossible dans leurs tentatives, qu'en fin de compte, il y aura à Paris, dans cette mémorable saison, plus d'hôteliers que d'hôtes.

C'est une chose très-curieuse à observer que cette fermentation qui s'est mise dans toutes les industries parasites, à l'occasion de l'Exposition. Écoutez le directeur de théâtre :

« Où en êtes-vous de vos affaires, mon cher directeur?

— Hum ! ça n'allait pas fort : je suis arriéré de quatre cent mille francs; — mais voici l'Exposition; je me rattrape, je mets trois cent mille francs dans ma poche, et *je vends.*

— Ah ! oui, l'Exposition !... Et, sans doute, vous vous êtes mis en frais pour tenter les provinciaux? Vous allez leur présenter des séductions irrésistibles, des pièces, sinon bonnes, au moins montées avec magnificence?... Puis de grands noms d'acteurs?

— Moi! faire des frais pour les provinciaux? Vous me croyez donc bien bête? — Au contraire, je maintiens sur l'affiche toutes mes pièces sifflées, si bien jouées par Charles, Edmond, Gustave, Folbert, mesdames Augusta, Émilie, Caroline et Bastringuette... Il faut bien qu'ils viennent, ils n'ont jamais vu Gustave ni Émilie.

— C'est une affaire sûre : je ferai quinze cent mille francs cet été ! »

Dans ce calcul, quelques-uns de MM. les directeurs se trompent de plusieurs zéros. — Le provincial n'est plus aussi naïf qu'on voudrait le lui faire croire, et il sait apprécier avec une rare finesse la distance qui sépare mademoiselle Rachel de M. Machanette; mais les directeurs n'en démordront pas : il y a trois ans qu'ils nourrissent le quaterne de l'Exposition, et Bobino ne céderait pas son billet pour un million.

L'illusion est à peu près la même jusqu'au dernier degré de l'échelle industrielle. — Les marchands de pain d'épice comptent sur l'Exposition pour écouler des rossignols de 1830 ; — les marchands de coco se disposent à vendre l'eau de Seine à raison de 3 francs le verre, et enfin, hier, sur le pont des Saints-Pères, j'ai entendu un dialogue des plus curieux entre un aveugle *de profession* et deux de *ses connaissances* qui étaient venues lui rendre visite.

« Eh bien, monsieur Gosse, disaient les deux visiteurs, vous rentrez déjà... la recette a donc été bonne ?

— Pas fameuse... mais je suis sorti sans paletot. J'ai trop froid...

— Ah ! vous avez bien raison, monsieur Gosse... il ne faut pas encore *se découvrir ;* ce qui, d'ailleurs, ne doit jamais vous être agréable ; car, l'été, c'est votre *morte-saison...*

— Oui..., à cause des départs pour la campagne ; mais, cette année, *vu l'Exposition,* nous n'aurons pas de morte-saison. »

Si l'Exposition doit faire la fortune des aveugles, il faudra être bien maladroit pour ne pas s'enrichir quand on peut agacer la fortune avec deux beaux yeux. — A cette occasion, je recommande l'annonce suivante au sexe qui fait profession d'avoir de beaux yeux :

« *Noir de cirage,* — le seul donnant de l'éclat aux yeux... »

Je ne comprends pas bien, à la vérité, l'emploi du cirage appliqué aux yeux ; mais ces dames doivent en savoir plus que moi. — Je suppose que, le soir, on dépose ses yeux à la porte de sa chambre, avec ses bottines, et que, le lendemain, votre portier vous restitue le tout, très-reluisant. — Seulement, ceci me suggère une réflexion : — les anciens (race arriérée) ne cirant pas leurs cothurnes, comment les femmes de l'antiquité faisaient-elles pour se cirer les yeux ?

—A chaque pas, on se heurte à de pareils problèmes. — L'histoire est pleine de mystères. — On connaît vaguement les grosses aventures, les grandes tueries de peuple à peuple, puis c'est tout. — On sait que Néron a brûlé Rome et on ne sait pas au juste comment et avec quels instruments il se faisait la barbe.

Pour clore la série des industries qui devront leur fortune à l'Exposition, je transcris textuellement une annonce extraite de *la Presse.*

ÉCRIVAIN RÉDACTEUR

Pendant la durée de l'Exposition de Paris, tout le monde voudra voir, dans les Champs-Élysées ou dans la rue de Rivoli, un bureau d'écrivain public tenu par M. Adolphe Baude (du Nord) et ses amis.

Il y a vingt ans, Adolphe était un des beaux hommes de la capitale; actuellement, ses amis prétendent qu'il y a entre lui et feu S. M. I. Nicolas, czar de Russie, une ressemblance frappante; aussi il y aura queue chez lui pendant l'Exposition.

L'un de ses amis,
WAROKY.

Provinciaux à part, la saison de 1855 sera très-brillante à Paris; —nous y assisterons à un défilé de princes et d'illustrations de toute nature; — nous avons déjà le roi de Portugal et son frère. — Au mois d'août, nous verrons la reine Victoria, qui habitera, à Saint-Cloud, l'appartement de l'impératrice. Un autre visiteur, c'est Rossini, installé depuis quelques jours à Paris, rue de la Madeleine, n° 21. — L'illustre voyageur a la tête parfaitement saine, et tout au plus pourrait-on signaler en lui quelques manies de révolte contre le génie d'un siècle qui emporte avec lui les mœurs d'une autre génération. — Ainsi, il est très-vrai que Rossini éprouve, à la vue d'un chemin de fer, une sorte de vertige; — le sifflement d'une locomotive lui fait l'effet d'une symphonie moderne, et c'est en voiturin qu'il a voulu aborder les barrières de ce Paris plein encore de son nom et de sa gloire. Du reste, l'illustre maestro a conservé cet esprit de malice qui en avait fait le Talleyrand de la musique. — Dimanche dernier, un des rares visiteurs qu'il admette lui demandait son opinion sur *le Prophète.* « J'ai entendu *le Prophète* à Florence, a répliqué Rossini; — mais, comme les Italiens ne sauraient supporter cinq heures de musique, on a dû faire beaucoup de *coupures,* et, par fatalité, on avait retranché tous les morceaux où il y avait probablement du génie. » — Ceci nous rappelle que Rossini, fuyant le triomphe de *Robert le Diable,* avait promis de revenir « quand les juifs auraient fini leur sabbat. » Est-ce, en effet, là, le sens du retour de Rossini, et devons-nous croire que l'âge de cuivre est passé en musique?

Un touriste oriental, en ce moment à Paris, c'est le frère du pacha d'Égypte. — Le prince a vingt-deux ans, et pèse cent vingt-cinq kilogrammes en costume de bain. — Couvert de ses nichans, il pèse beaucoup plus.

Il a apporté avec lui des lettres de crédit considérables dont il use en prince des *Mille et une Nuits*. — On parle de cinquante paires de souliers de satin blanc commandées à un cordonnier de la rue de la Paix, et expédiées au harem d'Alexandrie; car le prince, comptant sur l'hospitalité des Parisiennes, ne s'est pas fait suivre de ses femmes. — Jusqu'ici, il n'a pas rencontré de déception, et il a trouvé la variété dans l'abondance.

C'est ici le cas de constater une différence essentielle entre l'Orient et l'Occident. — De ce côté-ci du soleil, on fait l'amour; — en Orient, on achète l'amour tout fait. Quelques petits jeunes gens, pervertis par les visions du sérail, s'exaltent beaucoup trop en pensant au paradis de Mahomet. — Les Anacréons du Marais appellent encore cela « boire à la coupe des voluptés. » — Mais on n'observe pas assez que chez nous, même dans les natures les plus grossières, il y a un instinct spiritualiste qui s'accommoderait difficilement de l'amour passé à l'état de service domestique. — On a tenté beaucoup de définitions de l'amour; j'en risque une à mon tour : « L'amour est un crime charmant; — quand ce n'est plus un crime, c'est une malpropreté. » Retranchez de l'amour l'idéal, la lutte, l'obstacle, les aveux surpris et repris, les élans, les amertumes, les extases et les désespoirs, tout ce qui constitue le roman de la passion, et il vous restera quelque chose qui n'eût certes pas troublé la cervelle de Werther.

Les théâtres se comportent à peu près tous comme je l'ai indiqué plus haut. — On suppose que les provinciaux ayant entendu parler pendant de longues années, dans leur endroit, des *Pilules du Diable*, de *Monte-Cristo*, de *Kean* et de Frédérick Lemaître, sont en grande convoitise de ces merveilles du temps passé. On les leur montre donc; mais je ne sais pas, en définitive, si toutes ces reprises aboutissent à de grosses surprises pour le caissier. — Néanmoins,

25.

MM. les directeurs étant toujours très-décidés à faire leur fortune dans le cours de l'Exposition, il est bien probable qu'ils ont d'autres curiosités en portefeuille. — Attendons les curiosités.

XLVII

Paris attardé. — Les torts de la saison. — Le hanneton de 1855. — Manies de collectionneurs anglais. — La plume, l'épée et le bâton. — Le bâton d'Homère. — Le bâton de madame de Brinvilliers. — Mademoiselle Georges, le bureau des cannes et la tragédie. — L'Exposition. — Physiologie des promeneurs. — Le bohémien et le coffre-fort. — Les créanciers. — Traitements divers.— Raucourt. — La Ristori. — Les théâtres. — Attente. — Porte-Saint-Martin. — Le ballet espagnol. — *Newgate*. — Un souvenir de l'ancien théâtre. — L'acteur-pâtissier.

10 juin.

Paris, il faut le reconnaître, a bien de la peine à se mettre en train. — C'est la faute, sans doute, de cette saison attardée et pluvieuse. — Depuis quelques jours, le soleil nous sourit; — mais il n'est pas moins vrai que les dieux jaloux nous ont fait tort du joli *mois de mai* tant chanté par les poëtes, depuis Horace jusqu'à M. Clairville. — Nous y avons perdu toutes les senteurs et les émanations printanières de la nature renaissante. — Les lilas chargés de pluie versaient des torrents de pleurs sur la faillite du printemps. — Les papillons languissants laissaient leur trace humide sur les fleurs inclinées. — Enfin, on n'aura vu, en 1855, qu'un hanneton unique, dont un Anglais a offert, dit-on, cinquante mille francs. — Moi qui ne suis pas collectionneur, j'aurais volontiers fait le bonheur de notre allié pour cinquante mille francs; — en marchandant, il aurait peut-être même obtenu du rabais. — Mais le hanneton phénomène de 1855 était tombé aux mains d'un jeune polisson de huit ans, qui lui avait attaché un fil à la patte. — A cet âge, la soif de l'or n'a pas encore desséché les plus doux sentiments de la nature, et les propositions somptueuses de l'Anglais vinrent échouer contre la passion innée du gamin pour le hanneton captif.

Je sais que rien n'est moins prouvé que cette offre d'une fortune en échange d'un hanneton ; mais je déclare que, si des lecteurs hargneux prétendent contester mes histoires, je suis tout prêt à m'abstenir. — Remarquez que je ne menace pas mon public de *briser ma plume*, comme un de mes confrères de la grande presse ; des violences aussi condamnables ne sont pas dans mon caractère, et je ne veux pas porter le désespoir dans les familles ; — mais j'entends que les familles me laissent libre de conter *Peau d'Ane*.

D'ailleurs, les Anglais ont *bon dos*, et ce n'est pas d'aujourd'hui qu'on leur prête des manies ruineuses. — J'ai ouï dire que la plume qui a signé l'abdication de Fontainebleau, débitée en paquet à des Anglais, avait rapporté trois cent mille francs au cicerone du palais. — N'a-t-on pas raconté qu'un Anglais avait offert un million de l'épée de Damoclès ? — Enfin, ne savez-vous pas que le bâton d'Homère a coûté la vie à un Anglais ?

Si vous ne le savez pas, apprenez-le.

Donc, un Anglais de la race glorieuse des collectionneurs, remontant le cours des âges, et suivant à la trace les traditions conservées dans les peuplades grecques, avait découvert qu'Homère, conformément à son vœu, avait été enseveli avec son bâton. — Il ne s'agissait plus que de retrouver la tombe d'Homère. — L'Anglais intéressa à sa recherche un Grec qui, moyennant cinq cent mille francs, se chargea de cette besogne. En effet, après six mois de fouilles en Asie Mineure, le Grec fournit à l'Anglais une tombe ornée de tous les agréments homériques, savoir : un peu de poussière (la poussière représentait Homère) ; — un bâton noueux où apparaissaient encore quelques caractères grecs et un exemplaire de l'*Iliade* avec la traduction de Bitaubé en regard. — Le Grec avait pris un peu cher à l'Anglais, mais il avait bien fait les choses. — L'Anglais, qui n'entendait rien ni à Homère ni à Bitaubé, laissa le manuscrit et emporta le bâton avec un pieux enthousiasme qui touchait à la folie.

En divers endroits mal pavés et peu éclairés de l'Asie Mineure, l'Anglais fut attaqué par des brigands, qui lui prenaient son or, son linge et ses bottes, en lui laissant le bâton d'Homère, à la grande joie de l'Anglais, qui s'amusait de leur naïveté. L'Anglais rentra enfin à Londres, où le bâton d'Homère produisit la plus vive sensation. Bientôt l'envie et la concurrence s'éveillèrent. Un autre Anglais découvrit un texte d'Hérodote, qui, soumis à quelques préparations et convenablement façonné pour l'interprétation, apporta cette révélation que, deux siècles après la mort d'Homère, le bâton de cet illustre aveugle était déposé dans le temple de Delphes et dédié à Jupiter Rimeur. — Partant de là, un troisième Anglais, plus savant encore que le second, signala la destinée errante du bâton d'Homère à travers les temps antiques et le moyen âge, et le retrouva finalement entre les mains d'un marchand de bœufs de la Gaule Celtique. — Revenu de son erreur et bien convaincu que le Grec lui avait fourni un bâton apocryphe, le premier Anglais s'empressa d'acheter, à tout prix, le bâton, cette fois authentique et certifié véritable par tous les savants, du vénérable Homère. — L'Anglais jeta tous ses meubles par les fenêtres et ne voulut plus posséder que le bâton d'Homère. — Il couchait à côté de son bâton sur un petit lit de sangle; — mais le bâton était couché dans une gaîne de soie et de velours. Le public aristocratique était admis à le voir à travers une gaze.

Le véritable bâton d'Homère en était là de sa gloire et de ses triomphes, lorsque M. Michelet, dans une phrase incidente et négligée, s'avisa d'établir qu'Homère n'avait pas existé. — Ce fut une révélation accablante pour le bâton d'Homère, dont le crédit baissa beaucoup. — L'Anglais mourut de chagrin, et le bâton, emmanché dans un balai, fut réduit à la piteuse condition d'un bâton sans fortune et sans naissance.

Quant à moi, le seul bâton qui exciterait ma convoitise serait celui dont parle quelque part madame de Sévigné. — C'est une histoire très-hardie, je vous en préviens, et bien étonnée de se trouver sous la blanche main de l'illustre marquise. — Mais, en ce temps-là, Molière, madame de Sévigné et Saint-Simon n'étaient pas si bégueules que les boursiers d'aujourd'hui. — Madame de Sévigné raconte donc que la Brinvilliers, ayant en perspective la torture et la Grève, a tenté de se donner la mort en s'introduisant un bâton...

« Devinez où ? » dit la marquise. — Je préviens mademoiselle Ozy qu'elle va rougir si elle devine. — Toujours est-il que ce genre de suicide ne produisit absolument aucun effet sur la Brinvilliers et n'altéra pas le moins du monde sa santé, ce qui fit dire *au bon abbé* de Coulanges « que cela lui rappelait l'histoire de Mithridate. »

Voilà, lecteurs effarouchés, les histoires que racontait, sous le majestueux Louis XIV, la sévère marquise de Sévigné et les réflexions que ces histoires suggéraient aux abbés.

A propos de bâton, qu'est devenu le canard qui attribuait à mademoiselle Georges la concession du dépôt des cannes à l'Exposition ? Nul ne le sait. — On imprime ces choses-là, — on dit comment mademoiselle Georges a obtenu cette haute faveur ; comme quoi elle a cédé son privilége moyennant soixante-quinze mille francs ; puis l'Exposition ouvre, — on ne voit ni mademoiselle Georges ni son cessionnaire, par la raison que la canne et le parapluie sont affranchis du dépôt et de l'impôt ; mais la chose ayant été imprimée *dans le journal,* les bons bourgeois n'en veulent pas démordre, et quelques-uns vous disent : « Cette mademoiselle Georges doit-elle gagner de l'argent au bureau des cannes ! »

Ce que je trouve de mieux à dire pour en finir, c'est que l'Odéon prépare une exhibition de mademoiselle Georges, dans les grands rôles du répertoire classique. — Les provinciaux qui ne sont pas venus à Paris depuis le Consulat, trouveront peut-être Sémiramis un peu changée ; — mais, au moins, ils la trouveront ce qu'elle a été toute sa vie, une belle et grande artiste et non une recéleuse de parapluies.

Les salles de l'Exposition universelle sont aujourd'hui l'observatoire le plus propice de la physionomie de la vie parisienne, troublée et modifiée par l'invasion de l'élément provincial et étranger. Constatons, en passant, le triomphe du bon marché : — les recettes à cinq francs étaient médiocres, les recettes à un franc sont meilleures et les recettes à quatre sous distancent toutes les autres.

En se laissant dériver au courant capricieux de la foule, il est facile de se rendre compte de la profession, des aptitudes et des instincts de chacun par l'attention qu'il apporte à sa spécialité. — Un militaire s'arrête devant les trophées d'armes ; un agriculteur contemple avec attendrissement les haricots modèles de la ferme de Grignon ; — les femmes font de longues stations devant les velours et les dentelles ; — les gens de lettres et les érudits compulsent avec vénération un exemplaire de l'*Imitation de Jésus-Christ*, sorti des presses de l'imprimerie impériale ; — les voleurs étudient les serrures anglaises, et tout le monde, sans exception, s'arrête en extase devant une petite vitrine où sont étagées des pépites d'or extraites du sol de l'Australie. — Il y a, au sommet de ce dressoir californien, une pépite qui a dû faire d'un coup de pioche la fortune de son inventeur.

Cependant, il y a parmi les promeneurs à l'Exposition des fantaisistes qui déroutent toute étude physiologique. — Ces jours-ci, j'ai rencontré, planté devant des coffres-forts en fer, d'origine prussienne, un des bohèmes les plus désargentés de la littérature parisienne ; — il faisait jouer les serrures, — il se rendait compte des combinaisons, il interrogeait l'industriel, et demandait comme garantie complémentaire une bonne machine infernale vomissant un kilogramme de plomb dans la poitrine d'un visiteur indiscret ; je ne pus lui cacher mon étonnement, et j'en obtins cette réponse :

« Mon cher, me dit-il, si j'avais le moyen d'acheter ce coffre, je serais débarrassé de tous mes créanciers. — Suivez bien ma combinaison : un tailleur se présente chez moi à huit heures du matin (ces gens-là sont si mal élevés et sitôt levés!) il me demande de l'argent ; — ces âmes vénales ne connaissent que cela !... « Mon Dieu, répliqué-je, pour preuve de ma bonne foi, voici la clef de la caisse ; prenez tout, et allez-vous-en. » L'imprudent fournisseur fait jouer la serrure, la serrure fait jouer la machine infernale, et je change de tailleur ainsi deux fois par an ; — cela suffit ; — peut-être même une plus grande consommation de tailleurs éveillerait-elle les susceptibilités du parquet. »

J'admire combien les systèmes les plus contraires peuvent être proposés avec le même avantage ; il y a des gens qui soutiennent qu'il faut traiter les créanciers par la douceur : voilà un homme qui les traite par le plomb ; pendant ce temps, d'autres vous diront que les créanciers sont des êtres qu'il ne faut pas plus tuer qu'il ne faut les payer : — il faut les maintenir à distance et surtout ne pas se familiariser avec eux, sous forme d'à-compte. — Une fois que vous avez arrosé un créancier, il devient insatiable.

. A quoi bon arroser ces vilaines fleurs-là?

dit César de Bazan.

César de Bazan est mort ces jours-ci dans la personne de l'acteur Raucourt, qui, même après Saint-Firmin, le créateur, avait donné à cette éblouissante fantaisie de Victor Hugo une excellente allure de gentilhomme en guenilles. — Raucourt a eu dans le cours de sa carrière deux ou trois de ces bonnes fortunes. — Très-aimé à Bordeaux, il vint à Paris vers 1836 et débuta dans le rôle du notaire de la *Duchesse de la Vauballière*. Cette composition le fit tout de suite adopter. — Après la faillite d'Harel, il essaya d'un genre plus léger, et débuta au Palais-Royal, où il fut un peu plus que sifflé, — et il le méritait bien. — Rentré à la Porte-Saint-Martin sous l'administration de MM. Cogniard frères, il se distingua tout à fait à la première représentation de *Mathilde*, par la création de Lugarto; — dans cette soirée inspirée, Raucourt marcha dans l'ombre de Frédérick Lemaître; — mais, chez cet homme, rien n'était arrêté et soutenu : — c'était un comédien d'aventure, livrant presque tout au hasard, d'un goût plus qu'équivoque, dînant trop avant le spectacle et prédisposé à des lubies qui faisaient dresser les cheveux sur la tête du commissaire de police. Cet acteur manqua sa carrière, non pas faute de talent, mais faute de tenue. — Il traversa la scène de la Gaieté, joua dans *Paillasse* un rôle secondaire, non sans mettre le public dans la confidence de sa mauvaise humeur, et se rendit impossible. — C'est alors qu'il partit pour la province, traînant à sa suite deux jeunes enfants, ses propres enfants, passés phénomènes et jouant, en prose et en vers, des pièces *à tiroir*, que le plus souvent Raucourt avait composées lui-même. Il y a trois mois environ, il tenta une exhibition de sa troupe et de son répertoire sur la scène des Variétés; — je ne sais trop si la pièce finit; mais je sais bien qu'elle ne recommença pas le lendemain. — La mort qui vient d'atteindre cet homme l'a soustrait à bien des problèmes d'existence.

Il y a en ce moment à Paris un vrai succès de presse et de salon autour de la tragédienne italienne qu'on appelle la Ristori. — Je ne sais si les recettes sont en proportion du bruit qu'on en fait ; mais il est certain qu'on en parle partout et beaucoup. — Les feuilletons ont envoyé lundi à la Ristori une salve d'artillerie qui a un peu cassé les vitres chez mademoiselle Rachel. — Celle-ci, pour prouver qu'elle n'était pas blessée, a paru dans une représentation de gala au Théâtre-Français, en l'honneur de Corneille.

J'ai vu la Ristori à Florence, il y a sept ou huit ans dans le rôle de Françoise de Rimini. — C'était alors une grande et belle femme ressemblant un peu à madame Moreau-Sainti ; — quant au talent, il me paraît bien difficile qu'il n'y ait pas un peu d'engouement dans les démonstrations dont elle est l'objet. — Au reste, c'est à voir et à rectifier, s'il y a lieu.

Les théâtres sont toujours dans l'attente du gros lot de l'Exposition. Quelques-uns font depuis deux jours des recettes de cinq cents francs, mais il faut bien donner aux provinciaux le temps d'arriver.

La Porte-Saint-Martin, je suppose, ne croit pas s'être mise en mesure de soutenir la concurrence avec le petit bout de ballet espagnol qu'elle nous a montré l'autre soir ; c'est une troisième édition de la *Petra* et de la *Nena* sous le nom de la *Concepcion ;* cette dernière est jeune et jolie, mais elle laisse un peu rêver le reste. — D'ailleurs, on s'entête toujours, à la Porte-Saint-Martin, à cette combinaison de ballet qui n'a jamais rien produit que beaucoup de poussière.

Tout l'intérêt de la soirée — et probablement on n'y comptait guère — s'est réfugié dans la reprise d'un vieux mélodrame de 1828, *Newgate, ou les Voleurs de Londres.* — Cette pièce, qui a précédé de quinze ans *les Bohémiens* devenus célèbres sur les scènes du boulevard, avait fourni tous les éléments du genre, et on a encore entendu avec plaisir une ronde, fameuse en ce temps-là, et chantée par MM. les voleurs en chœur :

> Y a plus d'plaisir que d'peine
> La brigue don daine
> A s'voir mis sous l'scellé
> La brigue don dé, etc.

Boutin joue naturellement un rôle de chiffonnier qui fut créé par un acteur nommé Parent, lequel, non plus, ne manquait pas d'originalité. — Parent cumulait la comédie et la pâtisserie ; — il tenait une petite boutique sous l'auvent même de la Gaieté : en 1835, lors de la réouverture du théâtre par Bernard-Léon, après la représentation d'un prologue infernal, j'ai vu, de mes yeux vu, Parent, en costume de diable découpant de la galette à son comptoir. — Dans cette lutte entre l'esprit et la matière, la pâtisserie finit par être victorieuse. — Parent s'attacha à la fortune d'un boyard qui l'emmena en Russie, et en fit un chef de cuisine. — Peut être bien au dessert le boyard se faisait-il chanter

> Y a plus d'plaisir que d'peine
> La brigue don daine, etc.

XLVIII

Une théorie de conteur. — Ses conséquences. — Le bâton de la Brinvilliers sur les épaules du chroniqueur. — La pudeur du siècle. — Le péché et la feuille de vigne. — Le chroniqueur dans l'embarras. — Comment il s'en tire. — Choix d'histoires vertueuses. — Le feu de cheminée. — Le nourrisson. — Le noyé. — Les deux chiens. — Un souvenir à Léon Paillet. — Les théâtres. — La Risori et mademoiselle Rachel. — Théâtre-Français : *Par droit de conquête*. — Variétés : Réouverture. — Prologue. — Alexandre Michel. — *Les Enfants de troupe*. — Bouffé. — *Furnished Appartment*. — Arnal. — La troupe nouvelle. — Vaudeville : *l'Hiver d'un mari*.

17 juin.

Vous connaissez le mot de Duclos ; cet encyclopédiste prétendait que l'on pouvait *tout* raconter devant des femmes honnêtes : fort de cette théorie, il se mit un jour à narrer, entre marquises et duchesses, je ne sais quelle aventure émaillée de détails cythéréens, si bien qu'une de ces dames, rougissant derrière son éventail, se prit à dire : « Monsieur Duclos, vous nous prenez aussi pour des femmes par trop honnêtes! » Je suis un peu, à ce qu'il paraît, dans la position de Duclos vis-à-vis des lecteurs de la chronique ; les coulissiers

26

rougissent derrière leur carnet, et un jeune homme, tout frais émoulu de la police correctionnelle, m'a déclaré qu'à ses yeux, l'histoire du bâton de madame de Brinvilliers manquait de délicatesse. O Sévigné! voilà de tes coups! — O *bon abbé* de Coulanges, qu'aviez-vous besoin de rencontrer cette allusion à Mithridate qui a séduit mon esprit égaré! O Saint-Simon , vous si vert en vos récits! ô Molière, vous dont la rude franchise gauloise ne recule jamais devant le mot propre, que nous appelons aujourd'hui le mot malpropre, voilà où votre mauvais exemple m'a conduit : si bien que, pendant huit jours, j'ai senti sur mes épaules ce maudit bâton de madame de Brinvilliers.— Pourquoi cette empoisonneuse du diable n'a-t-elle pas imaginé autre chose? pourquoi, surtout, le bon abbé de Coulanges a-t-il fait un si joli mot?... Toujours est-il que j'ai ameuté contre moi toutes les rosières de Paris et de la banlieue; plusieurs jeunes gens qui ont du bonheur aux cartes, disent qu'ils hésiteraient désormais à lire mes feuilletons devant la dame de Pique; et un monsieur qui a fait cinq faillites m'a déclaré, avec une louable indignation, qu'il me refuserait sa fille, ne pouvant s'exposer à devenir le beau-père d'un polisson.

O mon siècle! pardonne-moi de t'avoir méconnu. Messieurs et mesdames, excusez-moi; à voir les choses qui se passent, j'avais cru que vous n'étiez pas étrangers à la malice. — Pudeurs de Mabille, je suis à vos genoux! —candeurs du Château des Fleurs, pardonnez-moi mes offenses comme je vous pardonne vos *tulipes orageuses!* — honnête marchand qui péchez par le faux poids et la balance, soyez indulgent pour les licences de Villemot-Sévigné! — et vous, madame, faisons un traité : promettez-moi de ne pas divulguer que je vous ai scandalisée, et je m'engage à ne pas révéler que vous avez du goût pour les cent-gardes.

Je plaisante, faute de savoir mieux faire : si j'avais la verve de Juvénal, ou seulement l'incisive morsure de Paul-Louis Courier, je voudrais mettre à nu ces chastetés effarouchées qui prennent ombrage du mot et de l'image, en s'accommodant si bien de la chose. — Mais à quoi bon? ne sait-on pas que la feuille de vigne n'a été inventée qu'après le péché? — Au premier jour de la création, Ève promenait dans le divin séjour sa nudité radieuse d'innocence. Quand elle eut connu le serpent, il lui fallut des voiles.

Il n'est pas moins vrai que me voilà fort embarrassé. J'avais un bagage d'histoires affriolantes, je n'ose les raconter. — Oserai-je dire que mademoiselle Déjazet débute à la Gaieté? Ce serait bien hardi, et cela pourrait prêter à bien des suppositions. Je ne me risquerai certes pas à annoncer que mademoiselle Alice Ozy, retirée du théâtre, est installée dans un bijou de chalet à Enghien, où des peintres et des hommes de lettres lui rendent visite. On ne voudrait jamais croire que mademoiselle Ozy donne tout simplement à dîner. — On croirait peut-être que j'y suis allé moi-même! — Que serait-ce si j'informais le public qu'une chanteuse célèbre vient de payer le dédit du Pierrot des Funambules pour l'emmener au Brésil? J'aurais beau protester que je ne vois là qu'un fanatisme, peut-être exagéré, pour la pantomime, on croirait que j'ai voulu insinuer autre chose, et les gens délicats ne me le pardonneraient pas!

A dater d'aujourd'hui, j'entre en pleine réforme : j'espère me réconcilier avec mon épicier.—Pour en venir là, il faut les plus grands ménagements et les plus extrêmes raffinements de délicatesse; je vais adopter les formules du *Journal du Havre* : « Les cotons sont assez excités; mais les suifs sont calmes. » — Peut-on dire que les suifs sont calmes? Cela ne donne-t-il pas à penser qu'il y a des temps où les suifs s'exaspèrent? Ma foi, j'ai risqué le mot, je ne le retire pas.

Heureusement aussi, j'ai en portefeuille quelques histoires du genre vertueux : c'est le moment de les débiter sur la place. Lecteurs, ayez confiance; lectrices, risquez un œil.

PREMIÈRE HISTOIRE,

destinée à former le cœur et l'esprit
des jeunes claqueurs.

« Hier, vers quatre heures de l'après-midi, la femme Mazières, cardeuse de matelas, avait quitté l'humble mansarde qu'elle habite rue du Pas-de-la-Mule, lorsqu'une forte odeur de fumée se fit sentir dans *son appartement*. — Un voisin, qui s'en aperçut, alla avertir le poste voisin de sapeurs-pompiers. — Grâce à des secours aussi prompts qu'habilement dirigés, ce feu de cheminée n'a eu aucune

suite fâcheuse. — Une enquête est commencée sur cet événement.
— On suppose que le feu a enflammé la suie de la cheminée. »

Je crois cette histoire assez décente.

En voici une autre non moins chaste, avec une nuance atten-
drissante :

« Encore un exemple de l'imprudence des nourrices de coucher
leur nourrisson avec elles.

» Les époux Gargailloux, honnêtes chaudronniers, avaient mis
en nourrice à Pantin un enfant qu'ils adoraient. — Hier dimanche,
ils avaient fait la partie d'aller voir leur enfant. — En arrivant, un
spectacle affreux frappa leurs regards : l'innocente créature était
étendue sans mouvement dans le lit de la nourrice ; — celle-ci s'était
assise dessus pendant son sommeil. — Depuis cet événement, le père
est assez calme et a repris la chaudronnerie ; mais la pauvre mère
est comme folle. Quant à la femme Canuche, la nourrice, elle a été
mise à la disposition du procureur impérial, sous l'inculpation d'ho-
micide par imprudence. »

Si nos lecteurs n'aiment pas cette histoire, il faudra penser qu'ils
y mettent de la mauvaise volonté. Voilà vingt-cinq ans qu'ils la lisent
tous les matins dans leur journal, et je ne sache pas que jamais ils
en aient réclamé de plus neuve.

Poursuivons, pendant que je suis dans une bonne veine.

« Ce matin, un marinier a retiré de la Seine, à la hauteur du pont
des Invalides, un cadavre entièrement privé de vie, qui paraissait
avoir séjourné six semaines sous l'eau ; — l'état de décomposition
avancée n'a pas permis de constater l'identité du noyé, qui, à en
juger par ses vêtements, semblait appartenir au sexe masculin et à
la classe aisée de la société. Son costume se composait d'un habit
noir doublé de satin, d'un pantalon gris sans sous-pieds et d'un gilet
à fleurs. — Le linge était démarqué. On attribue ce suicide à un
chagrin d'amour. »

Sauf ce chagrin d'amour, qui est diablement leste, je crois que
cette histoire peut encore passer, toujours sous le bénéfice de cette
observation, que je la copie dans les journaux vertueux.

Cependant, je ne me dissimule pas que je ne puis paître longtemps
dans les prés de Berquin et de ce bon M. Bouilly : il me faudrait

quelque bonne petite drôlerie pour faire sourire, en tout bien tout honneur, les jolies femmes qui ont de belles dents (les autres gardent toujours leur sérieux). — Essayons d'une histoire très-piquante :

« Hier une aventure assez plaisante avait assemblé une foule considérable devant les travaux du Louvre. — Un marchand de beurre d'Isigny, attiré à Paris par l'Exposition, et un honnête rentier du Marais s'étaient rencontrés devant le pavillon de Rohan : le Parisien faisait au provincial les honneurs de sa ville natale, et tout allait pour le mieux, lorsqu'un incident bizarre troubla la bonne harmonie entre les deux amis de fraîche date. — Chacun d'eux avait un chien noir de l'espèce dite chien-loup, et les deux quadrupèdes étaient si exactement pareils, que, lorsque, en se séparant, les deux contemplateurs du Louvre voulurent reprendre chacun sa bête, ils ne tombèrent pas d'accord sur l'identité de leur propriété respective. — Il s'ensuivit une altercation qui attira les agents. — Ceux-ci conduisirent les parties contendantes devant le commissaire de police. — Le magistrat, assez embarrassé, ordonna d'abattre les deux chiens pour avoir circulé sans muselière. Ce jugement de Salomon fut approuvé par la foule. »

Cette histoire fait partie des mémoires inédits de feu Léon Paillet, mon ami, mort l'année dernière du choléra. — Paillet était un garçon de belle humeur qui, dans les temps parlementaires, avait vécu, dans la salle des Pas-Perdus, des miettes de la tribune. — Depuis il s'était voué au canard parisien, et il cultivait dans la Patrie le sol fertile de la carotte anecdotique. Ce que Paillet avant de mourir, le pauvre cher garçon, a tué de couvreurs, asphyxié de couturières, enseveli de puisatiers et immolé de rats est vraiment innombrable. — Comme vous venez de voir, il avait aussi le petit mot pour rire, et jamais il n'a laissé envoler un serin sans donner le signalement du propriétaire éploré du volatile. Homme rare et curieux après tout que ce Paillet, peu préoccupé de varier sa forme, méprisant souverainement l'humanité qui s'abonne, entassant les noyés et les pendus dans ses colonnes, sans souci de cet affreux métier, mais religieux dans l'accomplissement de son devoir, et n'ayant jamais fait tort d'un cadavre à son journal.

Heureusement encore, j'ai, cette semaine, beaucoup à vous parler

26.

du théâtre. Mon premier devoir eût été de voir cette fameuse Ristori, devenue aujourd'hui la grande aventure du Paris de l'Exposition. J'y ai songé, mais on m'a crânement refusé mes six francs, mardi dernier, au guichet de la salle Ventadour. — *Niente,* m'a dit la buraliste quand je lui ai offert mon argent; — et, comme je ne comprenais pas : « Que l'on vous dit, en italien, d'aller vous coucher, » a ajouté le municipal qui gardait, chez Vély-Pacha, le paletot de Paul Foucher. — Je demandais à la dernière huitaine si la Ristori faisait autant d'argent que de bruit : j'espère que me voilà fixé. — Bien entendu que cet incident a beaucoup stimulé mon envie de voir la célèbre tragédienne. — Qu'est-ce donc ? un talent, un génie ou un hasard ? Faut-il accepter son succès en valeur intrinsèque, ou faut-il en déduire le malin plaisir qu'on semble avoir à s'en servir comme d'une machine de guerre pour battre en ruine la réputation de mademoiselle Rachel ? — Celle-ci, avec ses sorties dédaigneuses et ses rentrées triomphantes, trouve enfin à qui parler. — La critique hostile a maintenant une base d'opération, et l'œuvre de démolition, menée à la sape souterraine, va d'un train d'enfer. — La synagogue est fort émue, et le grand rabbin a ordonné des prières. — Je crois très-sincèrement que mademoiselle Rachel survivra à cette tuile, mais elle apprendra de là qu'il ne faut rien mépriser, pas même le public, un libertin qui aime les aventures nouvelles.

Donc, pour l'amour qu'on lui porte ou pour la rancune qu'on garde à sa rivale, la Ristori voit tout Paris à ses pieds. — La vogue, capricieuse déesse qui, dans ce pays-ci, embrasse ses favoris jusqu'à les étouffer, lui a mis au front cette étoile des élus qui signale une réputation aux quatre coins du globe. « La Ristori ! Avez-vous vu la Ristori ? Parlez-nous de la Ristori ! » Partout où elle n'est pas, on cherche encore son reflet et son ombre, et l'Ambigu fait annoncer que sa prima-donna, mademoiselle Isabelle Constant, a reçu l'inspiration de la Ristori, pour une création nouvelle. — A la première chronique, et il sera bien temps, je prends l'engagement solennel de vous dire ce que je pense de tout ceci. — Il est évident que la Ristori ne sera pas consacrée, tant que je n'aurai pas donné mon opinion.

Le Théâtre-Français a donné une comédie en trois actes, *Par droit de conquête.* — Cette pièce est le triomphe de l'ingénieur civil. En ce pays-ci, chacun a la vogue à son tour. On a beaucoup choyé l'avocat, le *défenseur de la veuve et de l'orphelin.* — On s'est suffisamment attendri sur le médecin, le *sauveur des familles.* — On avait un peu négligé l'ingénieur civil, la *providence des populations inondées.* — La comédie de M. Legouvé démontre comme quoi le pont ou la digue d'un ingénieur civil est bien plus utile à la société que les parchemins vermoulus d'un marquis en faillite de génie, et qui pis est d'écus. Je crains un peu que cette démonstration n'enfonce une porte ouverte ; — mais, enfin, elle séduit beaucoup la jeune Alice, la nièce du marquis. — Elle rectifie en elle des préjugés un peu étonnés de se trouver si bien portants depuis soixante ans qu'on les met à mort. — Cette fois, le préjugé n'en reviendra pas. — On ne résiste pas à un ingénieur civil et, à la fin de la pièce, duchesse à quartiers, comtesses à vapeurs, marquises à prétentions, tout le monde tombe aux pieds de l'ingénieur civil et un peu dans les bras de sa mère, une forte femme, corbleu ! qui porte la cornette et vend des bœufs.

Cette comédie, vulgaire de fond, est bien agencée et bien conduite. — Mais l'effet qu'elle produit est un peu hésitant. Il y a çà et là de l'esprit. — Parfois se présente une scène où le cœur est assez vivement attaqué; mais le diable d'ingénieur civil avec son lyrisme en matière de ponts et d'aqueducs appelle involontairement le sourire. — On sait gré à cet honnête homme d'être si fort sur la pile et le béton, mais on voudrait qu'il en parlât avec plus de simplicité. Du reste, il faut convenir que, tout le monde partageant son enthousiasme, il lui serait difficile d'être modeste.

Quant au style, si c'est un style, il est très-inégal. — Quelques parties sont écrites avec une certaine fermeté ; — d'autres sont trop négligées même pour un académicien. Bressant a enfin rencontré un rôle où sa grâce et son magnétisme fonctionnent à l'aise. — Madame Allan joue avec une rude franchise le rôle de la mère Bernard et madame Madeleine Brohan est si magnifiquement belle et hautaine, qu'on est étonné de lui trouver tant de pente pour les ingénieurs civils; — mais vous savez, le cœur des femmes, il suffit d'un pont éloquent pour le toucher !

Les Variétés ont fait une réouverture brillante sous la nouvelle administration de M. Hippolyte Cogniard. — *La Fosse aux ours* est un prologue très-bien venu où ressuscitent très-heureusement tous les types qui ont fait la fortune et la gloire de la scène du vieux Brunet. — Mais ce qui est merveilleux, ce qui mériterait de faire courir tout Paris, si Paris osait courir par vingt-cinq degrés de chaleur, ce sont les imitations d'acteurs célèbres par M. Alexandre Michel : allez le voir, allez l'entendre, vous croirez voir et entendre tour à tour Odry, Lafont, Frédérick Lemaître, Laferrière, Grassot, etc. Ce Michel, qui revient de loin, est tout simplement un des garçons les plus spirituels de Paris ; mais il est si indécent, que je n'ose en parler davantage, surtout aujourd'hui que je suis encore sous l'intimidation du bâton. — Un autre jour, je vous raconterai la bonne vie et les bons mots de cet homme heureux, né évidemment pour s'amuser et amuser les autres.

J'ai à repêcher dans les oubliettes de la semaine dernière une pièce du Vaudeville, — *l'Hiver d'un mari*. — Ce mari est un mari à chevrons ; — il a déjà *fait cinq ans*, comme il dit ; — à côté de lui, séparé par une mince cloison, vit un mari de cinq semaines qui fête la lune de miel ; — le bruit des assiettes et d'autres bruits encore éveillent des idées de l'autre monde chez M. Manchon, qui s'endormait en lisant *le Pays*. — Madame Manchon, qui tout à l'heure le traitait de monstre, l'appelle maintenant son Manchon adoré. — La pièce est très-amusante, — mais elle est vive, saprelotte ! — Cette impudique marquise de Sévigné n'aurait peut-être pas osé la faire.

Après ce prologue, nous avons revu Bouffé dans les *Enfants de troupe*, Bouffé peut-être un peu vieux pour être si jeune, et un peu malade pour être si gamin. Je ne sais si son instinct l'a bien servi dans le choix de sa pièce de rentrée et si quelque autre rôle n'eût pas été préférable ; mais de grandes sympathies entourent l'homme et l'artiste, et, à la première inspiration, il retrouvera ce qu'il semblait chercher, cette flamme subtile, ce fluide indéfinissable qui mettent le comédien en communication avec la foule.

La soirée a fini, et bien fini, par une plaisanterie très-réussie qui a pour titre, vu l'alliance, *Furnished Appartment*. — On y rencontre un Mexicain, bien désagréable, à la recherche de sa femme, et qui, dans ses fureurs jalouses, rappelle beaucoup le *monsieur* qu'Arnal fait monter chez lui dans *Passé minuit ;* mais ce *monsieur*-là est si amusant et il y a si longtemps qu'on ne nous l'avait montré, qu'on n'est pas du tout fâché de le revoir.

XLIX

Les étrangers à Paris. — Y en a-t-il? n'y en a-t-il pas? — Disette de voitures. — Le remède à côté du mal. — Les merveilles de Paris. — Les trois lions. — Leur éducation, avec allusion à celle des dauphins. — Une serrure riche en combinaisons. — Le Jardin d'Hiver. — Produits dramatiques. — Exposition universelle. — La tour de Babel. — Les Grecs, les Latins, les Anglais et les Italiens. — La Ristori. — La troupe anglaise. — *Macbeth.* — Shakspeare. — M. et madame Wallack. — Sursis au jugement. — Un mot qui n'est pas de Shakspeare. — Ambigu. — Les malheurs et les ruses du critique. — *Le Frère et la Sœur.* — M. Méry. — Les acteurs.

24 juin.

L'histoire sociale et anecdotique est très-difficile à écrire. — Croirait-on qu'en ce moment on est suspendu à un doute sur cette grosse question : « Y a-t-il ou n'y a-t-il pas d'étrangers à Paris? » — Le théâtre des jeunes élèves de M. Comte donne des spectacles *demandés par les étrangers,* — ce qui fait pencher pour l'affirmative; — mais, d'autre part, le mouvement général de la ville est assez peu modifié pour autoriser la négative. — Comme cependant il paraît que les hôtels sont envahis, je dois croire à des étrangers honteux et sédentaires qui passent leur vie, les femmes à raccommoder des chaussettes, les hommes à étudier l'itinéraire des lignes d'omnibus, avant d'oser se lancer dans la circulation de l'océan parisien. Un symptôme donnerait toutefois à penser que l'étranger circule : c'est la disette des voitures, une des calamités actuelles de la vie parisienne. — A dater de onze heures du matin, impossible de rencontrer un véhicule disponible. — Quelques cochers promènent au pas leur coupé, mais ils sont fiers, ont le sentiment de leur puissance et refusent de marcher à l'heure; — ils daignent marcher à la course quand par hasard on va de la rue Vivienne à la rue de

Richelieu. — L'administration a été frappée de ces abus et de ces inconvénients. — Une grande entreprise de voitures publiques, stimulée par une nouvelle concession de cinq cents numéros, s'instruit dans le monde des millions. — Le projet est de fusionner toutes les concessions en jouissance, par des rachats, et de ne mettre sur place ou sous remise que des voitures très-élégantes et uniformes, attelées de chevaux véritables. Espérons ; mais, en attendant, tâchons d'avoir de bonnes jambes.

Paris est plein de merveilles ; — il faut bien aller les visiter à pied, puisque les voitures ne servent plus qu'aux cochers et à leurs favoris. — J'ai vu plusieurs merveilles cette semaine ; d'abord, au coin de la rue Neuve-Saint-Augustin et des boulevards, trois lions *très-privés, élevés par une dame et nourris par une chienne*. — Ainsi parle l'affiche en calicot qui sert d'enseigne à ce produit d'une éducation très-compliquée. Il paraît qu'on traite aujourd'hui les animaux curieux comme autrefois les dauphins. — Dans leur enfance, ils sont confiés aux soins des femmes ; plus tard, ils passent aux hommes. C'était l'expression consacrée. Ceci me rappelle que les montreurs de bêtes féroces pourraient encore emprunter quelque chose à l'éducation des dauphins. — On sait que l'abbé Fleury, précepteur de Louis XV, avait imaginé de donner un petit paysan pour compagnon d'études au jeune roi. — Quand Sa Majesté commettait quelque délit, l'abbé appliquait le fouet au petit paysan, et le prince apprenait de là, sur le terrain d'autrui, le respect qu'on doit à la grammaire. — J'imagine que les éleveurs de bêtes féroces pourraient également se procurer un âne, un veau ou un mouton *très-privé*. — Quand le seigneur tigre ou le seigneur lion aurait mangé un des clercs de l'établissement, on rosserait l'âne, le veau ou le mouton, dont les lamentations donneraient beaucoup à penser aux majestés anthropophages.

Qu'ai-je donc vu encore de curieux cette semaine ? — Ah ! j'ai vu, à l'Exposition, une serrure qui présente 3,674,385 combinaisons : c'est du moins le chiffre officiel donné par le serrurier. — Naturellement, je plains un voleur serré de près par la police et cherchant à tâtons et sans lumière la combinaison propice, le *sésame ouvre-toi* de cette admirable serrure. — Je plains même le bourgeois protégé par ce chiffre formidable de combinaisons s'il venait à oublier son mot d'ordre. — Les autres serruriers n'y pouvant rien, je le vois cherchant sa combinaison à peu près comme, il y a trois mois, nous cherchions notre paletot au vestiaire de l'ambassade ottomane.

Une vraie merveille beaucoup trop méconnue par les Parisiens, c'est le Jardin d'Hiver. — Si quelque chose peut rappeler les enchantements et les féeries, c'est assurément ce palais de cristal et de verdure. — On y donne en ce moment, tous les mercredis, des bals qui attirent le monde des femmes *en vogue*, comme on dit chez Mabille, et même quelques-unes passées de mode. — N'importe! la beauté et la jeunesse y dominent. — Une musique agaçante, la musique de Musard, invite à la danse, pendant qu'au fond de la grande nef, sous un gigantesque berceau de cèdres séculaires, noyé dans ces demi-teintes fantastiques que rend la lumière combinée avec le feuillage, une musique plus large et plus sévère vous convie à la rêverie. — C'est vraiment charmant, et je ne sais rien au monde de plus beau et de plus poétique. — Nul prince et nul nabab, dans notre Occident, ne possède quelque chose de comparable. Il y a donc quelqu'un de plus riche que M. Rothschild, c'est tout le monde. — Mais je ne comprendrai jamais qu'un millionnaire intelligent et magnifique n'ait pas mis la main sur ce palais de fées, où les somptuosités de la vie parisienne s'épanouiraient dans des fêtes sans concurrence possible.

Mais je n'ai guère le loisir de m'amuser aujourd'hui aux bagatelles de la porte. Le théâtre cerne sur tous les points la causerie des salons. — On dirait une exposition universelle des produits dramatiques. Des compagnies italiennes et anglaises sont installées dans les foyers de la commission des auteurs. — On parle toutes les langues dans notre moderne Babel. Eschyle, Shakspeare, Euripide et Alfieri donnent la réplique aux *Cosaques* et à la *Grâce de Dieu*. — Le grec surtout est à la mode. — On joue ce soir à l'Odéon une *Médée* de feu Euripide et d'Hippolyte Lucas; et, à Orléans, M. l'abbé Dupanloup, qui, dans la querelle universitaire, a soutenu la cause des lettres grecques et latines, vient de faire représenter, par les élèves du petit séminaire, *le Philoctète* dans le texte original. — Quelques hellénistes tels que MM. Villemain, Cousin et

Patin ont été conviés à cette représentation. — L'impression est que, à Paris, Sophocle ne ferait pas d'argent, — à moins d'être un peu remanié par MM. Arnault et Judicis.

J'ai vu enfin cette fameuse Ristori, la lionne de la saison. Je ne serai pas, j'imagine, suspect de partialité pour elle. — Je m'étais fait *à priori* un siége où je me complaisais dans l'originalité de mon attitude. Je prétendais résister à l'entraînement général, et ne pas m'enrôler dans la grande conspiration que je voyais ourdie contre mademoiselle Rachel ; — moins j'ai manifesté de goût pour celle-ci, plus je me passionnais pour mon rôle chevaleresque. — La Ristori a paru, et d'un souffle a renversé la citadelle où s'abritait ma conscience, armée de toutes préventions. — Que vous dirai-je ? Je n'ai pas l'habitude de prendre les plus longs chemins et de flâner dans l'esthétique : c'est beau, c'est grand, c'est immense, c'est foudroyant ! Il y a vingt-cinq ans que je vois des comédiens et des comédiennes, et jamais je n'ai rien vu de pareil. Les uns m'avaient dit : « C'est Rachel ; » les autres : « C'est Dorval. » Ce n'est rien de tout cela, c'est la Ristori, un génie qui ne procède que de lui-même, qui n'est l'élève d'aucun conservatoire, et qui a plus deviné qu'appris.

Quelque chose, en effet, d'ingénu et de primitif comme l'inspiration circule dans cette savante composition de Mirrha. — Et qui eût jamais conseillé à cette femme de tenter ce qu'elle a accompli en accouplant la rigidité sculpturale du génie grec au mouvement passionné des écoles modernes ? Quand la Ristori entre en scène, c'est la statue même qui descend de son piédestal ; — mais bientôt le marbre vit, palpite, se brise et s'assouplit comme la chair torturée par la passion ; — et c'est une grâce et une autorité dans les attitudes, et des attractions si magnétiques, que l'âme du spectateur, suspendue à tous ses mouvements, la suit comme l'oiseau fasciné par le serpent, soit que, cédant à un appel épouvantable, Mirrha penche vers son père, soit que, pétrifiée d'horreur, elle s'enveloppe dans ses voiles. — Jamais sensation pareille ne s'était produite sur des planches. — Et non-seulement la Ristori s'est révélée, mais encore elle nous a révélé le sens, perdu pour nous, de la tragédie antique !

Je sais maintenant, je sais d'hier (on apprend à tout âge) tout ce qu'on peut tirer de pathétique de cette *fatalité* des anciens, appesantie sur une destinée humaine. — On a dit que la Ristori avait éteint les aspects spiritualistes de la Mirrha ; — j'ai même reçu d'un anonyme, évidemment très-compétent et très-initié aux procédés de la scène, une critique très-développée dans ce sens ; — mais c'est l'impression contraire que j'ai rapportée : — la gloire de cette création, c'est précisément ce beau combat de la vierge martyre, cette lutte navrante d'une âme chaste qui se débat, comme une colombe effarée, dans ce corps incendié par une flamme incestueuse. — Tout le drame est là, — il n'est pas ailleurs ; — il dure cinq actes, se reproduisant de scène en scène : — c'est un duel terrible, avec des lueurs de succès pour l'âme et des retours implacables de triomphe pour la chair.

Quand on a vu cela, on en sort comme accablé ; puis on est obsédé par des visions marmoréennes qui se dressent et s'évanouissent devant vous, en affectant toutes les attitudes de la tragédienne. — On voudrait le revoir et on a presque peur de cette tentation, tant ce spectacle provoque dans l'imagination de fermentations à soulever la voûte du crâne.

J'ai dit, et je n'en retrancherai pas un mot ; — rien n'est souverain comme une impression, et tous les docteurs du Conservatoire réunis, en supposant qu'ils ne soient pas, comme moi, stupides d'admiration, ne me feraient pas confesser que cette émotion persistante est une surprise de la ficelle dramatique.

Un dernier mot. — La Ristori est plus jeune, dit-on, qu'elle ne le paraît ; — les lignes pures de ce beau visage sont déjà ravagées par des signes de décadence ; — cela apparaît au premier coup d'œil, — cela disparaît dès qu'elle a parlé, et peu à peu la tragédienne recouvre cette beauté suprême et éternelle qui a son siége dans le foyer même de l'âme et qui transfigure les élus de l'inspiration.

Maintenant parlerai-je de chiffres et de recettes ? — Ce serait tomber de bien haut. — Cependant, dans ce pays-ci, le génie étant coté comme les valeurs de Bourse, il n'est pas indifférent d'ajouter que la Ristori fait de six à sept mille francs de recette : et en présence de quelles conditions ? Dans une saison de villégiature, en transportant, dans un idiome étranger, sur une scène frivole, un sujet au premier aspect répulsif!

Après les Italiens viennent les Anglais. — Ceux-ci nous ont donné *Macbeth*. — J'ai peu de chose à en dire, sinon que Shakspeare *m'amuse* toujours. — Cette étonnante indépendance du génie, antérieur et supérieur à toutes les conventions dramatiques, cette perpétuelle intervention des choses surnaturelles mêlées à la vie réelle, cette incarnation de toutes les passions, de toutes les tentations, de tous les crimes et de tous les remords ; ce drame changeant et divers qui se meut incessamment comme une mer soulevée, cette couleur violente des personnages se détachant sur un fond sombre et orageux, tout cela composera toujours pour moi un spectacle éternellement curieux et intéressant. — Je verrais cela tous les jours, sans fatigue et sans énervement, comme on voit la tempête. — L'éducation de notre public est beaucoup plus avancée qu'il y a une trentaine d'années, et un ou deux acteurs d'élite suffiraient à la vogue du vieux Shakspeare. Malheureusement, il ne me paraît pas que M. et madame Wallack réunissent des conditions suffisantes de supériorité. — Ce sont des acteurs anglais dans toute la pureté de la tradition, bien sauvages et bien rauques, mais, à travers les ténèbres d'une langue étrangère, ne laissant pas filtrer ce rayon d'inspiration qui illumine subitement les textes les plus incompris. — Dans cette représentation des acteurs anglais, je n'ai réellement bien compris qu'un seul mot, c'est celui d'un machiniste qui, voyant une forêt accrochée au cintre, a crié à son camarade : « Cochon, charge donc ton rideau ! » Peut-être encore ce mot n'est-il pas de Shakspeare, et l'a-t-on ajouté pour flatter l'orgueil national.

Au reste, ces Anglais commencent. — Ils annoncent une longue série de représentations, et peut-être faut-il leur donner le temps de s'installer avant de les juger définitivement.

Minora canamus.

J'arrive à l'Ambigu (toujours sans voiture). Le Schahabaam de cet endroit ayant donné, il y a quelques mois, un drame pour amuser les critiques, avait déclaré, à ce qu'il paraît, que le premier qui ne s'amuserait pas serait empalé. — J'ignorais cette convention et j'ai confessé ingénument que ce drame m'était resté sur l'estomac comme

une galette de pâte trop ferme. Depuis ce temps, et par une rigueur
salutaire, M. Desnoyers a cessé de me convoquer à ses premières
représentations. — J'étais vraiment bien embarrassé, lorsque hier
j'ai eu une inspiration. — J'avais remarqué, à la porte du théâtre,
un guichet où des gens de toutes conditions échangeaient un billet
d'entrée contre de l'argent : je tentai ce moyen et ma ruse me réussit
parfaitement; moyennant trois francs, on me délivra un fauteuil
d'orchestre pour asseoir mon individu. — Seulement, je ne pus en
asseoir que pour trente sous. — C'est bien assez bon à la vérité pour
des payants; — mais, si jamais, ce qui est peu probable, je demande
un fauteuil à M. Desnoyers, j'espère qu'il m'en réservera un plus
confortable.

Le cas embarrassant et délicat, en pareille situation, serait d'avoir
à éreinter quelque drame de la même farine que celui qui a causé
ma proscription. — On a l'air alors d'un pleutre qui réclame trente
sous pour la partie assise, et des dommages intérêts pour la partie
déportée hors du territoire de la stalle. — La fortune, heureusement,
me fait rencontrer un drame sinon très-neuf, du moins très-intéressant. Il a pour titre *le Frère et la Sœur*, et il est de M. Méry. —
Mon Dieu, oui! M. Méry, un lettré, un poëte, a fait son drame tout
comme *un auteur*; et un drame très-bien fait, je vous assure, rapide, peu embarrassé d'incidents, plein de scélératesses élégantes et
de roueries du meilleur ton. Une curiosité littéraire, c'était de voir
M. Méry aux prises avec la muse de l'Ambigu; — il s'en est tiré avec
son esprit ordinaire. — Il faut au public de l'endroit des phrases
repoussées et estampées, gonflées comme des outres, et éclatant en
pétards comme des boîtes d'artifice. M. Méry s'est bien gardé de
négliger ce moyen de séduction. — Il a écrit, en se tenant les côtes,
trois ou quatre tartines qui enfoncent Dennery; — il a même lâché
le « merci, mon Dieu! » auquel il doit une reconnaissance particulière
(voir une chronique des temps passés). — Mais ce sacrifice fait à
la vanité *d'auteur*, M. Méry s'est oublié, — et il s'est mis à prodiguer,
dans sa pièce, des dialogues souples, des mots spirituels et imprévus,
enfin toutes les surprises charmantes d'un improvisateur qui, depuis
trente ans, amuse Paris, en prose et en vers. — Le public de l'Ambigu a bien trouvé qu'on lui avait un peu gâté son style; mais, au

lieu de se fâcher, il a pris la chose du beau côté, du côté du succès. La salle, en effet, est littéralement comble depuis la première représentation, et cette fortune se prolongera si le soleil, qui fait de bien mauvaises farces, cette année, ne se livre pas subitement à quelque débauche caniculaire.

Les acteurs de l'Ambigu sont très-applaudis et très-rappelés. — Je ne veux pas troubler ces fêtes, et je citerai seulement un comique, à moi inconnu, qui est très-amusant dans un rôle de garçon de café. — Un autre acteur *parle* assez convenablement, à côté de ceux qui crient, un rôle de séducteur; mais qu'il est mal mis, mon Dieu, pour un homme qui a inscrit sur son carnet tant de marquises et de duchesses! — Peut-être est-ce pour mieux les tromper; — mais la rouerie même la plus raffinée ne justifie pas sa cravate du quatrième acte.

L

1er juillet.

Des amis qui s'intéressent au succès de ma chronique me recommandent d'être *gai*. — Un peu plus, ils me recommanderaient de *cribler d'esprit* ma chronique hebdomadaire : — ils en parlent bien à leur aise, les amis! — Ce que je connais de plus gai cette semaine, c'est un fait-Paris des grands journaux annonçant que ces jours-ci tout *Paris élégant* s'arrêtait avec curiosité sur les boulevards pour contempler une voiture de forme insolite. — C'était la voiture vidange-poste de la maison Ponthieux *se rendant* à l'Exposition. J'entends d'ici le dialogue de *Paris élégant*.

« Ah! la jolie voiture!

— Quel progrès dans l'industrie!

— Monsieur Ponthieux, avez-vous de la place?

— Maman, à quoi sert cette voiture?

— Mon enfant, on te le dira quand tu seras grand; — il ne faut pas être curieux comme cela...

— Tiens! reprend l'enfant, je veux savoir à quoi sert cette voiture. — On m'avait dit aussi que j'étais venu sous un chou; mais ma bonne dit que ce n'est pas vrai...

— Petit drôle!... devez-vous croire votre bonne de préférence à vos parents?

— Ah! voyez donc la voiture de M. Ponthieux qui vient d'accrocher un tilbury!

— C'est vrai! — le tilbury n'a pas l'air à son aise...

— On dirait qu'il fait le dégoûté.

— Il a tort, dit M. Joseph Prudhomme. — Le tilbury est le luxe des oisifs, tandis que la voiture de M. Ponthieux est d'une application utile au soulagement des peuples. Où en serions-nous, s'il n'y avait en ce monde que des roses comme le voudraient les poëtes?... »

Il est probable que *Paris élégant* a dû dire encore bien d'autres choses au sujet de la voiture Ponthieux; mais on ne peut pas tout entendre, — surtout on ne peut pas tout raconter.

Oserai-je dire que nous tenons enfin le beau temps? Ce serait peut-être le moyen de ramener le froid et la pluie. Quoi qu'il en soit, à l'heure où j'écris, Paris est dans l'épanouissement des beaux jours d'été. Autant la vieille Lutèce est boueuse et maussade dans ses brumes d'hiver, autant elle resplendit sous la lumière de son soleil de juin (quand juin a un soleil). — C'est dans cette phase qu'il faut saisir tous les développements des élégances parisiennes. — Le jour, les courses et la promenade au bois; le soir, les spectacles non encore désertés, ou les rendez-vous de la fashion devant le café de Paris

27.

ou sur le perron de Tortoni; c'est l'époque du rajeunissement universel : l'humanité semble s'être baignée dans les eaux de Jouvence. — Ceux qui n'ont pu rajeunir leur visage ont au moins rajeuni leur costume; les pantalons blancs, les vêtements impondérables, les cravates aux couleurs capricieuses donnent à l'homme quelque chose de vif et de léger en sa démarche. — Le papillon parisien a pris ses ailes du printemps. — Et pour les femmes, quelle affaire que cet avénement de la saison d'été! que de méditations dans le silence du boudoir! que d'hésitations dans le choix d'une étoffe qu'on voudrait bien acheter, si on était sûre que madame la comtesse a déjà mordu au même coupon, et que les princesses de Mabille n'en sont pas pourvues!

Les hommes ont très-heureusement conservé dans leur costume l'égalité démocratique. Entre l'habit noir de M. Rothschild et l'habit noir de son dernier commis, il n'y a que des nuances imperceptibles qui ne peuvent être appréciées que par un garçon tailleur. — L'habit de M. Rothschild sort probablement des ateliers de Renard et lui a coûté 180 francs. — L'habit du commis a sans doute été acheté à la *Belle Jardinière*, moyennant 35 francs. — Voilà provisoirement toute la différence. — Seulement, l'habit de M. Rothschild restera noir, et celui de son commis passera du bleu au gris sale. M. Rothschild est aussi un peu plus libre dans ses mouvements. — Le commis, lui, ne doit pas porter la main à sa bouche, à moins de nécessité absolue, par exemple, à l'heure des repas : dans ces habits de la confection, il faut être sobre d'évolutions. — On a beaucoup raconté la fameuse histoire du célèbre bottier de l'empire, Sakoski, qui avait vendu des bottes à un amateur. Le lendemain, celui-ci vint se plaindre que ses bottes étaient crevées.

« Monsieur aura marché, répliqua avec flegme le bottier.

— Sans doute, j'ai marché, dit le client.

— Voilà l'imprudence! reprit le fournisseur. Je fais des bottes pour aller en voiture. »

« Monsieur aura remué! diraient volontiers les confectionneurs aux clients dont les coutures ont éclaté. Nous faisons des habits pour ceux qui les ôtent... Ce n'est pas d'un très-grand ton; mais, à la campagne, c'est très-commode! »

Donc, un peu mieux, un peu plus mal, tous les hommes sont mis à peu près de même. Quelques maçons enrichis portent, il est vrai, des boutons de chemise en diamants; quelques hommes de lettres portent des montres; mais ce luxe étant réprouvé par la portion saine des populations, l'abstention est un signe d'aristocratie ou un signe de mont-de-piété. Dans ce dernier cas, on peut porter la reconnaissance dans le gousset de montre avec breloques au gilet.

Quant aux femmes, il faut bien reconnaître que l'invasion d'un luxe extravagant les a étagées par couches qu'il serait facile de signaler. — Il y a maintenant des étoffes qui ne sont accessibles qu'aux femmes millionnaires. — La femme du plus modeste chef de bureau les achète tout de même, à la vérité; mais c'est là un de ces miracles d'économie qui confondent les lois du calcul élémentaire. — Le mari apprend toujours avec surprise que, pendant qu'il était à son bureau, une revendeuse est venue offrir à dix sous le mètre un coupon d'étoffe qui coûte 250 francs chez Delille.

« Faut-il que ma femme soit rusée? pense le mari.

— La toilette de votre femme doit vous ruiner! disent les bons amis du bureau.

— Pas le moins du monde, réplique le mari. Ma femme *sait s'arranger*. Je lui donne 50 francs par mois, et elle rapporte encore au ménage. »

L'explication de ce problème arithmétique se donne quelquefois en police correctionnelle, avec une mise en scène connue : femme voilée; célibataire sur le retour, ramenant sur le front ses cheveux de derrière; président curieux et sévère; juges plus éveillés que de coutume; auditoire narquois et chuchotant; journalistes assiégés par la demande de l'anonyme; condamnation du mari aux dépens pour tous dommages-intérêts.

Je voudrais vainement provoquer une réaction en faveur de la simplicité; je sens que j'y échouerais. Il faut laisser passer ce flot d'or et d'argent qui circule sur les robes parisiennes. — La réforme viendra le jour où une femme se trouvera assez jeune et assez belle pour se montrer au public en robe de mousseline, avec une rose dans les cheveux. Ce sera un bien beau jour pour les chefs de bureau !

Du reste, en ce monde, tout est solidaire, tout se tient et s'enchaîne. Le luxe des toilettes commande le luxe des habitations. Un riche mobilier (il faut bien le faire voir) entraîne aux réceptions ruineuses, et, quand on fait asseoir ses convives sous un lustre de mille écus, c'est bien le moins de leur donner des petits pois en janvier et des fraises en tout temps.

Voilà à peu près où nous en sommes : c'est un déclassement général de toutes les positions et de toutes les fortunes. — M. Michel Chevalier a si bien démontré que l'or n'avait plus de valeur, qu'on le jette par les fenêtres. — Je m'étonne seulement qu'il se trouve des gens assez naïfs pour le ramasser. — Probablement, ces gens-là ne lisent pas M. Michel Chevalier.

Une autre conséquence de cette fermentation universelle, c'est de pousser instinctivement la ville hors des murailles lézardées et des réduits obscurs où s'entassaient les générations précédentes. — On veut de l'air, de la lumière, des aspects riches et souriants. On perce des avenues, on aligne des boulevards en plein Paris. On rêve des révolutions pacifiques qui, d'un coup de baguette, transporteraient Paris en des pays enchantés.

A l'heure où je vous parle, il est question de transférer la Bourse au Palais de l'Industrie, après la clôture de l'Exposition. Ce projet n'a encore sans doute que les proportions d'une splendide fantaisie ; mais vous savez combien vite on se familiarise avec les miracles. Du domaine de la féerie, ce plan peut passer très-subitement dans le domaine de la logique. Il ne sera pas difficile de démontrer que le report et la prime étouffent sous la colonnade de la Bourse. Quant à la Bourse même, on en ferait ou une église ou un opéra (Paris hésite toujours entre ces deux dévotions).

Voilà l'idée en circulation. — Je vous la livre, car chacun est appelé à dire son mot dans la question. Quant aux conséquences, il n'est même pas utile de les indiquer. — Ce serait comme une commotion violente qui pousserait toute l'aristocratie financière vers l'ouest de la ville. Avant cinq ans, les Champs-Élysées présenteraient, sur deux lignes, une série de maisons, de palais, de monuments, et deviendraient une rue de Paris, mais, par exemple, la plus belle rue qu'il y ait au monde. — Je vois déjà les théâtres jetant leurs fondations dans ce centre de luxe. — L'Arc de Triomphe ne marque plus la limite de l'octroi, reculé aux fortifications. — Le bois de Boulogne se peuple de cottages, et Dieu sait le reste. — Dans ce système, je me demande seulement ce que deviennent la rue Charlot et le Marais. — Une petite province, où de petits ménages, étrangers aux mœurs et aux élégances de Paris, grignoteront dans la solitude douze cents livres de rente.

Revenons aux questions ou plutôt à la question du jour, à la Ristori. — Mardi, la tragédienne a joué *Marie Stuart* (la *Marie Stuart* de Schiller traduite en italien). — C'était une grande bataille et une soirée décisive. On pouvait craindre que la *Mirrha*, avec son lyrisme exceptionnel, ne fût la note sublime d'un instrument incomplet. — Il s'agissait maintenant d'une composition historique, d'un ordre d'idées tout différent; — on attendait la Ristori à cette épreuve avec des espérances mêlées d'anxiété; — ce soir-là, on pouvait dire que la Ristori portait toute sa fortune dans le pli de son manteau.

Tout est consommé, — elle triomphe !

Le succès des deux premiers actes a été un peu alangui par le retard d'une maudite brochure, en forme de traduction, qui s'est fait attendre jusqu'à neuf heures. — Michel Lévy, l'éditeur, qui se promenait en gilet blanc dans le foyer, était accablé d'imprécations; — mais *lui-même*, il attendait la brochure. — Enfin est venu le troisième acte, élucidé par ce précieux auxiliaire. — Cet acte n'est qu'une scène, mais une scène superbe que vous voyez d'ici, et qui met en présence des deux reines, les deux rivales, Élisabeth et Marie Stuart. — La brochure étant arrivée, la Ristori a éclaté comme une bombe lumineuse : les langueurs de la captivité, les retours aux jours heureux, les salves aux bois et aux cieux qu'elle revoit pour la première fois, l'ironie et l'amertume qui déchirent sa lèvre, l'humilité d'une âme qui se courbe en frémissant sous la mauvaise fortune, les réactions de l'orgueil et la majesté royale se redressant sous le pied d'une rivale implacable, elle a tout compris et tout rendu avec une grâce, une tendresse et une hauteur qui fixent sa destinée d'artiste. — Au cinquième acte (car ce rôle n'a en réalité que trois scènes), Marie Stuart est déjà sur le seuil de l'échafaud. La situation est sévère et ne se nuance pas. — Les adieux à ses serviteurs et un regard jeté au

ciel occupe la dernière heure de la reine. — La Ristori a trouvé
pour cette situation suprême je ne sais quelle extase d'espérance et
de résignation, quelque chose comme la contemplation anticipée
d'un monde supérieur, d'où son âme plane déjà sur les misères de la
vie terrestre : c'est très-beau et très-touchant, et, cette fois,
M. Veuillot ne dira pas que la Ristori est une païenne; — jamais la
foi du chrétien n'avait jeté une lueur plus vive : la femme reparaît
un moment dans un adieu à Leicester, et je ne saurais dire quels
accents profonds de mépris et d'indignation comprimés se mêlent
aux pardons de la mort.

Rappelée trois fois après la chute du rideau, la tragédienne est
venue recevoir des témoignages dont la spontanéité nous console, au
moins une fois, des banalités et des turpitudes dont nous sommes
témoin tous les jours sur nos scènes parisiennes. — Ajoutons que
la Ristori était ce soir-là en beauté, et que son costume historique
était fort bien composé.

La sensation produite par cette soirée a été très-grande dans le
monde spécial de la littérature et du feuilleton. — Il semblait qu'elle
eût décidé du destin d'un empire. — Un des caractères particuliers
qui s'attachent à la fortune de la Ristori, c'est cette émotion passion-
née qu'elle provoque dans un monde ordinairement indifférent et
futile.

Maintenant, que va-t-il advenir? — Il est évident que ce glorieux
génie ne peut plus étouffer dans l'étroite sphère d'une petite cour d'Italie. — Toutes les scènes de l'Europe vont réclamer et acclamer la
nouvelle élue du public parisien, et nous-mêmes, nous avons des
droits particuliers à la conserver.

La salle était magnifiquement parée d'illustrations littéraires. A
l'avant-scène, Lamartine, penché sur la tragédienne, semblait bénir
de sa grande âme ce chaste génie, lentement épanoui au soleil de cette
Italie vers laquelle l'art se retourne toujours en ses jours de défaillance. — Les Italiens eux-mêmes s'étaient ravisés, et des têtes brunes
et charmantes souriaient à cette étoile de la patrie glorifiée. — Les
Italiens, en cette affaire, ressemblent un peu à ces naïfs Péruviens
qui possédaient l'Amérique, sans s'en douter, avant que Christophe
Colomb le leur eût révélé. — Mais les Italiens au moins se montrent

touchés de la découverte, tandis que les Péruviens ont empli l'histoire de leurs lamentations.

Dans le foyer, qui était fort animé, on racontait que mademoiselle Rachel, décidément piquée au jeu, avait demandé au ministre à donner des représentations d'adieu au Théâtre-Français, et que le ministre aurait répondu : « Passez, la belle; — nous avons d'autres amours. »

C'est là le châtiment, mérité peut-être, d'une vie trop abandonnée au caprice et à l'orgueil. — Mais que Mirrha et Marie-Stuart ne nous rendent pas oublieux et injustes pour Hermione et Phèdre; ne faisons pas d'une idole brisée un piédestal pour l'idole nouvelle. — Que Rachel aille gagner son million en Amérique, puisqu'elle attache quelque prix à ces misères; puis, qu'elle nous revienne avec une inspiration, un éclair de son génie, projeté sur quelque figure tragique ensevelie dans les ténèbres des bibliothèques, et elle verra si nous savons nous souvenir.

Voici maintenant mademoiselle Déjazet à la Gaieté, ce théâtre qui a déjà enseveli le grand Potier.

Mademoiselle Déjazet ne paraît pas d'humeur à se laisser ensevelir, et je n'hésite pas à reconnaître que je l'ai trouvée plus jeune qu'il y a deux ans, aux Variétés. — Elle va, elle vient, elle gazouille, que c'est merveille. — On lui a découpé un rôle dans la défroque du grand Frédéric. — Assurément, je scandaliserais tous les souffleurs de France si j'osais dire que, ce rôle, mademoiselle Déjazet le joue avec peu d'intelligence. — Quoi ! mademoiselle Déjazet, cette femme d'esprit, qui a pris le fonds de Sophie Arnould! — Mon Dieu, oui, mademoiselle Déjazet elle-même; — la voici aux prises avec ce soldat couronné, qui sera tout à l'heure le prince à la face empourprée et penché comme la tour de Pise que nous connaissons tous par les enseignes de marchands de tabac. — Le prince, dans la pièce, accuse vingt ans. — C'était bien le cas d'indiquer au moins par une nuance, un personnage un peu différent de tous les petits bonshommes que mademoiselle Déjazet a représentés depuis vingt-cinq ans. — Point; — nous avons retrouvé geste pour geste, note pour note, le petit Bonaparte, le petit Louis XV et le petit Richelieu. — Dira-t-on qu'il ne s'agit pas d'histoire, mais tout simplement d'un *travesti* pour mademoiselle Déjazet? Soit; mais il nous sera alors permis d'ajouter que le théâtre, ainsi compris, devient un jeu si puéril et si misérable, qu'il conviendrait tout au plus à une société tombée en enfance. — Qu'on nous ramène à Séraphin.

La pièce a pour titre *le Sergent Frédéric;* on peut la voir sans ennui et sans un plaisir bien vif. — On y chante beaucoup trop, même pour mademoiselle Déjazet, qui chante agréablement. — Je ne donne ici, du reste, peut-être que mon impression personnelle, car l'actrice a été très-fêtée. — Cette heureuse femme est passée à l'état de prodige, et tout conspire à son succès : les jeunes femmes, qui ne la craignent plus, l'applaudissent; les vieilles femmes applaudissent plus fort, et semblent dire : « Hein! qu'en pensez-vous? c'est notre contemporaine. — Voyez nos jambes, voyez notre taille, et cherchez quelque chose de pareil dans la galanterie de 1855. » — J'oubliais de dire que M. Francisque jeune a une très-jolie voix de ténor léger. — Au prix où sont les rossignols, cet artiste est bien bon de rester à la Gaieté.

FIN DU PREMIER VOLUME.

TABLE DES MATIÈRES.

28

VII

VIII

IX

XXIII

XXIV

XXV

FIN DE LA TABLE DES MATIÈRES.

TABLE

DES NOMS CITÉS DANS CE VOLUME.